魔道祖師

마도조사

묵향동후 장편소설

목차

제8장

초 목

제8장 초목

3

손가락을 튕기는 낭랑한 소리에 송람은 귓가에서 뭔가가 폭발이라도 한 듯이 자신을 누르고 있던 음력사 네 명을 날려버렸다.

송람이 벌떡 일어나 장검과 불진(拂塵)을 양손에 하나씩 들더니 음력사 네 명을 가루로 만들어버렸다. 그리고 장검을 위무선의 목에 대고 불진으로 세가 자제를 겨누며 위협했다.

좁은 가게 안의 형세가 순식간에 변했다.

금릉이 검에 손을 대는 것을 곁눈질로 본 위무선이 다급하게 말했다.

"움직이지 마. 상황을 악화시키지 말라고. 우리가 다 함께 덤벼도 이…… 송람의 적수가 못 돼."

모현우의 몸은 영력이 낮았고 자신이 쓰던 패검도 없었다. 게다가 적인지 아군인지 속셈을 알 수 없는 효성진이 옆에 있었다.

"어른들끼리 할 말이 있으니 애들은 나가 봐."

　효성진이 말하며 손짓하자 송람이 묵묵히 그의 명령에 따라 세가 자제들을 쫓아냈다.

"일단 나가 있어. 너희는 여기 있어도 도움이 안 돼. 바깥에 시독 가루는 가라앉았을 테지만 다시 날릴 수 있으니 소란 피우지 말고. 숨도 천천히 쉬어."

　위무선이 소년들에게 말했다.

"여기 있어 봐야 도움이 안 된다."라는 말에 금릉은 분하면서도 괴로운 마음이 들어 발이 떨어지지 않았지만, 정말 할 수 있는 것이 없었기에 씩씩대며 먼저 밖으로 나갔다.

　밖으로 나가던 남사추는 뭔가 할 말이 있었지만 참았다.

"사추, 네가 잘 이끌어줘. 잘할 수 있겠지?"

　위무선의 말에 남사추가 고개를 끄덕였다.

"무서워하지 말고."

"무섭지 않습니다."

　위무선의 말에 남사추가 대답했다.

"정말?"

"정말입니다."

　남사추가 갑자기 빙그레 웃으며 덧붙였다.

"선배는 함광군과 정말 비슷해요."

"비슷하다고? 우리가 어디가 비슷해?"

　두 사람은 하늘과 땅처럼 달랐다.

남사추는 웃기만 할 뿐 대답은 하지 않은 채 남은 소년들을 데리고 나갔다. 그는 속으로 '저도 몰라요. 하지만 그냥 느낌이 그래요. 두 선배 중 한 명만 있어도 어떤 일이 생기든 걱정하지 않아도 될 것 같아요.' 하고 생각했다.

효성진은 어디서 꺼냈는지 모를 붉은색 환약을 먹으며 말했다.

"정말 감동적인데."

약을 먹자 자홍색이었던 얼굴빛이 점차 정상으로 돌아왔다.

"해독제?"

"정답이야. 그대의 그 요상한 죽보다 효과가 훨씬 좋지? 게다가 달아."

"귀하의 연극은 아주 잘 봤습니다. 용감하게 주시들을 물리치느라 기진맥진하고, 그다음에는 금릉을 대신해 나서고, 의식을 잃은 척하고. 전부 저희를 위한 연기였습니까?"

"'너희'가 아니라 '그대'를 위한 연기였지. 이릉노조의 존함은 익히 들어 알고 있지만 역시 백문이 불여일견이군."

효성진이 손가락 하나를 세워 얼굴 앞에서 흔들며 말했지만 위무선은 아무 반응도 하지 않았다.

"아직 쟤들한테 그대가 누구인지 말하지 않았지? 그래서 내가 나가라고 한 거야. 우리끼리 사적으로 이야기하려고. 어때? 아주 세심하지?"

"의성의 주시는 다 당신이 부리는 겁니까?"

"물론이지. 그대들이 들어오고 그대가 휘파람을 불 때부터 난 그대가 조금 이상하다고 생각했어. 그래서 직접 나와 시험해보기로 한 거야. 과연, 점정소장 같은 낮은 단계의 술법으로도 강력한 위력을 보여주다니. 창시자만 가능한 일이지."

두 사람 모두 사도(邪道)를 수행했기 때문에 서로를 속일 수 없었다.

"그래서, 소년들을 인질로 삼아서 제게 바라는 게 뭡니까?"

"선배의 도움이 필요해. 아주 작은 도움이."

효성진이 웃으며 말했다.

어머니의 사제(師弟)가 자신을 선배라고 부르다니 항렬이 너무 엉망이었다. 위무선이 속으로 웃는데 효성진이 쇄령낭을 꺼내 탁자 위에 올려놓으며 말했다.

"이거."

위무선은 맥을 짚듯이 쇄령낭에 손을 얹고 잠시 있었다.

"누구의 혼입니까? 이 정도로 조각나다니, 이건 풀로도 못 붙입니다. 숨만 겨우 붙었어요."

"쉽게 붙일 수 있었으면 내가 선배에게 도움을 청할까?"

"이 혼백을 모아서 붙이고 싶은 겁니까? 솔직하게 말하면 혼백이 너무 조금 남았어요. 게다가 이 사람은 생전에 매우 고통스러운 일을 당했는지, 이 세상에 다시 돌아오고 싶지 않은 것 같군요. 혼백이 살고자 하는 의지가 없다면 되돌리지 못할 가능성이 매우 큽니다. 제 생각이 맞다면 여기 담긴 혼백도 강제로 모은 거라 쇄령낭에서 벗어나기만 하면 언제든 흩어질 겁니다. 그건 당신도 잘 알고 있겠죠."

위무선이 손을 거두며 말했다.

"그건 잘 모르겠고, 상관도 없어. 도울 수 없어도 도와야 할걸. 선배가 데려온 저 소년들이 문밖에서 선배가 구해주기만 기다리고 있다는 걸 잊지 말라고."

그의 말투는 매우 특이했다. 친절하고 달콤한 느낌이지만 매우 악랄했다. 지금은 호형호제하며 친한 척해도 다음 순간에는 얼굴을 싹 바꾸며 공격할 것 같은 느낌이었다.

"귀하도 백문이 불여일견이군. 설양, 유명한 무뢰배께서 왜 도사 행세를 하고 계시나?"

위무선이 웃으며 말하자 '효성진'이 멈칫하더니 손을 들어 눈에 두른 붕대를 풀었다.

붕대가 한 겹 한 겹 풀리자 별처럼 빛나는 맑은 눈이 드러났다. 온전한 눈이었다.

그는 젊고 호감 가는 얼굴로 준수하다고 할 수 있었다. 웃을 때 드러나는 덧니가 귀여움을 더해주어 눈 아래 숨어 있는 잔인함과 야성을 감춰주었다.

"이런, 들켰네."

설양이 붕대를 한쪽에 던지며 말했다.

"붕대를 풀려고 하자 아픈 척해서 상대가 양심의 가책을 느끼게 하고, 슬쩍 상화를 보이고, 떠돌이 도인이라고 말하면서 속세를 초월하고 정의로운 척하다니. 고육계는 물론 동정심도 이용할 줄 아네. 쓸데없이 너무 많은 것들을 알고 있지만 않았어도, 당연히 네가 진짜 효성진이라고 믿었을 거야."

문령(問靈)에서 송람은 마지막 두 질문에 '효성진'과 '너희 뒤에 있는 자'라고 대답했다.

'너희 뒤에 있는 자'도 효성진이었다면 송람이 대답을 바꿀 이유가 없었다.

때문에 '효성진'과 '너희 뒤에 있는 자'는 절대 같은 사람일 수 없었다. 송람은 위무선 일행에게 이자가 위험하다는 것을 알려주고 싶지만, 설양이라고 말하면 혹시 그들이 모를 수도 있어 그렇게 대답한 것이다.

"그는 평판이 좋고 나는 나쁘잖아? 효성진인 척해야 사람들이 쉽게 믿지."

설양이 히죽 웃으며 말했다.

"연기에 조예가 아주 깊으시군."

"별말씀을. 나한테 유명한 친구가 한 명 있는데 연기는 그가 정말 잘하지. 나는 그의 발끝에도 못 미친다고. 좋아, 쓸데없는 소리는 집어치우고. 위 선배, 꼭 좀 도와줘야겠어."

"송람과 온녕을 조종하는 검은 대못은 네가 한 짓이지? 음호부 반쪽도 복원했는데 혼백을 불러모으는 일에 내 도움이 왜 필요할까?"

"그건 다르지. 당신은 창시자잖아. 당신이 음호부를 만들지 않았으면 내가 어떻게 나머지 반쪽을 만들 수 있었겠어. 당연히 당신이 나보다 대단하지. 그러니까 내가 못하는 일을 당신은 분명히 할 수 있어."

위무선은 어째서 모르는 사람들이 자신보다 더 자신에게 확신을 갖는지 정말 알 수 없었다. 위무선은 턱을 쓰다듬으며 자신도 예의상 상대를 치켜세워 줘야 하는 건가 생각했다.

"너무 겸손한데."

"겸손이 아니라 사실이야. 난 과장하는 거 싫어해. 내가 온 집안을 몰살한다고 하면 딱 온 집안이야. 개 한 마리 남기지 않지."

"약양 상씨처럼?"

설양이 대답하기도 전에 대문이 확 열리면서 검은 그림자가 바람처럼 들어왔다.

위무선과 설양이 동시에 뒤로 물러났다. 설양이 재빨리 탁자 위에 있던 쇄령낭을 챙겼다. 송람이 한 손으로 탁자를 가볍게 짚고 공중으로 뛰어올랐다가 탁자 위에 착지해 고개를 획 들며 문 앞을 봤다. 그의 뺨에는 검은색 핏줄이 타고 올라와 있었다.

온녕이 쇠사슬을 끌고 하얀 안개와 검은 바람을 가르며 천천히 문으로 들어왔다.

위무선은 방금 피리를 불 때 온녕을 소환하는 명령도 같이 내렸다.

"나가서 싸워. 박살 내지는 말고. 산 사람은 잘 지키고 주시들이 접근 못 하게 막아."

위무선이 온녕에게 말했다.

온녕이 오른손을 쳐들자 쇠사슬이 공중을 가르며 뻗어 나갔다. 송람은 불진을 들고 그를 맞이했다. 두 흉시는 한데 뒤엉켜 전투를 벌였다. 온녕이 쇠사슬을 끌며 뒤로 물러나자, 송람은 손을 놓지 않고 그대로 밖으로 끌려나갔다. 밖에 있던 세가 자제들은 한쪽에 숨어 목을 빼고 상황을 지켜봤다. 불진, 쇠사슬, 장검이 쩡쩡 부딪치면서 불꽃이 사방으로 튀었다. 두 흉시의 격돌은 잔인하기 그지없었고 휘두르는 공격마다 위력이 대단했다. 흉시니 이렇게 거칠게 싸우지, 산 사람이었으면 진작에 팔다리가 잘리고 머리가 터졌을 것이다.

"누가 이길 것 같아?"

설양이 물었다.

"그걸 말로 해야 하나? 당연히 온녕이지."

위무선이 대답했다.

"아쉽게도 온녕은 자로정(刺顱釘)을 그렇게 많이 박아도 말을 안 듣더란 말이야. 주인을 너무 잘 섬겨도 골치가 아프더군."

"온녕은 물건이 아니야."

위무선이 차갑게 말했다.

"그 말이 약간 이중적이라는 생각은 안 하시나?"

설양은 하하 웃으며 '약간'이라고 말하는 동시에 칼을 빼 들어 찔렀다. 하지만 위무선은 잽싸게 피했다.

"넌 늘 이런 식인가 보지?"

"물론이지. 난 무뢰배잖아. 네가 모르는 바도 아니고. 널 죽이려는 게 아니라 허튼수작 못 하게 하려는 것뿐이야. 일단 나와 돌아가 이 혼백을 회복시킬 방법을 천천히 연구해보자고."

"난 그런 능력 없다고 이미 말했어."

"너무 그렇게 단칼에 거절하지 마. 혼자 못하면 우리 둘이 같이 연구하면 되잖아."

말을 끝내기도 전에 설양이 다시 검을 휘둘렀다. 위무선은 종이 인형 파편이 사방에 날리는 가운데 요리조리 피하며 '이 자식 몸놀림이 정말 좋군.'이라고 생각했다. 설양의 검이 점점 빠르고 정교해지자 위무선이 못 참고 외쳤다.

"이 몸의 영력이 낮다고 지금 깔보는 건가?"

"당연하지!"

"사내대장부와는 싸워도 너 같은 무뢰배와는 안 싸워. 바로 너 말이야. 너랑 안 싸운다고, 다른 사람 알아봐."

위무선은 마침내 자신보다 더 뻔뻔한 사람을 만나자 히죽거리며 말했다.

"누구? 그 함광군? 지금쯤 3백 마리가 넘는 주시에게 둘러싸여……."

설양의 말이 채 끝나기도 전에 백의(白衣)가 하늘에서 내려앉았다. 이윽고 피진의 서늘하고 투명한 푸른빛이 설양의 정면을 향해 엄습해 왔다.

남망기가 얼음처럼 차가운 기운을 발산하며 위무선의 앞을 막아섰다. 설양이 상화를 내던지며 남망기의 검을 막았다. 두 명검이 서로 부딪치다가 각자 주인의 손으로 돌아갔다.

"이런 걸 두고 때마침 잘 왔다고 하는 거지?"

"응."

위무선의 말에 남망기가 짧게 대답하고 계속 설양을 상대했다. 조금 전만 해도 위무선이 설양에게 이리저리 쫓겨 다녔는데 이제는 설양이 남망기에게 한 걸음, 한 걸음 몰리고 있었다. 상황이 불리해지자 설양이 눈을 굴리며 미소 짓더니 갑자기 오른손에 들고 있던 상화를 왼손에 옮겨 잡고 오른손을 소매에 넣었다. 위무선은 설양이 소매에서 독 가루 같은 암기를 꺼내는 게 아닐까 경계했지만, 설양은 다른 검을 빼 들어 양손으로 빈틈없이 공격했다.

설양이 소매에서 빼 든 검은 칼끝이 사납고 음울해 휘두르면 검은 기운을 풍겨 상화의 맑고 밝은 은빛과 선명한 대비를 이뤘다. 설양은 양손을 물 흐르듯 자유자재로 휘둘러 잠시 우위를 점하는 듯했다.

"강재?"

"어? 함광군이 이 검을 다 아시네? 영광입니다."

'강재(降災)'는 설양의 패검이었다. 이름과 주인에 걸맞게 강재는 피의 살육을 몰고 오는 불길한 검이었다.

"너와 딱 어울리는 이름이군."

위무선이 끼어들어 말했다.

"물러서. 여긴 네가 필요 없으니."

위무선은 남망기의 의견을 겸허하게 받아들여 물러났다. 문 앞으로 물러나 밖을 보니 온녕이 무표정한 얼굴로 송람의 목을 잡아 허공으로 들어 올려 벽으로 내려치던 참이었다. 그러자 벽 위로 사람 형태의 큰 구멍이 생겼다. 송람도 무표정한 얼굴로 반격에 나서 온녕의 손목을 잡아 비틀어 바닥으로 내다 꽂았다. 무표정한 두 흉시가 와지끈, 하는 굉음을 내며 싸우는 소리가 울려 퍼졌다. 두 흉시는 통증을 못 느끼고 상처를 두려워하지 않아 산산조각이 나지 않는 한 팔다리가 끊어져도 계속 싸울 수 있었다.

"여기도 내가 필요 없겠네."

위무선은 혼자 중얼거리다가 맞은편 어두운 가게에서 남경의가 자신을 향해 열심히 손을 흔드는 것을 보았다.

'하, 저긴 내가 필요하겠군.'

위무선이 그렇게 생각하며 발걸음을 옮긴 순간 피진의 검 빛이 크게 일더니 설양의 손이 미끄러지면서 상화가 날아올랐다. 남망기가 그 순간을 놓치지 않고 상화를 받아 들었다. 상화가 남의 손에 들어가자 강재가 검을 받아 든 남망기의 왼팔을 집중 공격했다. 공격이 통하지 않자 설양의 눈에 어둡고 차가운 분노의 빛이 반짝였다.

"검 내놔."

설양이 싸늘하게 말했다.

"이 검은 너에게 어울리지 않아."

남망기의 대답에 설양은 차갑게 웃었다.

위무선이 세가 자제들이 있는 곳으로 가자 소년들이 그를 에워쌌다.
"모두 별일 없지?"
"없습니다!"
"선배 말대로 숨죽이고 있었어요."
"별일 없다니 다행이야. 내 말 안 들으면 또 찹쌀죽 먹일 줄 알아."
위무선의 말에 찹쌀죽 맛을 본 소년들이 토하는 시늉을 했다. 그
때, 사방팔방에서 발소리가 들리고 거리 끝에 사람 그림자가 어른
거렸다. 남망기도 그 소리를 듣고 소매를 휘둘러 고금인 망기를 꺼
냈다.

남망기는 고금을 탁자에 놓고 왼손으로 피진을 휘두르며 설양과
계속 싸우면서 고개도 돌리지 않고 오른손으로 고금의 현을 튕겼다.

현음이 쟁쟁 울리며 길 끝까지 울려 퍼지자 주시의 머리가 터지
는 익숙한 소리가 들려왔다. 남망기는 한 손으로 설양을 상대하면
서 다른 한 손으로 계속 고금을 연주했다. 그는 가벼운 눈길로 다
시 고금을 훑어본 뒤 태연하게 손가락으로 현을 튕겼다. 좌우 동시
에 공격하면서도 기세가 전혀 흐트러짐이 없었다.

"대단해!"
금릉이 저도 모르게 외쳤다.

그는 강징과 금광요가 야렵에 나서 요수를 처치하는 것을 보면서
외숙과 숙부가 세상에서 가장 강한 선문의 명사인 줄 알았다. 남망
기는 존경보다 무서움이 앞섰고, 무서운 것도 그의 금언술과 차가
운 성격 정도였다. 그러나 지금은 남망기의 실력에 진심으로 탄복

했다.

"함광군인데 당연하지. 함광군은 겸손해서 대놓고 자랑하는 것을 싫어하실 뿐이야. 그렇죠?"

남경의가 자랑스러운 듯이 말했다.

"그렇죠?"는 위무선에게 한 말이었다.

"지금 나한테 묻는 거야? 그걸 왜 나한테 물어."

위무선이 어리둥절해 말했다.

"함광군이 대단하지 않다는 거예요?!"

남경의가 다급하게 물었다.

"응응, 대단해. 물론, 아주 대단하고말고. 제일 대단하지."

위무선은 턱을 쓰다듬으면서 말하다가 웃어버렸다.

피 말리는 위험이 꼬리를 물던 밤이 지나가고 아침이 밝아오기 시작했다. 그러나 이것은 좋은 소식이 아니었다. 날이 밝아진다는 것은 요사스러운 안개가 다시 짙어진다는 뜻이었다. 그러면 다시 운신이 어려울 터였다.

위무선과 남망기 두 사람뿐이라면 어려울 것도 없었다. 하지만 산 사람이 이렇게 많은 상태에서 주시에게 포위당하면 날개가 생겨도 날기 어려울 것이다. 위무선이 대응책을 생각하고 있는데 다다닥 하는 간대 소리가 다시 울렸다.

혀가 없는 맹인 소녀 망령이 다시 나타났다.

"가자!"

"어디로요?"

남경의가 물었다.

"간대 소리 따라서."

"우리더러 저 망령을 따라가라고? 우릴 어디로 데려갈지 알고!"

위무선의 말에 금릉이 놀라 물었다.

"그녀를 따라가는 게 좋아. 너희가 여기 들어온 뒤로 이 소리가 계속 너희를 따라다녔지? 너희가 성안으로 들어가자 그녀가 너희를 성 밖으로 데리고 나오다가 우리를 만난 거야. 그녀는 너희를 내보내려고 한 거라고. 너희를 구해주려고!"

때론 멀리, 때론 가까이에서 울리던 이상한 간대 소리는 그녀가 성안에 있는 산 사람을 놀라게 하는 방법이었다. 나쁜 의도로 놀라게 한 것이 아니었다. 위무선의 발에 걸렸던 종이 음력사 머리도 그녀가 그들을 놀라게 해서 경계심을 높이려고 던져둔 것이었다.

"그리고 어젯밤 우리에게 급하게 뭔가 말하려고 했지만, 표현을 못 했지. 설양이 나타나자 사라져버렸고. 아마 설양을 피한 걸 거야. 그러니 그녀는 설양과 한패는 절대 아니야."

"설양?! 여기서 설양이 왜 등장해? 효성진과 송람이 아니고?"

"어, 그건 나중에 설명할게. 어쨌든 지금 함광군과 싸우고 있는 자는 효성진이 아니라 설양이야."

그들을 재촉하는 듯 간대 소리가 타다닥, 하고 울렸다. 그녀를 따라가면 함정에 빠질지도 몰랐다. 하지만 따라가지 않으면 독 가루를 내뿜는 주시들에게 포위되어 마찬가지로 위험했다. 소년들은 위무선과 함께 간대 소리를 따라가기로 했다. 그들이 움직이자 간대 소리도 따라 움직였다. 앞쪽의 옅은 안개 속에서 작은 그림자가 보였다가 사라지곤 했다.

"그냥 이대로 도망가면 돼요?"

한참 달리던 남경의가 물었다.

"함광군, 뒤를 부탁해. 우리 먼저 갈게!"

위무선이 고개를 돌리며 외쳤다.

쟁 하고 울리는 고금 소리가 마치 '응' 하고 대답하는 것 같아 위무선은 웃음을 터뜨렸다.

"그냥 이렇게 가요? 다른 말도 없이요?"

"뭐 어쩌라고? 다른 말이 필요해?"

남경의의 말에 위무선이 대답했다.

"왜 '네가 걱정돼. 여기 남을래!', '가!', '싫어! 안 가! 가려면 같이 갈 거야!' 같은 말은 안 해요? 원래 그렇게 하잖아요."

"누가 그래? 누가 그런 말을 해야 한다고 그러든? 나는 그렇다고 쳐도, 너희 가문 함광군이 그런 말을 하는 모습이 상상이 돼?"

위무선이 다시 웃으며 물었다.

"아니요……."

남가의 자제들이 동시에 대답했다.

"그렇지. 시간 낭비야. 너희 함광군은 믿을 만한 사람이니 난 그가 잘하리라고 믿어. 난 내 일을 잘하고 있다가 그가 나를 찾아오기를 기다리거나 내가 그를 찾아가면 돼."

간대 소리를 따라 반 주향(炷香) 정도 걷고 골목을 여러 번 돈 끝에 소리가 갑자기 뚝 끊겼다. 위무선은 손을 뻗어 뒤따라오는 소년들을 멈추게 하고 앞으로 몇 걸음 걸어갔다. 점점 짙어지는 요사스러운 안개 속에서 집 한 채가 나타났다.

'끼익'.

누군가에 의해 열린 문은 이 낯선 사람들이 들어오기를 말없이 기다렸다. 위무선은 안에 분명 뭔가 있을 것이라고 직감했다. 목숨을 위협하는 위험한 것이 아니라 그에게 수수께끼의 답을 알려줄 뭔가가 있을 것이라는 예감이 들었다.

"모두 이리 와, 들어가자."

위무선은 발을 들어 문 안으로 들어갔다. 그는 어둠에 적응하면서 고개를 돌려 소년들에게 당부했다.

"걸려 넘어지지 않게 문턱 조심해."

안 그래도 한 소년이 높은 문턱에 걸려 넘어질 뻔했다.

"문턱이 왜 이렇게 높지? 사찰도 아닌데."

그 소년이 중얼거렸다.

"사찰은 아니지만, 문턱이 높아야 하는 곳이지."

위무선이 소년의 말에 대답하듯 말했다.

소년들이 삼삼오오 화부(火符)에 불을 붙이자 주황색 불빛이 흔들리며 집 안을 비췄다.

바닥에는 볏짚이 깔려 있고 앞쪽에는 공양한 물건을 얹는 공대(供臺)가 있었다. 공대 아래에 높이가 다른 작은 의자가 몇 개 놓여 있었고, 오른쪽에는 어두운 작은 방이 있었다. 그 밖에도 검은 목관이 예닐곱 개 놓여 있었다.

"여기가 의장인가? 죽은 사람을 놔두는?"

"응. 무연고 시체, 집에 두기 불길한 시체, 매장을 기다리는 죽은 자를 보통 의장에 놓지. 죽은 자의 간이역인 셈이야."

금릉의 물음에 위무선이 말했다.

오른쪽 작은 방은 의장을 지키는 의장 지기가 휴식하는 곳일 것이다.

"모 선배, 의장의 문턱은 왜 이렇게 높습니까?"

남사추가 물었다.

"시변을 예방하기 위해서야."

위무선이 대답했다.

"문턱을 높게 만들면 시변을 막을 수 있어요?"

남경의가 어리둥절해 물었다.

"시변을 막을 수는 없지만, 낮은 단계의 시변자가 밖으로 나가는 것은 막을 수 있지."

위무선이 대답하며 몸을 돌려 문턱 앞에 섰다.

"내가 죽어서 갓 시변했다고 하자."

소년들이 쭈뼛거리며 고개를 끄덕였다.

"시변한 지 얼마 안 됐다고 치면, 몸이 딱딱하게 굳었겠지? 많은 동작을 할 수 없을 테고?"

위무선이 이어서 말했다.

"당연한 말 아니야? 걷지도 못하고 다리를 움직이지 못하고 그저 뛰어……."

여기까지 말한 금릉이 뭔가 깨달은 듯했다.

"맞아. 껑충거리면서 뛸 수밖에 없지."

위무선이 두 발을 모아 밖으로 뛰어나가려고 했지만, 문턱이 너무 높아 발끝이 문턱에 부딪혀 나가지 못했다. 세가 자제들은 갓 시변한 시체가 밖으로 나가려고 뛰지만, 번번이 문턱에 걸리는 모습이 상상돼 웃음을 터뜨렸다.

"봤지? 웃지 마. 이건 민간의 지혜야. 촌스럽고 단순해 보이지만 낮은 단계의 시변자를 막는 데는 확실히 효과적이지. 문턱에 걸려 넘어진 시변자는 사지가 굳었기 때문에 빨리 일어나지 못해. 간신히 일어나도 이미 날이 밝았거나 의장 지기한테 발견되고 말 거야. 일반인이 이런 생각을 해냈다는 건 정말 대단한 거지."

위무선이 말했다.

"그녀는 우리를 왜 의장으로 데리고 온 거지? 이곳에 있으면 주시에게 포위당하지 않는단 거야? 그녀는 또 어디로 갔고?"

금릉이 웃음을 거두고 말했다.

"아마 그럴걸. 우리 여기서 한참 있었는데 주시 소리 들은 사람 있어?"

위무선의 말이 끝나자마자 소녀의 망령이 한 관 위에 나타났다.

소년들은 위무선의 말대로 소녀의 모습을 자세하게 관찰해 그녀의 두 눈에서 피가 흐르고 혀가 뽑혔다는 것을 알았기 때문에 이번에는 긴장되거나 무섭지 않았다. 위무선의 말처럼 놀라고 놀라다 보니 담력이 커져 태연하게 마주할 수 있었다.

소녀는 실체가 없고 혼백에서 은은한 빛이 나왔다. 아담한 체구에 얼굴도 작았다. 깔끔히 정돈만 하면 가련하고 어여쁜 이웃집 소녀일 것이었다. 그러나 다리를 쫙 벌리고 앉은 모습은 전혀 우아하지 않았다. 그녀는 맹인용 지팡이를 관 옆에 비스듬히 세워두고 가녀린 다리를 다급하게 흔들었다.

그녀는 관 위에 앉아 손으로 관 뚜껑을 가볍게 두드렸다. 그런 다음 뛰어내려 관 주위를 돌면서 그들에게 손짓했다. 이번 손짓은 이해하기 쉬웠다. '열라'는 말이었다.

"이 관을 열어달라는 건가?"

금릉이 말했다.

"이 안에 안치된 건 소녀의 시신이 아닐까요? 저희가 자신의 시신을 묻어주길 바라는 겁니다."

남사추가 말했다. 가장 합리적인 추측이었다. 시체가 안장되지 못해 평안하지 않은 망령이 많았기 때문이다. 위무선이 관 옆에 서자 몇몇 소년이 다른 한쪽에 서서 위무선과 함께 관 뚜껑을 열려고 했다.

"도와주지 않아도 돼. 너희는 멀리 떨어져. 시독 가루 같은 게 나올 수도 있으니까."

위무선은 혼자 관 뚜껑을 열어 바닥에 내려놓았다. 고개를 숙여서 보니 시체 한 구가 있었다.

그러나 그것은 소녀의 시체가 아니라 다른 사람이었다.

관에는 젊은 남자의 시체가 두 손을 합장한 자세로 누워 있었다. 남자는 새하얀 도복을 입고 있었다. 합장한 손 아래에는 불진이 놓여 있었다. 하얀 얼굴에 빨간 입술, 하관 윤곽이 뚜렷한 게 준수하고 곱상했다. 얼굴의 위쪽, 눈에 손가락 네 마디 넓이의 붕대가 감겨 있었다. 붕대 아래 눈이 있어야 할 곳은 텅 비어 움푹 꺼져 있었다. 눈은 없고 구멍 두 개만 있었다.

소녀는 그들이 관 뚜껑을 여는 소리를 듣고 더듬거리며 다가와 관 속으로 손을 뻗어 더듬었다. 시체의 얼굴에 손이 닿자, 소녀는 발을 동동 구르며 보이지 않는 눈에서 피눈물을 흘렸다.

말이나 손동작으로 알려주지 않아도 모두 다 이해했다. 이 쓸쓸한 곳에 홀로 외롭게 놓여 있는 시체가 진짜 효성진이었다.

망령의 눈물은 떨어지지 않았다. 소녀는 한참 동안 소리 없이 떨어지지 않는 눈물을 흘리다 갑자기 이를 갈며 일어서더니 그들을 향해 '아아', '아아' 하고 소리쳤다. 다급하고 화가 난 모습이 그들에게 뭔가 말하고 싶은 모양이었다.

"문령을 해야 할까요?"

남사추가 물었다.

"아니. 한다고 해도 그녀가 바라는 질문을 할 수 있을지 모르겠고. 게다가 그녀의 대답은 복잡해서 해석하기 어려울 것 같아."

위무선이 "네가 제대로 못 할 것 같다."라고 직접 말하지 않았지만 남사추는 부끄러운 마음을 감출 수가 없었다. 속으로 '돌아가서 열심히 연습해야지. 함광군처럼 물 흐르듯이 즉문즉답하고 긴 문장 해석도 가능하게 말이야.'라고 다짐했다.

"그러면 어떡해요?"

"공정(共情)을 해야겠어."

남경의의 물음에 위무선이 대답했다.

각 가문은 원령(怨靈)에게 정보를 캐내고 자료를 수집하는 자신만의 방법이 있었다. 그리고 그중 공정은 위무선이 가장 능통한 방법이었다. 공정은 다른 가문의 것처럼 심오하지는 않아 누구나 할 수 있었다. 자신을 매개체로 삼아 원령을 몸에 받아들여 그의 기억에 스며든다. 그리고 그가 보고 듣고 느낀 것을 그대로 느끼는 것이다. 망령의 기쁨과 슬픔, 분노 등 감정의 흐름을 공감한다고 해서 '공정'이라고 불렀다.

공정은 가장 직접적이고 단순 명쾌하며 효과적인 방법이라고 할 수 있었다. 물론 가장 위험한 방법이기도 했다. 원령에게 빙의되는 게 무섭지 않은 사람은 없지만 그래도 자신이 원해서 하는 것이기 때문에 나쁜 일이 생겨도 자업자득이었다. 원령이 마음을 바꿔 반격하면 최소 피해가 탈사(奪舍) 당하는 것이기 때문이다.

"너무 위험해! 그런 사술은 하나도……."

금릉이 반대했다.

"됐어, 시간 없어. 다들 똑바로 서봐. 서둘러야 해. 다 하고 나서 함광군을 찾으러 가야 한다고. 금릉, 네가 감독해."

위무선이 금릉의 말을 자르며 말했다.

감독자는 공정 의식에서 빼놓을 수 없는 역할이었다. 공정을 하기 전 감독자와 공정자는 공정자가 잘 아는 말이나 익숙한 소리로 암호를 정했다. 공정 과정에서 공정자가 원령의 감정 속으로 너무 깊이 빠져 스스로 빠져나올 수 없어 보이면 감독자가 즉시 사전에 정한 소리를 내서 공정자를 빼내야 했다.

"내가? 감히 이 몸…… 나한테 지금 이런 일을 하라는 거야?"

금릉이 자신을 가리키며 물었다.

"금 공자가 안 하겠다면 제가 하겠습니다."

남사추가 말했다.

"금릉, 은령 가져왔어?"

위무선이 물었다.

은령은 운몽 강씨의 상징적인 장식품으로 금릉은 어릴 때부터 난릉 금씨의 금린대와 운몽 강씨의 연화오를 오가며 자라 두 가문의 장식품을 모두 달고 다녔다. 금릉이 미심쩍은 듯이 고풍스러운 작은 방울을 꺼냈다. 은색 방울에 강씨 가문 문양인 아홉 꽃잎의 연꽃 구판연이 새겨져 있었다. 위무선은 은령을 잠시 쳐다보았다. 위무선의 눈빛이 조금 이상하다고 느낀 금릉이 물었다.

"왜?"

"아무것도 아니야."

위무선이 대답하며 은령을 받아 남사추에게 건넸다.

"운몽 강씨의 은령은 마음을 가라앉히고 맑게 하는 효과가 있으니 이걸 암호로 삼아."

위무선이 말했다.

"그냥 내가 할게!"

금릉이 손을 뻗어 은령을 낚아채며 말했다.

"아까는 안 한다더니 이젠 또 한다네. 변덕스러운 게 완전 아가씨 같다니까."

남경의가 웅얼거렸다.

"이리 오세요."

위무선이 소녀에게 말했다.

소녀가 눈과 얼굴을 닦고 위무선의 몸에 부딪히자 소녀의 혼백이 위무선의 몸으로 들어왔다. 위무선은 관을 따라 천천히 미끄러졌다. 소년들은 볏짚을 가져다가 위무선이 잘 앉도록 해주었다. 금릉은 무슨 생각을 하는지 은령을 꼭 쥔 채로 서 있었다.

소녀가 부딪혀 들어오는 순간, 위무선은 문득 '이 소녀는 맹인이라 공정해도 앞이 안 보일 텐데? 그러면 효과가 크게 떨어지겠군.' 하는 생각이 들었지만 '됐어, 듣는 게 어디야.' 하고 생각을 바꿨다.

하늘과 땅이 빙빙 돌더니 가벼운 혼백이 실제로 땅에 발을 내딛는 것 같았다. 소녀가 눈을 뜨자 위무선도 따라서 눈을 떴다. 그런데, 눈앞에 칠흑 같은 어둠이 아니라 밝고 선명한 청산녹수가 보였다.

앞이 보였다!

소녀가 떠올리고 있는 시기는 눈이 멀기 전이었던 듯했다.

지금 위무선 앞에 나타난 장면은 그녀의 기억에서 감정이 가장 격하고 제일 말하고 싶은 몇 단락이다. 위무선은 그저 조용히 지켜보면서 그녀의 감정을 느끼면 그만이었다. 지금 두 사람은 모든 감각 기관이 연결돼 소녀의 눈이 위무선의 눈이 되고 그녀의 입이 위무선의 입이 되었다.

소녀는 개울가에 앉아 씻으며 단장을 하고 있었다. 옷차림이 남루해도 기본적인 정돈은 필요한 법이었다. 소녀는 노래를 흥얼거리며 발끝으로 박자를 타면서 머리를 빗어 올리고 있었다. 머리 모양이 마음에 안 드는지 가는 나무 비녀를 요리조리 끼웠다. 갑자기 그녀가 고개를 숙이더니 물에 비치는 자신의 그림자를 봤다. 위무선의 시선도 같이 아래로 내려갔다. 갸름한 얼굴에 턱이 뾰족한 소녀가 물에 비추었다.

소녀의 눈은 눈동자가 없이 하얬다.

위무선은 '분명 맹인의 모습인데 왜 앞이 보이지?' 하고 생각했다.

머리를 다 정리한 소녀는 엉덩이를 툭툭 털고 일어나 발 옆에 있던 간대를 들고 길을 따라 폴짝폴짝 뛰어갔다. 소녀는 간대를 휘두르며 머리 위에 있는 나뭇가지를 치고 발 옆에 있는 돌을 파내고 풀 속에 있는 메뚜기를 놀라게 하는 등 한시도 쉬지 않았다. 그러다가 저 멀리에서 사람이 다가오면 즉시 동작을 멈추고 간대로 땅을 두드리면서 조심스럽고 신중하게 천천히 걸어갔다. 마침 반대편에서 걸어오던 마을 아낙 몇이 소녀를 보더니 길을 비켜주었다. 그러자 소녀는 황급히 고개를 숙이며 "고맙습니다, 고맙습니다." 하고 인사했다.

소녀의 모습이 측은했는지 한 아낙이 광주리를 덮은 흰 천을 젖히고 뜨거운 김이 모락모락 나는 찐빵을 하나 건넸다.

"아가, 조심해서 다니렴. 배고프지? 이거 먹어."

소녀는 "아." 하고 소리를 내더니 감격스럽게 말했다.

"이렇게 고마울 수가, 저는, 저는……."

"가져가렴!"

아낙이 소녀의 손에 찐빵을 쥐여주었다.

"아천, 언니께 감사드립니다!"

소녀가 찐빵을 받아 들며 말했다. 그녀의 이름은 아천이었다.

마을 아낙들과 헤어진 아천은 두세 입 만에 찐빵을 다 먹어치우고 다시 껑충껑충 뛰어갔다. 위무선도 그녀와 함께 뛰었다. 눈앞이 뱅글뱅글 돌고 어지러운 상태에서 '이 아이, 여간내기가 아니잖아. 이제 알겠네, 앞이 안 보이는 척했군. 날 때부터 눈이 그랬을 거야. 겉으로 보기에는 맹인 같지만 실제로는 볼 수 있는 거지. 이 아이는 이 점을 이용해 사람들을 속이고 동정을 얻었고.'라고 생각했다. 혈혈단신으로 떠도는 소녀가 맹인인 척하면 사람들은 그녀가 정말 앞을 못 보는 줄 알고 자연스럽게 경계심을 풀었다. 실제로는 앞이 잘 보였지만 안 보이는 척 임기응변하는 것도 자신을 보호하는 현명한 방법이었다.

하지만 위무선이 본 아천의 혼백은 진짜 맹인이었다. 이것은 그녀가 살아 있을 때부터 앞을 못 보게 됐다는 말이다. 도대체 가짜 맹인이 어떻게 진짜 맹인이 됐단 말인가?

보지 말아야 할 것을 보기라도 했다는 말인가?

아천은 사람이 없는 곳에서는 뛰고 사람이 있는 곳에서는 잔뜩 움츠리며 맹인 행세를 했다. 그녀는 가다 멈추다를 반복하면서 장이 열린 곳에 도착했다.

사람이 많은 곳에 오자 그녀는 다시 자기 장기를 드러내며 간대를 땅에 두드리면서 걸었다. 그리고 사람들 사이를 천천히 걷다가 비싸 보이는 옷을 입은 한 중년 남자에게 부딪치고는 깜짝 놀란 듯이 고개를 조아리며 외쳤다.

"죄송합니다, 죄송합니다! 제가 앞이 안 보여서요, 죄송합니다!"

안 보이긴 뭐가 안 보여, 이 남자를 향해 곧장 걸어왔으면서!

부딪친 남자는 고개를 휙 돌리며 욕을 하려고 했지만, 맹인인 데다 예쁘장한 소녀한테 따귀를 날리면 지나는 사람들이 욕할 것 같아서 "조심해서 다녀!" 하고 한마디 툭 내뱉었다.

아천이 연신 죄송하다고 해도 남자는 그냥 가기에는 화가 풀리지 않았는지 오른손으로 아천의 엉덩이를 꽉 꼬집었다. 그 느낌이 위무선에게도 고스란히 전해져 온몸에 소름이 쫙 끼치고 남자를 땅속에 처박고 싶었다.

아천은 무서운 듯이 몸을 잔뜩 움츠리고 움직이지 않았다. 하지만 남자가 멀어지자 그녀는 한쪽 골목으로 들어가 "흥." 하면서 품에서 돈주머니를 꺼내 돈을 셌다. 그리고 다시 "흥." 하더니 "역겨운 자식, 꼬락서니하고는. 시답잖은 게 옷만 번드르르하게 차려입고 돈도 몇 푼 없으면서 있는 척은 다 해." 하고 말했다.

위무선은 웃을 수도 울 수도 없었다. 열다섯 살도 안 된 것 같은 소녀가 대차게 욕도 하고 여유롭게 남의 돈주머니도 훔치다니. 위무선은 '만약 내 것을 훔쳤다면 저렇게 욕하지는 않았을 텐데. 나도 한때는 돈이 많았다고.' 하고 생각했다.

위무선이 자신이 언제부터 이렇게 빈털터리가 됐을까 생각하고 있는데 아천은 이미 다음 목표를 정하고 다시 맹인 흉내를 내며 골목을 나섰다. 한동안 걷던 아천은 다시 "아야." 하면서 하얀 옷을 입은 도인에게 부딪쳤다.

"죄송합니다, 죄송합니다! 제가 앞이 안 보여서요, 죄송합니다!"

'단어 하나 안 바꿨잖아, 꼬마야!'

위무선은 고개를 절레절레 저으며 생각했다.

도인은 그녀에게 부딪쳐 몸이 휘청하면서도 우선 그녀가 넘어지지 않게 부축했다.

"난 괜찮네. 낭자도 앞이 안 보이나?"

그는 매우 젊었고 도복은 소박하고 깨끗했으며 등에 흰 천으로 싼 장검을 메고 있었다. 약간 마르긴 했지만, 얼굴의 하관이 매우 준수하게 생겼다. 얼굴 위쪽은 손가락 네 마디 넓이의 붕대를 감쌌고 붕대 아래에서 핏빛이 조금 새어 나왔다.

"네…… 맞아요!"

아천은 멍하니 있다가 겨우 대답했다.

"허면 그리 빨리 걷지 말고, 천천히 움직이거라. 또 남에게 부딪히면 곤란해지지 않겠느냐."

효성진이 말했다. 똑같이 눈이 먼 자신의 처지에 대해서는 일언반구조차 없었다. 그는 아천의 손을 잡고 길옆으로 데리고 갔다.

"이쪽으로 걷거라. 사람이 조금 적으니."

그의 말투와 동작은 부드럽고 조심스러웠다. 뻗었던 아천의 손이 잠시 멈칫했지만 결국은 잽싸게 그의 허리춤에서 돈주머니를 잡아챘다.

"고맙습니다, 오라버니!"

"오라버니가 아니라 도장(道長)이란다."

"도장님도 오라버니인걸요."

아천이 눈을 깜박이며 말했다.

"이왕 오라버니라 불렀으니, 허면 이 오라버니의 돈주머니를 돌려주지 않겠느냐."

효성진이 웃으며 말했다.

시장통에서나 통하는 기술이 아무리 빨라 봐야 도를 수련한 사람의 오감을 속일 수는 없었다. 상황이 좋지 않자 소녀는 간대를 들고 냅다 도망쳤다. 그러나 두 걸음도 못 가 효성진에게 뒷덜미를 붙잡혔다.

"그리 빨리 달리지 말라 했잖니. 또 누구에게 부딪히면 어찌하려고?"

아천은 벗어나려고 몸을 비틀면서 입술을 꼭 깨물었다. 위무선은 '이런, 그녀가 '추행한다.'라고 말하려나 보네.'라고 생각했다. 바로 그때 길모퉁이에서 중년 남자가 돌아 나왔다. 남자는 아천을 보더니 눈을 반짝이면서 욕설을 내뱉으며 다가왔다.

"잡았다, 이 도둑년. 내 돈 내놔!"

남자는 욕설로는 부족했는지 아천을 때리려고 손을 들었다. 아천은 깜짝 놀라 목을 움츠리고 눈을 감았다. 그 순간, 효성진이 아천의 앞을 막아섰다.

"진정하시지요. 어린 낭자를 이리 대하는 건 좋지 않습니다."

효성진이 말했다.

아천은 몰래 눈을 떴다. 중년 남자는 온 힘을 다하고 있었지만, 효성진이 가볍게 그의 손을 막아 꼼짝도 하지 못했다. 남자는 은근히 겁이 났지만 고집스럽게 큰소리를 쳤다.

"어디서 장님이 튀어나와서 영웅 행세야! 저 도둑년하고 아는 사이인가 보지? 너도 쟤가 도둑인 거 알지! 내 돈주머니를 훔쳐 간 년을 감싸고 도는 걸 보니 너도 한패구먼!"

효성진은 한 손으로는 남자를 잡고 다른 한 손으로 아천을 붙잡으며 말했다.

"돈 돌려드려라."

아천이 품에서 돈주머니를 꺼내 건넸다. 효성진이 남자를 놓자 남자는 고개를 숙여 돈을 셌다. 딱 맞는 것을 확인한 남자는 효성진을 쓱 쳐다보고 자신은 상대가 안 된다는 것을 알았는지 멋쩍은 듯이 돌아갔다.

"담도 크구나. 보이지도 않으면서 물건을 훔치다니."

"저자가 나를 만졌어요! 내 엉덩이를 꼬집었다고요. 얼마나 아팠는데, 돈 좀 슬쩍한 게 뭐 어때서요. 그렇게 큰 주머니에 달랑 몇 푼 넣어 다니면서 뭐가 잘났다고 사람을 때려요, 재수 없는 가난뱅이가!"

위무선은 '분명 자기가 먼저 부딪치고 훔쳤으면서 남자가 먼저 잘못한 것처럼 말하네. 본질을 흐리다니, 이런.' 하고 생각했다.

"그래도 소란을 일으켜선 안 돼. 사람들이 없었더라면 뺨 한 대만으로는 끝나지 않았을 것이다. 스스로를 잘 지켜야지."

효성진이 고개를 저으며 말했다.

말을 마친 그는 몸을 돌려 다른 방향으로 걸어갔다.

위무선은 속으로 '자기 돈주머니는 안 돌려받았잖아. 이 사숙도 여자를 끔찍하게 아끼는 위인인가 보군.' 하고 생각했다.

아천은 훔친 돈주머니를 쥔 채 멍하니 있다가 품에 넣고 간대를 두드리며 따라가 효성진의 등에 머리를 박았다. 효성진은 다시 그녀를 부축하는 수밖에 없었다.

"또 무슨 일이 남았느냐?"

"돈주머니가 아직 저한테 있잖아요!"

"네게 주마. 돈은 많지 않아. 그거 다 쓸 때까지는 도둑질하지 말거라."

"방금 그 재수 없는 남자가 욕할 때 들었는데, 당신도 장님이에요?"

효성진의 표정이 순간 어두워지면서 웃음기가 사라졌다.

천진무구한 어린아이의 말이 제일 치명적인 법이었다. 아이는 아무것도 모른다. 아무것도 모르기 때문에 사람의 마음을 직접적으로 찔렀다.

효성진의 눈에 감은 붕대 아래에서 핏빛이 점점 진해져 천에 흡수되어 나오는 듯했다. 효성진이 눈을 가리려고 든 팔이 미세하게 떨렸다. 눈을 뺀 통증과 그로 인한 상처는 쉽게 치유되는 게 아니었다. 아천은 그가 그저 어지러운 줄 알고 내심 흐뭇해하며 말했다.

"그럼, 같이 가요!"

"나랑 같이 가서 뭐 하려고? 여자 도인이라도 되려는 것이냐?"

효성진이 억지로 웃으며 말했다.

"당신은 큰 장님이고 나는 작은 장님이니 같이 다니며 서로 돌봐주면 되죠. 나는 엄마도 아빠도, 갈 곳도 없는데 누구랑 어디를 가든 무슨 상관이겠어요?"

아천은 매우 똑똑했다. 효성진이 좋은 사람이라는 확신이 들자 그가 거절할까 봐 위협적으로 말했다.

"날 안 데리고 가면 이 돈 한 번에 다 써버리고 다시 도둑질하고 다닐 거예요. 그러면 사람들에게 방향도 분간 못 할 정도로 흠씬 얻어터질 텐데. 아이고, 불쌍해라."

"이렇게 똑똑한데 네가 사람들을 방향도 분간 못 하게 속이면 속였지, 누가 너를 그렇게 때릴 수 있겠느냐?"

효성진이 웃으며 말했다.

한동안 보던 위무선은 신기한 점을 발견했다.

진짜 효성진을 보니 설양의 연기가 정말 비슷했다. 외모 외에 동작 하나하나 세세한 부분까지 진짜같이 생생했다. 설양이 효성진에게 탈사 당했다고 해도 믿을 정도였다.

아천은 효성진에게 달라붙어 떠나지 않고 맹인인 척, 불쌍한 척하면서 그를 계속 따라갔다. 효성진은 자신을 따라오면 위험하다고 몇 번이나 말했지만 아천은 들은 척도 하지 않았다. 어떤 마을을 지나다가 효성진이 요괴가 된 소를 처치할 때도 놀라 도망가지 않고 도장님이라고 부르면서 질긴 엿처럼 딱 붙어 떨어지지 않았다. 그렇게 계속 따라다니니 효성진은 아천이 똑똑하고 사람을 좋아하며 담도 크고 방해가 되지 않는 데다가 앞 못 보는 어린 소녀에 의지할 곳이 없으니 그냥 모른 척했는지도 몰랐다.

위무선은 효성진에게 목적지가 있을 거라 생각했다. 그러나 아천의 드문드문한 기억 속에 등장하는 현지 풍토와 말투로 봤을 때 그들은 정해진 노선을 따라 움직인 것이 아니라 그냥 발길 닿는 대로 움직이는 것 같았다. 그때그때 이상한 일이 생겼다는 곳으로 야렵을 나가 문제를 해결해주는 것 같았다.

위무선은 '아마도 약양 상씨 사건으로 충격을 너무 크게 받아 그 뒤로 선문 세가의 일에 끼어들고 싶지는 않지만, 그렇다고 마음의

짐을 내려놓을 수도 없으니 떠돌아다니며 야렵을 해서 사람들의 문제를 해결해주었나 보군.' 하고 생각했다.

이번에는 효성진과 아천이 평탄한 길을 걷고 있었다. 길 양옆에는 허리만큼 긴 잡초가 자라 있었다. 갑자기, 아천이 "아." 하고 소리를 냈다.

"왜 그러느냐?"

효성진이 즉시 물었다.

"아, 아니에요. 발목을 삐끗했어요."

아천이 대답했다.

위무선은 아천이 발목을 삐끗한 게 아니라는 걸 똑똑히 봤다. 아천은 잘 걷고 있었다. 효성진과 함께 가려고 맹인 행세를 했을 뿐이지 그렇지 않았다면 하늘까지 뛰어오를 기세로 펄펄 뛰었을 것이다. 아천이 놀란 이유는 방금 주변을 둘러보다가 무성한 잡초 속에 검은 사람 그림자가 누워 있는 것을 봤기 때문이다.

죽었는지 살았는지 모르겠지만 어쨌든 아는 척하면 번거로울 게 뻔했기 때문에 아천은 효성진이 그 사람을 발견하지 않으면 하는 기색이 역력했다.

"가요, 가. 어디든 도착하는 대로 좀 쉬어요, 힘들어 죽겠어요!"

아천이 재촉했다.

"발목을 삐끗했다면서, 업어줄까?"

효성진의 말에 아천은 좋아서 어쩔 줄 몰라 하면서 간대를 쿵쿵 두드리며 "좋아요, 좋아. 업힐래요!" 하고 말했다. 효성진이 웃으며 그녀를 향해 등을 보이고 한쪽 무릎을 꿇었다. 아천이 업히려는 순간, 효성진이 아천을 지그시 누르고 일어나 정신을 집중했다.

"피비린내가 나는데."

아천도 희미하게 피비린내를 맡았다. 그러나 밤바람에 나는 듯 안 나는 듯했다.

"그래요? 전 모르겠는데요? 이 근처 주민이 돼지나 닭이라도 잡 았나 보죠."

아천이 짐짓 시치미를 떼며 말했다.

말이 끝나기가 무섭게 하늘이 그녀에게 맞서기라도 하는 듯 잡초 속 그 사람이 기침을 했다.

아주 미세한 소리였지만 효성진이 놓칠 리가 없었다. 효성진은 즉시 방향을 판단해 수풀로 들어가 그 사람을 찾아냈다.

아천은 효성진이 그를 발견하자 발을 동동 구르며 길을 더듬거리 며 찾아가는 척했다.

"무슨 일이에요?"

"여기 사람이 쓰러져 있어."

효성진이 쓰러진 사람의 맥을 짚으며 말했다.

"어쩐지 피비린내가 진동하더라니. 죽은 거 아니에요? 우리가 땅 파서 묻어줘야 할까요?"

당연히 죽은 사람이 산 사람보다 덜 번거로웠다. 그래서 아천은 그가 이미 죽었기를 바랐다.

"아직 살아 있어, 중상을 입었을 뿐이야."

효성진은 잠시 생각하더니 바닥에 쓰러진 사람을 조심스럽게 둘 러업었다.

아천은 원래 자기가 업혀야 할 자리를 피범벅이 된 남자가 차지 해버리고, 성까지 업고 가겠다던 약속이 깨지자 입을 삐죽거리면서 간대로 땅을 쑤셔 팠다. 하지만 아천은 효성진이 다친 사람을 그냥 두고 갈 사람이 아니라는 것을 알았기 때문에 원망할 수도 없었다. 두 사람은 길을 따라 계속 걸었다. 두 사람이 걸어갈수록 위무선은 익숙한 느낌이 들었다.

'이 길은 나와 남잠이 의성으로 갈 때 지나갔던 길 아니야?'

길 끝에는 의성이 우뚝 솟아 있었다.

이때까지만 해도 성문은 멀쩡했고 각루도 온전했으며 성벽에 낙서도 없었다. 성문으로 들어서자 안개가 성 밖보다 짙어졌지만, 지금의 안개와는 비교도 되지 않았다. 길 양옆에 늘어선 집 창문에서 불빛이 흘러나왔고 사람 소리도 들렸다. 외진 곳이긴 했지만 그래도 사람 사는 온기가 있었다.

피투성이가 된 사람을 업고 있는 손님을 받아줄 가게는 없을 것이기 때문에 효성진은 숙소를 구하지 않고 마침 지나가던 야경꾼에게 빈 의장이 있냐고 물었다. 야경꾼은 "저쪽에 하나 있어요. 마침 의장을 지키던 영감이 지난달에 죽어서 지금은 관리하는 사람이 없어요." 하고 알려주었다. 효성진이 앞을 못 본다는 것을 알고 야경꾼은 직접 의장으로 안내해주었다.

바로 효성진의 시체가 놓인 의장이었다.

효성진은 야경꾼에게 고맙다고 인사한 다음 오른쪽 숙소 방으로 들어갔다. 방은 크지도 작지도 않았다. 벽 쪽에 작은 침상이 있고 취사도구도 다 갖춰져 있었다. 효성진은 업었던 사람을 조심스럽게 내려놓고 건곤대에서 단약을 꺼내 굳게 다문 그의 입에 넣어주었다. 방 안을 한참 만져보던 아천이 기뻐서 소리쳤다.

"여기 물건이 많아요! 대야도 있어요!"

"화로도 있느냐?"

"있어요!"

"아천, 물 좀 데워다 주겠느냐. 손 데지 않게 조심하고."

아천은 입을 삐죽대면서도 시키는 대로 했다. 효성진은 그 사람의 이마를 짚고 다른 단약을 꺼내 먹였다. 위무선은 그 사람의 얼굴을 자세히 보고 싶었지만 아천은 그에게 흥미가 없는지 눈길 한 번 제대로 주지 않았다. 물을 끓여 오자 효성진은 그 사람의 얼굴에 묻은 피를 천천히 닦아주었다. 아천은 한쪽에서 호기심 어린 눈빛으로 쓱 쳐다보고는 소리 없이 '어!' 하고 감탄했다.

아천이 감탄한 이유는 깨끗하게 닦자 잘생긴 얼굴이 나왔기 때문이다.

그 얼굴을 본 위무선은 마음이 착 가라앉았다. 역시 예상대로 설양이었다.

'원수는 외나무다리에서 만난다더니. 효성진, 당신 정말…… 재수가 없군.'

이때의 설양은 완전히 소년으로 7할은 준수하고 3할은 어린 티가 났다. 하지만 웃으면 덧니가 드러나는 이 소년이 일가를 잔인하게 몰살한 미치광이일 줄 누가 알았으랴.

시간을 따져보면 이때는 금광요가 선독(仙督)에 오른 뒤였을 것이다. 설양이 이 지경이 된 것은 분명 금광요의 '처리' 과정에서 죽다가 살아 나왔기 때문일 것이다. 금광요가 제대로 죽이지 못해 부끄러워 대외에 공표하지 못했거나 아니면 설양이 살아날 수 없다고 믿어 이미 처리했다고 말했을 수도 있다. 하지만 나쁜 놈은 천년을 산다고, 사경을 헤매는 설양을 하필 오랜 원수인 효성진이 구했다. 불쌍한 효성진은 그 사람의 얼굴을 꼼꼼하게 만져볼 생각은 하지 않고 자신을 그 지경으로 몰고 간 원수를 구했다. 아천은 볼 수 있었지만, 선문 사람이 아니었기에 설양을 몰랐고 그들 사이에 있었던 바다처럼 깊은 원한은 더더욱 몰랐다. 심지어 아천은 효성진의 이름조차 몰랐다…….

위무선은 속으로 탄식했다. 이것보다 더한 불운은 없을 것이다. 하늘 아래 모든 불운이 효성진 한 사람에게 쏟아진 것 같았다.

바로 그때, 설양이 미간을 찌푸렸다. 그를 진찰하고 상처를 싸매 주고 있었던 효성진은 그가 깨어난 것 같자 말했다.

"움직이지 말게."

설양은 나쁜 짓을 많이 해서 경계심이 예사롭지 않았다. 효성진의 목소리를 듣자마자 눈을 번쩍 뜨더니 벌떡 일어나 벽 쪽으로 굴러가 경계하는 자세로 효성진을 험악하게 노려봤다. 눈빛에서 포위당한 짐승처럼 잔인함과 악의가 고스란히 드러나 보고 있던 아천은 머리털이 곤두서고 머리 가죽이 저릿했다. 아천의 느낌이 위무선의 두피에도 고스란히 전해졌다. 위무선은 속으로 '말해! 효성진이 설양의 목소리를 기억 못 할 리 없어!' 하고 외쳤다.

"당신은…….."

하지만, 설양이 입을 열자 위무선은 끝났다는 것을 알았다. 설양이 말을 해도 효성진은 알아채지 못할 것이다.

설양은 목구멍까지 상처를 입고 피를 많이 토해 목이 잠겨서 전혀 다른 목소리가 났기 때문이다.

"움직이지 말라니까. 상처가 벌어지겠어. 안심하게, 난 그대를 구했으니 해치지는 않을 것이야."

침상 곁에 앉아 있던 효성진이 말했다.

임기응변이 좋은 설양은 효성진이 아직 자신을 알아채지 못했다는 것을 눈치채고 눈을 굴리며 기침을 몇 번 하더니 시험에 나섰다.

"당신은 누구지?"

"눈 두고 뭐해요. 보면 모르나, 방랑 도인이잖아요. 힘들게 업어와 목숨을 구해주고 영약도 먹여줬더니 어디서 그렇게 사납게 대해요!"

아천이 끼어들었다.

설양이 즉시 아천에게 시선을 돌리며 냉담하게 말했다.

"장님?"

위무선이 속으로 불길하다고 외쳤다.

이 무뢰배 자식은 예리하고 교활하며 경계심이 강해 아천의 눈동자가 하얗다고 해서 쉽게 경계를 풀 자가 아니었다. 의심스러운 부분은 작은 것이라도 놓치지 않기 때문에 조금만 부주의해도 꼬리를 잡힐 것이다. 그의 표정과 시선을 보지 못한다면, 방금 설양의 말투만으로는 그가 잔인한지 아닌지 판단하기 어려웠다.

다행히 아천은 어려서부터 거짓말에 도가 터서 즉시 화제를 돌렸다.

"장님이라고 무시해요? 그 장님이 당신을 구했잖아요. 아니었으면 길가에 누워 있는 당신을 아무도 거들떠보지 않았을 거라고요! 깨어났으면 제일 먼저 '감사합니다, 도장님.'이라고 말해야지, 어디 예의 없이! 그러면서 내가 장님이라고 뭐라고 하다니, 쳇……. 장님이 뭐 어쨌다고……."

아천은 화나고 억울하다는 듯이 구시렁거리며 슬쩍 화제를 돌려 초점을 흐렸다. 효성진이 다급하게 아천을 다독이자 설양은 벽에 기대 눈을 흘겼다.

"벽에 기대 있지 말게. 다리의 상처를 붕대로 감아야 하니, 이리 오게."

효성진이 설양에게 말했다.

설양은 차가운 표정으로 계속 생각하고 있었다.

"치료를 더 미루면 그 다리 못 쓰게 될지도 모르네."

효성진이 다시 말했다.

이 말에 설양은 과감하게 결단을 내렸다.

위무선은 설양이 무슨 생각을 했는지 추측할 수 있었다. 설양은 중상을 입고 행동도 불편해 누군가의 도움과 치료가 절실했다. 효성진이 멍청하게 도와주겠다고 자청하는데 거절할 이유가 뭐가 있겠는가.

그래서, 설양은 표정을 확 바꾸고 고마움을 담은 말투로 말했다.

"그러면 부탁드리겠습니다, 도장님."

설양처럼 쉽게 얼굴을 바꾸는 자들을 잘 아는 위무선은 이 진짜 맹인과 가짜 맹인 때문에 손에 땀이 다 났다. 특히 가짜 맹인 아천이 걱정스러웠다. 설양이 그녀가 앞이 보인다는 것을 알게 되면 비밀이 새는 것을 막으려고 그녀를 죽일 게 뻔했기 때문이다. 아천이 끝내 설양한테 죽었다는 것은 알고 있지만, 그 과정을 보니 안절부절못하게 되는 게 사실이었다.

순간, 설양이 자신의 왼손을 효성진이 닿지 못하게 조심한다는 것을 위무선은 발견했다. 자세히 보니 설양의 왼쪽 새끼손가락은 잘려 있었다. 오래된 상처로 최근에 생긴 게 아니었다. 효성진은 설양의 손가락이 아홉 개인 것을 알 터였다. 그래서 설양이 효성진

행세를 할 때 왼손에 검은 장갑을 낀 것이다.

효성진은 최선을 다해 남을 돕는 사람이라 설양의 상처에 약을 바르고 깔끔하게 붕대를 감아주었다.

"다 됐네. 하지만 최대한 움직이지 말게. 그렇지 않으면 뼈가 다시 틀어질 것이야."

설양은 효성진이 바보같이 자신을 몰라본다는 것을 확신하고는, 온몸이 피투성이인 채로 득의양양한 표정을 지었다.

"도장님, 내가 누군지, 어떻게 하다가 중상을 입었는지 왜 묻지 않습니까?"

그 같은 처지라면 신분을 알 수 있는 단서를 노출하지 않으려고 이런 화제는 피할 텐데 설양은 오히려 이 점을 들췄다. 효성진은 약상자와 붕대를 치우며 온화하게 대답했다.

"그대가 먼저 말하지 않는데 내가 물을 필요가 있겠는가. 우연히 만나 힘이 닿는 대로 도왔을 뿐이네. 그대가 몸을 회복하면 각자의 길을 갈 것이야. 나 또한, 남이 묻지 않았으면 하는 사정이 많기도 하고."

위무선은 '효성진이 물었어도 이 무뢰배는 그럴듯한 말로 속였을 거야. 효성진이 상대의 복잡한 과거사를 묻지 않은 건 존중해서 인데 설양이 이런 배려를 이용할 줄을 누가 알았겠어.' 하고 생각했다. 위무선은 설양이 효성진을 속여 자신을 치료하게 할 뿐 아니라 다 나아도 절대 순순히 '각자 갈 길을 가게' 하지는 않을 것이라고 확신했다.

효성진은 설양을 의장 지기의 방에서 쉴 수 있게 하고 의장 대청으로 나왔다. 그리고 빈 관을 열고 볏짚을 가져다가 관 바닥에 두

껍게 깐 다음 아천에게 말했다.

"안에 있는 사람은 부상을 당했으니 침상은 그에게 쓰라고 하고, 미안하지만 너는 여기서 자야겠구나. 볏짚을 깔았으니 춥지는 않을 것이야."

아천은 어릴 때부터 떠돌이 생활을 해서 노숙에 익숙했고 어디에서도 잘 잤기 때문에 괜찮았다.

"이게 뭐가 미안해요. 잘 곳만 있으면 그만이죠. 안 추우니까 도포 벗어주지 않으셔도 돼요."

효성진은 아천의 머리를 쓰다듬고는 불진을 꽂고 검을 단단히 멘다음 문을 나섰다. 효성진은 안전 때문에 야렵을 갈 때 아천이 따라오지 못하게 했다. 아천은 관에 들어가 누웠다. 갑자기 방에 있던 설양이 아천을 불렀다.

"야, 꼬마 장님. 이리 와봐."

"왜요?"

아천이 머리를 내밀며 물었다.

"사탕 줄게."

설양이 대답했다.

아천은 혀뿌리가 시큰해지며 사탕이 정말 먹고 싶었지만 거절했다.

"안 먹어. 안 가요!"

"정말 안 먹어? 안 오는 거야, 아니면 못 오겠는 거야? 네가 안오면 내가 너한테 못 갈 거 같아?"

설양이 달콤하게 위협했다.

그의 묘한 어조를 들은 아천은 순간 오싹해졌다. 호의적이지 않은 웃는 얼굴이 관 위에 쑥 나타나는 장면을 상상하자 아천은 그게 더 무서워 잠깐 망설이다가 결국엔 간대를 들고 더듬거리며 방문 앞으로 천천히 다가갔다. 뭐라고 말하기도 전에 작은 물건이 얼굴로 휙 날아왔다.

위무선은 무의식적으로 무슨 암기(暗器)인 줄 알고 걱정했지만, 위무선은 이 육체를 조종할 수 없었다. 곧 그는 깜짝 놀라 반응했다.

'함정이다!'

4

설양은 아천을 시험하고 있었다. 진짜 맹인이라면 이것을 피할 수 없을 것이었다.

다행히 아천은 오랫동안 맹인 행세를 해 노련하고 눈치도 빨라서 물건이 날아오는 것을 보고도 피하거나 눈도 깜박이지 않고, 물건이 자기 가슴에 부딪히고 나서야 뒤로 폴짝 물러나면서 화냈다.

"이봐요! 뭘 던진 거예요!"

설양의 시험이 통하지 않았다.

"사탕이야, 너 먹으라고. 네가 장님인 걸 깜박했네. 네 발 옆에 있어."

아천은 '흥' 하고 쪼그리고 앉아 진짜 맹인처럼 손을 더듬거리며 사탕을 찾았다. 아천은 사탕을 한 번도 먹어본 적이 없어 침을 꼴 깍 삼키며 입에 넣고 와드득 와드득 신나게 씹었다. 설양은 침상에 옆으로 누워 손으로 뺨을 받치며 말했다.

"꼬마 장님, 맛있어?"

"나도 이름 있거든요. 꼬마 장님이라고 부르지 마요."

"이름을 안 알려줬으니 이렇게 부르는 수밖에."

아천은 자신에게 잘 대해준 사람에게만 이름을 알려줬지만, 설양이 꼬마 장님이라고 부르는 것도 싫어서 할 수 없이 알려주기로 했다.

"잘 들어요, 내 이름은 아천이에요. 다시는 꼬마 장님이라고 부르지 마요!"

말을 다 하고 보니 자기가 너무 강한 말투로 말해서 이 사람이 화가 났을까 싶어 재빨리 말을 돌렸다.

"정말 이상한 사람이네. 온몸이 피투성이가 될 정도로 심한 부상을 당했으면서 사탕을 갖고 있다니."

"어릴 때 사탕을 무척 좋아했는데 못 먹었거든. 다른 사람이 먹는 걸 보면서 군침만 흘렸지. 그래서 이다음에 성공하면 날마다 다 먹지 못할 정도로 사탕을 많이 갖고 다녀야지 하고 생각했어."

설양이 웃으며 말했다.

아천은 사탕을 다 먹고 입술에 남은 사탕의 달콤한 여운을 느끼고 있었다. 사탕을 먹고 싶은 마음이 이 사람을 싫어하는 마음보다 컸다.

"그럼 더 있어요?"

"물론이지. 이리 오면 더 줄게."

설양이 웃으며 말했다.

아천이 일어나 간대를 두드리며 그를 향해 걸어갔다. 그러나, 반 정도 다가가자 설양의 눈빛이 반짝하더니 여전히 웃는 얼굴로 소매에서 차가운 빛이 감도는 장검을 꺼냈다.

강재.

설양은 아천이 있는 방향으로 검 끝을 겨누었다. 아천이 앞으로 몇 발자국만 더 가면 강재가 그녀의 몸통을 꿰뚫을 것이다. 그렇다고 아천이 조금이라도 뒷걸음질 치면 그녀가 맹인이 아니라는 사실이 탄로 날 것이었다.

위무선은 아천과 오감이 통하고 있어서 아천의 뒤통수에서 전해지는 저릿한 느낌을 느낄 수 있었다. 그러나 이 소녀는 매우 대담하고 침착했기 때문에 얼굴색 하나 변하지 않고 평소처럼 간대로 더듬어가며 앞으로 나갔다. 검 끝이 아천의 배 앞, 반 뼘 정도에 이르자 설양이 스스로 팔을 거둬 강재를 소매 속에 넣고 사탕 두 개를 꺼내 하나는 아천에게 건네고 하나는 자신의 입에 넣었다.

"아천, 네 그 도장님은 이 야밤에 어딜 간 거야?"

"사냥 가셨을걸요."

아천이 사탕을 핥으며 말했다.

"사냥은 무슨 사냥, 야렵이겠지."

설양이 비웃었다.

"그래요? 별 차이 없지 않나? 뭐가 달라요. 귀신이랑 요괴 잡아주면서 돈도 안 받는데."

위무선은 아천이 정말 총명하다고 생각했다.

아천은 효성진이 한 말을 기억 못 하는 게 아니었다. 아천은 누구보다 더 똑똑히 기억하고 있었다. '야렵'이라는 단어를 일부러 틀리자 설양이 정정해준 것은 설양 자신도 수선(修仙)을 하는 사람이라는 것을 인정한 것과 같았다. 설양이 아천을 시험하려다 오히려 자기가 시험당한 것이다. 이 소녀는 나이는 어리지만 여러 가지를 헤아릴 줄 알았다.

설양의 얼굴에 경멸의 빛이 떠올랐지만, 이해가 되지 않는다는 말투로 물었다.

"앞이 안 보이는데 야렵이 가능한가?"

"또 시작이네. 안 보이는 게 뭐 어때서요? 도장님은 눈이 안 보여도 아주 대단하다고요. 검이 휙휙, 휙휙 움직이는데, 아주 빨라요!"

아천이 손을 휘젓자 설양이 툭 던지듯 물었다.

"너도 앞이 안 보이는데 빠른지 어떻게 알아?"

공격도 빨랐지만, 대응은 더 빨랐다.

"제가 빠르다면 빠른 거예요. 도장님의 검인데 분명 빠르죠! 안 보인다고 소리도 못 들을까 봐! 정말 무슨 의도로 말하는지 모르겠네. 우리 같은 장님을 얄보는 거 아니에요!"

아천이 거만하게 받아쳤다.

아천의 말은 존경하는 사람을 무조건 치켜세우는 순진한 소녀처럼 아주 자연스럽게 들렸다.

이렇게, 세 번의 시험이 소득 없이 끝나자 설양의 얼굴이 마침내 편안해지면서 아천이 진짜 맹인이라고 믿는 눈치였다.

반면 아천은 설양에 대한 경계심이 강해졌다. 다음 날 효성진이 지붕을 수리할 목재와 띠, 기와 등을 가지고 돌아왔다. 효성진이 들어오자마자 아천은 몰래 그를 끌고 나가 설양이 효성진과 같은 일을 하는데 숨기는 게 많고 행동도 수상하다며 분명 좋은 사람이 아닐 것이라고 한참 동안 말했다. 하지만 아천은 설양의 새끼손가락이 잘린 것은 중요하지 않다고 생각했는지 제일 중요한 특징을 말하지 않았다.

"그가 준 사탕도 먹었으면서, 내쫓지 말거라. 상처가 다 나으면 어련히 떠날까. 우리와 같이 이런 의장에 머무르려는 사람은 없을 것이야."

효성진이 아천을 달랬다. 그의 말이 맞았다. 이곳에는 침상도 하나뿐이었다. 마침 바람도 세지 않고 비도 안 내리니 망정이지, 그렇지 않았으면 지붕 때문에 머무르지 못했을 것이다. 아천이 설양의 험담을 더 하려고 하는 순간 뒤에서 그의 목소리가 들려왔다.

"지금 내 이야기를 하는 건가?"

설양이 침상에서 일어나 나왔다.

"누가 당신 이야기를 해? 잘난척하기는!"

아천이 거리낌 없이 말을 툭 내뱉고 간대로 땅을 더듬으며 들어가 창 아래 숨어 조용히 엿들었다.

"상처가 다 낫지 않았는데, 계속 이리 멋대로 움직여도 괜찮겠나?"

의장 밖에서 효성진이 말했다.

"많이 움직여야 빨리 낫습니다. 두 다리가 다 부러진 것도 아닌데요. 이 정도 상처는 익숙해요. 워낙 맞으며 자란 몸이라."

"아……."

효성진은 위로를 해야 할지, 농담으로 받아들여야 할지 알 수가 없어서 잠시 머뭇거렸다.

"도장님, 들고 온 물건들을 보니 지붕 수리하시게요?"

"그래. 잠시 동안은 이곳에 머물러야 하니 말이네. 부서진 지붕은 아천에게도, 그대의 치료에도 아주 안 좋아."

"제가 도와드릴까요?"

"그럴 필요 없네."

효성진이 점잖게 거절했다.

"할 줄은 아세요?"

"사실 이런 일은 해본 적이 없어서."

효성진이 고개를 젓고는 웃으며 말했다. 목소리에 부끄러운 기색이 묻어났다.

그래서 두 사람이 함께 지붕을 고치기 시작했다. 한 사람이 지시하면 한 사람이 그대로 했다. 설양은 말재주가 좋아 우스갯소리를 잘했고, 거침없는 말투에 통속적인 분위기가 물씬 풍겼다. 효성진은 설양 같은 사람을 상대한 적이 드물었는지 몇 마디 말에도 웃음을 터뜨렸다. 아천은 그들이 유쾌하게 대화하는 소리에 입술을 들썩였다. 마치 "내가 저 나쁜 놈을 때려죽일 테다."라고 말하는 것 같았다.

위무선과 아천은 같은 기분이었다.

설양은 중상을 입어 목숨을 잃을 뻔했고, 효성진과 묵은 과거사도 있어 두 사람은 절대 같은 하늘을 이고 살 수 없는 철천지원수였다. 설양은 속으로는 효성진을 시체도 안 남게 죽이고 싶었지만, 겉으로는 그와 이야기꽃을 피웠다.

창문 아래 숨어 있는 게 위무선이었다면 그는 앞뒤 가리지 않고 일단 설양을 죽여 후환을 없앨 것이었다. 하지만 자기 육체도 아니고 아천은 그러고 싶은 마음이 있어도 힘이 없었다.

한 달 정도가 지나자 효성진의 극진한 보살핌으로 설양의 상처가 거의 다 나았다. 다리를 조금 절뚝거리는 것 말고는 큰 어려움이 없었다. 하지만 설양은 무슨 속셈인지 떠난다는 말을 꺼내지 않고 두 사람과 함께 의장에 계속 머물렀다.

그날도 효성진은 아천의 잠자리를 봐주고 야렵에 나섰다.

"도장님, 오늘 밤에는 저도 데려가면 안 될까요?"

뒤에서 설양의 목소리가 들렸다.

설양의 목도 오래전에 나았을 테지만, 그는 일부러 자기 목소리를 감추고 다른 목소리를 냈다.

"그건 안 되겠네. 웃으면 검이 안정되지 않는데 난 그대가 입만 열면 웃음이 나온다네."

효성진이 웃으며 말했다.

"그럼 아무 말도 안 하면 되지요. 제가 도장님의 검을 대신 들고 가면서 거들 테니 내치지 마세요."

설양이 불쌍한 척하며 말했다. 그는 연장자에게 동생처럼 아양도 잘 떨었다. 포산산인 문하에 있을 때 사매(師妹)와 사제(師弟)가 있었는지 효성진은 자연스럽게 설양을 후배로 생각하는 듯했다. 게다가 설양도 같은 일을 한다는 것을 알아 흔쾌히 허락했다. 위무선은 '설양이 좋은 마음으로 돕겠다고 나선 게 아닐 텐데. 아천이 따라가지 않으면 중요한 순간을 놓치겠군.' 하고 생각했다.

아천은 역시 눈치가 빨라 설양이 좋은 마음이 아니라는 것을 알았다. 두 사람이 집을 나서기를 기다린 아천은 재빨리 관에서 뛰어나와 멀찌감치 떨어져 따라갔다. 아천은 미행을 들킬까 봐 그들과 너무 멀리 떨어진 데다, 두 사람의 걸음도 빨랐던 탓에 금세 뒤를 놓치고 말았다. 마침 효성진이 채소를 씻으면서 근처 작은 마을이 주시의 습격을 당했으니 함부로 나다니지 말라고 주의를 주었던 것이 생각났다. 아천은 곧장 그곳으로 달려갔다. 아천은 마을 입구 울타리 아래 있는 개구멍으로 들어가 집 뒤에 숨어 염탐했다.

아천은 보면서 이해했는지 모르겠지만 위무선은 돌연 등골이 서늘했다.

설양이 팔짱을 낀 채 길가에 서서 고개를 삐딱하게 기울이며 웃고 있었다. 맞은편에 선 효성진이 침착하게 검을 뽑자 상화의 은빛이 허공을 가르며 마을 사람의 심장을 관통했다.

그는 산 사람이었다.

또래의 평범한 소녀였다면 그 자리에서 소리를 질렀을 것이다. 그러나 아천은 오랫동안 맹인 행세를 해온 몸이었다. 사람들은 그녀를 진짜 맹인으로 알고 그 앞에서 거리낌 없이 온갖 추악한 짓을 저질렀고, 그런 추태를 수없이 봐온 아천은 심장이 단단해졌기 때문에 숨소리조차 내지 않았다.

그렇다고는 해도 위무선은 아천의 다리가 저릿하고 뻣뻣해지는 것을 느낄 수 있었다.

효성진은 어수선하게 널린 마을 사람들의 시체 더미 앞에 서서 칼집에 검을 넣으며 말했다.

"이 마을에는 산 사람이 한 명도 없단 말인가? 전부 주시이고?"

설양은 입꼬리를 살짝 올리면서 미소를 지었다. 그리고 매우 놀라고 침통한 듯이 말했다.

"맞아요. 도장님의 검이 시체의 기운을 스스로 알아채니 다행이지, 그렇지 않았으면 우리 둘 만으로는 이 포위망을 뚫을 수 없었을 겁니다."

"마을을 다시 한번 둘러봐야겠어. 정말 산 사람이 없다면 주시들을 어서 불태워야 하네."

효성진이 말했다. 설양과 효성진이 멀어지자 아천의 다리에 다시 힘이 돌아왔다. 아천은 집에서 나와 시체 더미로 다가가 요리조리 살폈다. 위무선의 시선도 아천을 따라 이리저리 옮겨졌다.

마을 사람들 모두 효성진에 의해 깔끔하게 심장이 관통돼 죽었다. 위무선은 그중 눈에 익은 얼굴 몇을 발견했다.

얼마 전, 세 사람은 외출했다가 마을 어귀에 앉아 주사위 놀이를 하는 사내들의 옆을 지나갔다. 사내들은 그들을 쓱 훑어보더니 큰 장님, 작은 장님 그리고 젊은 절름발이라며 손가락질하며 웃었다. 아천은 그들을 향해 침을 뱉고 간대를 휘둘렀고, 효성진은 못 들은 척하며 담담하게 지나쳤으며, 설양은 웃었다. 그러나 눈빛에는 웃음기가 전혀 없었다.

아천은 시체 몇 구를 뒤집어 그들의 눈꺼풀을 뒤집어봤다. 모두 하얬고 몇몇은 얼굴에 시반이 올라와 있었다. 아천은 한숨을 내쉬었다. 그러나 위무선은 마음이 점점 무거워졌다.

그들은 주시 같지만 사실은 주시가 아니라 산 사람이었기 때문이다.

시독에 중독된 산 사람이었다.

위무선은 시체 몇 구의 코와 입 근처에서 자홍색 가루가 남아 있는 흔적을 봤다. 중독이 너무 심해 이미 걸어 다니는 산 송장이 된 사람은 구할 수 없지만, 중독이 심하지 않은 사람은 구할 수 있었다. 시체 중에는 중독된 지 얼마 안 된 주민도 있었다. 그들에게서는 시변자의 특징이 나타나 시체 냄새가 났지만, 생각할 수 있고 말할 수 있는 산 사람이었다. 남경의와 소년들처럼 치료하면 나을 수 있었다. 이렇게 오인해서 죽이는 것은 산 사람을 살해한 것과 같았다.

그들은 자신의 신분을 밝히고 도와달라고 말할 수 있었지만, 누군가 그들의 혀를 잘라버렸다. 시체의 입에는 뜨거운 피가 흐르거나 핏자국이 말라 있었다.

효성진은 앞을 볼 수 없지만, 상화가 시체의 기운을 따라 인도했고 주민들은 혀가 잘려 주시 같은 괴상한 소리만 낼 수 있었기 때문에 효성진은 자기가 주시를 죽였다고 생각했다.

남의 칼로 사람을 죽이고, 은혜를 원수로 갚았다.

아천은 지금 벌어진 상황의 진실을 꿰뚫어 보지 못했다. 아천이 아는 것이라고는 효성진이 가끔 말해준 대략적인 것뿐이었다.

"이 못된 놈이 정말 도장님을 돕고 있나?"

아천이 중얼거렸다.

'이렇게 설양을 믿으면 절대 안 돼!'

위무선이 속으로 외쳤다.

다행히 아천은 직감이 매우 발달했다. 아천의 식견으로는 수상한 점을 눈치채지 못했지만, 직감적으로 설양을 경계하고 본능적으로 그가 싫어서 마음을 놓지 않았다. 그래서 설양이 효성진과 함께 야렵을 나가면 몰래 미행에 나섰다. 같은 집에 살면서도 절대 경계를 늦추지 않았다.

겨울바람이 매섭게 불던 어느 날 밤, 세 사람은 작은 방 낡은 화롯가 곁에 모여 몸을 녹였다. 효성진은 한쪽 귀퉁이가 부서진 장바구니를 고치고 있었고, 아천은 효성진 곁에서 유일한 솜이불을 김밥처럼 둘둘 말아 덮고 잔뜩 웅크리고 앉아 있었다. 설양은 한 손으로 턱을 괴고 아무 일도 하지 않았다. 아천이 효성진에게 이야기 좀 해달라고 조르고 효성진이 달래는 소리를 듣던 설양이 성가시다는 듯이 말했다.

"그만해, 더 떠들면 혀를 묶어버린다."

아천은 원래 설양의 말은 듣지 않았다.

"도장님, 재밌는 얘기 해주세요!"

"어릴 때 이야기를 들려준 사람이 없어서 아는 게 하나도 없다만. 그런데 무슨 이야기를 할 수 있겠느냐?"

아천이 바닥에 드러누워 구를 기세로 졸라댔다.

"알았다. 그러면 산속 이야기를 들려주마."

"옛날 옛날에, 어떤 산에 절이 있었다고요?"

"아니, 옛날에 어느 이름 모를 선산(仙山)에 깨달음을 얻은 한 선인(仙人)이 살았단다. 선인은 제자를 많이 거뒀지만, 제자들을 산에서 내려가지 못하게 했지."

이 말을 듣자마자 위무선은 딱 알아챘다.

'포산산인.'

"왜 못 내려가게 했어요?"

아천이 물었다.

"선인은 산 아래의 세상을 이해하지 못해서 산으로 숨었기 때문이야. 그녀는 제자들에게 산에서 내려가면 돌아올 필요 없고, 외부의 다툼을 산으로 갖고 돌아오지 말라고 했지."

"그걸 어떻게 막아요? 분명 산 아래로 내려가 놀고 싶어 하는 제자가 있을 텐데."

"맞아. 처음으로 산에서 내려간 건 우수한 제자였지. 그는 재능이 뛰어나서 산에서 내려가자마자 사람들에게 칭송을 받았고 선문의 명사가 됐어. 하지만 나중에는 무슨 일이었는지 성격이 확 변해 사람을 죽이고도 눈 하나 깜박하지 않는 악마가 됐지. 결국에는 칼에 맞아 죽었어."

포산산인의 '제명에 못 죽은' 첫 번째 제자인 연령도인이었다.

위무선은 연령도인이 하산해 세상에 들어간 이후 어떤 일로 성격이 변했는지 알지 못했다. 아마 앞으로도 아는 자가 없을 것이다. 장바구니를 다 고친 효성진은 바구니를 더듬으며 손이 찔리는 곳이 없는지 확인한 다음 내려놓고 계속 말했다.

"두 번째 제자는 아주 우수한 여제자였지."

위무선은 가슴이 뜨거워졌다.

장색산인.

"예뻤어요?"

"잘은 모르지만, 그렇다고 하더구나."

"그건 내가 알아요. 그녀가 산에서 내려가자 그녀를 좋아하고 결혼하자고 하는 사람이 많았을 거예요. 그래서 그녀는 고관대작이나 큰 가문의 가주에게 시집을 갔겠죠! 헤헤헤."

아천이 두 손으로 얼굴을 괴며 말했다.

"틀렸어. 그녀는 큰 가문 가주의 하인과 결혼해서 멀리 달아났단다."

효성진이 웃으며 말했다.

"그건 마음에 안 들어요. 우수하고 아름다운 선자가 어떻게 하인을 좋아해요. 그런 이야기는 너무 통속적이고, 가난하고 별 볼 일 없는 서생들이 상상해낸 거라고요. 그다음은요? 멀리 달아난 다음에는 어떻게 됐어요?"

"야렵하다가 실패해 둘 다 목숨을 잃었어."

"그게 무슨 말이에요! 하인한테 시집간 건 그렇다고 쳐도, 같이 죽다니! 안 들을래요!"

위무선은 효성진이 그 둘이 사람들이 죽이려고 덤비는 악마를 낳았다는 말은 하지 않아서 다행이라고 생각했다. 그렇지 않았으면 아천이 욕을 한 바가지 했을지도 몰랐다.

"그래서 아까 말했잖느냐. 난 말재주가 없다고."

효성진이 난처하다는 듯이 말했다.

"그러면 도장님, 예전에 야렵했던 건 기억하죠? 난 그 얘기가 좋더라! 예전에 어떤 요괴를 잡았어요?"

방금까지 눈을 가늘게 뜨고 듣는 둥 마는 둥 했던 설양이 이 말에 눈빛이 약간 굳어지고 동공이 작아지면서 효성진을 곁눈질했다.

"그건 너무 많지."

"그래요? 예전에도 도장님은 혼자서 야렵에 나갔습니까?"

갑자기 설양이 끼어들었다.

설양의 입꼬리가 살짝 올라간 것이 분명 좋은 뜻으로 물은 게 아닐 텐데 목소리에는 단순한 호기심이 가득했다. 잠시 뒤 효성진이 살짝 미소 지으며 대답했다.

"아니네."

"그럼 누구랑 갔어요?"

아천이 신나서 물었다.

이번에는 침묵이 조금 길어졌다. 한참 뒤에야 효성진이 입을 열었다.

"가장 절친한 친우와 갔단다."

설양의 눈빛이 기이하게 반짝거렸고 의미심장한 웃음을 지었다. 효성진의 상처가 설양에게는 큰 쾌감을 주는 듯했다.

"도장님의 친구는 어떤 사람이에요? 어떻게 생겼어요?"

아천이 호기심이 가득한 말투로 물었다.

"성품이 고결하고 진실한 군자란다."

효성진이 침착하게 말했다.

이 말에 설양은 경멸하듯 눈을 흘기며 입술을 약간 들썩이는 게 소리 없이 욕을 한 것 같았다. 그러나 이해 못 하겠다는 듯이 물었다.

"그러면 도장님, 그 친우는 지금 어디에 있습니까? 도장님이 지금 이런 상황인데 어떻게 찾아오지도 않아요?"

위무선은 '정말 독사처럼 음흉한 녀석이군.'이라고 생각했다.

효성진은 아무 말도 하지 않았다. 아천은 사정은 몰랐지만, 뭔가 감지했는지 숨을 죽이고 설양을 슬쩍 노려보았다. 잇몸이 근질근질한 게 그를 꽉 물지 못하는 것이 한스러운 듯했다. 잠시 넋을 놓고 있던 효성진이 침묵을 깼다.

"지금 그가 어디에 있는지 나도 모르네. 하지만, 바라건대……."

말을 다 끝내지 않고 효성진은 아천의 머리를 쓰다듬으며 말했다.

"됐다. 오늘은 여기까지다. 말재주가 없어서 정말 어렵구나."

"아, 알았어요!"

아천이 고분고분 대답했다.

"그러면 내 이야기 들어볼래?"

갑자기 설양이 말했다.

"좋아요, 좋아. 말해봐요."

실망하고 있었던 아천이 즉시 말했다.

"옛날에 한 아이가 있었어."

설양이 느긋하게 이야기를 시작했다.

"그 아이는 달콤한 음식을 좋아했어. 하지만 아버지도 어머니도 없고 돈도 없어서 먹을 수가 없었지. 그날도 아이는 여느 때처럼 계단 앞에 앉아 멍하니 있었어. 그런데 계단 맞은편에 있는 주점에 앉아 있던 어떤 남자가 아이에게 이리 오라고 손짓했어."

설양의 이야기는 시작은 그저 그랬지만 그래도 효성진의 케케묵은 옛날이야기보단 훨씬 나았다. 아천에게 토끼 귀가 있었다면 즉시 귀를 쫑긋 세웠을 것이다.

"어리숙했던 아이는 할 일도 없었는데 마침 그가 부르니 쪼르르 달려갔지. 그 남자가 탁자 위의 간식을 가리키며 먹고 싶냐고 물었어."

설양이 계속 말했다.

"아이는 당연히 먹고 싶어서 힘차게 고개를 끄덕였지. 그랬더니 그 남자가 아이에게 종이 한 장을 주면서 먹고 싶으면 이걸 어디어디에 사는 누구에게 전하고 오라고, 그러면 준다고 했어."

"아이는 신이 났어. 갔다 오면 맛있는 간식을 먹을 수 있을 테니까. 게다가 그건 자기 힘으로 얻은 거였고. 아이는 글을 몰라 종이에 뭐가 쓰여 있는지도 모르고 그 남자가 말한 집으로 냅다 달려갔지. 대문이 열리고 건장한 사내가 나왔어. 그는 종이를 받아 들고 읽더니 아이의 뺨을 후려치고 머리통을 잡으며 '누가 너에게 이런 걸 갖다 주라고 했어?' 하고 물었어."

그 아이는 분명 설양 자신일 것이다.

위무선은 지금은 이렇게 영리한 설양이 어릴 때는 누가 시키는 대로 하는 고지식하고 단순한 아이였을 줄은 생각하지 못했다. 종이에는 분명 좋은 말이 쓰여 있지 않았을 것이다. 주점에 있던 남자와 이 건장한 사내 사이에 분명 무슨 일이 있었고, 주점의 사내가 면전에서 욕은 못 하고 길가에 있던 어린아이에게 욕설이 담긴 편지를 전하게 했을 것이다. 정말 비열한 행동이었다.

"아이가 무서워서 방향을 가리키자 그 건장한 사내가 아이의 머리채를 잡고 주점으로 향했어. 그 남자는 벌써 도망갔지. 탁자 위에 있던 간식도 점원이 이미 치운 뒤였고. 그 건장한 사내는 노발대발하며 주점의 탁자를 몇 개나 부수고 욕을 하며 갔지. 소년은 다급했어. 한바탕 뛰고 얻어맞고 머리채까지 잡힌 채 끌려와 머리가죽이 다 벗겨질 거 같은데 간식을 못 먹으면 안 된다고 생각했지. 그래서 아이는 눈물을 뚝뚝 흘리며 점원에게 '내 간식은요? 나한테 준다고 약속한 간식은요?' 하고 물었지."

설양이 말했다.

"점원은 가게가 난장판이 돼 화가 난 상태라 아이의 뺨을 몇 대 갈기며 내쫓았지. 아이의 귀에서는 웅웅 소리가 났어. 하지만 아이는 일어나 한참 걸었어. 그다음 무슨 일이 있었을까? 아이에게 편지를 전하라고 한 남자와 딱 마주쳤어."

설양이 방실거리며 말하다가 갑자기 입을 다물었다.

"그래서요? 어떻게 됐는데요?"

넋을 잃고 한창 이야기에 빠져들었던 아천이 재촉했다.

"그래서 뭐가 어떻게 돼? 뺨 몇 대 더 맞고 발길질 당했지."

설양이 말했다.

"그 아이는 당신이죠? 단 거 좋아하는 거 보니 분명히 당신이네! 어릴 때 왜 그 모양이었어요! 나라면 퉤퉤퉤, 우선 그의 음식과 차에 침을 뱉은 다음 패줬을 거예요……."

아천이 손발을 휘두르는 통에 옆에 있던 효성진이 맞을 뻔했다.

"됐다, 됐어. 이야기 끝났으니 그만 자거라."

효성진이 서두르며 말했다.

아천은 효성진에게 안겨 관으로 들어가면서도 분이 안 풀리는지 가슴을 치며 발을 동동 굴렀다.

"아, 정말! 두 사람 이야기 때문에 화나 죽겠네! 하나는 재미없어서 화나고, 하나는 답답해서 화나고! 편지 보낸 그 남자 정말 재수 없어! 아, 억울해라!"

효성진은 아천에게 이불을 잘 덮어주고 몇 걸음 물러난 다음 물었다.

"그 뒤에는?"

"어떻게 됐을까요? 그 뒤에는 없어요. 도장님도 이야기 다 안 했잖습니까."

"나중에 어떤 일이 생겼든 지금 그대는 그래도 안녕하다고 할 수 있으니 과거에 너무 얽매이지 말게."

"과거에 얽매이지 않아요. 그저 저 꼬마 장님이 날마다 내 사탕을 훔쳐 먹어서 사탕이 다 떨어져 과거에 못 먹던 시절이 생각난 것뿐입니다."

"도장님, 허튼소리니 믿지 말아요! 나 몇 개 안 먹었어요!"

아천이 관을 힘껏 차며 항의했다.

"이제 그만 자자꾸나."

효성진이 가볍게 웃으며 말했다.

그날 밤 효성진의 야렵에 설양은 따라나서지 않았다. 아천은 관에 누워 꼼짝도 안 했지만, 뜬눈으로 밤을 새웠다.

날이 조금씩 밝아오자 효성진이 소리 없이 들어왔다.

관 옆을 지나던 효성진이 손을 뻗었다. 아천은 눈을 감고 자는 척하다가 효성진이 의장을 다시 나가고 나서야 눈을 떴다. 짚으로 만든 베개 옆에 작은 사탕 하나가 놓여 있었다.

아천은 고개를 내밀어 방 쪽을 바라봤다. 설양도 잠을 안 자고 무슨 생각을 하는지 탁자 옆에 앉아 있었다.

탁자 위에는 사탕 하나가 놓여 있었다.

화롯가에 둘러앉아 이야기를 나누던 밤 이후 효성진은 날마다 두 사람에게 사탕을 하나씩 가져다주었다. 아천은 무척 좋아했지만, 설양은 고맙다는 말도 그렇다고 거절하지도 않았다. 설양의 태도에 아천은 며칠 동안 불만이었다.

의장에서 살면서 세 사람의 생활은 전부 효성진이 책임졌다. 효성진은 앞이 안 보여 장을 볼 때 좋은 물건인지 나쁜 물건인지 고를 수 없었고 가격 흥정도 능숙하지 않았다. 양심 있는 장사꾼을 만나면 그나마 다행이지만, 번번이 무게가 모자라거나 질이 떨어지는 채소를 사 왔다. 효성진 본인은 개의치 않고 신경 쓰지 않았지만 아천은 뻔히 보였기 때문에 화가 잔뜩 나 효성진과 함께 그 양심 없는 가게를 찾아가 결판을 내려고 했다. 그러나 아천은 앞이 보여도 보인다고 할 수 없었고, 효성진 앞에서 포악을 부리며 매대를 엎을 수도 없었다. 이럴 때는 설양도 쓸모가 있었다. 설양은 예리한 눈과 험악한 입을 가진 무뢰배 본성을 드러내 어떤 물건을 사든 뻔뻔스럽게 가격을 반으로 후려쳤다. 상대는 설양이 흉악한 눈빛을 보이기라도 할까 봐 얼마를 내든 돈을 내는 것만으로도 다행이라고 여기며 그를 빨리 보내기 급급했다. 설양은 분명 과거 기주와 난릉에서 갖고 싶은 게 있어도 돈이 필요 없었을 것이다. 아천은 고소하고 신나서 설양에게 칭찬까지 했다. 게다가 날마다 맛있는 사탕이 주어지자 아천과 설양 사이에 한동안 미묘한 평화가 흘렀다.

하지만 아천은 설양에 대한 경계를 늦출 수가 없었고, 이 작은 평화도 갖가지 걱정과 못마땅한 기분에 압도되었다.

어느 날, 아천은 길에서 또 맹인 놀이를 하고 있었다. 이 놀이는 평생 해도 지겹지 않았다. 간대로 땅을 짚으며 걸어가고 있는데 갑자기 뒤에서 누군가 말을 걸었다.

"이봐, 꼬마 낭자. 앞이 안 보이면 그렇게 빨리 걷지 말거라."

젊은 남자의 목소리였고 조금 냉정하게 들렸다. 고개를 돌려보니 검은 옷을 입은 훤칠한 도인이 뒤에 서 있었다. 장검을 등에 메고 불진을 들고 바람에 옷자락을 나부끼며 서 있는 자세가 단정하고 고고한 분위기를 풍겼다.

그는 바로 송람이었다.

아천이 고개를 갸우뚱하는 사이 송람이 다가와 불진을 아천의 어깨에 올려놓더니 길 한쪽으로 인도했다.

"길옆이 사람이 적어."

위무선은 '정말 효성진의 친우답군. 친한 친우이니 심성도 비슷하네.'라고 생각했다.

아천이 킥킥거리며 웃었다.

"아천, 도장님께 감사드립니다."

송람이 불진을 거두고 그녀를 한 번 살펴봤다.

"너무 정신없이 돌아다니지 말거라. 이곳은 음기가 강하니 어두워지면 밖에 나다니지 말고."

송람이 당부했다.

"네!"

아천이 말했다. 송람이 고개를 끄덕이며 앞으로 걸어갔다. 아천은 고개를 돌려 송람을 봤다. 그는 조금 가다가 행인을 붙잡고 무언가를 묻고 있었다.

"실례합니다. 말씀 좀 묻겠습니다. 이 근처에서 검을 찬 맹인 도인 못 보셨습니까?"

아천은 정신을 집중해 자세히 들었다.

"잘 모르겠는데요. 다른 사람에게 물어보세요."

행인이 말했다.

"감사합니다."

송람이 말했다.

"도장님, 그 도장님은 찾아서 뭐 하게요?"

아천이 간대를 두드리며 다가가 말을 걸었다.

"그를 본 적이 있느냐?"

송람이 몸을 휙 돌리며 물었다.

"본 것 같기도 하고, 아닌 것 같기도 해요."

아천이 대답했다.

"어떻게 해야 본 것 같겠느냐?"

송람이 물었다.

"제 질문에 대답하면, 봤다고 할 수도 있지요. 당신은 그 도장님의 친구인가요?"

아천이 물었다.

송람은 얼이 빠진 것처럼 멍하니 있다가 한참 뒤에야 대답했다.

"……그래."

위무선은 '송람이 왜 망설이지?' 하고 생각했다.

아천도 그가 마지못해 대답하는 것 같아 의심스러운 생각이 들었다.

"정말 그를 알아요? 그럼 그 도장님 키가 얼마나 돼요? 잘생겼어요, 못생겼어요? 검은 어떤 모양이에요?"

"키는 나와 비슷하고 외모는 매우 준수하고, 검에는 서리꽃이 새겨져 있다."

송람이 즉시 대답했다. 그가 정확하게 대답하고 나쁜 사람 같지도 않아 아천은 솔직하게 대답하기로 했다.

"그가 어디 있는지 알아요. 저를 따라오세요."

친구를 찾아 몇 년 동안 수소문해 다니던 송람은 그동안 실망한 적이 한두 번이 아니었다. 그런데 마침내 소식을 듣게 되자 믿을 수가 없었다. 송람은 애써 진정하며 말했다.

"……그럼…… 부탁하지."

아천이 송람을 의장 근처까지 안내했지만, 송람은 먼 곳에서 멈췄다.

"왜 그래요? 왜 안 가요?"

아천이 물었다.

왜 그런지 송람은 아주 창백한 얼굴로 간절히 들어가고 싶지만 차마 그럴 수 없다는 듯이 의장 대문을 노려보았다. 방금까지 고상하고 냉정했던 모습은 찾아볼 수 없었다. 위무선은 '막상 만나려니 마음이 복잡한 건가?' 하고 생각했다.

송람이 마침내 결심했는지 한 발 떼려는데, 누가 그보다 한발 앞서 의장 대문으로 유유히 들어갔다.

그 사람을 본 송람의 창백한 얼굴이 순식간에 더 하얗게 질렸다.

의장에서 웃는 소리가 들렸다.

아천이 쳇 하더니 "재수 없는 놈이 돌아왔네." 하고 말했다.

"저 사람은 누구지? 왜 그가 저기에 있지?"

송람이 물었다.

"아주 못된 놈이에요. 이름도 말 안 하니 누군지 누가 알겠어요? 도장님이 구해서 데려왔어요. 하루 종일 도장님을 귀찮게 하고, 얄미워 죽겠어요!"

아천이 속사포처럼 쏟아냈다.

송람의 얼굴에 놀람과 분노가 교차하면서 창백해졌다 파래졌다 했다.

"소리 내지 마!"

송람이 말했다.

아천은 송람의 표정에 깜짝 놀라 한마디조차 하지 않았다. 두 사람은 소리 없이 의장 밖까지 다가가 한 사람은 창가에 한 사람은 창 아래에 숨었다. 의장에서 효성진의 목소리가 흘러나왔다.

"오늘은 누구지?"

효성진의 목소리를 들은 순간, 송람의 손이 아천에게까지 느껴질 정도로 덜덜 떨렸다.

"앞으로는 교대하지 말죠? 방법을 바꿉시다."

설양이 말했다.

"본인 차례가 되니 말이 많아지는구나. 어떻게 바꾸려고?"

효성진이 물었다.

"자, 여기 나뭇가지 두 개가 있어요. 긴 걸 뽑는 사람은 안 가고, 짧은 걸 뽑는 사람이 가는 겁니다. 어때요?"

설양이 물었다.

잠시 침묵이 이어졌다.

"도장님 쪽이 짧네, 내가 이겼다. 어서 가시지요!"

설양이 하하 웃으며 말했다.

효성진이 몸을 일으켜 밖으로 나오려는 것 같았다. 위무선은 속으로 '좋아, 어서 나와. 나오자마자 송람이 그를 끌고 도망치는 게 가장 좋아!'라고 외쳤다.

하지만, 효성진이 몇 걸음 떼자 설양이 말했다.

"돌아와요. 내가 갈게."

"왜 또 간다고 나서?"

효성진이 물었다.

설양도 몸을 일으키며 말했다.

"바보 아닙니까? 방금 내가 속였잖아요. 내가 짧은 걸 뽑았다고요. 다른 긴 나뭇가지는 내가 벌써 숨겨놨지. 도장님이 뭘 뽑아도 내가 이긴다니까. 당신이 앞 못 보는 걸 이용한 거라고."

설양은 효성진에게 농담 몇 마디를 하고 바구니를 들고 유유히 문을 나섰다. 아천이 고개를 들자 송람이 부들부들 떨고 있었다. 아천은 송람이 왜 이렇게 분노하는지 알 수 없었다. 송람은 아천에게 소리 내지 말라고 하면서 설양이 의장에서 멀리 떨어진 다음에야 아천에게 물었다.

"저 사람, 성진⋯⋯, 도장이 저자를 언제 구했지?"

송람의 진지한 말투에 아천은 심각한 일이라고 생각했는지 역시 진지하게 대답했다.

"구한 지 한참 됐어요. 몇 년은 됐을걸요."

"도장은 저자가 누구인지 계속 몰랐고?"

"몰라요."

"저자가 도장 곁에서 무슨 짓을 하는지는 알고?"

"입이나 나불거리고, 저를 놀리고 놀라게 하고. 그리고…… 아, 도장님과 함께 야렵을 나갔어요!"

송람의 눈매가 매서워졌다. 설양이 분명 좋은 의도로 그리하지는 않았으리라 생각하는 것 같았다.

"야렵? 뭐를 야렵하느냐? 네가 어떻게 알지?"

아천은 사실을 밝힐 수 없어 잠시 생각했다.

"한동안은 주시를 잡았는데 요즘은 망령이나 요괴를 잡아요."

송람은 꼬치꼬치 캐물으면서 뭔가 잘못됐다고 느끼는 모양이었지만, 그게 뭔지 감이 딱 오지는 않는 눈치였다.

"도장과 저자는 사이가 좋은가?"

인정하기는 싫지만 아천은 사실대로 말했다.

"제 생각인데 도장님은 혼자서는 별로 즐겁지 않은가 봐요……. 모처럼 같은 일을 하는 사람을 만났으니……, 그래서인지 그 못된 놈이 하는 우스갯소리를 좋아하시는 것 같아요……."

송람의 얼굴에 먹구름이 가득했다. 분노와 인정할 수 없다는 듯한 표정이 복잡하게 교차했다. 혼란스러운 가운데에도 딱 하나는 분명했다.

절대 이 사실을 효성진이 알게 해선 안 된다.

"도장에게 쓸데없는 말 하지 말거라."

송람은 어두운 얼굴로 설양이 간 방향으로 쫓아갔다.

"도장님, 그 나쁜 자식을 때려주게요?"

송람은 이미 멀어졌다. 위무선은 '어디 때리기만 하겠어. 설양을 산 채로 토막 내려들걸!'이라고 생각했다.

설양은 장바구니를 들고 집을 나섰고 아천은 그가 어느 길로 장을 다녀오는지 알아서 수풀을 헤치며 지름길로 바람처럼 달려갔다. 가슴이 쿵쿵 뛰었다. 한참 쫓아가자 앞에 설양의 그림자가 보였다. 설양은 청경채, 무, 찐빵 등이 담긴 바구니를 들고 느릿느릿 걸으며 하품을 했다. 장을 보고 돌아오는 길인 듯했다.

아천은 숨어서 엿듣는 것에 이골이 나서 수풀에 엎드려 설양을 따라 움직였다.

"설양."

앞에서 송람의 차가운 목소리가 들렸다.

갑자기 찬물을 맞은 것처럼, 아니면 꿈에서 따귀를 맞아 놀라 깬 것처럼 설양의 얼굴이 순식간에 일그러졌다.

송람이 나무 뒤에서 나왔다. 손에 쥔 장검 끝이 땅을 향해 있었다.

"아이고, 송 도장님 아니십니까? 귀한 손님이 다 오셨네요. 밥이라도 얻어먹으려고 오셨나?"

설양이 놀란 척하며 말했다.

송람이 검을 세워 찌르자 쉭 소리와 함께 설양의 소매에서 미끄러져 나온 강재가 공격을 막았다. 뒤로 몇 보 후퇴한 설양이 장바구니를 나무 옆에 내려놓았다.

"이런 빌어먹을 도사 같으니라고. 이 몸이 애써 장을 봐 왔더니 젠장 맞게 물을 흐려놔!"

"도대체 무슨 흉계를 꾸미고 있는 것이냐! 효성진 옆에서 그렇게 오랫동안, 도대체 뭘 하려는 거지?!"

분노한 송람이 한 발 한 발 위협적으로 다가가며 낮은 소리로 으르렁거렸다.

"왜 바로 안 찌르나 했더니 그게 궁금해서였군."

설양이 웃으며 말했다.

"말해! 네놈 같은 쓰레기가 좋은 마음으로 야렵을 도왔을 리가 없잖아?!"

송람이 외쳤다.

검이 얼굴을 스치자 설양의 얼굴에 상처가 났다.

"송 도장님께서 저를 이리 잘 아실 줄이야!"

설양은 놀라지도 않고 말했다.

한 명은 도문(道門)의 정통파의 길을 걸었고 한 명은 살인 방화로 빚어낸 비정통의 길을 걸었으니, 송람의 검법이 설양보다 훨씬 정교해 단번에 설양의 팔뚝을 꿰뚫었다.

"말해!"

반드시 정확한 대답을 들어야 할 만큼 불안한 일이 아니었다면 송람의 검은 팔뚝이 아니라 목을 찔렀을 것이다. 설양은 칼에 맞고도 얼굴색 하나 변하지 않았다.

"정말 듣고 싶어? 들으면 미칠 텐데. 모르는 게 좋은 일도 있거든."

"설양, 참는 것도 한계가 있어!"

송람이 차갑게 말했다.

쨍하는 소리와 함께 설양이 자기 눈을 겨눈 검을 비켜내며 말했다.

"좋아, 그렇게 듣고 싶다는데. 네 그 동지이자 절친한 벗께서 무슨 일을 한 줄 알아? 주시를 많이 죽였지. 요괴를 처치하고 귀신을 제거했어. 보답도 바라지 않고 말이야. 참 감동적이지. 그가 자기 눈을 파서 당신에게 주어 장님이 됐지만, 다행히 상화가 자동으로 시체의 기운이 있는 곳으로 인도한단 말이야. 더 신기한 건 주시 독에 중독 된 사람의 혀를 뽑아 말을 못 하게 하면 상화가 활시인지 주시인지 구분을 못 하더라고. 그걸 내가 발견했지 뭐야. 그래서……."

설양의 상세한 설명에 송람은 손에 쥔 검을 덜덜 떨었다.

"네 이 짐승 같은 놈…… 금수만도 못한 놈이……."

"송 도장, 당신처럼 교양 있다는 사람들은 욕을 참 못해. 맨날 비슷한 말 몇 개를 돌려서 하거든. 참신함도 없고 살상력도 없다니까. 나는 일곱 살 때 벌써 그런 욕은 다 뗐다고."

송람은 화가 치밀어올랐지만 소리치지 않고 다시 검을 설양의 목구멍에 겨눴다.

"맹인을 기만하고, 그를 괴롭히다니!"

이번 검은 빠르고 날카로웠다. 설양은 간신히 피했지만, 어깨를 찔렸다. 설양은 감각이 없는 사람처럼 미간 한 번 찌푸리지 않았다.

"그가 장님인 거? 송 도장, 잊으면 안 되지. 그가 자기 눈을 누구한테 빼줬더라?"

이 말에 송람의 얼굴과 동작이 확 굳었다.

"당신이 무슨 자격으로 날 비난하지? 친우? 당신이 효성진의 친우라고 할 수 있어? 하하하, 송 도장. 내가 다시 말해줘야 하나? 내가 백설관을 싹 쓸어버리자 당신이 효성진에게 뭐라고 했지? 그는 당신이 걱정돼 도와주러 왔는데 그때 당신은 그에게 어떤 표정을 지었지? 무슨 말을 했더라?"

"나는! 그때 나는……."

송람은 마음이 복잡해져 외쳤다.

"그때는 비통했다고? 고통스러웠다고? 상심했다고? 화낼 사람이 없었다고? 그래서 그에게 화풀이했나? 내가 당신의 백설관을 쓸어버린 건 분명 효성진 때문이었지. 그래서 당신이 그에게 화를 낼 만도 했고, 그게 바로 내가 바라던 바였지."

설양이 송람의 말을 끊으며 말했다. 그의 말 한마디 한마디가 송람의 폐부를 깊숙이 찔렀다.

설양은 독설을 내뱉으며 송람을 죄어왔고 검도 한층 여유로워지면서 점점 교활해지더니 어느새 우위를 점했지만, 송람은 전혀 깨닫지 못했다.

"하! '다시는 보지 말자.'라는 말은 도대체 누가 했더라? 당신이잖아, 송 도장? 당신 말대로 그는 자기 눈을 당신에게 파주고 사라져줬는데 이젠 당신이 찾아? 그게 더 그를 곤란하게 하는 거 아니야? 효성진 도장님, 그렇지 않습니까?"

이 말에 송람이 깜짝 놀라 검의 기세가 주춤했다.

저런 저급한 속임수에 넘어가다니, 송람은 설양의 말에 완전히 말려들어 정신과 몸놀림이 흐트러졌다. 설양이 이런 절호의 기회를 놓칠 인간인가. 그 틈을 노린 설양이 손을 흔들자 주시 독 가루가 사방에 날렸다.

송람을 포함해 지금까지 그 누구도 이렇게 심혈을 기울여 만든 주시 독 가루는 본 적이 없었다. 날리는 독 가루를 마신 송람은 낭패라는 것을 깨닫고 연신 기침을 했다. 하지만 이 순간을 고대하던 설양의 패검 강재에서 차가운 빛이 번쩍하더니 송람의 입속으로 맹렬하게 파고들었다.

그 순간, 위무선의 눈앞이 까맣게 변했다. 아천이 눈을 감은 것이다.

하지만 위무선은 알았다. 송람의 혀가 바로 이때 강재에 의해 잘렸다는 것을.

그 소리는 너무나도 끔찍했다.

아천은 눈시울이 뜨거워졌지만 죽을힘을 다해 이를 악물고 벌벌 떨면서 소리를 죽이고 눈을 떴다. 송람은 검에 간신히 몸을 기대고 서서 한 손으로 입을 막고 있었다. 시뻘건 피가 손가락 사이로 줄줄 흘러내렸다.

설양의 흉계에 혀를 잘린 송람은 걷지 못할 정도로 통증이 극심했지만, 그래도 검을 들고 비틀거리며 설양을 향해 뛰어들었다. 설양이 묘한 웃음을 지으며 가볍게 피했다.

순간, 위무선은 설양이 왜 저런 미소를 짓는지 알아차렸다.

상화의 은색 빛이 송람의 가슴을 찌르더니 등을 뚫고 나왔다.

송람은 고개를 숙여 자신의 심장을 관통한 상화의 칼날을 보더니 다시 천천히 고개를 들어 차분한 표정으로 서 있는 효성진을 쳐다봤다.

"여기 있느냐?"

상황을 전혀 깨닫지 못한 효성진이 물었다.

송람이 입술을 움직였지만, 소리가 나오지 않았다.

"저 여기 있습니다. 어떻게 여기까지 왔어요?"

설양이 웃으며 대답했다.

"상화가 반응을 보여 이끄는 대로 왔지."

효성진이 상화를 뽑아 칼집에 넣으며 말했다.

"이 일대에는 오랫동안 주시가 없었는데. 게다가 하나라니, 다른 곳에서 왔나?"

효성진이 이상하다는 듯이 말했다.

송람이 효성진 앞에서 천천히 무너져내리며 무릎을 꿇었다.

"그런가 봅니다. 얼마나 끔찍하게 소리치던지."

설양이 오만하게 송람을 내려다보며 말했다.

이때, 송람이 효성진의 손에 자기 검을 쥐여주었다면 효성진은 즉시 그가 누군지 알았을 것이다. 지기의 검이니 만져보기만 해도 알 것이었다.

하지만, 송람은 그렇게 할 수 없었다. 효성진에게 검을 건네면 그가 자기 손으로 누구를 죽였는지 말하는 것이었기 때문이다.

설양은 이 점을 잘 알고 있었기 때문에 걱정하지 않았다.

"가요, 가서 밥이나 합시다. 배고파."

"장은 다 봤고?"

"다 봤죠. 돌아오는 길에 저런 걸 만났다니까, 정말 재수 없게."

효성진이 한발 앞서 걸어가자 설양은 손으로 자기 어깨와 팔의 상처를 툭툭 치면서 장바구니를 들고 나섰다. 송람 앞을 지나면서 미소를 지으며 고개를 숙여 그에게 말했다.

"네 몫은 없어."

설양과 효성진이 의장으로 돌아갔을 때쯤까지 기다린 다음에야 아천은 관목 수풀에서 일어났다.

너무 오래 쪼그리고 있어 다리가 저렸다. 아천은 무릎이 꺾인 채로 강직된 송람의 시체 앞으로 절뚝거리며 조심스럽게 다가갔다.

송람은 죽어서도 눈을 감지 못했다. 아천은 눈을 크게 뜨고 있는 송람을 보고 깜짝 놀랐다. 그의 입에서 피가 뿜어져 나와 턱을 따라 옷섶으로, 땅으로 흐르는 것을 보자 눈물이 쏟아졌다.

아천은 무서웠지만, 조심스럽게 손을 뻗어 송람의 두 눈을 감기고 그의 앞에 무릎을 꿇고 합장하며 말했다.

"송 도장님, 저를 원망하지 마세요. 도장님도 탓하지 마시고요. 제가 나왔으면 저도 죽었을 거예요. 그래서 숨어서 당신을 구할 수 없었어요. 도장님도 그 나쁜 놈한테 속은 거예요. 절대 고의가 아니었어요. 도장님은 당신을 죽인 줄도 몰라요!"

아천이 흐느끼며 계속 말했다.

"저 이제 가야 해요. 제가 효성진 도장님을 구할 수 있게 도와주세요. 우리가 그 악마의 손아귀에서 벗어날 수 있게 도와주세요. 살아 있는 요괴 같은 설양이 제명에 못 죽고 시체가 갈가리 부서져 영원히 환생하지 못하게 해주세요!"

아천은 머리를 세 번 조아려 예를 표하고 얼굴을 벅벅 문지르고 일어나 자기 자신에게 기운을 북돋운 다음 의성을 향해 걸어갔다.

아천이 의장으로 돌아왔을 때는 해가 이미 저물어 있었다. 설양은 탁자 옆에 앉아 사과를 깎고 있었다. 토끼 모양까지 낸 것을 보니 기분이 아주 좋은 것 같았다. 누가 그를 본다면 장난꾸러기 소년이라고 생각하지 방금 그가 한 짓은 절대 상상하지 못할 것 같았다. 음식을 들고 나오던 효성진이 소리를 듣고 말했다.

"아천, 어디서 놀다가 이제야 돌아왔느냐?"

설양이 아천을 힐끗 보더니 눈을 반짝였다.

"무슨 일이야? 눈이 다 붓고?"

효성진이 다급하게 다가왔다.

"왜 그러느냐? 누가 괴롭혔어?"

"괴롭혀? 쟤를 누가 괴롭힙니까?"

설양은 싱글벙글 웃으며 말했지만 의심하는 게 분명했다. 갑자기, 아천이 간대를 던지며 대성통곡하기 시작했다.

눈물 콧물로 범벅이 된 아천은 숨이 턱에 닿도록 울먹이며 효성진 품으로 파고들었다.

"엉엉엉, 나 못생겼어요? 나 정말 못생겼어요? 도장님, 내가 정말 그렇게 못생겼어요? 말해줘요."

"그럴 리가, 아천이 얼마나 예쁜데. 누가 못생겼다고 했느냐?

효성진이 아천의 얼굴을 어루만지며 말했다.

"못생겼지, 우니까 더 못생겼네."

설양이 고개를 절레절레 흔들며 말했다.

"그러지 말거라."

효성진이 설양을 나무랐다.

아천이 발을 동동 구르며 더 서럽게 울었다.

"도장님은 못 보잖아요! 도장님이 예쁘다고 하는 게 무슨 소용이에요? 분명 거짓말일 거야! 눈이 보이는 쟤가 못생겼다고 하니 나 정말 못생겼나 봐! 못생긴 데다 장님이고!"

아천이 소란을 떨자 두 사람은 자연스럽게 오늘 밖에서 아이들한테 '못난이' '흰 눈의 장님' 등의 욕을 들었다고 생각해 덩달아 마음이 좋지 않았다.

"못생겼다는 말을 들었다고 돌아와 울어? 평소의 그 성질머리는 어디 갔어?"

설양이 툭 내뱉었다.

"당신이나 그러지! 도장님, 돈 좀 있어요?"

"응······, 아직 조금 있는 것 같구나."

효성진이 조금 난처한 듯이 대답했다.

"나 돈 있어, 빌려줄게."

설양이 끼어들었다.

"당신은 우리랑 그렇게 오랫동안 살았으면서 그쪽 돈 좀 쓴다고 빌려준다니! 재수 없어! 철면피! 도장님, 저 예쁜 옷이랑 장신구 갖고 싶어요, 같이 가면 안 돼요?"

위무선은 '효성진을 밖으로 나오게 하려는 것이군. 하지만 설양이 같이 가겠다고 나서면 어쩐다.' 하고 생각했다.

"괜찮긴 하다만, 난 네게 어울리는지 봐줄 수가 없지 않느냐."

"내가 봐주지."

설양이 또 끼어들었다.

아천은 깜짝 놀라 하마터면 효성진의 턱을 들이받을 뻔했다.

"괜찮아요, 괜찮아! 도장님이 같이 가요, 저놈은 싫어요. 저놈은 안 예쁘다고만 할 거예요! 저를 계속 꼬마 장님이라고 부르잖아요!"

아천이 시도 때도 없이 소란을 떤 게 하루 이틀도 아니었기 때문에 두 사람은 이미 습관이 됐다. 설양은 우스운 표정을 지으며 아천을 골렸다. 효성진이 아천을 달래기 시작했다.

"좋아, 내일은 어떻겠느냐?"

"오늘 밤에 가요!"

아천이 고집을 부렸다.

"오늘 밤에 가면 시장도 다 닫았을 텐데, 어디서 사려고?"

설양이 말했다.

아천은 어찌할 도리가 없었다.

"좋아요! 그럼 내일 가요! 약속했어요!"

계획대로 되지 않았지만, 더 우겨봐야 설양이 의심할 게 뻔했기 때문에 아천은 일단 멈추고 식탁 앞에 앉아 밥을 먹었다. 방금 아천은 평소와 똑같이 자연스럽게 연기했지만, 계속 긴장하고 있어 그릇을 든 손이 조금 떨렸다. 아천 왼쪽에 앉아 있던 설양이 그녀를 힐끗 보자 종아리가 다시 저리기 시작했다. 아천은 무서워 밥이 넘어가지 않았다. 다행히 아직 화가 안 풀려 입맛이 없는 척했기 때문에 먹는 둥 마는 둥 젓가락으로 밥을 꾹꾹 찌르면서 웅얼거리며 욕했다.

"나쁜 년, 못된 년. 너도 분명 못생겼을 거다. 망할 년!"

아천이 존재하지도 않는 '못된 년'을 계속 욕하자 설양이 눈을 흘겼고, 효성진은 "음식 낭비하지 말거라." 하고 말했다.

설양의 시선이 아천 맞은편에 앉은 효성진에게로 옮겨갔다. 위무선은 '이 자식이 효성진과 똑같이 행동할 수 있었던 이유가 있었군. 날마다 이렇게 마주 앉아 밥을 먹었으니 자세히 관찰할 기회도 많았을 테지.' 하고 생각했다.

효성진은 자기 얼굴로 향한 눈길을 전혀 눈치채지 못했다. 솔직히 이 방에서 진짜 앞을 못 보는 사람은 그 하나뿐이었다.

식사가 끝나고 효성진이 식기를 들고 나가자 아천도 앉아 있기가 불편해 같이 나가려고 했다.

"아천."

설양이 갑자기 그녀를 불렀다.

아천은 심장이 덜컥 내려앉았다. 위무선도 그녀의 머리털이 쭈뼛 서는 게 느껴질 정도였다.

"갑자기 제 이름은 왜 불러요!"

"네가 꼬마 장님이라고 부르는 거 싫다며?"

"괜히 아첨하는 건 사기꾼 아니면 도둑인데! 도대체 뭐 하려는 수작이에요?"

아천이 내뱉듯 말했다.

"아무것도 안 해. 다음에 놀림을 당하면 어떻게 대응할지 알려주려는 것뿐이야."

설양이 웃으며 말했다.

"아, 말해봐요. 어떻게 해야 하는데요?"

"너를 못생겼다고 하면 그 사람을 더 못생기게 만들면 돼. 얼굴에 칼자국을 내서 평생 문밖으로 못 나오게 만들어버려. 장님이라고 욕하면 네 간대 끝을 날카롭게 깎아 그 사람의 눈을 찔러서 그 사람도 장님으로 만들어버려. 그러면 입을 함부로 놀릴 수 있겠어?"

아천은 모골이 송연해졌지만, 설양이 자신을 겁주는 것이라고 생각하는 척했다.

"또 겁주고 있어!"

"그럼 그냥 그렇게 생각하든지."

설양은 토끼 모양으로 깎은 사과가 놓인 접시를 그녀 앞으로 밀었다.

"먹어."

빨간 껍질에 황금빛 과육의 귀여운 토끼 사과를 보자 아천과 위무선은 오싹한 기운이 퍼지는 것 같았다.

다음 날, 아천은 아침 댓바람부터 효성진에게 예쁜 옷과 연지를 사러 가자고 졸랐다.

"둘이 나가면 오늘 찬거리는 또 내가 사 와야 해?"

설양이 불만스럽다는 듯 말했다.

"그쪽이 사 오면 또 어때요? 도장님이 얼마나 많이 사 왔는데! 그쪽은 맨날 놀고 앉아서 도장님 힘들게 했잖아요!"

"알았어, 알았다고. 내가 가지. 지금 바로 간다고."

"아천, 아직 준비 안 됐니? 지금 가면 돼?"

설양이 나가자 효성진이 말했다.

아천은 설양이 멀리 간 것을 확인하고 나서야 들어와 문을 잠갔다.

"도장님, 설양이라는 사람 알아요?"

아천이 떨리는 목소리로 물었다.

웃고 있던 효성진의 얼굴이 확 굳어졌다.

'설양'이라는 두 글자가 효성진에게 미친 충격은 실로 대단했다. 원래도 혈색이 좋지 않은 효성진의 얼굴이 순식간에 하얗게 질리더니 입술도 분홍색으로 바랜 것 같았다.

"······설양?"

확실하게 못 들었다는 듯이 효성진이 낮은 소리로 말했다.

"아천, 네가 어떻게 그 이름을 알지?"

효성진이 갑자기 정신을 차린 것처럼 물었다.

"그 설양이 바로 우리 곁에 있는 그자예요! 그 나쁜 자식이라고요!"

"우리 곁에? 우리 곁에······."

효성진은 얼이 빠진 것처럼 말하면서 어지러운 듯이 고개를 흔들었다.

"네가 그걸 어떻게 알았느냐?"

"그가 사람을 죽이는 걸 봤어요!"

"사람을 죽여? 누구를?"

"여자를요! 목소리가 젊었고요, 검을 지녔어요. 설양도 검을 숨기고 있었어요. 그들이 싸울 때 칼 부딪치는 소리가 들렸거든요. 그 여자가 그를 '설양'이라고 불렀어요. 그리고 '도관 학살', '살인 방화', '죄악이 극에 달한다.'라고 말했어요. 맙소사, 그자는 살인광이에요! 우리 옆에 숨어서 뭘 하려는지 모른다고요!"

아천은 밤새 한숨도 못 자고 거짓말을 만들었다. 우선 효성진이 산 사람을 주시인 줄 알고 죽였다는 것을 모르게 해야 했고, 자기 손으로 송람을 죽였다는 것도 모르게 해야 했다. 그래서 송 도장님에게는 미안했지만, 아천은 절대 송 도장이 죽었다는 이야기를 할 수 없었다. 효성진에게 설양의 신분만 알리고 즉시 멀리 떠나는 게 제일 좋았다.

하지만 효성진은 아천의 말을 받아들이기 어려웠다. 게다가 갑자기 들으니 황당해서 이해할 수가 없었다.

"하지만 목소리가 달라. 게다가……."

아천은 급한 마음에 간대를 탁탁 쳤다.

"목소리는 일부러 꾸며낸 거고요! 도장님한테 들킬까 봐!"

아천은 갑자기 어떤 생각이 떠올랐다.

"아, 맞다! 맞다, 맞아! 손가락이 아홉 개예요! 도장님, 설양 손가락이 아홉 개 아니었어요? 예전에 분명 봤을 거 아니에요!"

순간 효성진이 휘청했다.

아천이 재빨리 효성진을 잡아 탁자 옆으로 부축해 앉혔다. 한참 뒤에야 효성진이 입을 열었다.

"하지만 아천, 그의 손가락이 아홉 개인지 네가 어떻게 알아? 그

의 손을 만져봤어? 그가 정말 설양이라면 함부로 자기 왼손을 만지
게 했을 리 없는데 네가 어떻게 알지?"

효성진의 말에 아천이 이를 악물고 대답했다.

"……도장님! 사실 저 도장님에게 할 말이 있어요! 저 장님 아니
에요, 앞이 보여요! 만진 게 아니라 제가 봤어요!"

5

우레 같은 충격이 연이어 머리 위로 내리꽂혔다. 효성진은 망연
한 기분으로 물었다.

"뭐라고? 볼 수 있다고?"

아천은 겁이 났지만 더는 숨길 수 없어 계속 사과했다.

"죄송해요, 도장님. 일부러 속인 건 아니에요! 제가 장님이 아니
라고 하면 데리고 가지 않을까 봐, 절 쫓아낼까 봐 그랬어요! 하지
만 지금은 저를 나무랄 때가 아니에요. 우리 같이 도망쳐요. 그가
곧 돌아올 거라고요!"

갑자기 아천이 입을 다물었다.

효성진이 눈에 감은 하얀 붕대에서 피가 조금씩 새어 나오더니
점점 많아지고 붕대가 다 젖어 흘러나왔다.

"도장님, 눈에서 피가 흘러요!"

아천이 날카롭게 소리쳤다.

효성진은 그제야 느꼈다는 듯이 가볍게 "아." 하면서 손으로 얼

굴을 닦아냈다. 손이 온통 붉은 피로 물들었다. 아천은 손을 벌벌 떨며 효성진을 닦아주었다. 그러나 닦을수록 더 많아졌다.

"괜찮아……, 난 괜찮다."

효성진이 손을 들며 말했다.

효성진의 눈 상처는 생각을 너무 많이 하거나 감정이 격해지면 피가 흘렀다. 그러나 재발하지 않은 지 이미 오래였다. 그래서 위무선은 그의 눈이 이미 다 아문 줄 알았다. 그런데, 오늘 재발했다.

"하지만……, 하지만 정말 설양이라면 어떻게 그럴 수가 있지? 왜 처음에 나를 죽이지 않고 내 곁에 몇 년이나 머물렀지? 그게 어떻게 설양일 수 있어?"

효성진이 중얼거렸다.

"처음에 도장님을 죽이려고 왜 안 했겠어요! 그의 눈빛이 얼마나 흉악하고 무서웠다고요! 하지만 그는 상처 때문에 움직이지 못했고 누군가 돌봐줄 사람이 필요했어요! 나는 그를 몰랐지만, 만약 그가 누군지 알았다면, 그가 미치광이 살인자라는 걸 알았다면, 수풀에 누워 있었을 때 간대로 찔러 죽였을 거예요! 도장님, 우리 도망가요! 네?"

위무선은 속으로 탄식했다.

'안 갈걸. 효성진에게 말하지 않았으면 계속 이렇게 설양과 함께 살았을 테지. 하지만 효성진에게 말을 했으니 그는 설양에게 직접 물어보려 할 거야. 절대 이런 식으로 도망가지 않을 거야. 이 일은 방법이 없어.'

효성진은 가까스로 마음을 진정시키고 말했다.

"아천, 가거라."

효성진의 쉰 목소리에 아천은 조금 무서웠다.

"저만 가라고요? 도장님, 우리 같이 가요!"

"난 갈 수 없다. 나는 그가 도대체 무슨 생각인지 알아야겠어. 그는 분명 무슨 목적이 있어서 몇 년 동안이나 다른 사람인 척하며 내 곁에 머물렀을 거야. 내가 떠나고 그 혼자 이곳에 남으면 의성의 이 많은 사람이 그의 손에 해를 입을 거다. 설양은 늘 그래왔으니까."

효성진이 고개를 저으며 말했다.

아천은 이번에는 정말 진심으로 울며불며 매달렸다. 아천은 간대를 한쪽에 던지고 효성진의 다리를 붙들고 울었다.

"저더러 떠나라고요? 도장님, 어떻게 저 혼자 가요! 전 도장님이랑 같이 갈 거예요. 도장님이 안 가면 저도 안 가요. 그의 손에 죽기밖에 더하겠어요. 어차피 나 혼자 떠돌면 곧 외롭고 쓸쓸하게 죽을 텐데. 제가 그렇게 되길 바라지 않으면 우리 같이 도망가요!"

안타깝게도, 아천이 맹인이 아니라는 사실이 탄로 나자 불쌍한 척은 더 이상 통하지 않았다.

"아천, 넌 눈이 보이고 총명하잖니. 나는 네가 잘 살 거라고 믿는다. 설양이 얼마나 무서운 인간인지 넌 절대 모를 거다. 넌 여기 있으면 안 돼. 절대 그와 가까이 있으면 안 돼."

아천이 속으로 비명을 지르는 소리를 위무선도 들을 수 있을 정도였다.

'알아요! 나도 그가 얼마나 무서운지 안다고요!'

하지만 그녀는 자기가 본 진실을 말할 수 없었다.

멀리서 가벼운 발소리가 들렸다.

설양이 돌아왔다!

효성진이 깜짝 놀라 고개를 들고 야렵할 때의 예민한 상태로 돌아와 아천을 자기 쪽으로 세차게 끌어당기며 작은 소리로 말했다.

"그가 들어오면 내가 그를 상대할 테니 기회를 봐서 즉시 도망가거라. 말 들어!"

아천은 깜짝 놀라 눈물을 머금고 고개를 끄덕였다. 설양이 발로 문을 차며 말했다.

"뭣들 해? 나 돌아왔는데 아직도 안 나간 거야? 안 나갔으면 빗장 좀 열어. 힘들어 죽겠어."

목소리와 말투만 들으면 이웃집 착한 소년 같고, 성격 활발한 후배 같았다. 하지만 지금 문밖에 서 있는 사람이 인간성을 상실한 잔인무도한 악마이며, 준수한 외피를 두르고 학자처럼 거닐며 인간의 말을 하는 마귀인 줄 누가 생각이나 하겠는가!

문은 안 잠갔어도 안에서 빗장을 걸어놨기 때문에 계속 열지 않으면 설양이 의심할 게 뻔했다. 그러고 들어오면 설양은 분명 경계할 것이었다. 아천은 얼굴을 닦고 욕을 해댔다.

"피곤하긴 뭐가 피곤해! 장 보러 가는 길이 얼마나 멀다고, 그거 걸었다고 피곤해?! 누님이 옷 갈아입느라 지체를 좀 했다고 그렇게 힘든 척을 해?!"

"너 옷이 몇 벌이나 되길래? 갈아입어 봐야 다 똑같은데. 문 열어, 빨리 열라고."

설양이 무시하며 말했다.

"흥! 안 열어. 능력 있으면 네가 차던가!"

아천은 다리를 덜덜 떨면서도 입으로는 힘차게 말했다.

"네가 그렇게 말했다. 도장님, 도장님이 문 수리해야 해도 내 탓 아닙니다."

설양이 하하 웃으며 말하고 나무문을 걷어차 높은 문턱을 넘어 들어왔다.

설양은 한 손에는 물건이 가득 담긴 장바구니를 들고 한 손에는 새빨간 사과를 든 채 막 한 입 베어 문 상태로 고개를 숙였다. 그 순간 그의 복부 앞으로 상화 검이 날아들었다.

장바구니가 바닥으로 떨어지고 안에 들어 있던 청경채, 무, 사과, 찐빵이 바닥으로 쏟아졌다.

"아천, 도망가!"

효성진이 낮은 소리로 외쳤다.

아천은 곧장 의장 대문을 튀어 나갔다. 한참 달리다가 길을 바꿔 살금살금 의장으로 돌아와 자신에게 가장 익숙하고 몰래 숨어 들곤 하던 비밀 장소로 들어갔다. 이번에는 고개를 살짝 내밀고 의장 안을 훔쳐봤다.

"재밌나?"

효성진이 차갑게 말했다.

설양이 손에 들고 있던 사과를 한 입 베어 물고 한동안 태연하게 씹어서 삼킨 다음에야 입을 열었다.

"재밌지. 어떻게 안 재미있겠어."

설양은 원래 자기 목소리로 말했다.

"내 옆에서 몇 년 동안, 도대체 무슨 속셈이지?"

"누가 알아. 아마 심심해서였겠지."

효성진이 상화를 뽑아 다시 한번 찌르려고 하자 설양이 입을 열었다.

"효성진 도장, 내가 끝내지 않은 그 이야기, 다음 이야기가 듣고
싶지 않아?"

"아니."

거절은 했지만, 효성진은 고개를 살짝 갸웃했고 검도 멈칫했다.

"하지만 난 말해야겠어. 다 듣고도 내가 잘못했다고 생각하면 그
땐 도장이 하고 싶은 대로 해."

설양은 복부의 상처를 대충 문지르고 꾹 눌러 피가 너무 많이 나
오지 않도록 했다.

"그 아이는 자기에게 편지를 보내라고 심부름시킨 그 남자를 보
고 억울하면서도 기뻤어. 엉엉 울면서 그에게 다가가 편지를 전달
했는데 간식은 없어지고 얻어맞기까지 했으니 그 간식을 다시 주
면 안 되겠냐고 말했어."

설양이 계속 말했다.

"하지만 그 남자는 방금 그 건장한 사내에게 잡혀 따귀를 얻어맞
아 얼굴에 상처가 났거든. 그런데 꼬질꼬질한 아이가 자기 다리를
잡으니 성가셔서 발로 차버렸어. 그는 우마차에 올라 마부에게 빨
리 가라고 재촉했지. 아이는 땅에서 일어나 우마차를 따라 계속 달
렸어. 그 달콤한 간식이 너무 먹고 싶었거든. 겨우 따라잡아 우마
차 앞에서 손을 흔들어 그들을 멈추게 하려고 했지. 그 남자는 아
이의 울음에 속이 시끄러워 마부가 들고 있던 채찍을 빼앗아 아이
의 머리를 갈겼고 아이는 땅에 쓰러졌어."

설양이 한 자 한 자 힘주어 말했다.

"그다음, 마차 바퀴가 아이의 손을 밟고 지나갔어. 하나씩, 하나

씩 밟고!"

효성진이 보든 볼 수 없든 설양은 그를 향해 자기 왼손을 들어 보였다.

"일곱 살이었다고! 왼손 뼈가 전부 부서지고 한 손가락은 그 자리에서 으스러졌지! 그 남자가 상평의 아버지야."

"효성진 도장, 나를 잡아 금린대로 데리고 간 당신이 얼마나 정의롭고 엄숙하던지! 나더러 왜 작은 원한으로 가문 전체를 몰살했냐고 질책했지? 당신들 손가락이 아니니 당신들은 그 고통을 몰라! 가슴이 찢어지는 것 같이 처참한 비명이 흘러나오는 게 어떤 건지 모른다고! 왜 그의 가족을 전부 죽였냐고? 왜 그에게는 안 묻고 멀쩡한 사람을 잡아다 조롱하고 비난하지?! 오늘날의 설양은 상평의 아버지, 상자안이 만든 거야! 약양 상씨는 자업자득이야!"

"상자안 때문에 네 손가락이 잘려서 복수하고 싶었다면 너도 그의 손가락을 하나 자르면 되지 않나. 그래도 원한이 안 풀리면 두 개, 열 개를 자르든가! 그것도 아니면 팔을 자르든가! 어째서 가족을 다 죽였지? 네 손가락 하나가 칠십여 명의 목숨보다 귀하다는 것이냐?"

효성진이 믿을 수 없다는 듯이 말했다.

설양은 마치 효성진의 질문이 아주 이상하다는 듯이 진지하게 생각했다.

"물론이지. 손가락은 내 거고 목숨은 다른 사람 건데. 몇 명을 죽이든 보상이 안 되지. 칠십여 명일 뿐이잖아, 그들과 내 손가락을 어떻게 비교해?"

효성진은 설양의 당당한 태도에 화가 나 낯빛이 점점 창백해졌다.

"그럼 다른 사람은?! 왜 백설관을 도살했지? 왜 송자침 도장의 눈을 멀게 했어?!"

효성진이 외쳤다.

"그럼 당신은 왜 나를 막았지? 왜 내 일을 방해했어? 왜 상씨 같은 인간쓰레기를 돕겠다고 나섰냐고? 그래서 상자안을 도왔나? 아니면 상평을 도왔나? 하하하, 상평도 처음에는 감격해 눈물을 흘렸지만, 나중에는 이제 도와주지 말라고 했잖아? 효성진 도장, 이 일은 처음부터 당신이 틀렸어. 애초부터 당신은 다른 사람의 시비와 원한 관계에 끼어들면 안 됐어. 누가 옳고 그른지, 원한 관계가 어떻게 되는지, 다른 사람이 어떻게 말할 수 있어? 어쩌면 당신은 산에서 내려오지 말았어야 했어. 당신의 스승 포산산인은 얼마나 똑똑해. 스승의 말대로 산에서 도나 닦지 왜 내려왔어? 세상일을 모르면 함부로 나오지 말았어야지!"

설양이 반문했다.

"……설양, 넌 정말…… 참으로 역겨워……."

효성진이 더는 참을 수 없다는 듯이 말했다.

이 말에 설양의 눈에 오래전에 사라졌던 흉악한 빛이 다시 나타났다.

설양이 음험하게 웃더니 입을 열었다.

"효성진, 이게 바로 내가 너를 싫어하는 이유야. 내가 제일, 제일, 제일 싫어하는 게 바로 너처럼 정의로운 척하면서 자기는 고결하다고 생각하는 자야. 너처럼 좋은 일 좀 하면 세상이 아름답게 바뀔 거라고 생각하는 멍청이들, 백치 같고, 순진한, 머저리들! 내가 역겹다고? 좋아, 내가 역겹다는 말을 무서워하겠어? 하지만, 네가 나를 역겨워할 자격이 있을까?"

"무슨 뜻이지?"

효성진이 놀라서 물었다.

아천과 위무선은 심장이 가슴에서 튀어나올 것 같았다.

"최근에는 우리 밤에 주시를 처치하러 나가지 않았지? 하지만 2년 전까지만 해도 우리는 하루가 멀다고 나갔잖아?"

설양이 다정하게 말했다.

효성진의 입술이 움찔한 것이 뭔가 불안한 것 같았다.

"지금 그 얘기를 꺼내는 의도가 뭐지?"

"아무 의도도 없어. 그저 네 눈이 안 보이는 게 안타까울 뿐이지. 자기 눈을 자기가 파낸 탓에 네가 죽인 '주시'들을 보지 못했잖아. 네 검이 심장을 관통할 때 얼마나 무섭고 아팠을까. 너에게 무릎 꿇고 눈물을 흘리며 머리를 조아리면서 자기 가족을 살려달라고 빌었는데. 내가 혀를 자르지 않았으면 그들은 분명 '도장님, 살려주세요.'라고 외쳤을 거야."

효성진의 몸이 덜덜 떨리기 시작했다.

한참 뒤에야 효성진이 힘겹게 입을 열었다.

"날 속이는구나. 날 속이려는 것이야."

"맞아, 내가 널 속였지. 계속 속이고 있었지. 속일 때는 믿더니 솔직해지니까 오히려 안 믿을 줄 누가 알았겠어?"

효성진이 비틀거리며 검을 들고 설양을 향해 휘두르며 외쳤다.

"닥쳐! 닥치란 말이다!"

설양은 배를 누르며 왼손 손가락을 튕겨 소리를 내면서 태연하게 뒤로 물러났다. 설양의 표정은 이미 인간이 아니었다. 두 눈에서 초록색 빛이 번뜩였고, 웃을 때 드러나는 작은 덧니 때문에 설양은 살아 있는 악마로 보였다.

"좋아! 입 다물지! 못 믿겠으면 네 뒤에 있는 것과 대결해봐. 내가 널 속였는지 그가 알려줄 테니!"

검풍(劍風)이 몰려오자 효성진은 무의식적으로 상화를 들어서 막았다. 두 검이 부딪친 순간 효성진이 놀라 멈칫했다.

놀라 멈칫하는 게 아니라 사람 전체가 순식간에 말라비틀어진 석상으로 변한 것 같았다.

효성진이 조심스럽게, 아주 조심스럽게 물었다.

"……자침?"

대답이 없었다.

송람의 시체가 효성진의 뒤에 서서 효성진을 응시하는 듯했지만, 두 눈에는 눈동자가 없었다. 송람은 손에 장검을 들고 상화와 대결했다.

두 사람은 늘 함께 수련했기 때문에 검이 부딪치기만 해도 그 기운만으로 상대를 판단할 수 있었다. 그러나 효성진은 확신하지 못하겠는지 천천히 몸을 돌려 덜덜 떨며 손을 뻗어 송람의 검날을 잡았다.

송람은 움직이지 않았다. 효성진은 검날을 따라 더듬어 마침내, 칼자루에 새겨진 '불설' 두 글자를 만졌다.

효성진의 얼굴이 더 창백해졌다.

효성진은 넋이 나간 것처럼 불설의 칼날을 쓰다듬으며 예리한 칼날에 손바닥이 베이는 줄도 모른 채 온몸을 덜덜 떨었고 목소리도 흩어졌다.

"……자침…… 송 도장…… 송 도장…… 자네인가……."

송람은 조용히 효성진을 바라볼 뿐 아무 말도 하지 않았다.

효성진의 눈을 감싸던 붕대는 흘러나오는 선혈로 흠뻑 젖어 구멍이 선명하게 드러났다. 효성진은 손을 뻗어 검을 들고 있는 사람을 만지려고 했지만, 차마 그러지 못하고 손을 다시 거두었다. 아천은 가슴이 찢어지는 것같이 아팠다. 너무 아파서 아천과 위무선 둘 다 숨을 쉴 수조차 없었다. 눈물이 샘물처럼 끊임없이 흘렀다.

효성진은 어찌할 바를 몰라 그 자리에 서 있었다.

"……어떻게 된 일이야……. 말 좀 해보게……."

효성진은 완전히 무너졌다.

"누가 말 좀 해달라고!"

"내 설명이 더 필요하겠는데. 어제 네가 죽인 그 주시, 누구였을까?"

설양이 효성진의 뜻대로 말해주었다.

탁 소리가 울렸다.

상화가 바닥으로 떨어졌다.

설양이 큰 소리로 웃었다.

효성진은 멍하게 서 있는 송람 앞에 무릎을 꿇고 머리를 감싸 안으며 가슴이 찢어질 듯이 통곡했다.

"왜 그러시나! 감동적인 친우와의 재회에 눈물이 앞을 가리는 모양인데! 둘이 포옹이라도 하던가!"

설양이 눈물을 흘릴 정도로 웃으며 악랄하게 말했다.

아천은 엉엉 우는 소리가 새지 않도록 입을 꾹 틀어막았다. 설양이 의장 안을 이리저리 돌아다니면서 미칠 듯한 분노와 미칠 듯한 기쁨이 뒤섞인 무시무시한 말투로 욕을 해댔다.

"세상을 구한다고? 정말 우스워 미치겠군. 자기 자신도 못 구했으면서!"

위무선의 머리에서 날카로운 통증이 한 번, 또 한 번 밀려왔다. 이 통증은 아천의 혼백에서 전해지는 게 아니었다.

효성진은 송람의 발 옆에 속수무책으로 엎드려 있었다. 그는 이 세상에서 사라지지 못하는 것이 한스럽다는 듯 아주 작고 연약하게 웅크리고 있었다. 먼지 하나 없이 깨끗했던 도복이 피와 흙으로 엉망이 되어 있었다.

"넌 아무것도 이루지 못했어. 철저하게 실패했지. 이건 네가 자초한 거야!"

설양이 효성진에게 소리쳤다.

그 순간, 효성진의 모습에서 위무선은 자기 자신을 봤다.

온몸이 피로 물들고, 아무것도 이루지 못하고, 철저하게 실패하고, 사람들에게 비난받고, 욕먹으면서도 되돌릴 힘이 없어 그저 포효하고 통곡할 수밖에 없는 자기 자신을!

하얀 붕대는 이미 오래전에 붉게 물들어 효성진의 얼굴은 온통 피투성이였다. 눈이 없으니 눈물은 흐르지 못하고 피만이 흘러내렸다. 몇 년 동안 속고, 원수를 친구로 여기고, 선의를 짓밟고, 귀신과 요괴를 제거하는 줄 알았지만 두 손에 무구한 사람들의 피를 묻히고, 자기 손으로 친구를 죽였다!

효성진은 통렬하게 오열할 수밖에 없었다.

"날 용서해주게."

"조금 전까지 검으로 나를 찔러 죽이려고 하지 않았나? 그런데 이제는 또 용서해달라고?"

설양은 흉시가 된 송람이 자신을 보호해주기 때문에 효성진이 다시 검을 쓰지 못한다는 것을 잘 알고 있었다.

설양이 또 이겼다. 완승이었다.

갑자기, 효성진이 땅에 떨어진 상화를 들어 돌리더니 자기 목을 그었다. 설양의 암흑처럼 새까만 눈동자에 맑고 투명한 은빛이 휙 지나갔다. 효성진이 손을 내리자 붉은 피가 상화의 검날을 타고 흘러내렸다.

검이 떨어지는 소리에 설양의 웃음과 동작이 뚝 멈췄다.

침묵이 이어졌다. 설양은 꼼짝도 하지 않는 효성진의 시체 곁으로 가서 고개를 숙였다. 입가의 웃음이 조금씩 사라지고 눈에 빨간 실핏줄이 퍼졌다. 잘못 본 건지 모르겠지만 설양의 눈가가 조금 붉어진 것 같았다.

"네가 날 몰아붙인 거야!"

설양이 이를 갈며 포악스럽게 말했다.

"죽는 게 더 나아! 죽어야 말을 잘 들어."

설양이 차갑게 혼잣말을 내뱉었다.

설양은 효성진의 호흡을 살피고 그의 손목을 짚었다. 그가 완전히 죽지 않고 충분히 굳지 않았다고 생각했는지 자리에서 일어나 방으로 들어가더니 물을 가져다 깨끗한 천으로 효성진의 얼굴에 묻은 피를 닦고 눈에 새 붕대를 감아주었다.

그리고 바닥에 진법을 그리고 필요한 재료를 가져다 놓은 다음 효성진의 시체를 그 안에 놓았다. 이 일을 다 한 다음에야 자기 복부의 상처를 싸맸다.

설양은 조금만 지나면 두 사람이 다시 만날 수 있다고 생각했는지 기분이 좋아져 바닥에 나뒹구는 채소와 과일을 주워 바구니에 잘 담았다. 집을 싹 정리하고 아천이 잘 관에 새 볏짚을 두껍게 깔아놓았다. 마지막으로 소매에서 효성진이 어젯밤에 준 사탕을 꺼냈다.

입에 넣으려다가 잠깐 생각하더니 도로 집어넣고는 탁자 옆에 앉아 턱을 괴고 효성진이 일어나기를 기다렸다.

그러나 효성진은 일어나지 않았다.

날이 점점 어두워지자 설양의 얼굴도 어두워지면서 짜증스러운 듯 손가락으로 탁자를 탁탁 두드렸다.

날이 다 저물 때까지 기다린 설양은 탁자를 걷어차고 한바탕 욕설을 퍼부었다. 그는 옷자락을 휙 젖히며 효성진 시체 곁에 반 무릎을 꿇고 방금 그린 진법과 주문을 살폈다. 반복해서 확인해도 틀린 곳이 없었다. 설양은 눈살을 찌푸리며 전부 지우고 다시 그렸다.

이번에는 바닥에 주저앉아 효성진을 노려보면서 한참을 기다렸다. 아천의 발은 벌써 세 번은 쥐가 나 아프고 간지러웠다. 개미 천만 마리가 촘촘히 무는 것 같았다. 너무 울어 눈이 퉁퉁 부어서 앞이 흐릿하게 보일 정도였다.

다시 한 시진을 기다린 설양은 마침내 일이 잘못됐다는 것을 깨달았다.

설양은 효성진의 이마에 손을 얹고 눈을 감고 살피더니 눈을 번쩍 떴다.

위무선은 설양이 효성진의 혼이 산산이 부서져 약하게 몇 가닥 정도밖에 안 남았다는 사실을 감지했다는 것을 알았다.

이렇게 부서진 혼백은 절대 흉시로 만들 수 없었다.

설양은 이런 일은 전혀 예상하지 못한 듯했다. 언제나 웃음이 가득할 것 같은 얼굴에 처음으로 텅 빈 표정이 떠올랐다.

설양은 그제야 효성진 목에 난 상처를 손으로 막았다. 그러나 피도 이미 다 흘러서 효성진의 얼굴은 백지장처럼 하얗게 변했고 목에는 암적색으로 변한 피가 말라붙어 있었다. 지금 상처를 막아봐야 아무 소용이 없었다.

효성진은 이미 죽었다. 명명백백하게 죽었다.

혼백조차 산산이 부서졌다.

설양의 이야기에 등장한 간식을 못 먹어 엉엉 울던 그와 지금의 그는 너무 달라 둘을 연결하기는 어려웠다. 그러나 지금 이 순간, 위무선은 설양의 얼굴에서 망연자실하고 어쩔 줄 몰라 하는 어린 아이의 그림자를 보았다.

순간 설양의 눈에 실핏줄이 다 터졌다. 설양은 벌떡 일어나 두 손을 꼭 쥐고 의장 안을 닥치는 대로 발로 차고 부숴 방금 정리한 집 안을 엉망으로 만들어놓았다.

지금 설양의 표정과 목소리는 과거 그 어떤 악행을 저지를 때보다 더 미친 것처럼 보였다.

집 안을 다 부수고 나서야 설양은 잠잠해져 원래 자리로 돌아가 작은 소리로 불렀다.

"효성진."

"계속 안 일어나면 당신의 친우 송람에게 살인을 저지르게 하겠어."

"여기 의성 사람들 내가 다 죽일 거야. 전부 활시로 만들어버릴 거야. 여기서 그렇게 오래 살았으면서 정말 괜찮아?"

"내가 아천 그 꼬마 장님을 목 졸라 죽이고 시체를 벌판에 내버려 들개가 뜯어 먹게 해주겠어."

아천이 소리 없이 몸서리를 쳤다.

"효성진!"

아무도 대답하지 않자 설양이 폭발했다.

설양은 효성진의 도복 옷깃을 잡고 흔들며 죽은 그의 얼굴을 노려봤다.

갑자기, 설양이 효성진의 팔을 잡고 업었다.

설양은 효성진의 시체를 업고 집을 나서면서 미친 사람처럼 중얼거렸다.

"쇄령낭, 쇄령낭. 맞아, 쇄령낭. 쇄령낭이 필요해. 쇄령낭, 쇄령낭……."

설양이 멀리 떠난 뒤에야 아천이 조금씩 움직였다.

아천은 제대로 서지 못하고 바닥에 뒹굴었다. 한참 꿈틀거린 다음에야 간신히 일어나 어렵게 두 걸음을 옮기자 관절이 겨우 풀려 제대로 걸을 수 있었다. 걸을수록 빨라지고 점점 더 빨라져 마침내 뛰기 시작했다.

한참을 달려 의성이 뒤로 멀어진 다음에야 아천은 꾹꾹 참았던 울음을 터뜨렸다.

"도장님! 도장님! 엉엉엉, 도장님……."

시선과 화면이 휙 돌더니 갑자기 다른 곳이 나타났다.

이때는 아천이 도망치고 어느 정도 시간이 흐른 뒤였다. 아천은 모르는 도시에서 간대를 들고 또 맹인 행세를 하며 지나는 사람들에게 물었다.

"이 근처에 큰 세가가 있어요?"

"말씀 좀 물을게요. 이 근처에 명인이 있나요? 도를 수련한 명인이요."

위무선은 '아천이 효성진을 도와 복수해줄 사람을 찾고 있구나.'
라고 생각했다.

하지만 아무도 그녀의 말에 귀 기울이는 사람이 없었고, 무성의
하게 몇 마디 하고 가버리기 일쑤였다. 아천은 포기하지 않고 계속
묻고 다녔고 계속 무시당했다. 아천은 별 소득이 없겠다고 생각했
는지 그곳을 벗어나 작은 길로 들어섰다.

아천은 하루 종일 꼬박 걸으며 묻고 다녀서 정말 피곤했다. 무거
운 다리를 끌고 냇가로 다가가 손으로 냇물을 떠서 몇 모금 마셔
깔깔한 목을 적셨다. 아천은 물에 비친 나무 비녀를 보고 손을 뻗
어 빼냈다.

이 나무 비녀는 원래 울퉁불퉁한 젓가락처럼 거칠었다. 효성진이
비녀를 매끈하고 가늘게 만들어주었고 꼬리 부분에 작은 여우까지
조각해주었다. 작은 여우의 뾰족한 얼굴과 커다란 눈이 마치 웃고
있는 것 같았다. 아천은 비녀를 받고 너무 좋아 비녀를 어루만지며
소리쳤다.

"와! 나 닮았네!"

비녀를 보면서 아천은 입을 꾹 다물었다. 울음이 터지려고 했기
때문이다. 뱃속에서 꼬르륵거리는 소리가 나자 아천은 품에서 하
얀색 작은 돈주머니를 꺼냈다. 두 사람이 처음 만난 날 훔쳤던 효
성진의 돈주머니였다. 그 속에서 작은 사탕을 꺼내 혀끝으로 조심
스럽게 핥아 맛만 본 다음 다시 집어넣었다.

이것은 효성진이 준 마지막 사탕이었다.

아천은 돈주머니를 잘 챙긴 다음 주위를 쓱 훑어보다가 물에 다

른 사람의 그림자가 있는 것을 발견했다.

물에 비친 설양의 그림자가 그녀를 향해 웃고 있었다.

덜컥 놀라 비명을 지른 아천은 구르고 기어가며 정신없이 도망쳤다.

설양이 언제부터 아천의 뒤에 서 있었는지 몰랐다. 설양이 상화를 들고 두 팔을 벌리며 포옹하려는 자세를 취하면서 반가운 듯이 말했다.

"아천, 왜 도망가? 우리 오랜만인데, 나 안 보고 싶었어?"

"살려주세요!"

아천이 날카롭게 소리쳤다.

하지만 그곳은 외진 숲길이라 도와주러 올 사람이 없었다.

"약양에서 일을 보고 돌아오는 길인데 마침 성에서 여기저기 묻고 다니는 너를 봤지 뭐야. 우리 정말 인연은 인연인가 봐. 그나저나 너 정말 대단해. 그렇게 오랫동안 나를 감쪽같이 속이다니. 정말 대단해."

설양이 눈썹을 찡긋하며 말했다.

아천은 도망갈 수 없다는 것을 직감했다. 이번에는 반드시 죽는다는 것을 알아 공포감이 엄습했다. 하지만 어차피 죽을 거 시원하게 욕이나 해주고 죽자는 생각이 들었다.

"이런 짐승! 배은망덕한 놈! 개돼지만도 못한 쌍놈! 네 아비 어미는 분명 돼지우리에서 신방을 차려 너 같은 잡종을 낳은 걸 거야! 똥 퍼먹고 큰 썩은 종자야!"

아천은 시장통에서 들었던 더러운 욕과 저속한 말을 다 쏟아냈다. 설양은 웃으며 들었다.

"욕도 참 잘하네. 어떻게 효성진 앞에서는 이렇게 포악을 안 부렸을까? 더 있어?"

"이 뻔뻔한 인간, 저리 꺼져! 네가 감히 도장님을 입에 올려. 그
건 도장님의 검이잖아! 너 따위가 왜 그걸 갖고 다녀? 도장님의 물
건을 더럽히다니!"

아천이 욕을 퍼부었다.

설양이 왼손에 든 상화를 들어 보이며 말했다.

"아, 이거? 이젠, 내 거야. 넌 네 도장님이 깨끗하다고 생각해?
앞으로 내……."

"웃기고 있네! 꿈 깨시지! 너한테 도장님이 깨끗한지 안 깨끗한
지 말할 자격이 있다고 생각해? 넌 쓰레기야, 도장님이 여덟 생애
가 재수 없어서 너 같은 걸 만난 거야. 더러운 건 너 하나뿐이라고!
이 구역질 나는 인간쓰레기야!"

마침내 설양의 얼굴이 어두워졌다.

오랫동안 조마조마했던 마음이 이 순간 마침내 가벼워졌다.

"네가 장님 행세하는 걸 그렇게 좋아하니, 그럼 이제 진짜 장님
이 돼봐."

설양이 슬프다는 듯이 말했다.

설양이 손을 휙 날리자 아천의 눈앞에 가루가 휘날리면서 빨개지
더니 암흑으로 변했다.

아천은 눈동자가 불에 덴 것처럼 화끈거려 비명을 질렀다.

"말이 너무 많으니 혀도 필요 없겠어."

설양의 목소리가 다시 들려왔다.

얼음처럼 차갑고 날카로운 물건이 아천의 입속을 파고들었다. 위
무선이 혀뿌리에서 강한 통증을 느끼는데 누군가 세차게 자신을

잡아끌었다.

딸랑 하고 맑은 은령 소리가 옆에서 울렸다. 위무선은 아천의 감정에 빠져서 한참 동안 정신을 차리지 못했고 눈앞이 뱅글뱅글 돌았다. 남경의가 위무선의 얼굴에 손을 뻗어 휘휘 저었다.

"반응이 없네? 바보가 된 건 아니겠지?!"

"내가 말했잖아, 공정은 위험하다고!"

금릉이 말했다.

"방금 네가 딴생각을 하느라 제때 방울을 울리지 않았잖아!"

남경의가 말했다.

금릉의 얼굴이 굳어졌다.

"나는……."

다행히 그 순간 위무선이 정신을 차리고 관을 짚고 일어났다. 아천은 이미 위무선의 몸에서 빠져나와 관 옆에 있었다. 소년들이 새끼 돼지처럼 몰려들어 위무선을 에워싸고 이러쿵저러쿵 떠들어댔다.

"일어났다, 일어났어!"

"정말 잘 됐다. 바보가 되진 않았어."

"원래 바보 아니었나?"

"헛소리하지 마!"

귓가에서 계속 재잘거리자 위무선이 말했다.

"그만 떠들어, 어지러워 죽겠으니까."

소년들은 황급히 입을 다물었다. 위무선은 고개를 숙이고 관으로 손을 뻗어 효성진의 정갈하고 단정한 도복 옷깃을 살짝 들쳐 보았다. 역시 목의 치명적인 부분에 가는 흉터가 있었다.

위무선이 탄식하며 아천에게 말했다.

"수고했습니다."

아천의 혼백이 맹인이지만, 행동은 보통 맹인처럼 느리지도 조심스럽지도 않았던 이유는 그녀가 죽기 직전에 진짜 맹인이 되었기 때문이었다. 그전까지 아천은 발랄하고 바람처럼 민첩한 꼬마 낭자였다.

아천은 몇 년 동안 요사스러운 안개가 가득한 의성에 숨어서 누가 의성에 들어오면 놀라게 해서 의성 밖으로 나가도록 경고해주었다. 이렇게 설양에게 대적하는 일은 많은 용기와 집념이 필요한 것이었다.

아천은 관 옆에 엎드려 합장하고 위무선에게 연신 인사했다. 그 다음 간대로 검 모양을 해 보이며 소란을 피웠을 때처럼 '찌르는' 모양을 했다.

"안심하세요."

위무선이 말했다.

"너희들은 여기 남아 있어. 성안의 주시는 의장에는 못 들어올 테니까. 둘러보고 곧 돌아올게."

위무선이 세가 자제들에게 말했다.

"공정할 때 도대체 뭘 본 겁니까?"

남경의가 참다못해 물었다.

"너무 길어서 지금은 다 말 못 해. 나중에 다시 얘기해줄게."

위무선이 말했다.

"짧게 줄여서 못 해? 조바심 나게 하지 말고!"

"간단해. '설양은 반드시 죽는다'."

금릉의 말에 위무선이 대답했다.

눈앞을 가로막는 요사스러운 안개 속에서 아천이 간대를 탁탁 치며 길을 안내했다. 사람 하나와 귀신 하나가 나는 듯이 달려가 치열한 전투가 벌어지는 곳으로 돌아갔다.

남망기와 설양은 이미 밖으로 나가 싸우고 있었다. 피진과 강재의 검 빛으로 보아 대결이 마지막 순간을 향하고 있었다. 피진이 냉정하고 여유 있게 우위를 차지하고 있었고 강재는 미친개처럼 날뛰며 겨우 막아내고 있었다. 그러나 짙은 안개 때문에 남망기는 앞을 잘 볼 수 없는 반면, 설양은 의성에서 수년 동안 생활해 아천처럼 눈을 감고도 손바닥 들여다보듯 길을 훤히 알고 있어서 만만치 않았다. 때때로 고금이 분노한 것처럼 우렁차게 울려 포위해 달려드는 주시 떼를 물리쳤다. 위무선이 피리를 꺼내는 순간 위무선 앞에 검은색 그림자 두 개가 철탑처럼 쿵 하고 떨어졌다. 온녕이 송람을 바닥에 누르고 있었다. 두 흉시가 서로의 목을 조르자 관절에서 절그럭거리는 소리가 났다.

"꽉 붙잡아!"

위무선이 말했다.

위무선은 몸을 숙여 송람의 머리를 더듬어 자로정을 찾아 끝부분을 잡았다. 위무선은 '이건 온녕의 머리에 박힌 것보다 훨씬 가늘고 소재도 달라 송람이 자의식을 금세 회복하겠군.'이라고 생각했다. 위무선은 자로정 끝부분을 잡고 천천히 뽑아냈다. 머릿속에 박힌 이물질이 움직이자 송람이 두 눈을 번쩍 뜨고 낮게 포효했다. 온녕이 힘을 바짝 가하고 나서야 그의 몸부림이 잦아들었다. 못을 빼자 송람은 실이 끊어진 꼭두각시처럼 땅바닥에 주저앉아 꼼작도 하지 않았다.

그때, 저쪽에서 광분해 포효하는 소리가 들렸다.

"이리 내놔!"

남망기의 피진이 설양의 가슴을 베자 피가 튀었다. 피진은 설양이 품에 감춘 쇄령낭도 꺼내왔다.

"설양! 뭘 내놓으라는 거야? 상화? 상화는 네 검도 아닌데 어떻게 '내놓으라고' 할 수 있지? 뻔뻔스럽게?"

위무선은 잘 보이지 않았지만 외쳤다.

"위 선배, 정말 인정사정 봐주지 않는군."

설양이 하하 웃으며 말했다.

"웃어, 웃어봐. 그래도 효성진의 흩어진 혼백은 다 맞출 수 없을 테니까. 네가 그렇게 싫다는데 왜 굳이 끌고 와 같이 놀자고 해."

위무선이 말했다.

"누가 그와 놀겠대!"

시시덕대던 설양은 별안간 분노를 터뜨렸다.

"그의 혼백을 회복시키게 도와달라고 간청하더니, 도대체 뭘 할 생각이었어?"

설양처럼 똑똑한 자가 위무선이 일부러 말장난한다는 것을 모를 리가 없었다. 첫 번째로 화를 유발해 정신을 분산시키고, 두 번째로는 큰 소리로 욕하게 해서 남망기가 위치를 파악해 공격하도록 하려는 것임을 알았지만 설양은 참지 못하고 한 마디씩 받아쳤다.

"뭘 할 생각이냐고? 하! 당신이 모를 리가? 그를 흉시, 악령으로 만들어 내 손아귀 안에 두겠어! 그는 고결한 인사가 되길 원했잖아? 그렇다면 평생 살육을 저지르며 평안히 잠들지 못하게 만들어주지!"

설양이 악의에 가득 차 외쳤다.

"어? 그렇게까지 그를 증오했어? 그러면 왜 상평을 죽였지?"

"왜 상평을 죽였냐고? 물을 필요가 있나, 이릉노조! 내가 말하지 않았나? 약양 상씨 전부를 몰살해 개 한 마리 남기지 않겠다고!"

설양이 비웃으며 말했다. 그가 말하면 위치가 노출되기 때문에 검이 몸을 뚫는 소리가 계속 들렸지만, 설양은 참을성이 보통사람과 크게 달랐다. 위무선이 공정을 통해 이미 봤듯이 설양은 복부를 관통당하고도 아무렇지도 않은 듯 담담하게 웃을 줄 알았다.

"이유는 그럴듯하지만 안타깝게도 시간이 안 맞는걸. 너처럼 작은 원한도 천 배로 갚고, 그것도 아주 독하고 악랄하게 갚는 자가 어떻게 온 집안을 몰살하는 데에 몇 년이나 걸렸지? 도대체 왜 상평을 죽였는지는 너 자신이 더 잘 알겠지."

"그럼 내가 무슨 생각을 했는지 당신이 말해보지? 내가 무슨 생각을 했는데?!"

"어차피 죽일 거면서 왜 대표적인 '처벌' 방식인 능지처참 형을 택했지? 개인적인 복수라면 왜 네 강재가 아니라 상화를 썼을까? 왜 상평의 눈을 파 효성진과 똑같이 만들었지?"

"헛소리! 전부 다 헛소리야! 복수하는데 편안하게 죽도록 할 수는 없잖아?!"

설양이 힘껏 외쳤다.

"확실히 복수였지. 하지만 도대체 누구를 위한 복수인데? 우습군. 네가 정말 복수하고 싶다면 제일 능지처참당해야 할 사람은 너 자신이야!"

휙휙 하고 공기를 가르는 날카로운 소리가 눈앞으로 끼쳐 왔다.

위무선은 미동조차 하지 않았고, 대신 온녕이 번개처럼 위무선 앞을 막아서며 검은빛을 내뿜는 자로정을 막았다. 설양은 올빼미처럼 오싹한 소리로 웃고는 돌연 소리를 멈췄다. 더는 위무선을 상대하지 않고 안개 속에서 남망기와 싸웠다. 위무선은 '목숨 한번 참 질기군. 어째 통증을 전혀 못 느끼는 것 같아. 어딜 봐서 부상 당한 사람이야. 딱 두 마디만 더해서 남잠에게 몇 번 더 찔려 팔다리가 잘리면 저렇게 펄펄 뛰어다니지 못할 텐데. 더 안 속네!' 하고 생각했다.

바로 그때 안개 속에서 간대 부딪치는 소리가 낭랑하게 울렸다.

위무선이 퍼뜩 정신을 차리고 외쳤다.

"남잠, 간대 소리가 나는 방향을 찔러!"

남망기가 즉시 검을 날렸다. 설양이 "흥." 하고 콧방귀를 뀌었다. 이번에는 간대가 수 장(丈) 밖 다른 곳에서 울렸다.

남망기가 소리를 따라 계속 검을 찔렀다.

"이게, 자꾸 내 뒤를 따라다니다니. 박살을 내버린다?"

설양이 으름장을 놓았다.

설양에게 살해된 이후 아천은 여기저기 숨어다니며 들키지 않도록 조심했다. 왜 그런지 설양도 외롭게 떠도는 그녀의 넋을 모른 척했다. 아천이 작고 연약해서 상대할 가치가 없다고 생각했는지도 몰랐다. 그러나 그런 아천이 지금 안개 속에서 그림자처럼 따라붙어 간대 소리로 남망기에게 공격 방향을 알려주고 있었다.

설양은 몸놀림이 매우 날쌔 순식간에 다른 곳에서 나타났다. 그러나 아천도 생전에 달리기가 빨랐고, 이젠 혼백이 되었으니 설양 뒤에 저주처럼 달라붙어 미친 듯이 간대를 두드렸다. 탁탁탁 하는 소리가 멀어졌다 가까워졌다. 전후좌우로 울리면서 절대 놓치지 않았다. 간대 소리가 울리기만 하면 피진이 곧장 따라왔다.

설양은 안개 속에서 물 만난 물고기처럼 자유자재로 숨었다가 습격했지만, 지금은 정신을 분산해 아천까지 상대해야 했다. 설양이 욕설을 퍼부으며 뒤쪽으로 부적을 던지자 아천이 기괴하고 날카로운 비명을 질렀고 그 순간 피진이 설양의 가슴을 관통했다!

설양의 부적 때문에 아천은 혼백이 부서져 설양의 위치를 알려주지 못했지만, 이번에는 설양이 급소를 정확하게 맞아 더는 신출귀몰하게 움직이지 못해서 쉽게 잡을 수 있을 것이었다.

안개 속에서 피 토하는 소리가 들렸다. 위무선은 빈 쇄령낭을 던져 흩어지는 아천의 혼백을 구했다. 설양은 무거운 발을 끌며 몇 걸음 가다가 갑자기 앞으로 맹렬히 달려들면서 손을 뻗으며 포효했다.

"내놔!"

피진의 푸른빛이 위에서 아래로 내리쳐 설양의 한쪽 팔을 깔끔하게 잘라버렸다.

붉은 피가 솟구쳤다. 앞쪽의 짙은 안개가 붉게 물들고 피비린내가 온 천지에 진동하면서 축축한 쇳내가 전해졌다. 위무선은 그것보다 아천의 흩어진 혼백을 모으는 것에 집중했다. 설양의 거친 숨소리는 들리지 않았지만, 무릎이 바닥으로 무겁게 떨어지는 소리는 들렸다. 설양이 피를 너무 많이 흘려 더 움직이지 못하고 바닥으로 무너져내린 것 같았다.

남망기가 다시 피진을 부려 설양의 목을 베려고 했다.

그러나 바로 그때, 연기 속에서 푸른색 화염이 하늘 높이 치솟았다.

전송부의 불꽃!

위무선은 상황이 잘못됐다는 것을 느끼고 위험을 무릅쓰고 달려 갔다. 달려가다가 미끄러질 뻔했다. 설양의 잘린 팔에서 뿜어져 나온 피가 고여 피비린내가 진동하고 있었다.

그러나, 설양의 모습은 보이지 않았다.

남망기가 다가왔다.

"도굴꾼?"

위무선이 물었다.

설양은 피진으로 급소를 찔렸고 팔도 하나 잃었다. 흘린 피의 양을 보면 분명 살아남지 못했을 것이기 때문에 전송부를 사용할 만한 정력과 영력이 남아 있을 리가 없었다.

"그자를 베고 생포하려 했지만 주시 무리가 습격해 온 탓에 놓쳤어."

남망기가 고개를 약간 숙이며 말했다.

"칼에 맞고도 영력을 크게 소모하면서까지 설양의 시체를 가져갔다면, 그도 설양을 알고 설양의 내막을 알 거야. 설양의 시체를 가져간 건…… 설양에게 음호부가 있는지 살피기 위해서였을 거야."

위무선이 차분하게 말했다.

금광요가 설양을 '처리'했다는 소식이 전해진 뒤 음호부도 사라져 종적을 알 수 없었다. 그러나 생각해보니 설양이 가지고 있을 확률이 높았다. 의성에 있던 수천 명의 활시, 주시 더 나아가 흉시는 주시 독 가루나 자로정만으로는 통제할 수 없었다. 음호부를 사용했다고 해야 설양이 어떻게 자기 마음대로 그들을 부려 계속 공격하게 했는지가 설명이 됐다. 설양처럼 의심 많고 교활한 자라면 자신이 볼 수 없는 곳에 숨기지 않고 늘 지니고 다니며 시시때때로 확인해야 안심할 것이었다. 도굴꾼이 설양의 시체를 가져갔으니 음호부도 가져갔다고 보는 게 좋았다.

그건 예삿일이 아니었다.

"일이 이 지경이 됐으니 설양이 복원한 음호부의 위력이 크지 않기만을 바라야겠네."

위무선이 무겁게 말했다.

그때, 남망기가 위무선에게 뭔가를 가볍게 던졌다.

"뭐야?"

위무선이 받아 들며 물었다.

"오른팔."

그것은 새 봉악 건곤대였다. 위무선은 그제야 의성에 온 목적이 생각나 정신이 번쩍 들었다.

"우리 아우님의 오른팔?"

"응."

도굴꾼과 주시 떼, 짙은 안개에 겹겹이 둘러싸인 상황에서도 짬을 내 '우리 아우님'의 오른팔을 찾아냈다니. 위무선은 감탄을 금할 수가 없어 남망기를 한껏 치켜세웠다.

"역시 함광군이군! 이제 우리가 다시 한발 앞서는 거네. 머리가 아닌 게 아쉽기는 하지만. 난 우리 아우님이 어떻게 생겼는지 정말 궁금하다고. 뭐 이제 곧……. 송람은?"

설양의 시체가 사라지자 안개가 움직이는 속도가 빨라지더니 조금씩 옅어져 그럭저럭 사물을 알아볼 수 있게 되었다. 그래서 위무선은 송람이 안 보인다는 것을 알았다. 송람이 누워 있던 곳에는 온녕만 바닥에 웅크리고 앉아 멍하니 이쪽을 쳐다보고 있었다.

남망기는 방금 칼집에 넣은 피진의 칼자루에 손을 얹었다.

"괜찮아. 경계할 필요 없어. 송람은 방금 그 흉시인데 공격할 생각이 없을 거야. 아니면 온녕이 경고했겠지. 아마 자의식이 돌아와 갔나 봐."

위무선이 가볍게 휘파람을 불자 온녕이 고개를 숙인 채 일어나 뒤로 물러가 하얀 안개 속으로 사라졌다. 쇠사슬이 끌리는 소리가 점점 멀어지자 남망기는 여러 말 하지 않고 차분하게 말했다.

"가지."

그들이 돌아가려는데 위무선이 남망기를 불러세웠다.

"잠깐만."

위무선은 핏속에서 홀로 남은 것을 보았다.

새끼손가락 없이 네 손가락을 꽉 쥔 설양의 잘린 왼팔이었다.

왼손은 주먹을 아주 꽉 쥐고 있었다. 힘을 세게 주어서야 겨우 하나하나 펼 수 있었다. 주먹을 다 펴자 손바닥에 작은 사탕이 놓여 있었다.

검게 변한 사탕은 먹을 수가 없었다.

너무 꽉 쥐어 조금 부서져 있었다.

위무선과 남망기는 함께 의장으로 돌아왔다. 대문이 열려 있었고, 역시 송람은 효성진이 누워 있는 관 옆에 서서 안을 내려다보고 있었다.

세가 자제들은 한쪽에 모여 검을 뽑아 들고 잔뜩 긴장한 채로 방금 자신들을 습격했던 흉시를 노려보고 있었다. 그들은 위무선과 남망기가 돌아오자 매우 반가웠지만, 송람을 놀라게 하거나 자극할까 봐 큰 소리는 내지 못했다.

위무선이 의장으로 들어가 남망기에게 소개했다.

"송람, 송자침 도장이야."

관 옆에 서 있던 송람이 고개를 들어 그들에게 시선을 옮겼다. 남망기가 옷자락을 살짝 들어서 우아한 자세로 높은 문턱을 넘으며 가볍게 고개를 끄덕였다.

송람은 이미 자의식을 회복했고 눈에 맑은 검은 눈동자가 돌아와 있었다.

원래는 효성진의 것이었을 눈에 말로는 다 표현할 수 없는 슬픔이 가득했다.

그래서, 굳이 묻지 않고도 위무선은 알았다. 설양에 의해 흉시가 됐던 시간 속에서도 그는 모든 것을 봤고 다 기억하고 있다는 것을. 더 물어보고 말해도 아쉬움과 고통만 더할 뿐이었다.

침묵 끝에 위무선은 작은 쇄령낭 두 개를 꺼내 송람에게 건넸다.

"효성진 도장과 아천 낭자입니다."

아천은 설양을 매우 무서워했지만, 조금 전 그녀는 자신을 죽인 살인자를 바짝 따라다니며 위치를 알려주었고, 피진에 가슴을 찔려 업보를 치르게 만들었다. 아천은 설양의 부적에 맞아 혼이 다 흩어지고 말았다. 위무선이 최선을 다해서 모았지만 조금 밖에는 모으지 못했다. 지금은 거의 다 흩어져 효성진과 비슷하게 됐다.

쇠약한 두 혼백은 쇄령낭 안에서 몸을 옹송그리고 있었다. 약간의 힘을 주어 부딪기라도 했다가는 주머니 안에서 깨어질 듯했다. 송람은 두 손을 조금 떨며 쇄령낭을 손바닥 위에 고이 올려놓았다. 흔들리면 부서지기라도 할까 봐 쇄령낭에 달린 술조차 집어 들지 못했다.

"송 도장, 효성진 도장의 시신은 어떻게 할 생각입니까?"

위무선이 물었다.

송람이 한 손으로 쇄령낭 두 개를 조심스럽게 들고 다른 손으로 패검 불설을 꺼내 바닥에 글자를 썼다.

'시신은 화장하고 혼백은 정양할 것이오.'

효성진의 혼백은 너무 부서져 다시 몸으로 돌아오지 못할 테니 시신을 화장해도 좋을 것이었다. 몸이 사라지면 순수하게 혼백만 남아서 안식하다가 어쩌면 어느 날 다시 세상으로 돌아올 수도 있었다.

위무선은 고개를 끄덕였다.

"앞으로 어쩌실 계획입니까?"

위무선이 물었다.

'상화를 메고 세상을 나아가며, 성진과 함께 악을 섬멸할 것이네.'

잠시 뒤 송람은 '그가 깨어나면, 미안하다고, 네 잘못이 아니라고 말하리다.'라고 썼다.

이것은 그가 생전에 효성진에게 하지 못했던 말이었다.

의성의 요사스러운 안개가 조금씩 걷히자 대로와 갈림길이 흐릿하게 보였다. 남망기와 위무선은 세가 자제들을 데리고 황량한 귀신의 성을 빠져나왔다. 송람은 성 입구에서 그들과 작별 인사를 했다.

송람은 여전히 검은 도복을 두른 채 혈혈단신으로 상화와 불설 두 개의 검을 메고, 효성진과 아천의 혼을 가지고 다른 길로 걸어갔다.

그들이 의성으로 들어왔던 그 길이 아니었다.

남사추가 송람의 뒷모습을 멍하니 바라보다가 말했다.

"'명월청풍 효성진, 오설능상 송자침', 두 사람이 다시 만날 날이 올지 모르겠습니다."

잡초가 무성한 길을 걷던 위무선은 마침 수풀이 보이자 '애초에 효성진과 아천은 여기서 설양을 구하지 말았어야 했어.'라고 생각했다.

"이제 공정에서 뭘 봤는지 말해줄 때도 되지 않았어요? 그자가 어떻게 설양이죠? 그가 왜 효성진인 척한 건데요?"

남경의가 물었다.

"그리고, 그리고, 방금 그건 귀장군이죠? 귀장군은 어디로 갔어요? 왜 안 보이지? 아직 의성에 있나? 어떻게 갑자기 나타났지?"

위무선은 두 번째 질문은 못 들은 척했다.

"그게 말이야, 아주 복잡한 이야기라서……."

위무선은 길을 가면서 공정에서 보고 들은 것을 이야기했고, 이야기가 다 끝나자 분위기가 착 가라앉아 귀장군을 기억하는 사람은 한 명도 없었다.

남경의가 제일 먼저 훌쩍거렸다.

"세상에 어떻게 이런 일이!"

"설양! 인간쓰레기! 쓰레기 같으니라고! 너무 쉽게 죽었잖아! 선자가 있었다면 선자를 풀어 물어뜯어 죽였을 것을!"

금릉이 화가 나 소리쳤다.

선자라는 말에 위무선은 소름이 확 끼쳤다. 선자가 있었다면 설양이 물어 뜯겨 죽기 전에 자기가 먼저 놀라 죽었을 것이다.

문틈으로 아천을 보고 예쁘다고 했던 소년이 가슴을 치며 "아천 낭자, 아천 낭자!" 하면서 비통해했다.

남경의가 제일 크게 울어 예의범절에 완전히 벗어났지만, 떠들지 말라고 주의 주는 사람은 아무도 없었다. 남사추마저 눈시울을 붉혔다. 남망기도 그들에게 금언술을 걸지 않았다. 남경의는 눈물 콧물을 줄줄 흘리며 세가 자제들에게 제안했다.

　"우리 효성진 도장과 아천 낭자를 위해 지전이라도 태워줄까? 앞에 마을이 있으니 뭐 좀 사서 추도하자고."

　"좋아, 좋아."

　모두 입을 모아 찬성했다.

　말하다 보니 석비가 있던 마을에 도착했다. 남경의와 남사추는 한시도 지체할 수 없다는 듯이 달려가 선향, 향초, 붉은색 노란색 지전 등 이것저것 사 들고 왔다. 소년들은 길옆에 돌과 흙을 쌓아 화로 같은 것을 만들고 무릎을 꿇고 빙 둘러앉아 지전에 불을 붙여 태우며 묵념했다. 위무선은 마음이 무거워 오는 동안 우스갯소리 한 번 안 했지만, 소년들의 행동을 보자 더는 참지 못하고 남망기에게 말했다.

　"함광군, 남의 집 앞에서 저러는데 안 말려?"

　"네가 가서 말려."

　남망기가 담담하게 말했다.

　"좋아, 내가 너 대신 교육을 좀 시켜주지."

　위무선이 말했다.

　"내가 잘 못 본 거 아니지? 선문 세가 자제분들이 부모님이나 친척들한테 죽은 사람은 지전을 못 받는다는 거 못 배웠어? 죽었는데 무슨 돈이 필요해? 못 받아. 게다가 여긴 남의 집 입구인데 여기서 태우면……."

위무선이 말했다.

"비켜요, 비켜. 당신이 바람을 막고 있잖아요. 불이 안 붙는다고요. 그리고 죽어본 적도 없으면서 죽은 사람이 지전을 못 받는지 어떻게 알아요?"

남경의가 손을 휘휘 저으며 말했다.

"그래, 맞아요. 당신이 어떻게 알아요? 받으면 어떻게 할 건데요?"

온 얼굴에 눈물과 잿가루가 범벅이 된 소년이 고개를 들며 덧붙였다.

"내가 어떻게 아느냐고?"

위무선이 웅얼거렸다.

물론 잘 알지!

죽고 십몇 년 동안 한 번도 지전을 받아본 적이 없었으니까!

"만약 못 받았어도 그건 분명 아무도 당신한테 지전을 태워주지 않아서 그런 거예요."

남경의가 위무선의 가슴에 비수를 꽂았다.

'그럴 리가? 내가 그렇게 실패한 인생이었나? 아무도 나에게 지전을 태워주지 않을 정도로? 정말 아무도 나에게 지전을 태워주지 않아 받아본 적이 없는 거야?'

위무선은 가슴에 손을 얹고 자문했다.

아무리 생각해도 그럴 리가 없을 것 같아 고개를 돌려 남망기에게 작은 소리로 물었다.

"함광군, 나한테 지전 태워준 적 없어? 그래도 너는 태운 적이 있겠지?"

남망기는 위무선을 흘끗 보고는 고개를 숙여 옷소매에 붙은 재를 털어내더니 조용히 먼 곳으로 시선을 옮겼다.

'그럴 리가?'

위무선은 남망기의 태연한 옆얼굴을 보며 속으로 외쳤다.

정말 없어?!

그때 어떤 마을 사람이 활을 메고 걸어오며 불만스럽게 말했다.

"당신들 왜 여기서 태우는 거야? 여긴 우리 집 문 앞이라고, 재수 없게!"

"거봐, 야단맞았지?"

위무선이 말했다.

이런 일을 해본 적이 없었던 소년들은 문 앞에서 지전을 태우는 게 불길한 일인 줄 몰랐기 때문에 연신 사과했다.

"여기가 귀댁입니까?"

남사추가 황급히 얼굴을 닦으며 물었다.

"참나, 지금 무슨 소리를 하는 거야. 우리 집안 삼대가 모두 여기서 살았는데 우리 집이 아니면 네 집이야?"

집주인이 말했다.

"말씀을 왜 그렇게 합니까?"

집주인의 말투에 기분이 상했는지 금릉이 일어서면서 말했다.

위무선이 금릉의 머리를 누르며 다시 앉혔다.

"그랬군요. 죄송합니다, 방금 제 말은 다른 뜻이 있어서가 아닙니다. 저희가 지난번에 이 집 앞을 지나갔을 때는 다른 사냥꾼이 있었거든요. 그래서 그렇게 물은 겁니다."

남사추가 말했다.

"다른 사냥꾼이라고? 누구?"

집주인이 놀란 듯이 말했다.

"우리 집은 삼대째 외아들이야! 다른 형제는 없다고! 내 아버지는 예전에 돌아가셨고, 나는 결혼을 안 해서 처자식이라곤 없는데 무슨 다른 사냥꾼?"

집주인은 손가락 '세 개'를 세워 보이며 말했다.

"정말 있었어요!"

남경의가 일어나며 말했다.

"잘 차려입고 큰 모자를 쓰고 바로 댁의 집 마당에 앉아 활과 화살을 손보고 있었어요. 곧 사냥에 나설 것 같았다고요. 우리가 이곳을 지날 때 그에게 길을 물어봤어요. 바로 그가 우리에게 의성 방향을 알려주었고요!"

"헛소리! 정말 우리 집 마당에 앉아 있는 걸 봤어? 우리 집엔 그런 사람 없어! 의성은 외지고 귀신이 우글거리는데 그 길을 알려줬다고? 해칠 생각이 아니고서야! 귀신을 본 것이겠지!"

집주인이 침을 탁 뱉으며 말했다. 그는 액운을 떨쳐내려는 듯 연신 침을 뱉으며 고개를 저으며 가버렸다. 소년들만 남아 서로 얼굴을 쳐다봤다.

"정말 이 집 마당에 앉아 있었다고, 내가 똑똑히 기억하는데……."

남경의가 계속 해명했다.

위무선은 남망기에게 짧게 몇 마디하고 소년들에게 말했다.

"이제 알겠지? 누군가 일부러 너희들을 의성으로 유도한 거라고. 너희에게 길을 알려준 그 사냥꾼은 이 마을 주민이 아니라 누군가 위장한 거야."

"고양이를 죽이고, 시체를 던져놓은 때부터 누군가 일부러 우리를 여기로 유인한 거지? 그 가짜 사냥꾼이 이런 일을 꾸민 사람이고?"

금릉이 물었다.

"십중팔구는."

위무선이 말했다.

"그는 왜 그렇게 시간과 노력을 들여 우리를 의성으로 유인했을까요?"

남사추가 곤혹스러운 듯이 물었다.

"아직은 모르지. 하지만 앞으로 너희들 정말 조심해야 해. 다시 이런 이상한 일이 생기면 혼자 조사할 생각하지 말고 일단 집안에 연락해 도움을 청해서 같이 움직여. 이번에는 함광군이 의성에 있었으니 다행이었지, 아니었으면 너희들 목숨을 부지하기 어려웠을 거야."

위무선이 말했다.

소년들은 만약 의성에 자신들끼리만 있었으면 어떻게 됐을까 생각하니 털이 곤두서고 등에서 식은땀이 쭉 흘렀다. 주시 떼에게 둘러싸이거나 살아 있는 악마인 설양과 마주친 상황을 상상하니 소름이 돋았다.

남망기와 위무선은 세가 자제들을 데리고 한참을 더 걸어 해가 질 무렵에야 그들이 개와 당나귀를 맡겨놓은 성에 도착했다.

성안은 불빛으로 환했고 사람들로 떠들썩했다. 소년들은 이게 바로 산 사람이 사는 곳이지 하며 연신 감탄을 쏟아냈다.

"풋사과!"

위무선이 당나귀를 향해 두 팔을 벌리며 외쳤다.

풋사과가 위무선을 향해 화가 난 듯 울부짖었다. 그 순간, 개 짖는 소리가 들려 위무선은 남망기 뒤로 냉큼 숨었다. 선자도 뛰어나와 당나귀와 개가 서로 마주 보며 이를 드러내며 으르렁거렸다.

"잘 묶어두고. 식사하거라."

남망기가 말했다. 그리고 그는 자기 등에 찰싹 붙은 위무선을 끌고 종업원의 안내에 따라 2층으로 올라갔다. 소년들이 따라 올라오자 남망기가 고개를 돌려 그들을 한 번 훑어보았다.

"우리는 1층에서 먹자."

남사추가 뜻을 알아차리고 재빨리 말했다.

남망기가 고개를 살짝 숙여 보이고는 담담한 표정으로 계속 올라갔다. 금릉은 계단에 서서 머뭇거리며 올라가지도 내려가지도 못했다.

"어른이랑 아이는 각방을 써야지. 안 보는 게 좋은 것도 있거든."

위무선이 고개를 돌려 히히 웃으며 말했다.

"누가 본대!"

금릉이 입을 삐죽거리며 말했다.

남망기는 종업원에게 1층의 세가 자제들이 먹고 마실 것을 주문해주고 자신과 위무선은 2층의 별실을 달라고 했다. 남망기와 위무선은 별실에 마주 보고 앉았다.

"함광군, 내 말 들어. 너희 가문 혼자 의성의 사후 조치를 다 떠맡지 마. 그렇게 큰 성을 다 정리하려면 다방면으로 소모가 많을 거야. 게다가 촉중 지역은 고소 남씨 관할도 아니고. 1층에 있는 후배들 집안을 다 알아보고 힘을 보태야 하는 집안이면 보태라고 해."

"고려해보지."

"잘 생각해봐. 사람들은 사냥감이 생기면 앞다퉈 몰려들지만, 책임은 다들 미룬다고. 이번에는 너희가 손해를 본다고 쳐도 앞으로도 계속 이런 식이면 버릇만 나빠져 고마운 줄도 모를 거야. 무슨 일만 생기면 너희가 나서는 걸 당연하게 생각할 수 있어. 세상일이란 게 다 그래."

위무선이 말했다.

"하지만 어쨌든 재수가 없는 건 사실이야. 의성은 너무 외졌잖아. 게다가 감시탑도 없고. 안 그랬으면 금릉과 사추가 들어가지 않았을 거고, 아천 낭자와 효성진 도장의 혼백도 이렇게 오랜 세월이 흘러서야 다시 빛을 보게 되지도 않았을 텐데."

위무선이 다시 말했다.

크고 작은 현문 세가가 수없이 많지만, 대부분 교통이 발달한 번화한 지역에 있거나 산수가 좋은 영지에 자리를 잡았다. 척박하고 외진 곳을 원하는 가문은 없었고 운유 수사들이 방문하는 경우도 극히 드물었다. 그래서 이런 곳에는 요괴나 귀신이 농간을 부려 현지 주민이 고생해도 도와줄 세가가 없었다. 난릉 금씨의 전임 가주인 금광선 생전에 금광요가 이런 상황을 개선하기 위해 감시탑을 건설하자고 제안했지만, 금광선은 비용 문제로 적극적으로 나서지 않았고 게다가 당시 난릉 금씨는 발언권이 약해 세가들이 받아들이지 않아 곧 흐지부지됐다.

금광요가 가주가 되고 선독에 오르자 이 구상을 실현하겠다며 각 가문에서 인력과 재력을 차출했다. 처음에는 반대의 목소리가 높았다. 이것을 통해 난릉 금씨가 사익을 챙기려는 게 아닌가 하고 의심하는 사람도 많았다. 금광요는 장장 5년 동안 시종일관 웃는 얼굴로 무수한 사람과 동맹을 맺고 무수한 사람과 얼굴을 붉히면서 강경책과 유화책을 다 동원하고 온갖 방법을 다 써서 마침내 1천2백여 개의 '감시탑'을 건설했다.

감시탑은 외지고 척박한 곳에 세워졌다. 각 가문에서 파견된 문생이 감시탑을 지켰다. 이상한 일이 발생하면 즉시 행동에 나섰고 스스로 해결할 수 없으면 다른 가문이나 근처에 있는 수사에게 도움을 청했다. 도와준 수사가 보수를 요구하는데 현지인이 부담할 수 없으면 난릉 금씨가 모아놓은 자금으로 충당했다.

이것은 모두 이릉노조 사후의 일이었다. 남망기와 위무선은 오는 길에 감시탑 몇 개를 보았고 남망기에게 관련 이야기를 들었다. 최근 금린대에서 2기 감시탑을 3천 개로 늘려 범위를 더 확대할 계획이라고 했다. 감시탑이 생긴 뒤로 효과가 뚜렷해 호평이 쏟아졌지만 의심과 조롱의 목소리도 끊이지 않았기 때문에 앞으로도 말이 많을 것이었다.

얼마 뒤 음식과 술이 나왔다. 위무선이 식탁을 훑어보니 대부분이 빨간 매운 요리였다. 위무선은 남망기의 젓가락이 향하는 음식을 유심히 살폈다. 남망기는 담백한 음식에 손을 많이 대기는 했지만, 어쩌다 빨간 요리를 집어먹어도 얼굴색 하나 변하지 않아 위무선은 조금 놀랐다.

"왜 그래."

남망기가 위무선의 시선을 느꼈는지 물었다.

"술친구가 필요해서."

위무선이 천천히 잔을 채우며 말했다.

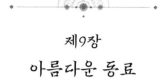

제9장

아름다운 동료

제9장 아름다운 동료

위무선은 남망기가 정말 같이 술을 마실 것이라곤 생각하지 않았던지라 고개를 젖혀 술을 쭉 들이켰다. 그러나 위무선을 가만히 바라보던 남망기가 갑자기 옷소매를 걷더니 손을 뻗어 잔에 술을 따르고 천천히 마셨다.

"함광군, 너무 자상한 거 아니야? 정말 술친구 해주려고?"

위무선이 약간 놀라서 물었다.

지난번 술을 마셨을 때는 남망기의 표정을 자세히 보지 못해서 이번에는 일부러 주의 깊게 살폈다.

술을 마실 때 남망기는 눈을 감고 눈살을 약간 찌푸리며 한 잔을 다 비우고 미세하게 입을 오므린 다음에야 눈을 떴다. 그 눈빛에는 옅은 물기가 감돌았다.

위무선은 탁자에 팔을 올려 턱을 괴고 속으로 숫자를 셌다. 여덟을 세자 남망기가 술잔을 내려놓고 이마를 괸 후 눈을 감았다— 잠이 든 것이다.

위무선은 진심으로 탄복했다. 정말 먼저 자고 그다음에 취하는구나!

미묘하게 시험해보고 싶어진 위무선은 술 주전자에 남은 술을 한 번에 다 마시고 일어났다. 뒷짐을 지고 별실을 왔다 갔다 하다가 남망기 옆으로 가서 고개를 숙여 남망기 귀에 대고 속삭였다.

"남잠?"

대답이 없었다.

"망기 형?"

위무선이 다시 속삭였다.

오른손으로 이마를 짚고 있는 남망기의 호흡은 매우 안정적이었다. 얼굴과 이마를 짚고 있는 손은 백옥처럼 하얗고 아름다웠다.

남망기에게서 풍기는 은은한 단향목 향은 원래 조금 차갑고 서늘 했다. 그러나 지금은 단향목 향에 술 향이 섞여 서늘하면서도 따뜻 한 기운이 감돌아 감미로운 느낌마저 들었고 사람을 취하게 했다.

가까이 다가가자 향기가 위무선의 숨결을 감쌌다. 위무선은 자신 도 모르게 몸을 숙여 남망기에게 더 가까이 다가가면서 생각했다.

'이상하네…… 왜 조금 더운 거 같지?'

단향목 향과 술 향이 어우러진 가운데 위무선의 얼굴이 남망기 에게 점점 가까워졌지만 정작 위무선은 알아채지 못했다. 그는 목 까지 잠겨버린 탓에 경망스러운 느낌이 묻어나는 목소리로 가만히 속삭였다.

"남가 둘째……."

"공자……."

갑자기 밖에서 목소리가 들려왔다.

남망기에게 얼굴을 바짝 붙인 채 "형"이라고 말하려던 순간 밖에서 들려온 소리에 깜짝 놀라 발이 미끄러져 엎어질 뻔했다.

위무선은 즉시 몸을 돌려 소리가 나는 나무 창문으로 향했다.

누군가 나무 창문을 조심스럽게 두드리는 작은 소리가 창문 틈으로 들려왔다.

"공자……."

위무선은 그제야 자신의 심장이 미친 듯이 뛰고 있다는 것을 발견하고 이상하다고 생각하면서 정신을 차리고 걸어가 창문을 열었다. 검은 옷을 입은 사람이 처마에 발을 걸고 거꾸로 매달려 다시 문을 두드리려 하고 있었다. 위무선이 창문을 확 열자 창문에 매달려 있던 사람이 머리를 맞았다. 그는 "아." 하고 가볍게 외치면서 두 손으로 창문짝을 잡고 얼굴을 내밀었다.

차가운 밤바람이 훅 들어왔다. 온녕이 눈을 뜨자 눈에 고요한 검은색 눈동자가 있었다.

두 사람은 이렇게, 하나는 바로 서고 하나는 거꾸로 선 채로 한참을 쳐다봤다.

"내려와."

위무선이 말했다.

온녕은 즉시 처마에 지탱하던 발을 떼 건물 바닥으로 무겁게 떨어졌다.

위무선은 이마에 나지도 않은 식은땀을 닦았다.

'숙소 한번 정말 잘 골랐군!'

이 주점을 고른 게 다행이었다. 일단 조용했고 별실의 나무 창문이 열린 방향은 사람들이 다니는 길가가 아니라 작은 숲이었다. 위무선은 받침목으로 나무 창문을 잘 받쳐놓고 상체를 창밖으로 내밀어 아래를 내려다봤다. 바닥에 온녕이 떨어진 모습 그대로 구덩이가 파였고 온녕이 그 안에 누워서 위무선을 쳐다보고 있었다.

"내가 내려오라고 했지, 언제 내려가라고 했어. '오라고', 알아들어?"

위무선이 목소리를 최대한 낮추며 온녕에게 소리쳤다.

"아. 저 왔어요."

온녕이 고개를 들어 위무선을 쳐다보면서 구덩이에서 일어나 몸에 묻은 먼지를 털어내며 말했다.

그리고 기둥을 붙잡고 기어 올라오려고 했다.

"멈춰! 넌 거기 그냥 있어, 내가 갈게."

위무선은 온녕을 향해 말하고 다시 남망기에게 돌아와 귀에 대고 속삭였다.

"남잠, 남잠. 푹 자고 있어. 곧 돌아올게. 알겠지?"

말이 끝나자 손이 약간 근질근질해졌다. 그는 참지 못하고 손끝으로 남망기의 속눈썹을 쓸어올렸다.

남망기의 긴 속눈썹이 작게 떨려왔다. 미간을 살짝 찌푸리는 게 조금 불편한 것 같았다. 손을 거두고 창밖으로 뛰어내린 그는 처마 끄트머리와 나뭇가지 위를 몇 번 오르내리며 바닥으로 내려섰다. 뒤를 돌자 위무선의 앞에 무릎을 꿇은 온녕이 보였다.

"뭐 하는 거야?"

위무선이 물었다.

온녕은 아무 말도 하지 않고 고개를 숙였다.

"정말 그런 자세로 나랑 이야기할 셈이야?"

"죄송합니다, 공자."

위무선의 말에 온녕이 작은 소리로 대답했다.

"뭐, 좋아."

위무선이 말했다. 그러고 나서 그도 온녕 앞에 꿇어앉았다. 온녕이 깜짝 놀라 위무선에게 고개를 조아렸고 위무선도 온녕을 향해 똑같이 고개를 조아렸다. 온녕이 어쩔 줄 몰라 벌떡 일어나자 그제야 위무선도 일어나 옷자락의 먼지를 털어냈다.

"진작에 이렇게 허리를 쭉 펴고 얘기하면 좀 좋아?"

온녕은 고개를 숙인 채 입을 열지 못했다.

"언제 자의식이 돌아온 거야?"

"얼마 전에요."

"자로정이 네 머리에 박혔을 때의 일을 기억해?"

"일부는 기억하고, 일부는 못 합니다."

"뭐가 기억나?"

"쇠사슬에 묶여 어두운 곳에 갇혀 있었고, 가끔 누군가 보러 온 것 같습니다."

"누군지 기억나?"

"아니요. 누군가 제 머릿속에 뭔가 박은 것만 기억이 납니다."

"분명 설양일 거야. 송람을 조종할 때도 자로정을 이용했으니까. 설양은 예전에 난릉 금씨의 객경이었으니 설양 스스로 결정해서 한 짓인지 아니면 난릉 금씨가 하라고 시킨 짓인지는 알 수 없겠군."

위무선은 잠시 생각하다가 말을 이었다.

"난릉 금씨의 뜻이었을 가능성이 더 커. 그때 네가 이미 뼈가 가루가 되어 사라졌다고 대외에 선포했거든. 난릉 금씨가 중간에서 비호하지 않고는 설양 혼자서 사기 행각을 벌일 수 없을 테니까."

짧게 침묵한 위무선이 다시 말을 이었다.

"나중에는? 대범산엔 어떻게 온 거야?"

"나중엔, 시간이 얼마나 흘렀는지 모르겠지만, 갑자기 손뼉 치는 소리와 '썩 일어나지 못할까.'라는 공자의 말이 들려서…… 쇠사슬을 끊고 달려나갔습니다."

위무선이 모가장에서 세 흉시에게 했던 명령이었다.

과거 이릉노조는 귀장군에게 수없이 많은 명령을 내렸었고, 때문에 위무선이 이 세상으로 돌아온 뒤 내린 첫 번째 명령을 온녕도 들은 것이다.

그래서 혼돈 상태였던 온녕은 위무선의 명령을 따라 찾아온 것이었다. 난릉 금씨는 귀장군을 몰래 숨겨둔 사실을 밝힐 수 없는 처지였다. 만약 이 사실이 밝혀지면 가문의 명성에 큰 타격을 입을 뿐 아니라 공황 상태를 불러일으킬 것이기 때문에 온녕이 탈출했어도 대대적으로 추격하지 못하고 속수무책이었을 것이다. 온녕은 정신없이 달려 마침내 대범산에서 위무선의 피리 소리에 맞춰 소환될 수 있었고 재회에 성공했다.

"네가 말한 그 '얼마나 지났는지 모르는 시간이' 십수 년이나 됐어."

위무선이 한숨을 내쉬며 말했다. 그리고 잠시 후 다시 입을 열었다.

"뭐 나도 비슷했어. 요 몇 년 동안의 일 말해줄까?"

"저도 조금 들었습니다."

"무슨 이야기를 들었어?"

"난장강이 사라지고, 사람도…… 모두 죽었다고."

위무선은 온녕에게 남가의 가규가 3천 줄에서 4천 줄로 늘었다는 것 같은 별로 중요하지 않은 이야기를 하려고 했다. 그런데 온녕이 입을 열자마자 이렇게 무거운 이야기를 할 줄은 생각하지 못해 입을 다물었다.

하지만 무거운 것은 무거운 것이고 온녕은 진작에 그럴 줄 알았다는 듯 그다지 비통한 말투가 아니었다. 사실 위무선도 그럴 줄 알았다. 오래전부터 최악의 결말을 수없이 많이 생각하고 있었다.

잠시 침묵이 이어지다 위무선이 입을 열었다.

"다른 건 들은 거 없고?"

"강징, 강 종주가 난장강을 포위해 공자를 죽였다고요."

온녕이 낮은 소리로 말했다.

"그건 분명하게 해둬야 하는데 강징이 나를 죽인 게 아니야. 난 내가 부리던 것들에게 반격당해 죽었어."

"하지만 강 종주가 분명히……."

온녕이 마침내 눈을 들어 위무선의 눈을 쳐다봤다.

"어려운 길을 가면서 평생 무사태평할 순 없지. 어쩔 수 없는 일이야."

온녕은 한숨을 내쉬려는 듯했지만 내쉴 숨이 없어 그러지 못했다.

"됐어, 강징에 관해선 그만 말하자. 그 밖에 뭐 다른 이야기 들은 거 없어?"

"있습니다."

온녕이 위무선을 보면서 입을 열었다.

"위 공자, 처참하게 죽으셨던데요."

"……."

슬프고 처량한 온녕의 모습에 위무선은 겨우 입을 열었다.

"하, 어째 좋은 소식은 하나도 못 들은 거야?"

"네. 정말 하나도 없었습니다."

온녕이 수심이 가득 찬 표정으로 대답했다.

"⋯⋯."

위무선은 할 말이 없었다.

그때 1층에서 와장창하고 그릇 깨지는 소리가 났다. 곧이어 남사추의 목소리가 들렸다.

"이전까지는 설양에 관해 이야기하고 있었잖습니까? 왜 이런 이야기로 목소리를 높이십니까?"

"그래 설양에 관해 이야기하고 있었지. 내 말이 틀려? 설양이 무슨 짓을 했지? 그는 금수만도 못한 인간쓰레기고 위영은 그보다 더 구역질이 난다고! 뭐가 '하나만 보고 판단할 수 없다.'라는 거야? 그런 사마외도(邪魔外道)를 세상에 남겨두는 거 자체가 화근이라고. 하나도 남김없이 싹 쓸어버려야 해!"

금릉이 소리쳤다. 온녕이 움찔대자 위무선이 손을 저으며 가만히 있으라고 했다. 그때 남경의가 끼어드는 소리가 들렸다.

"뭘 그렇게 화를 내? 사추가 위무선을 죽일 필요가 없었다고 한 것도 아니고. 그저 귀도(鬼道)를 수련하는 사람이 모두 설양 같지는 않을 거라고 한 건데, 물건까지 집어 던지며 화낼 필요가 있어? 저건 먹어보지도 못했는데⋯⋯."

"'그 길의 창시자는 그것이 나쁜 일에 사용될 줄은 몰랐을 수 있다.'라고 했잖아? '그 길의 창시자'가 누구야? 위영 말고 또 누가 있어! 난 정말 이해할 수 없어. 너희 고소 남씨도 선문의 명망 있는 가문이고 옛날에 위영 손에 사람이 많이 죽지 않았나? 주시와 그의 수하 때문에 골치 썩지 않았어? 남원 너 말하는 게 이상한데? 방금 네 말은 위영을 옹호하는 것 같잖아!"

금릉이 냉소했다. 남원은 남사추의 이름이었다.

"그를 옹호하려는 게 아닙니다. 그저 전후 사정을 다 알기 전까지는 아무렇게나 결론을 내려선 안 된다는 말이었습니다. 의성에 오기 전까지는 효성진이 약양 상씨 상평에게 복수한 거라고 단언한 사람이 많지 않았습니까? 하지만 진실은 어땠고요?"

남사추가 해명했다.

"효성진 도장이 상평을 죽였는지는 본 사람이 없잖아. 추측한 것을 두고 단언이라고 해? 반면 위영은 궁기도(窮奇道) 습격과 혈세불야천(血洗不夜天)을 일으켰지. 그 두 전투에서 그의 손에 죽은 수사가 얼마며, 온녕과 음호부 때문에 목숨을 잃은 사람은 또 얼마야! 이건 수많은 사람이 직접 본 사실이야. 변명의 여지도, 부인할 수도 없는 사실! 게다가 그는 온녕을 부려 내 아버지와 어머니를 죽였어. 그건 더더욱 못 잊어!"

금릉이 말했다. 온녕의 얼굴에 핏기라는 게 있었다면 이 순간 다 사라졌을 것이다.

"……강 낭자의 아드님?"

온녕이 작은 소리로 말했지만 위무선은 미동도 하지 않았다.

"내 외숙은 그와 함께 자랐고, 내 조부는 그를 친자식처럼 여겼어. 내 조모도 그에게 못하지 않았는데 그는 어땠지? 연화오를 온씨 오합지졸의 소굴로 만들고, 운몽 강씨를 풍비박산 내고, 내 조부모와 부모를 돌아가시게 만들어서 지금은 외숙밖에 안 남았다고! 풍파를 일으키더니 결국엔 죽어서도 시신이 온전치 못하게 된거야! 이게 다 자업자득이라고! 여기에 분명하지 않은 게 어디 있지? 옹호할 게 뭐가 있냐고!"

금릉의 말에 남사추는 한마디도 하지 않았다. 한참 뒤 다른 소년이 말했다.

"됐어, 됐어. 왜 그런 거 갖고 싸워? 그 얘긴 이제 그만하는 게 어때? 우리 식사하고 있었잖아, 음식 다 식겠다."

목소리를 들으니 위무선이 '정이 많은 사내'라고 놀렸던 소년인 듯했다.

"자진의 말이 맞아, 그만해. 사추가 별 뜻 없이 한 말에 그렇게 많은 생각을 하지는 말고. 금 공자 앉아, 같이 식사하자고."

다른 소년이 분위기를 누그러뜨리며 말했다.

"그래. 우리 모두 의성에서 방금 나왔잖아. 생사를 같이한 전우애가 있지……. 무심코 한 말실수일 뿐이라고."

금릉이 콧방귀를 뀌었다.

"죄송합니다. 제가 실언을 저질렀습니다. 금 공자, 그만 앉으세요. 더 시끄럽게 했다가 함광군이 내려오시면 곤란해져요."

남사추가 예의 바르게 사과했다.

함광군은 역시 특효약이었다. 금릉의 콧방귀 소리도 더는 들리지 않았고 탁자와 의자를 옮기는 소리가 들리는 것을 보니 모두 앉은 모양이었다. 대청이 다시 시끌벅적해지면서 식사 소리에 소년들의 목소리가 잠겼다. 하지만 위무선과 온녕은 수풀 속에서 굳은 표정으로 조용히 서 있었다.

침묵이 이어지는 가운데 온녕이 다시 무릎을 꿇었다. 위무선은 한참 뒤에야 온녕의 움직임을 알아채고 손을 휘휘 저었다.

"너랑 상관없는 일이야."

온녕이 무슨 말을 하려다 위무선의 뒤를 보더니 순간 얼어붙었다. 위무선이 몸을 돌려 보려는데 하얀 옷이 쑥 나오더니 온녕의 어깨를 차버렸다.

온녕은 아까 떨어지면서 생긴 구덩이로 자빠졌다.

위무선이 다시 걷어차려는 남망기를 황급히 말렸다.

"함광군, 함광군! 진정해!"

보아하니 '잠든' 시간이 지나고 '취한' 시간이 시작된 모양이었다.

미묘하게 익숙한 이 상황은 과거와 경악할 만큼이나 비슷했다. 이번에는 남망기가 지난번보다 더 정상으로 보이는 게 다른 점이라면 다른 점이었다. 장화를 반대로 신지도 않았고, 온녕을 걷어차는 거친 행동을 하면서도 표정은 엄숙하고 정직하며 정의롭고 위엄이 넘쳐 나무랄 데가 하나도 없었다. 위무선에게 저지당하자 남망기는 소맷자락을 탁 털더니 고개를 끄덕이며 그 자리에 그대로 서서 위무선의 말대로 더 걷어차지 않았다.

"괜찮아?"

위무선이 온녕에게 물었다.

"괜찮습니다."

"괜찮으면 어서 일어나! 무릎 꿇고 뭐 하는 거야?"

온녕은 일어나 잠깐 망설였다.

"남 공자."

남망기가 미간을 찌푸리더니 귀를 막으며 위무선 쪽으로 몸을 돌려 온녕을 뒤로 하고 온녕의 시선을 막았다.

"······."

"이제 가는 게 좋겠다. 남잠이, 어, 네가 별로 보고 싶지 않은가 봐."

"……남 공자, 어떻게 된 겁니까?"

"아무것도 아니야. 취해서 그래."

"네?"

온녕은 이 사실을 받아들이기 어려운 모양이었다. 그는 한참 뒤 마침내 입을 열었다.

"그러면…… 어떻게 해야 합니까?"

"뭘 어떻게 해. 내가 데리고 들어가 침상에 던져 재워야지."

"좋아."

남망기가 말했다.

"어? 귀 막고 있었던 거 아니었어? 내 말은 또 어떻게 들었대?"

남망기는 대답하지 않고 귀를 꼭 틀어막았다. 마치 방금 끼어든 사람은 자기가 아니라고 말하는 듯했다. 위무선은 웃지도 울지도 못한 채 온녕에게 말했다.

"몸조심하고."

온녕은 고개를 끄덕이며 다시 한번 남망기를 쳐다봤다. 물러나려는 순간 위무선이 다시 온녕을 불러세웠다.

"온녕. 너…… 일단 어디 잘 숨어 있어."

온녕이 어리둥절한 표정이자 위무선이 말했다.

"너도 두 번 죽은 셈이니 잘 쉬라고."

온녕이 떠나자 위무선은 귀를 막고 있는 남망기의 두 손을 내리며 말했다.

"됐어, 가자. 이제 소리도 안 들리고, 사람도 안 보여."

남망기는 그제야 손을 풀고 옅은 색 눈동자로 위무선을 뚫어지게 쳐다봤다.

남망기의 눈빛이 너무 맑고 정직해 보여 위무선은 장난치고 싶은 생각이 솟구쳤다. 위무선은 몸에서 뭔가 불이 붙은 것처럼 간사하게 웃었다.

"남잠, 내 질문에 계속 대답할 거야? 내가 하라는 대로 할 거야?"

"응."

"네 말액 풀어봐."

남망기는 손을 머리 뒤로 뻗어 천천히 매듭을 잡아 권운 문양이 수놓아진 하얀색 말액을 풀었다.

위무선은 말액을 받아 들고 한참 동안 요리조리 자세히 뜯어봤다.

"뭐 대단한 것도 없네. 난 또 놀랄 만한 비밀이라도 숨겨져 있는 줄 알았지. 그런데 예전에 내가 풀었을 때 왜 그렇게 화를 낸 거야?"

설마 그때 남망기는 단순히 내가 싫어서 내가 하는 모든 행동이 다 못마땅했던 건가?

갑자기, 위무선은 손목이 조이는 느낌이 들었다. 남망기가 말액으로 위무선의 두 손을 묶고 태연하게 매듭을 짓고 있었다.

"뭐 하는 거야?"

위무선은 남망기가 도대체 뭘 하려는지 보려고 남망기가 하는 대로 내버려 두었다. 남망기는 위무선의 두 손을 꽉 묶고 풀매듭을 짓더니 잠시 생각하고 마음에 안 드는지 풀어서 옭매듭을 지었다. 그래도 적당하지 않다고 생각했는지 하나를 더 묶었다.

고소 남씨의 말액은 끝부분을 길게 늘어뜨려 움직일 때 흩날리는 모습이 이를 데 없이 아름다웠는데, 그래서 매우 길었다. 남망기는 단숨에 옭매듭을 예닐곱 개 묶어 못생긴 옹이처럼 만든 다음에야 만족스러운 듯이 멈췄다.

"이보세요, 이 말액 이제 안 쓸 거야?"

남망기가 미간을 펴며 위무선의 손을 묶은 말액 한쪽을 자신의 눈앞까지 끌어올리더니 마치 위대한 걸작을 감상하듯 쳐다봤다. 남망기의 동작에 따라 손을 올린 위무선은 생각했다.

'범인 같잖아……. 아니다, 내가 왜 남잠과 이렇게 놀고 있지? 내가 그를 놀려주어야 하는데?'

위무선은 정신이 번쩍 들었다.

"풀어줘."

남망기는 흔쾌히 위무선의 옷자락으로 손을 뻗었다.

"그거 말고! 손에 있는 이거 풀라고. 네가 묶은 이 말액 말이야."

남망기에게 손이 묶인 채 옷을 벗는 장면은 생각만으로도 아찔했다.

위무선의 말에 남망기는 다시 눈살을 찡그리더니 한참 동안 꼼짝도 하지 않았다. 위무선은 남망기에게 손을 들어 보이며 달랬다.

"내 말 듣는다고 했잖아. 이거 풀어, 착하지."

남망기가 위무선을 쓱 보더니 조용히 시선을 돌렸다. 위무선이 무슨 말을 하는지 몰라 생각할 시간이 필요하다는 투였다.

"아, 알았어! 묶는 건 신나게 하더니 풀라고 하니까 못 알아듣는 척하는 거지?"

남가의 말액과 옷에 사용한 소재는 가볍고 우아해 보이지만 매우 튼튼했다. 남망기가 워낙 꽉 묶은 데다가 옭매듭을 잔뜩 지어서 손목을 아무리 돌려도 풀어지지 않았다.

'내가 내 발등을 찍었군. 그래도 말액은 곤선삭[1] 같은 게 아니어서 다행인 건가. 아니었으면 꽁꽁 묶였을 거야.'

#1 곤선삭(捆仙索) 요괴를 속박하는 줄 형태의 법보.

남망기는 먼 곳을 바라보면서 말액 끈을 잡아당겼다 흔들었다 하는 게 무척 재미있는 모양이었다.

"풀어주면 안 돼? 함광군, 너처럼 신선 같은 사람이 어떻게 이런 일을 할 수가 있어? 나를 묶어서 뭐 하게? 이게 뭐야, 누가 보면 어쩌려고? 응?"

위무선은 애걸복걸했다. 마지막 말에 남망기는 위무선을 수풀 밖으로 끌고 나갔다.

위무선은 비틀거리며 끌려가면서 다급하게 외쳤다.

"자자자잠깐만. 내 말은 사람들이 보면 안 좋다는 거지, 사람들에게 보이라는 게 아니라고. 이봐! 못 알아듣는 척하는 거 아니지? 일부러 그러는 거야? 듣고 싶은 것만 골라서 듣는 거지? 남잠, 남망기!"

말이 채 끝나기도 전에 남망기는 수풀을 나와 건물을 돌아 주점 1층으로 다시 들어갔다.

소년들은 방금 조금 불쾌한 일이 있었지만 그런 일은 벌써 다 잊고 먹고 마시며 떠들썩하게 놀고 있었다. 그들은 벌주 마시기 놀이에 흠뻑 빠져 있었다. 몇몇 남가 소년들은 몰래 술을 마시며 행여 남망기에게 들킬까 봐 2층의 동태를 계속 살피고 있었다. 그런데 갑자기 남망기가 무방비 상태인 대문으로 위무선을 끌고 들어오자 소년들은 깜짝 놀라 할 말을 잃었다.

우당탕탕.

남경의가 탁자 위에 있던 술잔을 가리려고 손을 뻗자 음식 접시들이 뒤집히면서 숨기려던 물건이 더 눈에 띄었다. 남사추가 벌떡 일어나며 말했다.

"함, 함광군, 어떻게 그쪽에서 들어오십니까……."

"하하, 함광군이 더워서 바람을 쐬러 나갔다가 문득 생각이 나서 들어와 봤더니, 몰래 술 마시는 현장을 딱 잡았네."

위무선이 웃으며 말했다. 그는 속으로 남잠이 제발 말을 하거나 다른 행동을 하지 말고 그냥 자신을 위층으로 끌고 올라가기를 빌었다. 남망기가 한마디도 안 하고 차가운 표정을 짓고 있으면 그가 이상하다는 것을 알아채는 사람이 없을 것이었다.

위무선이 생각에 빠진 사이 남망기가 소년들이 있는 탁자 앞으로 위무선을 끌고 갔다.

"함광군, 함광군 말액이……."

남사추가 깜짝 놀라 말했다. 그리고 말이 끝나기도 전에 남사추는 위무선의 손을 보았다.

함광군의 말액이 위무선의 손목에 묶여 있었다.

눈치챈 사람이 별로 없는 게 못마땅했는지 남망기는 말액 끈을 들어 올려 그 자리에 있던 사람들이 다 보도록 위무선의 손을 들어 올렸다.

남경의가 물고 있던 닭 날개가 그릇으로 떨어지면서 양념이 사방으로 튀어 가슴팍이 더러워졌다.

위무선의 머릿속에는 온통 '남망기가 술이 깨면 사람들 못 보겠군.' 하는 생각뿐이었다.

"……지금 저게 뭐 하는 거야?"

금릉이 이상하다는 듯이 물었다.

"너희에게 남가 말액의 특별한 용법을 보여주는 거야."

위무선이 말했다.

"무슨 특별한 용법이요……?"

남사추가 물었다.

"이상한 주시를 만나서 데리고 돌아가 잘 살펴봐야겠다고 생각되면 말액을 풀어서 이렇게 잡아가는 거지."

위무선이 대답했다.

"말도 안 돼. 우리 가문 말액은……."

남경의가 말했다.

"그렇군요. 그런 기능이 있는 줄은 몰랐습니다!"

남사추가 닭 날개를 남경의의 입에 쑤셔 넣으며 말했다.

남망기는 사람들의 이상한 시선을 무시하며 위무선을 끌고 위층으로 올라갔다.

방에 들어가 몸을 돌려 문을 닫고 빗장을 걸었다. 마지막으로 탁자를 문 앞으로 끌어다 놓았다. 마치 외부의 적을 막으려는 것 같았다.

"여기서 사람을 죽이고 토막이라도 내려는 거야?"

남망기의 행동을 그냥 지켜보던 위무선이 말했다.

별실은 나무로 만든 병풍이 공간을 두 부분으로 나누었다. 한쪽에는 탁자와 의자를 놓아 식사나 다과를 할 수 있게 했고, 다른 한쪽에는 휴식용 침상을 놓고 발을 걸어놓았다. 남망기는 위무선을 병풍 뒤로 끌고 가 밀어서 침상에 쓰러뜨렸다.

위무선은 나무로 된 침상 머리 부분에 머리를 살짝 부딪쳐 "아야." 하고 소리 지르며 '이번에도 강제로 같이 자자는 건가? 아직 해시도 안 됐잖아?' 하고 생각했다.

위무선의 비명에 남망기는 옷자락을 들어 올리며 침상 옆에 점잖게 앉아 위무선의 머리를 쓰다듬었다. 무표정했지만 부드러운 손길이 마치 "부딪쳐서 아파?" 하고 묻는 것 같았다.

남망기의 손길에 위무선은 입을 실룩거리며 말했다.

"아야, 아파. 아파, 아파, 아프다고."

위무선이 계속 아프다고 말하자 남망기의 얼굴에 걱정하는 기색이 보이더니 손길이 더 부드러워지면서 위로하듯 위무선의 어깨를 두드렸다. 위무선은 두 손을 들어 보이며 말했다.

"날 좀 놔줘. 함광군, 너무 세게 묶어서 피가 날 거 같다고. 아파 죽겠어. 말액을 풀고, 나 좀 놔주는 게 어때? 응?"

남망기가 위무선의 입을 막아버렸다.

"ㅇㅇㅇㅇㅇㅇ읍, ㅇㅇㅇㅇㅇㅇㅇㅇㅇㅇㅇ읍?!"

하기 싫은 일은 못 알아듣는 척하더니 더 이상 못 그러니까 아예 내 입을 막아?!

너무하잖아!

위무선은 '어차피 이렇게 된 마당에 내 탓하지 말라고.' 하고 생각했다.

남망기가 한 손으로 위무선의 입을 계속 꽉 틀어막자 위무선은 입을 벌리고 혀를 내밀어 남망기의 손바닥을 살짝 건드렸다.

잠자리가 수면을 스치는 것처럼 살짝이었지만 남망기는 불에 손바닥을 덴 것처럼 재빨리 손을 뗐다.

위무선이 숨을 깊이 들이마시며 불만을 쏟아내려는데 남망기가 몸을 돌려 등을 진 채로 무릎을 끌어안고 앉아 위무선이 가볍게 핥은 손바닥을 가슴에 대고 꼼짝도 하지 않았다.

"뭐 하는 거야? 뭐야 이게?"

위무선이 말했다. 마치 호색가에게 능욕을 당해 삶의 의욕을 다 잃은 것 같은 자세로, 상황을 모르는 사람이 보면 위무선이 남망기를 어떻게 했다고 오해할 것 같았다.

큰 충격을 받은 것 같은 모습에 위무선이 말했다.

"싫지? 싫어도 할 수 없어. 누가 너더러 내 입 막으래. 이리 와, 닦아줄게."

위무선이 남망기의 어깨를 향해 묶인 두 손을 내밀자 남망기가 획 피했다. 남망기가 무릎을 감싸 안고 침상 구석에 웅크린 모습을 보자 위무선은 다시 장난기가 샘솟았다.

위무선은 남망기 쪽으로 다가가며 최대한 요사스럽게 웃으며 말했다.

"무서워?"

남망기는 단숨에 침상에서 내려와 계속 위무선을 등지며 일정한 거리를 유지했다.

그 모습에 위무선은 장난기가 더 발동했다.

위무선이 느릿느릿 침상에서 내려와 히히 웃었다.

"이런, 왜 숨어? 도망가지 마. 내 손은 아직 묶여 있고, 나도 안 무서워하는데 네가 무서울 게 뭐야? 이리 와, 어서."

위무선이 씨익 웃으며 가까이 다가갔다. 남망기는 병풍 밖으로 뛰쳐나갔지만, 자신이 길을 막으려 문 앞에 놓은 탁자가 있었다. 위무선이 병풍을 돌아 남망기를 쫓아가자 남망기가 다른 쪽으로 돌아 도망갔다. 두 사람은 병풍을 예닐곱 바퀴 돌았다. 쫓는 데 한창 신이 났던 위무선은 퍼뜩 정신이 들었다.

'내가 지금 뭐 하고 있는 거지? 술래잡기하는 거야? 이게 뭐 하

는 거야, 머리가 어떻게 됐나? 남잠이야 술에 취했다지만, 나는 왜 이러고 있어?'

쫓던 사람이 움직이지 않자 남망기도 멈추고 움직이지 않았다.

남망기가 병풍 뒤에 숨어 하얀 얼굴을 반쯤 내밀며 말없이 위무선 쪽을 엿봤다.

위무선은 남망기를 찬찬히 살폈다. 여전히 진지하고 점잖은 모습이 방금까지 여섯 살 아이처럼 병풍을 돌던 사람과는 전혀 판판이었다.

"계속하고 싶어?"

위무선이 물었다.

남망기가 무표정한 얼굴로 고개를 끄덕였다.

위무선은 웃음을 참느라 내상을 입을 것 같았다.

'하하하하하하하하하하하하. 이런, 남잠이 취해서 나랑 술래잡기하고 싶대. 하하하하하하하하하하하하하!'

마음속의 웃음소리는 성난 파도처럼 휘몰아치며 천지를 뒤엎을 기세였다. 그는 웃음을 참느라 온몸을 부들거리며 생각했다.

'고소 남씨 같은 가문은 떠들어도, 장난을 쳐도 안 되고, 빨리 걷는 것조차 안 되니 남잠은 어렸을 때 이렇게 미친 듯이 놀아본 적이 한 번도 없었겠네. 쯧쯧쯧, 정말 불쌍하군. 어쨌든 술에서 깨면 아무것도 기억하지 못하니 같이 놀아줘도 무방하지.'

위무선은 다시 남망기를 향해 두 걸음 떼며 잡는 시늉을 했다. 그러자 남망기도 뛰기 시작했다. 위무선은 어린아이를 달래는 것처럼 최선을 다해 장단을 맞춰주면서 두세 바퀴 더 돌았다.

"뛰어, 뛰어, 더 빨리 뛰라고. 나한테 잡히지 마. 잡힐 때마다 핥는다. 무섭지."

으름장을 놓으려고 한 말인데 남망기가 병풍 반대쪽에서 걸어 나와 위무선에게 부딪쳤다.

위무선은 남망기가 스스로 걸어 나올 줄 몰랐기 때문에 순간 아무 말도 못 하고 손을 뻗는 것도 잊었다. 위무선이 움직이지 않자 남망기가 묶인 위무선의 손목을 들어 자기 목에 씌워 스스로 올가미에 뛰어들며 말했다.

"잡았어."

"……응? 응, 잡았네."

"잡았어."

뭔가를 기대하며 기다리면서 잠시도 못 참겠다는 듯이 남망기가 이 말을 반복했다. 이번에는 또박또박 힘줘 말하는 게 재촉하는 것 같았다.

"그래, 잡았어."

위무선이 말했다.

잡았는데, 그다음은?

위무선은 자신이 남망기를 잡을 때마다 뭘 하겠다고 했더라 생각했다.

……설마.

"이건 아니지, 이건 네가 일부러 잡힌 거잖아……."

말이 끝나기도 전에 남망기의 얼굴이 어두워지고 차갑게 굳으면서 언짢은 표정을 지었다.

위무선은 '설마, 술에 취한 남잠은 술래잡기만 좋아하는 게 아니라 누가 핥아주는 것도 좋아하나?' 하고 생각했다.

위무선은 남망기의 목에서 팔을 빼려고 했지만, 남망기가 위무선의 팔을 꽉 잡아 빼지 못하게 했다. 위무선은 남망기가 한 손으로 자기 팔을 누르는 것을 보고 잠깐 생각한 다음 뺨을 가까이 대고 입술이 닿을락 말락 하게, 입맞춤을 한 듯 안 한 듯 남망기의 손등을 스치며 혀로 차가운 옥 같은 피부 위를 살짝 스치고 지나갔다.

지극히 가벼운 스침이었다.

남망기는 전기라도 통한 듯 손을 거두고 위무선의 두 팔을 놓아주고는 다시 위무선을 등지고 서서 위무선이 핥은 손을 끌어안고 벽 쪽으로 고개를 숙인 채 아무 말도 하지 않았다.

'도대체 무서운 거야? 아니면 좋은 거야? 아니면 무서우면서도 좋은 건가?'

위무선이 골똘히 생각하고 있는데 남망기가 몸을 돌렸다. 그리고 다시 평정을 되찾은 얼굴로 말했다.

"한 번 더."

"한 번 더? 뭘?"

위무선의 물음에 남망기가 다시 병풍 뒤로 숨어 얼굴을 반쯤 내밀며 위무선을 쳐다봤다.

그 얼굴에는 바라는 것이 분명하게 쓰여 있었다. 한 번 더, 너는 쫓고, 나는 도망가고.

잠시 말이 없다가 위무선은 남망기의 말대로 '한 번 더' 했다. 이번에는 위무선이 두 걸음을 채 떼기도 전에 남망기가 스스로 잡혔다.

"너 정말 일부러 이러는 거지?"

남망기가 다시 위무선의 팔을 자기 목에 걸고 위무선의 말을 못 알아들었다는 듯이 약속을 이행하기를 기다렸다.

위무선은 '남잠 혼자만 즐겁게 놀다니, 그럴 순 없지. 지금 그에게 무슨 짓을 하든 술이 깨면 하나도 기억하지 못할 테니 더 심하게 놀아야겠군.'이라고 생각했다.

위무선은 남망기를 돌아 같이 나무 침상에 앉았다.

"이거 좋아하지? 고개 돌리면 안 돼. 말해. 좋아해 안 좋아해? 이게 좋다면 매번 쫓고 쫓길 필요 없어. 내가 한 번에 실컷 즐기게 해 줄게."

위무선이 말하면서 남망기의 한 손을 잡아다 고개를 숙이고 하얗고 긴 손가락 사이에 입을 맞췄다.

남망기는 손을 움츠렸지만 위무선이 꼭 잡고 놔주지 않았다.

이어서 위무선은 남망기의 손가락 마디에 입술을 대고 깃털처럼 가볍게 숨을 내쉬며 손가락을 따라 손등으로 올라갔다. 그리고 손등에 다시 한번 입을 맞췄다.

남망기는 손을 빼려고 해도 뺄 수 없자 아예 다섯 손가락을 오므려 주먹을 쥐어버렸다.

위무선은 남망기의 소맷자락을 끌어당겨 새하얀 손목이 드러나게 한 뒤 손목에도 입을 맞췄다.

입을 맞춘 위무선은 눈만 살짝 들어 올리며 말했다.

"충분하지?"

남망기는 입을 꾹 다물고 아무 말도 하지 않았다. 위무선은 그제야 천천히 몸을 펴고 앉으며 말했다.

"말해, 나에게 지전 태워줬어?"

대답이 없었다. 위무선은 "픽." 하고 웃으며 다가가 옷을 사이에 둔 채 남망기의 가슴께에 입을 맞추었다.

"말하지 않으면 안 해줄 거야. 말해, 날 어떻게 알아봤지?"

남망기는 눈을 감고 입술을 들썩이는 게 자백하려는 것 같았다.

하필 이 순간, 붉은빛을 옅게 띤 부드러워 보이는 입술이 위무선의 시야를 파고들었다. 그는 귀신에 홀린 듯 그 입술 위로 입을 맞췄다.

입을 맞추고 아쉽다는 듯이 살짝 핥았다.

그 순간, 두 사람이 동시에 눈을 번쩍 떴다.

한참 뒤 남망기가 갑자기 손을 들었다. 위무선은 퍼뜩 정신이 들었고 식은땀이 솟았다. 그는 남망기가 자신을 날려버리려는 줄 알고 재빨리 침상에서 내려왔다. 고개를 돌려보니 남망기가 자기 이마를 때려 기절해 침상에 쓰러져 있었다.

별실에서 남망기는 침상에 누워 있고 위무선은 바닥에 앉아 있었다. 차가운 바람이 열린 창문을 타고 들어오자 위무선의 등이 서늘해졌다. 덕분에 정신이 좀 들었다.

위무선은 바닥에서 일어나 탁자를 제자리로 돌려놓고 탁자 옆에 앉았다.

한동안 멍하니 있다가 고개를 숙여 손목에 묶인 말액을 한참 물어뜯은 다음에야 예닐곱 개나 되는 옭매듭이 겨우 풀렸다.

두 손이 자유로워지자 위무선은 놀란 가슴을 진정시키기 위해 술을 한 잔 따랐다. 술잔을 입가에 가져가 한참을 기울여도 한 방울도 나오지 않아 봤더니 술잔에 술이 없었다. 술 주전자에 있던 술은 진작에 다 마셔버렸다. 방금 위무선은 술을 따르면서도 술 주전자에 아무것도 없다는 사실도 알아채지 못했다.

위무선은 빈 잔을 탁자 위에 내려놓으며 생각했다.

'뭘 더 마셔? 오늘은 충분히 많이 마셨는데.'

위무선이 고개를 돌리자 삐딱하게 놓인 병풍 뒤로 침상에 누워 조용히 잠든 남망기의 모습이 보였다.

'……오늘 정말 많이 마셨어, 너무 과했다고. 남잠같이 점잖고 좋은 사람을. 그가 아무리 취했다고 해도, 깨어나면 십중팔구 기억 못 한다고 해도, 이렇게 함부로 희롱해선 안 됐어……. 그를 너무 존중하지 않았어.'

그러나 방금 어떻게 '함부로' 했는지가 떠오른 위무선은 손을 들어 제 입술을 가볍게 건드렸다.

위무선은 말액을 집어 들어 한참 동안 열심히 폈다. 쫙 펴지자 침상으로 다가가 머리맡에 두고 남망기의 얼굴에는 눈길 한 번 주지 않고 남망기의 신발을 벗기고 그를 남씨의 수면 자세로 가지런히 눕혀놓았다.

다 끝나자 위무선은 바닥에 앉아 침상에 기댔다. 한참 동안 이런저런 생각을 했지만 한 가지는 분명했다.

앞으로 남잠을 취하게 해선 절대 안 된다.

만일 그가 계속 이런다면 큰일이었다.

오늘 밤, 위무선은 이유 없이 안절부절못했다. 예전처럼 침상에 기어 올라가 남망기와 끼어서 자지 못하고 바닥에 앉아 밤을 지새우다가 어느새 침상에 머리를 기대고 잠이 들었다. 그렇게 새벽이 됐고 누군가 자신을 가볍게 안아 침상에 눕히는 느낌이 들었다. 위무선이 가까스로 눈을 뜨자 여전히 차가운 표정을 한 남망기의 얼굴이 보였다.

"남잠."

위무선이 반쯤 깨서 불렀다.

남망기가 "응." 하고 대답했다.

"지금은 깬 거야, 취한 거야?"

"깼어."

"아, 묘시구나."

남망기는 날마다 이 시각에 정확하게 깼기 때문에 위무선은 창밖의 하늘색을 보지 않고도 시간을 알 수 있었다. 남망기는 위무선의 손목을 잡아 들었다. 두 손목에 새빨간 자국이 선명하게 나 있었다. 남망기는 소매에서 옅은 청색 자기 병을 꺼내 약을 발라주었다. 약이 닿은 부분이 시원해지자 위무선이 살짝 실눈을 떴다.

"아야……. 함광군, 너 취하니까 정말 예의가 없더라."

"자업자득이지."

남망기가 눈길도 주지 않고 말했다.

위무선은 심장이 덜컥 내려앉았다.

"남잠, 너 어제 술에 취해서 뭐 했는지 정말 기억이 하나도 안 나?"

"안 나."

위무선은 '그래야지. 아니면 부끄럽고 분해서 나를 토막 내려고 들 거야.'라고 생각했다.

위무선은 남망기가 기억하지 못하는 것이 다행이면서도 조금 아쉽기도 했다. 마치 몰래 나쁜 짓을 하고, 뭘 훔쳐 먹고는 아무에게도 들키지 않아 좋으면서도 그 기쁨을 나눌 사람이 없어서 유감인 것처럼 조금 아쉬웠다. 위무선은 자기도 모르게 남망기의 입술을 쳐다봤다.

한 번도 웃은 적은 없지만 부드러워 보였고, 확실히 부드러웠다.

위무선은 무의식적으로 입술을 깨물며 상상의 나래를 펼쳤다.

'고소 남씨는 가훈이 엄격하고 남잠은 애정 표현이란 걸 전혀 모르니 여자와 입을 맞춰본 적도 없을 텐데. 어쩌지? 내가 처음일 텐데 말을 해줘야 하나? 알면 분해서 우는 거 아니야. 하, 어릴 때라면 그럴지도 모르겠지만 지금은 아닐 거야. 게다가 그는 목석같고 승려 같으니 이런 쪽으로는 고민해본 적이 없을 텐데……. 아니야! 지난번 취했을 때 '좋아한 사람이 있냐'는 질문에 '있다.'라고 대답했으니 입맞춤 정도는 벌써 해봤을지도 모르지. 하지만 절제를 잘하는 남잠이라면 좋아도 예의를 차리느라 안 해봤을 거야. 손도 안 잡아 봤을걸. 그러고 보니 그때 물어본 '좋아한다.'가 어떤 '좋아한다.'인지 전혀 몰랐을 수도 있겠어.'

남망기가 위무선에게 약을 다 발라주자 밖에서 누가 문을 가볍게 세 번 두드렸다.

"함광군, 모두 일어났습니다. 떠나실 겁니까?"

남사추의 목소리였다.

"아래에서 기다려라."

남망기가 말했다.

성을 나선 소년들은 성루 아래서 각자의 길로 향해야 했다. 세가 자제들은 예전부터 얼굴은 알았지만 각 가문에서 개최하는 청담성회 때 방문하는 정도였다. 그러나 요 며칠 고양이 사체 사건을 함께 겪고, 안개가 짙게 낀 귀성에서 공포의 날을 보내고, 함께 지전을 태우고, 몰래 술을 마시고, 다투고, 뒷말도 하면서 제법 친해져 막상 떠날 때가 되자 아쉬움이 컸다. 그래서 언제 자기네 가문 청담회에 와라, 언제 너희 가문으로 야렵을 가겠다 하면서 성문 앞에서 계속 이야기를 나눴다. 소년들이 이야기를 나누도록 남망기도 재촉하지 않고 나무 아래 조용히 서 있었다. 선자는 남망기가 보고 있어 함부로 짖거나 뛰지 못하고 나무 아래서 꼼짝도 안 하고 금릉 쪽을 보면서 미친 듯이 꼬리를 흔들고 있었다.

남망기가 선자를 보고 있는 틈을 타서 위무선은 금릉의 어깨를 끌어당겨 멀찌감치 갔다.

모현우는 금광선의 사생자 중 한 명이고 금자헌과 금광요의 배다른 형제여서 혈연관계로 따지면 그가 금릉의 작은 숙부뻘이었기 때문에 자연히 어른의 말투로 금릉에게 당부했다. 위무선은 걸어가면서 말했다.

"돌아가면 외숙한테 대들지 말고 외숙 말 잘 들어. 앞으로는 혼자서 야렵 간다고 나다니지 말고, 조심하고."

금릉은 명문가 출신이지만 근거 없는 소문은 출신에 상관없이 따라붙었다. 금릉은 부모가 없어 빨리 성공해서 자신을 증명하고 싶어 했다.

"넌 겨우 10대야. 지금 네 또래 세가 자제들도 대단한 요괴나 마귀를 잡은 적이 없는데 뭐가 그렇게 급해서 꼭 일등을 하겠다고 덤벼?"

"외숙과 숙부가 이름을 날렸을 때도 10대였어."

금릉이 답답하다는 듯이 말했다.

위무선은 '그게 어떻게 같아? 그때는 기산 온씨가 세도를 부려 인심이 흉흉했고, 죽도록 수련하지 않으면 자신이 죽임을 당했으며, 언제든 재수 없이 죽는 사람이 자신이 될지도 모르는 상황이었다고. 그리고 사일지정 혼란 속에서 전장에 끌고 가면서 10대인지 뭔지 누가 상관해. 하지만 지금은 상황이 안정됐고 각 가문이 자리를 잡아 그때처럼 긴장된 분위기가 아니라 목숨 걸고 수련하지 않아도 되고, 그럴 필요도 없다고.' 하고 생각했다.

"위영, 그 위 개자식이 도륙 현무를 해치웠을 때도 10대였어. 그도 하는데 내가 왜 못해?"

금릉이 다시 말했다.

위무선은 자신의 성 뒤에 그런 단어가 붙자 등골이 서늘해졌다. 그는 온몸을 뒤덮은 소름을 어렵사리 털어내며 대답했다.

"그걸 그가 해치웠다고? 함광군이 한 거 아니야?"

함광군을 거론하자 금릉은 이해하지 못하겠다는 듯이 그를 쳐다보면서 뭔가 말하려다가 억지로 참았다.

"너와 함광군…… 됐어. 그건 그쪽 일이니까. 어쨌든 난 너희 일에 참견하고 싶은 생각 조금도 없어. 단수가 좋으면 그렇게 해. 치료할 수 있는 병도 아니고."

"이봐, 그게 왜 병이야?"

위무선은 말을 하면서 속으로 포복절도하며 '금릉은 아직도 내가 부끄러운 줄도 모르고 남잠에게 치근거린다고 생각하는 거야?!' 하고 생각했다.

"난 이미 고소 남씨 말액의 뜻을 알았어. 어차피 그렇게 된 거 함광군 옆에 잘 있으라고. 단수도 단수의 정조가 있을 테니 다른 남자한테 집적거리지 말고, 특히 우리 가문 사람! 안 그러면 내가 가만 놔두지 않을 거니까 그때 가서 원망하지 마."

금릉이 말한 '우리 가문'은 난릉 금씨는 물론 운몽 강씨도 포함됐다. 자기네 가문 사람이 아니면 모른 척한다는 걸 보니 단수에 대한 포용력이 조금 넓어진 것 같았다.

"어린 녀석이 참! 다른 남자한테 집적거리는 게 뭔데? 내가 그런 것처럼 말하네. 말액? 고소 남씨 말액에 무슨 뜻이 있다고?"

"수작 좀 작작 부려! 이익은 다 챙겨놓고 헛소리하기는. 괜히 우쭐거리지 말라고. 그 이야기는 더 하고 싶지 않아. 너 위영이야?"

말끝에 던진 질문은 미처 대비할 틈도 주지 않을 정도로 단도직입적이었다.

"넌 내가 닮은 것 같아?"

위무선이 여유롭게 받아넘겼다.

금릉이 한참 침묵하다가 갑자기 휘파람을 짧게 불며 외쳤다.

"선자!"

주인이 자기 이름을 부르자 선자가 신나게 혀를 흔들며 힘차게 달려왔다.

"좋게 말로 하지, 개는 왜 풀어!"

위무선이 황급히 뛰어가며 말했다.

"흥! 잘 가!"

금릉은 인사를 날리고 기세등등하게 난릉 방향으로 향했다. 보아하니 운몽의 연화오로 돌아가 강징을 볼 용기는 없는 것 같았다. 다른 가문 자제들도 삼삼오오 각자의 집을 향해 흩어졌다. 마지막으로 위무선과 남망기, 남가 자제 몇 명만 남았다.

걸어가면서도 몇몇 자제들이 아쉬운지 계속 뒤를 돌아봤다. 남경의는 말은 하지 않았지만 허전한 표정에 아쉬운 기색이 역력했다.

"이제 우리 어디로 갑니까?"

남경의가 물었다.

"택무군이 지금 담주 일대에서 야렵을 하고 있다고 합니다. 운심부지처로 곧장 갈까요? 아니면 담주로 가서 택무군과 합류할까요?"

남사추가 물었다.

"담주에서 합류한다."

남망기가 대답했다.

"좋네. 도움이 될 수도 있을 테니까. 어쨌든 이제 어디로 가야 우리 아우님의 머리를 찾을 수 있을지도 모르고."

위무선이 말했다.

위무선과 남망기가 앞에서 걷고 나머지 소년들은 멀찌감치 떨어져 왔다. 한참을 걷다가 남망기가 물었다.

"강징은 네가 누군지 알지?"

"응, 알지. 그런데 안다고 뭐 어쩌겠어, 증거가 없는데."

위무선이 위에 눌러앉은 탓에 풋사과의 걸음이 느릿느릿했다.

헌사는 탈사와 달리 추적할 증거가 없었다. 강징도 위무선이 개를 본 표정을 보고 판단한 것에 불과했다. 하지만 첫째로 강징은 위무선이 개를 무서워한다는 사실을 남에게 한 번도 말한 적이 없었고, 둘째로 표정과 반응이라는 것은 아주 친한 사람이 아니고서는 절대 판단을 내릴 수 없었으며 그것은 확증이 될 수도 없었다. 이제 와 강징이 이릉노조 위무선이 개를 보면 놀란다는 공고를 사방에 붙인다고 해도 사람들은 삼독성수 강징이 오랫동안 이릉노조를 잡아 죽인다고 날뛰다가 번번이 애먼 사람을 잡아들이더니 결국 미쳤다고 할 것이었다.

"그래서 정말 궁금한데, 넌 도대체 어떻게 나를 알아본 거야?"

위무선이 물었다.

"나도 네 기억력이 어찌 이리 나쁜지 궁금해."

남망기가 담담하게 말했다.

　며칠 만에 담주에 도착해 남희신과 합류하기 전, 일행은 한 화원
을 지났다. 소년들은 화원의 크기와 비범한 분위기, 아무도 돌보지
않는 점에 호기심이 발동해 들어가 구경했다. 가훈과 가규에 어긋
나지 않으면 남망기는 제지하지 않았기 때문에 그들은 안으로 들
어갔다. 화원 안에는 꽃과 달을 감상하도록 돌로 만든 정자와 난
간, 탁자와 의자가 있었지만, 오랫동안 비바람을 맞아 정자 한쪽이
부서지고 의자 두 개가 넘어져 있었다. 화원에는 화초는 없고 마른
가지와 낙엽뿐이었다. 이 화원은 벌써 몇 년째 방치되어 황폐해져
있었다.
　소년들은 신이 나서 화원을 돌아보았다.
　"이게 시화녀의 화원이지?"
　남사추가 말했다.
　"시화녀? 그게 누군데? 이 화원에 주인이 있어? 오랫동안 관리
를 안 한 거 같은데."
　남경의가 어리둥절하며 물었다.
　꽃이 피는 시기가 짧고 제철에 피는 화초를 시화라고 한다. 품종
이 다양하고 꽃 색깔도 각양각색이라 꽃이 피는 시기가 되면 화원
안은 온통 꽃향기로 가득했다. 이름을 듣자 위무선은 문득 뭔가가
떠올랐다. 남사추가 석정 기둥을 쓰다듬으며 잠시 생각에 잠겼다.

"내 기억이 맞으면 분명 그럴 거야. 옛날에 이 화원은 아주 유명했어. 내가 책에서 〈시녀화혼〉 편을 봤는데 담주에 꽃밭이 있고 꽃밭에 여인이 있다는 내용이 있었어. 달빛 아래에서 시를 읊으면 시화녀가 시를 듣고 좋으면 제철 꽃 한 송이를 주는데, 그 꽃은 3년 동안 시들지 않고 꽃향기도 오래 간대. 그리고 시가 안 좋거나 틀리면 여인이 튀어나와 꽃을 얼굴에 던지고 숨는대."

남사추가 말했다.

"시를 잘못 읊으면 꽃으로 얼굴을 맞는다고? 그 꽃에 가시가 없어야겠네. 내가 했으면 분명 얼굴을 맞아 피가 났을 거야. 그건 무슨 요괴야?"

남경의가 물었다.

"요괴라기보다 정괴[2]라고 하는 게 맞을 거야. 꽃밭의 최초 주인은 시인이었는데, 그가 손수 꽃을 심고 꽃을 친구 삼아 날마다 시를 낭송해주었대. 책 향기와 시의 정취를 알게 된 화초들이 정신의 집결체인 정혼(精魂)이 되었고 그게 시화녀로 변한 거야. 외부인이 들어와 시를 잘 읊으면 자신을 심어준 사람이 떠올라 기뻐서 꽃 한 송이를 건네고 틀리면 화초 속에서 튀어나와 꽃으로 그 사람의 얼굴을 때린대. 맞으면 그대로 기절해서 깨어보면 화원 밖에 던져져 있고 말이야. 10여 년 전만 해도 이 화원을 찾는 사람이 줄을 섰다지."

남사추가 말했다.

"운치 넘치는데. 근데 고소 남씨 장서각에는 그런 내용을 기록한 책이 있을 리가 없단 말이지. 사추, 솔직히 말해봐. 무슨 책을 읽은

#2 정괴(精怪) 짐승이나 초목 등이 오래 수련해 변한 요괴.

거야? 누가 보여줬고?"

위무선이 물었다.

남사추는 얼굴이 붉어지더니 벌을 받을까 봐 걱정스러웠는지 조심스럽게 남망기를 쳐다봤다.

"시화녀 예뻤지? 아니면 그렇게 많은 사람이 찾아왔겠어?"

남경의가 물었다.

남망기가 책망하려는 기색이 없자 남사추는 그제야 안심하고 웃으며 대답했다.

"분명 예뻤을걸. 고상하고 아름다운 사물이 응집되어 만들어진 거니까. 하지만 시화녀의 얼굴을 본 사람은 없어. 시를 짓지 못해도 한두 수 외워 낭송하는 건 어렵지 않으니 대부분이 시화녀에게 꽃을 받았어. 가끔 낭송이 틀려 맞아도 바로 기절해서 못 보지. 하지만…… 딱 한 사람 예외가 있었어."

"누구?"

다른 소년이 물었다.

위무선이 가볍게 기침을 했다.

"이릉노조 위무선."

남사추가 대답했다.

위무선은 다시 한번 기침을 하면서 말했다.

"그게 뭐야? 또 그야? 우리 다른 얘기 하면 안 될까?"

아무도 위무선을 상대해주지 않았다. 남경의가 손을 휘휘 저으며 걱정스러운 듯이 말했다.

"시끄럽게 하지 마요! 위무선이 어쨌는데? 그 악마가 또 무슨 짓을 했어? 시화녀를 강제로 끌고 나오기라도 한 거야?"

"그건 아니고. 하지만, 그는 시화녀의 얼굴을 보려고 운몽에서 담 주까지 왔어. 일부러 시를 틀리게 읊어서 시화녀의 화를 돋우어 꽃으로 맞고 밖으로 내던져졌지. 깨어나면 다시 기어들어 계속 틀리게 읊었어. 이렇게 스무 번도 넘게 하다가 마침내 시화녀의 얼굴을 보고 밖으로 나와 사람들에게 자기가 봤는데 아주 예쁘다고 말하고 다녔어. 시화녀는 화가 잔뜩 나서 한동안 나오지 않다가 그가 들어가기만 하면 꽃비를 쏟아 그를 때렸지. 그 장면은 장관이었어……."

남사추가 말했다.

"위무선도 참 못 말린다!"

"어떻게 그렇게 한심한지!"

소년들이 웃음을 터뜨리며 이구동성으로 외쳤다.

"뭐가 한심해! 어렸을 때 그런 일 한두 번 안 해본 사람이 어디 있어? 그런데, 사람들이 어떻게 그런 일까지 다 알아? 그런 게 책에 기록됐다는 게 정말 한심한 거지."

위무선이 턱을 쓰다듬으며 말했다.

남망기가 위무선을 쳐다봤다. 무표정했지만 마치 비웃기라도 하듯 두 눈동자에 기묘한 빛이 어려 있었다. 위무선은 '흥. 남잠, 부끄러운 줄도 모르고 나를 비웃다니. 네 부끄러운 과거사만 해도 열 개는 못 채워도 여덟 개는 될걸. 내 조만간 이 친구들한테 다 말해서 함광군의 고결하고 신성한 그 인상을 다 부숴줄 테니 기대하라고.' 하고 생각했다.

"우리 어린 친구들이 쓸데없는 생각이나 하는 걸 보니 열심히 수련은 안 하고 잡서나 본 게 틀림없군. 돌아가면 함광군이 가훈을 베껴 쓰는 벌을 줄 거야, 열 번."

위무선의 말에 소년들은 대경실색해 아주 조심스럽게 남망기를 쳐다보며 물었다.

"함, 함광군, 열 번을, 그것도…… 물구나무서서 베껴야 합니까?!"

위무선도 깜짝 놀라 남망기를 쳐다봤다.

"물구나무서서 가훈을 베껴 쓴다고? 너무해."

"단순히 베끼기만 하면 기억을 못 하는 사람이 있게 마련이지. 거꾸로 서면 깨우침이 깊어지고, 수양에도 도움이 돼."

남망기가 담담하게 말했다.

위무선이 바로 그 기억 못 하는 사람이라 못 들은 척하면서 몸을 돌렸다. 그러면서 예전에는 물구나무서서 베끼지 않은 게 다행이라고 생각했다.

이야기에 흥미를 느낀 소년들은 그날 밤은 시화원에서 야숙을 하기로 했다. 야렵을 하다 보면 야숙은 다반사라 소년들은 나뭇가지와 낙엽을 가져다 모닥불을 피웠다. 남망기는 안전을 확인하기 위해 주변을 살피러 나갔고 나간 김에 진을 배치해 혹시 모를 야간 습격에 대비했다. 위무선은 모닥불 옆에 다리를 쭉 뻗고 앉았다. 남망기가 자리를 비운 지금, 드디어 의문점을 풀 기회가 찾아왔다.

"맞다, 뭐 하나 물어볼게. 너희 가문 말액 말이야, 도대체 무슨 뜻이 있는 거야?"

위무선이 물었다.

이 질문에 소년들의 얼굴색이 싹 변하더니 어물댔다. 위무선은 순간 심장이 쿵쿵 뛰기 시작했다.

"선배, 모르십니까?"

남사추가 조심스럽게 입을 열었다.

"알면 물어보겠어? 내가 그렇게 한가한 사람처럼 보여?"

위무선이 대답했다.

"그렇게 보이는데요……. 하다못해 우리를 속여서 차례대로 밖을 엿보게까지 했으니……."

남경의가 웅얼거렸다.

위무선이 나뭇가지로 불을 뒤적거리며 말했다.

"그건 너희가 자신의 한계를 뛰어넘고 단련하라고 한 거잖아? 분명 효과가 있었고. 내 말 잘 기억하면 앞으로도 꽤 유용할 거야."

남사추가 단어를 고르는지 한참 동안 고민하다가 입을 열었다.

"말하자면 이렇습니다. 고소 남씨의 말액은 '자신을 속박한다.'는 의미를 담고 있습니다. 이건 선배도 아시지요?"

"알지. 근데?"

"고소 남씨를 일으킨 선조 남안은 하늘이 정해준 배필과 은애하는 사람 앞에서는 구속을 풀어도 된다고 하셨습니다. 그래서 대대로 내려온 가훈은 전부, 으음, 우리 가문의 말액은 매우 사적이고 민감하고 귀중한 물건이에요. 자신 외에 다른 사람은 함부로 만져서도, 함부로 풀어서도 안 되고, 다른 사람에게 묶어서는 더더욱 안 돼요. 그건 금기예요. 음, 딱 한 경우, 한 경우에만……."

딱 한 경우라면, 더 들을 필요가 없었다.

모닥불 옆에 앉은 젊은 소년들의 앳된 얼굴이 붉어졌고 남사추도 입을 다물었다.

위무선은 온몸의 절반 이상의 피가 이마로 몰리는 것 같았다.

말액이, 말액이, 그그그― 의미가 너무 깊잖아!

위무선은 갑자기 신선한 공기가 절실히 필요해 벌떡 일어나 무리에서 나왔다. 그는 고목을 짚고서야 가까스로 몸을 추슬렀다.

'⋯⋯맙소사! 내가 무슨 짓을 한 거야?! 무슨 짓을 한 거냐고?!'

과거 기산에서 온씨가 백가 청담성회를 개최했다. 일주일 동안 날마다 다양한 여흥이 준비되어 있었다. 그중 하루 활쏘기 시합이 있었다.

대회 규칙은 이랬다. 각 가문에서 약관#3이 안 된 자제들만 참가할 수 있고, 과녁은 민첩하게 움직이는 사람 크기의 종이 인형 천여 개였다. 천 개 중 100개에만 흉령이 담겨 있었다. 흉령이 없는 일반 종이 인형을 맞추면 즉시 퇴장이고, 흉령이 담긴 과녁을 계속 명중시켜야 대회장에 남아 있을 수 있었다. 규정 시간이 끝나면 가장 많이, 정확하게 맞춘 숫자를 계산해 순위를 매겼다.

위무선도 당연히 운몽 강씨 선수 중 한 명으로 참가했다. 경기 전 위무선은 아침부터 시작된 각 가문의 변론을 듣느라 머리가 어질어질했다. 활과 화살을 들고 나서야 가까스로 정신을 차릴 수 있었다. 하품하면서 경기장으로 들어가며 무심코 주위를 살피다가 옆쪽에 분칠한 것처럼 하얗고 서릿발처럼 차가운 얼굴의 잘생긴 소년이 있는 것을 발견했다. 그는 둥근 깃에 소매 통이 좁은 붉은색 포삼#4을 입고 구환대#5를 차고 있었다. 그 복장은 이번 기산에서 열린 청담회에 참가한 소년들의 통일된 복장이었지만 그가 입으니 품위와 호방한 기개가 더해져 유난히 멋있었고 보는 이로 하여금 눈을 반짝이게 했다.

소년들은 새하얀 꼬리털이 달린 화살이 담긴 화살통을 메고 활쏘

#3 약관(弱冠) 스무 살 된 남자.
#4 포삼(袍衫) 남성이 입는 겉옷.
#5 구환대(九環帶) 고대 제왕, 귀족 등이 차던 금환 아홉 개로 구성된 허리띠.

기를 시험했다. 그가 가늘고 긴 손가락으로 활시위를 당기자 칠현금이 튕기는 것처럼 듣기 좋고 힘찬 소리가 났다.

위무선은 그 소년이 낯이 익어 잠시 생각하다가 허벅지를 탁 치면서 반갑게 인사했다.

"아이고! 망기 형 아니신가?"

그때는 위무선이 운심부지처에서 수학하다가 운몽으로 돌아간 지 1년도 더 지났을 때였다. 운몽으로 돌아온 위무선은 고소에서 보고 들은 것을 사람들에게 말해주었다. 위무선의 이야기보따리에는 남망기도 포함되어 있었는데, 남망기는 잘생겼지만, 융통성이라고는 손톱만큼도 없고 말도 재미없게 한다는 게 주된 내용이었다. 얼마 뒤에는 그때 일을 까맣게 잊고 호수에서 물놀이를 하거나 산을 헤집고 다녔다. 그전에는 고소 남씨의 '피마대효(披麻戴孝)'같이 수수하고 점잖은 평상복을 입은 남망기만 봤지 이렇게 눈에 띄는 옷차림을 본 적이 없었다. 거기에 남망기의 곱상한 얼굴이 더해지니, 오랜만에 만난 위무선은 순간 눈이 부셔 곧바로 알아보지 못했다.

저쪽에서 활쏘기 시험을 마친 남망기는 고개를 돌리고 바로 나갔다. 머쓱해진 위무선이 강징에게 말했다.

"또 모른 척하네, 하."

강징은 냉랭한 표정으로 위무선을 흘겨봤을 뿐 역시 아는 척하지 않았다. 경기장에는 스무 개 정도의 입구가 있었고 가문마다 입구가 달랐다. 남망기가 고소 남씨 입구에 서자 위무선이 그쪽으로 후다닥 달려갔다. 남망기가 몸을 옆으로 돌리면 위무선도 돌리고, 남망기가 발을 떼면 위무선도 발을 뗐다. 이런 식으로 남망기의 앞을 가로막았다.

결국 남망기가 걸음을 멈추고 고개를 약간 들면서 정중하게 말했다.

"지나갈게."

"이제야 아는 척을 하네? 방금은 모른 척한 거야? 아니면 못 들은 척한 거야?"

위무선이 물었다.

반대쪽에서 다른 가문의 소년들이 모두 이쪽을 쳐다보며 고개를 갸웃거리거나 웃었다. 강징은 또 시작이라는 듯이 혀를 차며 화살통을 메고 다른 입구 쪽으로 가버렸다.

"지나갈게."

남망기가 눈을 들며 차갑게 다시 말했다.

위무선이 입가에 웃음을 머금고 눈썹을 찡긋하면서 비켜주었다. 아치형으로 된 입구가 좁아서 남망기는 위무선에게 바짝 붙어서 지나가는 수밖에 없었다. 남망기가 입장하기를 기다린 위무선이 남망기의 등에 대고 소리쳤다.

"남잠, 네 말액 비뚤어졌어."

세가 자제들은 몸가짐을 중요시했고 고소 남씨는 더더욱 그랬다. 위무선의 말에 남망기가 바로 손을 들어 살폈지만 말액은 단정하게 잘 매여 있었다. 남망기가 고개를 돌려 위무선을 쏘아보자 위무선은 하하하 웃으며 운몽 강씨 입구로 갔다.

입장 후 경기가 공식적으로 시작되자 보통 종이 인형을 맞춘 세가 자제들이 우수수 퇴장했다. 위무선은 한 번에 하나씩 천천히 쐈지만 헛발이 하나도 없었고 금세 화살통에 있던 화살 열일고여덟 개를 비웠다. 위무선이 자세를 바꿔서 쏴보면 어떨까 하고 생각하고 있는데 뭔가가 위무선의 얼굴로 날아왔다.

그것은 바람에 날리는 명주실처럼 가볍고 부드럽게 위무선의 뺨을 간질였다. 고개를 돌려보니 남망기가 위무선 근처에서 등을 진 채로 종이 인형을 향해 활시위를 당기고 있었다.

말액의 띠가 바람에 날려 위무선의 얼굴을 가볍게 스친 것이었다.

"망기 형!"

위무선이 실눈을 뜨고 말을 걸었다.

"무슨 일이야?"

활시위를 팽팽하게 당기고 있던 남망기가 잠시 멈추며 말했다.

"네 말액 비뚤어졌어."

위무선이 말했다.

"시시해."

남망기는 위무선의 말을 믿지 않고 활시위를 놓더니 고개도 안 돌린 채로 말했다.

"이번에는 진짜라고! 정말 비뚤어졌어. 못 믿겠으면 내가 똑바로 해줄게."

위무선은 한다면 하는 성격이라 눈앞에서 펄럭거리는 말액의 띠를 한 번에 잡았다. 운몽 소녀들의 땋은 머리를 잡아당기는 게 습관이 된 위무선은 손에 띠 같은 형태의 물건이 잡히면 무조건 잡아당겼고, 이번에도 아무 생각 없이 잡아당겼다. 원래 조금 느슨해져 있던 터라 위무선이 잡아당기자 스르륵 풀려 흘러내렸다.

활을 쥐고 있던 남망기의 손이 순간 움찔거렸다.

한참 뒤에야 남망기는 굳은 얼굴로 천천히 고개를 돌려 위무선을 쳐다봤다.

위무선이 부드러운 말액을 손에 들고 말했다.

"미안, 일부러 그런 게 아니야. 여기, 돌려줄 테니 네가 다시 묶어."

남망기의 표정이 매우 차가웠다. 그의 미간에 검은 기운이 드리운 것 같았고 활을 쥔 손등에 힘줄이 튀어나온 게 화가 나 부들부들 떠는 것 같았다. 위무선은 남망기의 눈에 핏발이 서는 것 같이 보이자 말액을 쥐면서 '내가 잡아당긴 게 말액 맞지? 그의 몸에 있는 다른 부분이 아니라?' 하고 생각했다.

위무선이 말액을 쥐는 것을 본 남망기는 위무선이 들고 있던 말액을 홱 낚아챘다.

남망기의 행동에 위무선은 손에서 힘을 뺐다. 남가의 몇몇 자제가 활쏘기를 멈추고 몰려들었다. 남희신이 동생의 어깨를 끌어안고 입을 꾹 다문 남망기에게 작은 소리로 뭐라고 말했고, 다른 사람들도 적군이라도 만난 것처럼 심각한 표정으로 고개를 절레절레 저으며 속닥거리면서 이상한 눈빛으로 위무선을 쳐다봤다.

'의외', '화낼 필요 없다', '마음 쓰지 말아라', '남자', '가규' 같은 말이 띄엄띄엄 들려 더 어리둥절했다. 남망기는 위무선을 사납게 쳐다보더니 그대로 경기장 밖으로 나가버렸다.

"너 또 무슨 짓을 한 거야? 남망기를 건드리지 말라고 했잖아? 하루라도 말썽을 안 부리면 몸이 근질거리지?"

강징이 다가오며 말했다.

"내가 그에게 말액이 비뚤어졌다고 말했어. 처음에는 거짓말이었고 두 번째는 진짜였다고. 그런데 안 믿고 화를 내잖아. 일부러 말액을 잡아당긴 것도 아닌데 왜 저렇게 화를 내는지 네가 좀 알려줄래? 경기까지 포기하고 말이야."

위무선이 어깨를 으쓱하며 말했다.

"그걸 말할 필요가 있냐. 넌 그가 싫어하는 짓만 골라 하는데!"

강징이 비웃었다.

강징이 화살을 거의 다 쏜 것을 본 위무선도 분발하기 시작했다.

그 일에 대해 위무선은 한 번도 곰곰이 생각해보지 않았고 남가 사람에게 말액이 특별한 의미가 있을 거라고도 생각해본 적이 없었다. 경기가 끝나자 위무선은 그 일을 또 까맣게 잊었다. 이제야 그때 현장에 있던 남가 자제들이 어떤 눈빛으로 자신을 봤는지 떠올랐다……

공개적인 장소에서 어떤 놈팡이가 강제로 말액을 풀었는데 그 자리에서 활로 쏴 죽이지 않았다니— 정말 무서울 정도로 교양이 넘치는군! 역시 함광군이야!

게다가 곰곰이 생각해보니 남망기의 말액에 손댄 게 한 번이 아니었다!

"혼자 저기서 왔다 갔다 왜 저래? 너무 많이 먹어 속이 거북한가?"

남경의가 말했다.

"얼굴색도 붉으락푸르락하고 말이야……. 먹은 게 잘못된 거 아닌가……."

다른 소년이 말했다.

"우리도 별다른 거 안 먹었어……. 말액의 뜻 때문인가? 그래도 저렇게 감동할 필요는 없는데. 정말 함광군에게 푹 빠진 모양이네. 좋아하는 것 좀 봐……."

위무선은 시든 꽃 수풀을 오십 바퀴를 돌고 나서야 가까스로 냉정을 되찾았다. 그는 소년들의 마지막 말을 듣고 웃을 수도 울 수도 없었다. 바로 그때, 뒤에서 갑자기 마른 잎이 밟혀 부서지는 소리가 들렸다.

아이의 발소리는 아니어서 위무선은 분명 남망기가 돌아왔다고 생각하고 재빨리 표정을 바꾸고 몸을 돌렸다. 그러나 검은색 그림자가 죽은 나무 아래에 서 있었다.

그림자는 키가 컸고 늘씬했으며 위풍당당했다.

머리만 없을 뿐이었다.

찬물을 정면으로 얻어맞은 것처럼 위무선의 올라갔던 입꼬리가 굳어졌다.

건장한 그림자가 고목 아래에 서서 이쪽을 정면으로 향하고 있었다. 그의 목에 머리가 있었다면 조용히 위무선을 응시하고 있었을 것이다.

모닥불 쪽에 있던 남가 자제들도 그림자를 발견하자 솜털이 쭈뼛 서고 눈이 커지면서 검을 뽑으려고 했다. 위무선이 검지를 입술에 대며 작은 소리로 "쉬." 하고 말했다.

그리고 고개를 저으며 눈빛으로 소년들에게 "안 돼." 하고 말했다. 상황을 파악한 남사추가 반쯤 뽑은 남경의의 검을 조용히 눌러 넣었다.

머리 없는 사람이 손을 뻗어 옆에 있던 나무를 한참 동안 만졌다. 무슨 생각을 하는 것 같기도, 이게 뭔지 확인하는 것 같기도 했다.

그가 앞으로 한 걸음 내딛자 그의 모습이 제대로 보였다.

머리 없는 사람은 약간 해진 수의를 입고 있었다. 그들이 상씨 묘에서 꺼냈을 때 몸통에 입혀 있던 그 옷이었다.

머리 없는 사람 발 주변에 파편들이 흩어져 있었다. 자세히 보니 봉악 건곤대였다.

'이런, 그동안 신경을 못 썼더니 우리 아우님이 스스로 몸을 맞춰 일어났군!'

따져보니 위무선과 남망기가 의성에 들어간 뒤로 놀랄 일이 끊이지 않고 발생해 이틀 이상 '안식'을 합주해주지 못했다. 이곳까지 오는 동안에도 두 사람이 온 힘을 다해야 겨우 가라앉힐 수 있었다. 사지가 다 모이자 서로를 잡아당기는 힘이 더 커진 모양이었다. 아마 서로의 분노에 감응해 합쳐지겠다는 마음이 강해져 남망기가 순찰 나간 사이 속박하고 있던 봉악 건곤대를 뚫고 나와 하나로 합쳐진 모양이었다.

한 가지 아쉬운 점은 이 시체는 여전히 한 부분이 모자란다는 것이다. 게다가 제일 중요한 부분이었다.

머리 없는 사람은 손을 목에 올리고 반듯하게 잘린 주홍색 절단면을 한참 동안 더듬었지만 있어야 할 것이 만져지지 않았다. 이 사실에 격노한 것처럼 그는 갑자기 옆에 있던 나무를 주먹으로 쳤다.

나무줄기가 파열음을 내며 쪼개졌다.

위무선은 '성질 한번 대단하군.' 하고 생각했다.

"이건……, 이건 무슨 요괴야!"

남경의가 검을 몸 앞으로 내밀며 떨리는 목소리로 말했다.

"딱 들어도 기본기가 안 돼 있네. '요'가 뭐야? '괴'는 뭐고? 이건 분명 시신이니까 귀(鬼) 종류에 속하는데 어떻게 요괴야?"

위무선이 말했다.

"선배, 선배…… 그렇게 큰 소리로 말하면, 그가 선배를 발견하면 어쩌려고요?"

남사추가 작은 소리로 말했다.

"괜찮아. 방금 문득 발견한 건데, 사실 우리 크게 말해도 괜찮아. 그는 머리가 없어서 눈도 귀도 없으니 보지도 듣지도 못해. 못 믿겠으면 너희들도 떠들어봐."

위무선이 말했다.

"그래요? 제가 해볼게요."

남경의가 이상하다는 듯이 말했다.

남경의가 곧바로 크게 두 번 소리쳤다. 소리를 지르자마자 머리 없는 사람이 몸을 휙 돌리더니 남가 소년들이 있는 쪽으로 걸어갔다.

소년들은 혼비백산했다.

"괜찮다면서요?!"

남경의가 소리를 빽 질렀다.

"정말 괜찮다니까! 내가 이렇게 큰소리로 외쳐도 나한텐 안 오잖아? 너희 쪽으로 가는 건 소리가 아니라 불빛 때문이야! 그리고 산 사람이 많잖아! 게다가 모두 남자고! 양기가 넘쳐! 그는 보지도 듣지도 못하지만, 감각으로 떠들썩한 곳을 향해 가는 거야. 어서 불 끄지 않고 뭐해. 흩어져, 흩어지라고!"

위무선은 두 손을 모아 입에 대고 큰소리로 외쳤다.

남사추가 손을 휘젓자 바람이 훅 불더니 모닥불이 꺼졌고 소년들은 황폐한 화원으로 흩어졌다.

모닥불이 꺼지고 사람들이 흩어지자 머리 없는 사람은 방향을 잃었다.

그가 그 자리에 서자 소년들은 그제야 한숨 돌렸다. 갑자기 그가 다시 움직였다. 게다가 아주 정확하게 한 소년을 향해 걸어갔다!

"불 끄고 흩어지면 괜찮다면서요?!"

남경의가 또 비명을 질렀다.

상황이 급박해 위무선은 남경의의 말을 무시하고 그 소년에게 말했다.

"움직이지 마!"

위무선은 발 옆에 있던 돌을 들어 머리 없는 사람에게 던졌다. 돌이 그의 등에 맞자 그가 즉시 걸음을 멈추고 몸을 돌려 양쪽을 가늠하다가 위무선 쪽이 더 이상했는지 그쪽으로 발길을 돌렸다.

위무선이 천천히 두 걸음을 옮기자 무겁게 걸어오던 머리 없는 사람과 어깨가 스쳤다.

"흩어지라는 게 막 뛰어 도망가라는 게 아니야. 너무 빨리 뛰지 마. 그는 수련 경지가 높아서 너희가 빠르게 이동해 미세한 바람이라도 일으키면 알아챈다고."

"그가 뭔가를 찾는 것 같아요⋯⋯. 그가 찾는 게⋯⋯ 머리인가요?"

남사추가 물었다.

"맞아. 지금 그는 자기 머리를 찾고 있어. 여기에 머리가 많고 어떤 게 자기 것인지 모르니 전부 뽑아 자기 목에 맞춰볼 거야. 적합하면 한동안 쓰고 적합하지 않으면 버리는 거지. 그래서 천천히 움직이고 천천히 숨으라는 거야. 그에게 잡혀서는 절대 안 돼."

흉시에게 머리를 뽑히고 피범벅이 된 자기 머리가 흉시의 목에 올려지는 장면을 상상하자 소년들은 소름이 쫙 끼쳤다. 소년들은 하나같이 손으로 목을 감싸고 천천히 화원 구석구석으로 '도망쳐 숨기' 시작했다. 머리 없는 귀신과 사람이 잡히면 머리를 내놔야 하는 위태로운 술래잡기 놀이를 하는 것 같았다. 머리 없는 사람이 소년의 낌새를 알아채면 위무선이 돌을 던져 그의 주의력을 분산시켜 자기 쪽으로 오게 했다.

위무선은 뒷짐을 지고 천천히 걸음을 옮기며 머리 없는 시체의 동작을 살폈다.

'우리 아우님 자세가 좀 특이한데? 뭔가를 쥔 듯이 주먹을 쥐고 팔을 휘두르는 게, 이 동작은…….'

이런 생각에 빠져 있는데 남경의가 못 참고 말했다.

"우리 계속 이렇게 걸어야 해요? 언제까지 이래야 하냐고요!"

"당연히 아니지."

위무선이 잠시 생각한 다음 큰소리로 외쳤다.

"함광군! 함광군! 함광군, 돌아와! 살려줘!"

소년들도 위무선을 따라 외치기 시작했다. 어쨌든 저 흉시는 머리가 없어 듣지 못하니 크고 처절하게 외쳤다. 잠시 뒤, 어두운 밤하늘을 가르며 흐느끼는 듯한 퉁소 소리와 이어서 맑고 투명한 현음이 들려왔다.

퉁소와 고금 소리가 들리자 소년들은 너무 기뻐 눈물이 다 날 정도였다.

"으흐흑, 함광군! 택무군!"

가늘고 긴 그림자가 화원의 부서진 문 앞에 번쩍하고 나타났다. 쭉 뻗은 자태와 얼음같이 차가운 얼굴, 한 명은 퉁소를 들고 한 명은 고금을 안고 나란히 걸어 들어왔다. 두 사람은 머리 없는 사람의 그림자를 보고 약간 멈칫했다.

남희신의 표정 변화가 더 컸다. 남희신의 퉁소인 열빙은 더 이상 소리를 내지 않았지만 피진은 이미 칼집에서 나와 있었다. 머리 없는 사람은 대단한 뭔가가 있다는 것을 느꼈는지 뼛속까지 파고드는 얼음장처럼 차가운 검 빛이 훅 치고 들어오자 다시 팔을 휘저었다. 위무선은 '또 저 동작이다!' 하고 생각했다.

머리 없는 사람은 매우 민첩하고 힘이 넘쳤다. 몸을 날려 피진의 검 빛을 피하면서 손을 뒤집어 피진의 칼자루를 잡아버렸다.

그는 피진을 높이 들었다. 마치 손에 잡은 물건을 자세히 살피려는 것 같았다. 하지만 그에게는 눈이 없었다. 머리 없는 사람이 맨손으로 함광군의 피진을 막는 것을 보자 소년들은 얼굴이 하얗게 질렸다. 남망기가 얼굴색 하나 변하지 않고 고금을 꺼내 현을 튕기자 현음이 보이지 않는 날카로운 화살처럼 흉시에게 날아가 꽂혔다. 머리 없는 사람이 검을 휘둘러 현음을 부쉈다. 남망기가 고금을 한 번 더 튕기자 일곱 개의 현이 일제히 진동하면서 격앙되고 높은 소리를 냈다. 이에 맞춰 위무선이 피리를 꺼내 불자 날카로운 피리 소리가 더해져 순식간에 온 하늘에서 칼 비가 내리는 것 같았다.

머리 없는 흉시가 검을 세워 반격하려고 하자 남희신도 정신을 차리고 열빙을 불기 시작했다. 착각인지 모르겠지만, 그윽하고 평온한 퉁소 소리가 울리자 머리 없는 흉시가 순간 동작을 멈추고 잠깐 서 있다가 몸을 돌리는 것이, 마치 연주하는 사람을 보려는 것 같았다. 하지만 그는 머리도 눈도 없어 아무것도 보지 못했고 게다가 고금과 피리가 협공해 세 음이 섞이자 마침내 힘을 잃고 휘청거리다가 쓰러졌다.

정확하게 말하면 쓰러진 게 아니라 허물어졌다. 손은 손대로, 다리는 다리대로, 몸통은 몸통대로, 낙엽이 쌓인 바닥에 우수수 흩어졌다.

남망기는 고금을 거두고 검을 소환해 칼집에 넣었다. 그는 위무선과 함께 잘린 팔다리가 있는 곳으로 다가가 고개를 숙여 살피고 새 봉악 건곤대를 다섯 개 꺼냈다. 소년들은 놀란 가슴이 채 진정되지 않았지만, 우선 택무군에게 예를 표했다. 소년들이 재잘거리기 전에 남망기가 말했다.

"쉬거라."

"네? 하지만 함광군, 아직 해시 전인데요?"

남경의가 어리둥절한 듯 물었다.

"알겠습니다."

남사추가 남경의를 당기면서 공손하게 말했다.

소년들은 더 묻지 않고 물러나 휴식할 만한 곳을 찾아 다시 모닥불을 피웠다.

시체 더미 옆에 세 사람만 남았다. 위무선은 남희신에게 고개를 숙여 인사하고 바닥에 앉아 시체를 다시 건곤대에 넣을 준비를 했다. 왼손을 건곤대에 반쯤 넣었을 때 남희신이 말했다.

"기다리게."

방금 위무선은 남희신의 표정이 이상한 것을 느꼈다. 남희신은 낯빛이 창백해지면서 다시 한번 말했다.

"잠시만…… 기다리게. 내가 이 시신을 좀 보겠네."

"택무군, 이 사람의 신분을 아십니까?"

위무선이 동작을 멈추고 물었다.

남희신은 확신할 수 없다는 듯 대답하지 않았지만, 남망기는 천천히 고개를 끄덕였다.

"네, 저도 누군지 알겠어요."

위무선이 말했다.

"적봉존, 맞지요?"

위무선이 소리를 낮추며 말했다.

방금 '술래잡기'를 할 때 머리 없는 시신은 계속 한 동작을 반복했다. 뭔가를 쥔 듯이 주먹을 쥐고 팔을 휘둘러 가로로 찍고 세로로 쪼갰다. 보아하니 어떤 무기를 휘두르는 것 같았다.

무기라고 하니, 위무선은 검이 떠올랐다. 위무선은 검을 사용했었고 예전에 검을 사용하는 명사와 겨루기도 많이 해봤지만, 저 고수처럼 검을 사용하는 사람은 없었다. 검은 '무기 중의 군자'라고 불려 검을 사용하는 사람은 단정함과 품위를 중요시했다. 악독하고 잔인한 자객의 검이라고 해도 민첩함은 필수였다. 검법에는 찌르는 '척(刺)'과 위에서 아래로 휘두르는 '도(挑)' 같은 동작이 많은 편이었고, 위에서 아래로 내리찍는 '감(砍)'과 평평하게 휘두르는 '삭(削)' 같은 동작은 적었다. 머리 없는 시신이 검을 쓰는 동작은 너무 무거웠고 토벌과 잔혹한 기운이 셌다. 게다가 가로로 찍고 세로로 쪼개는 모습은 우아하지 않고 기품도 없었다.

하지만, 그가 쥔 것이 검이 아니라 도이고 게다가 무겁고 살기 등등한 도라면 딱 맞았다.

도와 검은 기질과 사용법이 전혀 달랐다. 머리 없는 시신이 생전에 썼던 무기는 분명 도였을 것이다. 도법은 빠르고 강력해 힘만 추구할 뿐 단아함은 크게 고려하지 않았다. 그는 자신의 머리를 찾으면서 무기도 같이 찾았다. 그래서 계속 도를 휘두르는 동작을 했고, 팔을 돌려 피진을 잡아 자신의 패도로 삼은 것이다.

그리고 이 시신에는 점 같은 특별한 표식이 없었고 여러 조각으로 나누어져 있어서 신분을 확인할 방법이 없었다. 제도당(祭刀堂)에서 섭회상이 못 알아보는 것도 당연했다. 위무선도 자기 다리를 잘라 여기저기 던져놓으면 그게 누구 다리인지 모를 것이었다. 방금 강한 원기(怨氣)에 사지와 몸통이 잠시 붙어 움직일 수 있는 시신으로 맞춰지고 나서야 남희신과 남망기도 그를 알아봤다.

"택무군, 함광군에게 우리가 겪은 일을 모두 들으셨지요? 모가장, 도굴꾼, 의성 등 이야기요."

남희신이 고개를 끄덕였다.

"그러면 그것도 아시겠네요. 상씨 묘지에서 시체를 훔쳐 가려던 안개로 얼굴을 가린 사람이 고소 남씨 검법을 손바닥 들여다보듯 훤히 꿰고 있다는 것 말입니다. 그건 두 가지 가능성을 말해줍니다. 하나, 그가 남가 사람이어서 어릴 때부터 고소 남씨의 검법을 익혔을 가능성. 둘, 남가 사람은 아니지만 남가 사람과 자주 대련했거나, 아니면 아주 똑똑해서 한 번만 보면 모든 초식(招式)과 검로(劍路)를 기억할 수 있는 자일 가능성."

남희신이 한마디도 하지 않자 위무선이 말을 이었다.

"그가 시체를 뺏으려고 한 것은 적봉존이 조각났다는 사실을 다른 사람이 아는 것을 원하지 않았기 때문입니다. 적봉존의 시신이 다 맞춰지면 상황이 그에게 불리할 것입니다. 청하 섭씨 제도당의 비밀을 알고 있고, 고소 남씨와 매우 친밀한 사람이고, 적봉존과 아주…… 인연이 깊은 사람입니다."

그런 사람이라면 가능성이 가장 큰 사람이 누군지는 말하지 않아도 다 알았다.

남희신은 심각한 표정으로 위무선의 말에 반박했다.

"그가 그랬을 리 없네."

"택무군?"

위무선이 말했다.

"그대들이 시신 토막 사건을 조사하고 도굴꾼을 만난 것은 모두 이번 달의 일이지. 하지만 이달에 그는 거의 매일 나와 함께 밤까지 이야기를 나눴어. 며칠 전에는 다음 달 난릉 금씨의 백가 청담 성회를 함께 계획했으니 분신술을 쓴 것도 아니고, 도굴꾼이 그일 리가 없네."

남희신이 말했다.

"전송부를 썼다면요?"

위무선이 말했다.

남희신이 고개를 저었다.

"전송부를 쓰려면 전송술을 익혀야 하는데 그건 수련하기가 매우 어렵네. 그가 그런 수련을 한 기색도 없었고. 게다가 전송술을 쓰면 영력이 매우 많이 소모되는데, 얼마 전 함께 야렵에 나갔을 때 그는 상태가 아주 좋았어. 확신하는데 그는 절대 전송부를 사용한 적이 없네."

남희신의 말투는 온화했지만 단호했다.

"꼭 본인이 갈 필요는 없습니다."

남망기가 말했다.

남희신은 천천히 고개를 저었다.

"남 종주, 제일 의심스러운 사람이 누군지 잘 아실 겁니다. 그저 받아들이고 싶지 않은 것뿐이지요."

위무선이 말했다.

일렁거리는 모닥불 불빛에 세 사람의 얼굴이 변화무쌍하게 변화했다. 황폐한 화원에 적막이 흘렀다.

"여러 이유로 세상 사람들이 그를 많이 오해하고 있다는 것을 나도 알고 있네. 하지만…… 나는 오랫동안 내 눈으로 직접 본 것만 믿네. 나는 그가 그런 사람이 아니라고 믿어."

한참 뒤 남희신이 입을 열었다.

남희신이 그를 감싸는 것은 이해하지 못할 일도 아니었다. 사실 위무선도 자신들이 의심하는 대상에 대한 인상이 나쁘지 않았다. 아마 출신 탓에 그는 모든 사람에게 상냥하고 겸손했고, 누구에게도 원망을 사지 않았으며, 편안한 사람이었을 것이다. 게다가 택무군은 그와 보낸 시간이 얼마나 많은가?

섭명결 생전에 청하 섭씨는 그의 지휘로 전성기를 구가해 위세가 난릉 금씨에 육박했다. 섭명결의 죽음이 누구에게 가장 이익이 되겠는가?

공개적인 장소에서 주화입마해 발광해 죽다— 트집 잡을 것도 없고 어쩔 수 없는 유감스러운 일처럼 보이지만, 내막은 정말 그렇게 단순할까?

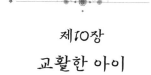

제10장
교활한 아이

제10장 교활한 아이

1

눈 깜작할 사이에 금린대 백가 청담성회 기간이 다가왔다.

각 세가의 선부는 대부분 산 좋고 물 맑은 곳에 있지만, 난릉 금씨의 금린대는 난릉성에서 가장 번화한 곳에 있었다. 금린대로 향하는 장장 2리에 달하는 주요 도로는 연도^{#6}로 되어 있어 연회와 청담회 등 대규모 행사 때만 개방됐다. 난릉 금씨 규칙에 따르면, 이 길에서는 빨리 걸어서는 안 된다. 연도 양쪽에 금씨 가문 역대 가주와 명사의 생애를 담은 채색 부조가 있었고 부조 사이에서 난릉 금씨 문하생들이 설명을 해주었다.

부조 가운데에서도 이번 대 가주인 금광요의 생애를 담은 부조가

#6 연도(輦道) 어가가 다닐 수 있는 궁중의 길.

제일 눈에 띄었다. '전밀(傳密)', '복살(伏殺)', '결의(結義)', '은위(恩威)'라는 제목으로 사일지정 중 금광요가 기산 온씨 집안에 잠입해 정보를 빼내고, 온씨 가주 온약한을 암살하고, 삼존이 의형제를 맺고, 금광요가 선독에 오른 후 선독령을 추진한 네 장면이었다. 화가는 인물의 특징을 잘 포착했다. 얼핏 보면 정교할 뿐 이상한 점이 없지만, 자세히 뜯어보면 부조 속 금광요는 뒤에서 암살하든 얼굴에 피범벅을 하든 눈웃음을 지으며 부드럽고 여유 있는 모습이라 보고 있자니 머리 가죽이 약간 저릿저릿했다.

금광요 다음에 금자헌의 벽화가 이어졌다. 보통 가주는 절대적인 권위를 강조하기 위해 같은 항렬 명사는 벽화 수를 줄이거나 기교가 약간 떨어지는 화가를 고용한다. 사람들은 그런 것을 이해한다. 그러나 금자헌도 네 폭을 차지해 가주인 금광요와 동등한 위치에 있었다. 벽화 속 준수한 미남자는 풍채가 좋고 자부심이 상당해 보였다. 위무선은 수레에서 내려 그 앞에서 발걸음을 멈추고 한참을 봤다. 남망기도 멈추고 조용히 위무선을 기다렸다.

"고소 남씨는 이쪽으로 입장하십시오."

뒤쪽에서 문하생의 말이 들렸다.

"가자."

남망기가 말하자 위무선은 아무 말도 하지 않고 그를 따라갔다.

금린대에 오르니 박석(薄石)을 반듯하게 깐 넓은 광장이 나타났고 광장은 오가는 사람들로 북적거렸다. 최근 난릉 금씨는 여러 차례 확장을 거듭해 예전에 위무선이 봤던 것보다 훨씬 넓었다. 광장 너머에 최고급 건축 자재인 한백옥[7]으로 만든 9층 수미단(須彌壇)

#7 한백옥(漢白玉) 백옥의 한 종류로 고급 건축물 자재로 쓰인다.

이 층층이 놓여 있고, 겹처마 팔작지붕으로 된 궁궐이 당당한 기세로 아래를 내려다보고 있었다. 그리고 그 아래 금성설랑이 꽃 바다를 이루고 있었다.

금성설랑은 난릉 금씨 가문의 화휘(花徽)로 최상급 백모란이다. 꽃도 아름답고 이름도 아름다웠다. 바깥쪽은 커다란 꽃잎이 겹겹이 싸여 마치 눈이 물결을 치는 것 같았고 안쪽은 섬세한 작은 꽃잎이 이어지다가 가운데에 금실 같은 수술이 촘촘히 박혀 있어 마치 눈 위에 황금빛 별이 반짝이는 듯했다. 한 송이로도 더없이 화려한데 수천 송이가 한꺼번에 피어 있으니 말로 표현할 수 없이 아름다운 장관을 이루었다.

광장 앞에 난 큰길을 따라 각 가문이 질서정연하게 입장했다.

"말릉 소씨, 이쪽으로 입장하십시오."

"청하 섭씨, 이쪽으로 입장하십시오."

"운몽 강씨, 이쪽으로 입장하십시오."

"택무군, 함광군."

강징이 날카로운 눈초리로 친절하지도 그렇다고 냉담하지도 않은 투로 인사를 건넸다.

"강 종주."

남희신이 고개를 숙이며 말했다.

두 사람은 예의상 몇 마디를 나눴다.

"금린대 청담회에서 함광군을 다 보다니, 이게 웬일입니까?"

강징이 말했다.

남희신과 남망기는 아무 말도 하지 않았다. 강징도 정말 궁금한 것이 아니었기 때문에 별로 신경 쓰지 않았다.

"두 분은 불필요한 사람을 데리고 다닌 일이 없는데, 이번에는 어쩐 일로 전례를 깨셨습니까? 이분이 얼마나 대단한 분이시기에. 저에게 소개해주실 수 있습니까?"

강징이 위무선에게 시선을 돌리며 언제라도 비검정(飛劍釘)을 날릴 수 있다는 어투로 물었다.

그때 웃음이 담긴 목소리가 들려왔다.

"둘째 형님, 어째서 망기도 온다고 미리 말씀해주시지 않았습니까?"

금린대의 주인, 염방존 금광요가 직접 마중을 나왔다.

남희신은 금광요에게 미소로 화답했고 남망기와 금광요는 서로 살짝 고개를 숙이며 인사했다. 위무선은 백가를 통솔하는 선독을 찬찬히 뜯어봤다.

금광요는 호감형 얼굴이었다. 하얀 피부에 미간에 단사를 찍고 있었다. 눈동자는 흑백이 분명하고 용모는 깔끔했으며 행동은 민첩하면서도 경박하지 않아 7할은 준수하고 3할은 기민했다. 시종 입꼬리를 살짝 올려 미소 짓는 것이 딱 봐도 영민해 보이는 인물이었다. 이런 얼굴은 여인의 환심을 사기에 충분했고 남자에게도 반감이나 경계심을 일으키지 않을 것이다. 나이가 많은 사람은 그를 귀엽게 볼 것이고 젊은 사람은 그를 친절하다고 느낄 것이다. 어쨌든 최소한 좋아하지는 않아도 싫어하지도 않아서 '호감형'이라고 하는 것이다. 키가 조금 작았지만, 기백이 있고 도량이 넓어 보였다. 머리에 얇은 비단으로 만든 오사모[8]를 쓰고, 가슴에 활짝 핀 금성설랑 휘장이 있는 난릉 금씨 예복을 입고, 구환대를 차고, 육합화(六合靴)를 신고, 허리에 찬 패검에 오른손을 얹은 모습이 범

#8 오사모(烏紗帽) 고대 관리들이 관복을 입을 때에 쓰던 모자.

접할 수 없는 압도감을 자아냈다.

금릉이 금광요를 따라 같이 나왔다.

"외숙."

금릉은 혼자서는 강징을 볼 자신이 없는지 금광요 뒤에서 중얼거렸다.

"아직도 날 외숙이라 부르는 게냐!"

강징이 날카롭게 말했다.

"아이고, 강 종주. 아릉은 자기 잘못을 진작에 깨달았습니다. 외숙한테 벌 받을까 봐 요 며칠 밥도 못 먹었어요. 애들이 다 그렇지요. 금릉을 제일 아끼는 분이 강 종주 아니십니까. 그러니 화를 거두세요."

금릉이 황급히 금광요의 옷자락을 잡아당기자 금광요는 분쟁을 조정하기 위해 태어난 사람처럼 나서서 말했다.

"맞아요, 맞아. 숙부가 다 보셨어요. 저 요 며칠 입맛도 없었다고요!"

금릉이 황급히 말했다.

"입맛이 없다고? 안색이 좋은 걸 보니 몇 끼 굶지도 않은 모양이건만!"

강징이 말했다.

금릉이 더 말하려고 입을 열다가 남망기 뒤에 서 있는 위무선을 보고 멈칫하더니 소리쳤다.

"넌 왜 왔어?!"

"밥 얻어먹으러 왔지."

위무선이 대답했다.

"네가 감히 여길 와! 내가 경고……."

금릉이 화를 누르며 말했다.

"됐다. 오셨으니 손님이시다. 금린대는 다른 것은 몰라도 밥은 충분합니다."

금광요가 금릉의 머리를 어루만지며 자신의 뒤로 밀었다.

"둘째 형님, 우선 앉으십시오. 저는 저쪽을 좀 살피고 오겠습니다. 그 김에 망기의 자리도 만들라고 하겠습니다."

금광요가 남희신에게 말했다.

"크게 신경 쓸 필요 없다."

남희신이 고개를 끄덕이며 말했다.

"이게 무슨 번거로운 일이라고요. 둘째 형님, 제집에서 무슨 격식을 차리십니까."

금광요는 한 번 보면 상대의 용모, 이름, 나이, 호칭을 기억해 몇 년이 지나 다시 만나도 정확하게 이름을 부르며 다정하게 다가가 살뜰히 챙겨주었다. 두 번 이상 만나면 상대가 좋아하는 것과 싫어하는 것을 기억했고, 일의 크고 작음을 논하지 않고 비위를 잘 맞추어 상대의 미움을 사지 않았다. 이번에는 남망기가 갑자기 금린대를 방문해 남망기의 좌석을 준비해놓지 않아 즉석에서 마련하려는 것이었다.

투연청에 들어가 선홍색 부드러운 깔개를 따라 걸어가니 양쪽에 박달나무로 만든 작은 탁자가 놓여 있고 그 옆에 진귀한 장식품을 착용한 미모의 시녀가 서 있었다. 그들은 하나같이 웃는 얼굴에 세련되고 예의가 있었다. 또한 가슴이 풍만하고 허리가 한 손에 잡힐 만큼 가늘었는데 몸매가 거의 비슷해 조화롭고 아름답게 보였다. 위무선은 미모의 여인들에게 눈길을 한 번 더 주었다. 자리에 앉자 시녀가 술을 따라주었다.

"감사합니다."

위무선이 그녀를 향해 미소를 지으며 말했다.

그러나, 여인은 놀란 듯이 위무선을 슬쩍 보고 연신 눈을 깜박거리더니 재빨리 시선을 거뒀다. 위무선은 조금 이상하다고 생각하다가 곧 상황을 눈치챘다. 주위를 둘러보니 야릇한 시선이 한둘이 아니었다. 난릉 금씨 문하생 반 이상이 위무선을 이상한 눈으로 쳐다보고 있었다.

위무선은 이곳이 금린대라는 것을 깜박했다. 모현우는 이곳에서 동문을 희롱한 죄로 쫓겨났다. 그런 그가 부끄러운 줄도 모르고 고개를 뻣뻣이 들고 다시 나타날 줄은, 게다가 고소 남씨 쌍벽과 함께 상석에 앉을 줄 누가 예상이나 했겠는가.

"함광군, 함광군."

위무선이 옆에 앉은 남망기 쪽으로 몸을 기울이며 작은 소리로 불렀다.

"무슨 일이야."

남망기가 물었다.

"내 옆을 떠나지 마. 여긴 모현우를 아는 사람이 분명 많을 거야. 어쩌면 이따가 누군가 나와 과거사를 따지려 들지도 몰라. 그러면 난 헛소리를 지껄이며 미친 척할 거야. 내가 네 체면을 구겨도 원망하지 마."

위무선이 말했다.

"네가 먼저 타인을 건드리지만 않는다면."

남망기가 위무선을 한 번 보더니 담담하게 말했다.

그때 금광요가 화복(華服)을 입은 여인과 함께 들어왔다. 여인은 몸가짐이 단아했지만, 얼굴에 천진난만한 느낌이 있었고 수려한 용모에 어린 티가 묻어났다. 그녀가 바로 금광요의 정실부인이자 금린대의 안주인 진소였다.

두 사람은 서로를 깍듯이 대하고 존경해 현문 백가에서 금슬 좋은 부부로 유명했다. 진소는 난릉 금씨의 부속 가문인 악릉 진씨였다. 악릉 진씨 가주 진창업은 금광선의 오랜 부하였다. 금광요가 금광선의 아들이라고는 하나 어머니의 출신 때문에 두 사람은 어울리는 짝은 아니었다. 사일지정 중에 금광요가 진소를 구하자 진소는 금광요에게 마음을 주었고 그 뒤로 내내 그의 곁을 지키며 혼인을 고집해 결국 좋은 인연이 되어 미담을 만들었다. 금광요도 그녀의 기대를 저버리지 않았다. 선독의 자리에 올랐어도 행동은 아버지와 전혀 달라 첩을 들이지도, 다른 여인을 쳐다도 보지 않았다. 이것 때문에 각 가문 종주 부인들의 부러움을 샀다. 위무선은 부인의 손을 잡고 걸어오는 금광요가 부드러운 표정을 지으며 혹시 부인이 계단에 부딪힐까 염려하는 듯이 세심하게 배려하는 것을 보고 정말 소문대로군 하고 생각했다.

두 사람이 수석 자리에 앉자 연회가 공식적으로 시작됐다. 그들 아래에 금릉이 가슴을 쫙 펴고 당당하게 앉아서 위무선을 슬쩍 훑어보더니 뚫어져라 노려보았다. 위무선은 구경거리가 되는 것이 습관이 되어 떠들썩한 분위기에서 마치 아무 일도 없다는 듯이 먹고 마시며 투연청에서 들리는 탄성을 듣고 있었다.

연회가 끝나자 이미 밤이었다. 청담회는 이튿날에야 정식으로 시작되었다. 사람들이 삼삼오오 투연청을 떠나자 난릉 금씨 문하생들이 가주들과 수사들이 묵을 방으로 안내했다. 남희신이 내내 근심 어린 표정인 것을 본 금광요가 무슨 일인가 싶어 다가와 "둘째 형님"이라고 부르려는 순간 누군가 뛰어들며 외쳤다.

"형님!"

그가 갑자기 달려드는 바람에 넘어질 뻔한 금광요는 한 손으로 재빨리 오사모를 잡았다.

"회상 무슨 일이야? 무슨 일인지 말해 봐."

이렇게 체통을 차리지 않을 가주는 청하 섭씨의 '모르쇠'밖에 없었다. 술에 취하자 '모르쇠'는 체통이 더더욱 말이 아니었다. 얼굴이 새빨개진 섭회상이 금광요를 붙잡고 놔주지 않았다.

"셋째 형님! 저 어쩌면 좋습니까! 저 한 번만 더 도와주면 안 돼요? 내 장담하는데 이번이 마지막이에요!"

"지난번에도 도와주지 않았느냐?"

금광요가 말했다.

"지난번 일은 해결됐고요! 이번엔 새로운 일이에요! 형님, 저 어떻게 해요! 죽고 싶어요!"

섭회상이 대성통곡했다.

"아소, 먼저 들어가세요. 회상이 돌아가면 그때 이야기합시다. 너무 조급해 말아요……."

섭회상이 횡설수설하자 금광요가 진소에게 말했다.

금광요가 섭회상을 부축해 밖으로 나갔고 무슨 일인지 보려고 간 남희신도 술에 취한 섭회상에게 붙잡혔다. 진소가 남망기에게 예를 표했다.

"함광군, 여러 해 동안 청담회에 참가하지 않으셨지요. 불편하신 점이 있더라도 너그럽게 양해해주세요.”

부드러운 목소리가 사랑할 수밖에 없게 만드는 미인이었다. 남망기도 고개를 끄덕이며 예를 표했다. 진소는 위무선에게 시선을 주었다가 잠시 망설이더니 작은 소리로 말했다.

“그럼 실례하겠습니다.”

그리고는 시녀와 함께 물러갔다.

“금린대 사람들이 나를 쳐다보는 시선이 아주 이상해. 모현우가 대체 무슨 짓을 했길래 그러지? 사람들 앞에서 알몸으로 사랑 고백이라도 했나? 그게 뭐 그리 대단한 일이라고. 난릉 금씨 사람들은 정말 견문이 좁다니까.”

위무선이 이상하다는 듯이 말했다.

남망기는 위무선의 헛소리에 고개를 절레절레 저었다.

“가서 좀 물어봐야겠네. 함광군, 강징 좀 잘 보고 있어. 그가 날 안 찾는 게 제일 좋고, 만일 오면 네가 좀 막아줘.”

“너무 멀리 가지 마.”

“알았어. 멀리 가면 이따가 방에서 봐.”

위무선은 눈으로 투연청 안팎을 살폈지만 찾는 사람이 없자 이상하다고 생각했다. 남망기 곁에서 벗어나 찾아다니다가 한 정자 옆을 지나는데 화원 한쪽에 있는 가산석에서 누군가 튀어나왔다.

“이봐!”

위무선은 속으로 ‘하! 찾았다.’ 하고 외쳤다. 위무선은 몸을 돌려 느물거리며 대답했다.

“이봐가 뭐야, 예의 없게. 지난번 헤어질 땐 그렇게 친한 척해놓고 지금은 이렇게 무정하게 굴다니. 나 상처받았어.”

금릉은 소름이 확 끼쳤다.

"입 다물어! 내가 언제 그랬어! 내가 진작에 경고했지? 우리 집안 사람들 성가시게 하지 말라고. 그런데 왜 또 온 거야?!"

"하늘에 맹세하겠는데 나는 함광군 옆에 착실히 붙어 있었어. 거의 내 몸에 밧줄을 묶어서 끌고 다니게 한 수준이었다고. 내가 너희 가문 사람에게 집적대는 거 봤어? 네 외숙에게 치근덕댔나? 분명 그가 내게 치근덕대는 거잖아."

위무선의 말에 금릉이 버럭 화를 내며 말했다.

"꺼져! 외숙이 그런 건 널 의심해서야! 헛소리 좀 작작 해. 네가 아직도 그 도둑놈 심보를 버리지 않았다는 걸 내가 모를 줄 알고? 그에 대한……."

바로 그때 주위에서 고함치는 소리가 들리더니 난릉 금씨 가문의 옷을 입은 소년 예닐곱 명이 튀어나와 금릉이 말을 멈췄다.

소년들이 천천히 그들을 에워싸며 다가왔다. 대장인 듯한 소년은 금릉과 비슷한 또래였지만 몸집이 그중 제일 건장했다.

"내가 잘못 본 줄 알았는데, 정말이었네."

대장인 듯한 소년이 말했다.

"나?"

위무선이 자신을 가리키며 말했다.

"너 말고 누가 또 있어! 모현우, 여기 올 낯짝이 다 있네?"

소년이 말했다.

"금천, 왜 왔어? 여긴 네가 끼어들 일 없어."

금릉이 눈살을 찌푸리며 말했다.

위무선은 '아, 대충 금릉 또래인가 보군.' 하고 생각했다. 게다가 보아하니 금릉과 별로 안 친한 친구들 같았다.

"내가 끼어들 일은 없는데, 네가 끼어들 일은 있단 말이야? 신경 끄시지."

금천이 말했다.

그가 말하는 동안 서너 명의 소년이 다가오는 게 위무선을 잡으려는 것 같았다. 금릉이 위무선의 앞을 막아섰다.

"함부로 다가오지 마!"

"누가 함부로 다가왔다는 거야. 언행이 신중하지 않은 우리 가문 문하생을 교육 좀 하겠다는데 뭐가 어때서?"

금천이 말했다.

"이봐! 그는 진작에 쫓겨났어! 우리 가문 문하생이 아니라고."

금릉이 말했다.

"그래서 뭐?"

금천이 아주 당당하게 "그래서 뭐."라고 하자 뒤에서 듣던 위무선도 할 말을 잃었다.

"그래서 뭐냐고? 오늘 그가 누구랑 왔는지 잊었어? 그를 가르치려면 먼저 함광군한테 물어보지?"

금릉이 말했다.

'함광군'이란 말에 소년들이 순간 멈칫했다. 남망기가 없어도 함광군이 뭐냐고, 무섭지 않다고 떠들지는 못했다. 잠시 뒤 금천이 입을 열었다.

"하, 금릉. 예전에 너도 그를 아주 싫어했잖아? 어째 오늘은 태도가 싹 바뀌었을까?"

"그게 무슨 헛소리야? 내가 그를 싫어하든 말든 네가 무슨 상관인데?"

금릉이 말했다.

"저자가 염치도 없이 염방존에게 치근댔는데 넌 그래도 할 말이 있다는 거야?"

위무선은 천둥이 온몸을 관통하는 것 같았다.

누구한테 치근댔다고? 염방존? 염방존이 누구야? 금광요?

모현우가 치근덕댄 사람이— 염방존 금광요였다고?!

위무선이 정신을 차리기도 전에 금천과 금릉이 몇 마디를 주고받더니 싸우기 시작했다. 서로 못마땅하던 두 사람은 핑곗거리가 생기자 바로 싸우고 나섰다.

"덤빌 테면 덤벼봐, 누가 무서워할 줄 알아!"

금릉이 외쳤다.

"붙자! 싸워도 쟨 개나 부르겠지!"

한 소년이 말했다.

휘파람을 불려던 금릉은 이 말에 이를 악물며 외쳤다.

"선자가 없어도 너희 다 때려눕힐 수 있어!"

금릉은 패기가 넘쳤지만 두 주먹으로는 많은 상대를 당해내기 어려웠다. 싸움이 계속되자 상황이 마음처럼 흘러가지 않고 점점 패퇴하는 기색이 보였다. 그리고 어느새 위무선 앞까지 물러났다. 금릉은 위무선이 그 자리에 그대로 서 있는 것을 보자 화를 냈다.

"아직도 멍청하게 여기 서서 뭐 하는 거야?"

위무선이 갑자기 금릉의 손을 잡았다. 금릉이 고함을 치기도 전에 저항할 수 없는 힘이 손목으로 전해지면서 몸이 자신의 뜻대로 움직이지 않고 바닥으로 넘어졌다.

"죽고 싶어?!"

금릉이 소리쳤다. 위무선이 갑자기 자신을 보호하던 금릉을 넘어뜨리자 금천과 소년들은 순간 멍했다.

"알겠어?"

위무선이 말했다.

"뭘?"

금릉도 멍해져서 물었다.

"알겠냐고?"

위무선이 잡고 있던 금릉의 손을 다시 돌리며 말했다.

금릉은 저릿한 통증이 손목에서 온몸으로 퍼지자 소리를 질렀지만, 방금 위무선이 취한 빠르고 작은 동작을 떠올렸다.

"한 번 더, 잘 봐."

위무선이 말했다.

마침 한 소년이 튀어나오자 위무선은 한 손은 뒷짐을 쥐고 한 손으로 눈 깜짝할 사이에 소년의 손목을 잡아 바닥에 내동댕이쳤다. 금릉은 이번에는 똑똑히 봤다. 손목에서 은근한 통증이 전해지는 부위가 영력을 넣어야 하는 혈자리였다. 금릉은 벌떡 일어나 정신을 가다듬었다.

"알았어!"

형세가 순식간에 역전되었다. 얼마 뒤 화원은 소년들의 크고 작은 비명과 씩씩거리는 소리로 가득 찼다.

"금릉, 너 나중에 보자!"

결국 금천이 소리쳤다.

패배한 소년들이 욕을 하며 물러갔다. 금릉이 그들 뒤에서 큰 소리로 웃었다. 위무선은 금릉이 실컷 웃도록 기다려주었다.

"그렇게 좋아하는 걸 보니 처음 이겼나 봐?"

"흥! 일대일로 싸우면 항상 내가 이겨. 근데 금천은 매번 애들을 잔뜩 몰고 온단 말이야. 뻔뻔스럽게."

위무선은 너도 도와줄 친구를 찾아도 된다고, 싸움은 꼭 일대일로만 하는 게 아니라고, 때로는 어느 쪽이 더 사람이 많은가를 겨룬다고 말하고 싶었다. 하지만 금릉이 외출할 때는 늘 혼자였고 가문의 같은 또래 자제들과 함께 다니지 않는 것을 봤기 때문에 어쩌면 도와줄 친구가 전혀 없을지도 몰라 입을 다물었다.

"이봐, 근데 그런 건 어디서 배운 거야?"

"함광군이 알려줬어."

위무선은 부끄러운 기색이라곤 전혀 없이 남망기에게 책임을 전가했다.

금릉은 전혀 의심하지 않았다. 어쨌든 남망기의 말액이 위무선 손에 묶인 것을 자신의 눈으로 직접 봤기 때문에 머뭇거리며 말했다.

"그가 이런 것도 가르쳐줘?"

"그럼. 하지만 이건 간단한 잡기일 뿐이야. 처음 사용해서 쟤들도 모르기 때문에 효과가 있었던 거지. 여러 번 하면 쟤들도 알아서 다음에는 잘 먹히지 않을 거야. 어때, 나한테 몇 가지 더 배워보는 게?"

"넌 어째 그 모양이야. 내 숙부는 늘 충고만 하시는데 넌 오히려 부추기네."

금릉이 위무선을 쓱 보더니 툭 던지듯 말했다.

"충고? 무슨 충고? 싸우지 마라, 사람들과 사이좋게 지내라, 이런 거?"

"뭐 비슷해."

"그 사람 말 듣지 마. 어른이 되면 패주고 싶은 사람은 더 많아지는데, 꾹 참고 잘 지내야 한다고. 그러니 어렸을 때 때려주고 싶은 사람 실컷 때려줘. 네 나이 때 싸움도 좀 해봐야 인생이 온전해지는 거야."

금릉의 얼굴에는 그러고 싶다는 빛이 떠올랐지만 가차 없이 내뱉었다.

"무슨 헛소리야. 숙부는 다 나를 위해서 그러는 거라고."

예전에 모현우는 금광요를 신처럼 떠받들면서 금광요가 잘못했다는 말은 절대 하지 않았다. 그런데 이제는 '그 사람 말, 듣지 마.'라고 말하는 것을 보니 금광요에 대한 분수에 안 맞는 생각을 정말 버린 건가 싶었다.

금릉의 눈빛을 본 위무선은 금릉의 생각을 간파하고 통쾌하게 말했다.

"못 속이겠네. 맞아, 난 이미 다른 사람을 은애하게 됐어."

"······."

"이곳을 떠나고 오랫동안 진지하게 생각했지. 그러다가 사실 염방존은 내 취향이 아니고 나와 잘 맞지 않는다는 걸 깨달았어."

위무선이 감정을 가득 실어 말했다.

금릉이 뒤로 두 걸음 물러났다.

"예전에는 내 마음이 어떤지 잘 몰랐어. 그러다 함광군을 만난 이후로 확신했지."

위무선이 숨을 깊이 들이마셨다.

"이제 난 그를 떠날 수가 없어. 난 함광군 말고는 그 누구도 필요하지 않아……. 기다려, 어디 가는 거야, 내 얘기 아직 안 끝났다고! 금릉! 금릉!"

금릉이 몸을 돌려 미친 듯이 뛰어갔다. 위무선이 몇 번이나 불러도 금릉은 고개 한 번 돌리지 않았다. 위무선은 득의양양해서 '이제 금릉이 내가 금광요한테 아직도 다른 마음이 있다고 의심하지 않겠지?' 하고 생각했다. 그런데, 고개를 돌리니 세 장 정도 떨어진 곳에서 서리 같은 백의와 눈같이 하얀 사람이 달빛을 받으며 서 있을 줄은 몰랐다. 남망기가 담담한 표정으로 위무선을 쳐다보고 있었다.

"……."

위무선이 세상에 갓 돌아왔을 때였다면 조금 전보다 열 배는 더 낯 뜨거운 말도 남망기 앞에 대고 할 수 있었을 것이다. 그러나 지금은, 남망기가 빤히 쳐다보니 생전 처음으로 두 생애에서 한 번도 느껴보지 못한 미묘한 수치심이 느껴졌다.

위무선은 아주 드물게 느끼는 수치심을 누르고 태연하게 걸어갔다.

"함광군, 왔네! 그거 알아? 모현우가 금광요한테 집적대다 금린대에서 쫓겨난 거. 그래서 사람들이 나를 그렇게 복잡한 시선으로 쳐다봤나 봐!"

남망기는 말없이 몸을 돌려 위무선과 어깨를 나란히 하고 걸었다.

"너와 택무군도 그 일을 몰랐고 모현우를 전혀 몰라봤으니 난릉 금씨가 그 일을 꽁꽁 감췄나 보네. 그러면 말이 되지. 어쨌든 모현우는 종주의 혈육이니까. 금광선이 모현우를 원하지 않았다면 데리고 오지도 않았을 거야. 단순히 동문을 희롱했다면 훈계로 끝났지 쫓아내지는 않았을 텐데. 하지만 그 대상이 금광요라면 이야기가 또 달라지겠지. 염방존일 뿐 아니라 모현우의 배다른 형제잖아. 정말…….”

정말 추문이 아닐 수 없으니 싹을 잘라야 했을 것이다. 염방존에게 손을 쓸 수는 없고 그래서 모현우를 쫓아낸 것이다.

위무선은 광장에서 금광요가 마치 모현우를 전혀 모르는 것처럼 아무렇지 않게 맞이하고 이야기꽃을 피운 것을 떠올리며 금광요가 정말 대단한 사람이라고 생각했다. 반면 금릉은 기분을 감추지 못했다. 금릉이 모현우를 매우 싫어한 이유는 단수를 싫어해서가 아니라 자신의 숙부를 희롱했기 때문이었을 것이다.

금릉을 생각하면서 위무선은 소리 없이 한숨을 쉬었다.

“왜 그래.”

남망기가 물었다.

“함광군, 눈치 못 챘어? 금릉이 늘 혼자 야렵 다니는 거. 강징이 같이 다니지 않느냐는 말은 하지 마. 외숙은 인정 안 해. 아직 10대인데 어울리는 동년배가 하나도 없다니. 예전에 우리는…….”

남망기의 눈썹이 약간 올라갔다. 그 모습에 위무선은 말을 바꿨다.

“좋아. 나는, 예전에 나는 그러지 않았다고.”

“그건 너야. 모두가 너 같을 순 없어.”

남망기가 담담하게 말했다.

“하지만 어린애들은 떠들썩하고 사람 많은 걸 좋아하잖아. 함광군, 말해봐. 금릉은 유난히 사람들과 못 어울리고 가문에서도 친구하나 없지 않아? 운몽 강씨는 제외하더라도 내가 보기에 난릉 금씨 소년들도 금릉이랑 노는 애가 하나도 없는 것 같아. 조금 전에는 싸우기도 했고 말이야. 금광요한테 금릉과 어울릴 만한 비슷한 또

래의 아들이나 딸이 없나?"

"아들이 하나 있었어. 어릴 때 살해당해 요절했고."

"금린대의 작은 주인이 어떻게 살해당할 수 있어?"

"감시탑."

"무슨 일이 있었는데?"

금광요가 감시탑을 건설하자고 하자 반대하는 사람이 많았고 일부 가문에게 원망을 사기도 했다. 반대하는 가문의 한 가주가 논리적인 토론으로 당해낼 수 없자 금광요와 진소의 외아들을 살해했다. 금광요의 아들은 성격이 온순해 부부가 매우 사랑했다. 슬픔과 분노에 찬 금광요는 아들의 복수를 위해 그 가문을 뿌리째 뽑아 버렸다. 그러나 진소는 상심이 너무 큰 나머지 이후로 다시 아이를 갖지 못했다.

침묵이 이어졌다.

"금릉은 말이야, 입만 열면 사람 기분을 상하게 하고 손만 대면 벌집을 건드려. 지난 몇 번도 너와 내가 보호하지 않았으면 지금까지 목숨이 붙어 있었겠어? 강징은 아이를 가르칠 만한 사람이 전혀 못 되고, 금광요는……."

이번에 자신들이 금린대에 온 이유를 생각하자 위무선은 다시 두통이 밀려와 관자놀이를 눌렀다. 남망기가 조용히 위무선을 쳐다 봤다. 남망기는 위로의 말 같은 것은 하지 않았지만 잘 들어주면서 묻는 말에 꼭 대답해주었다.

"그만하고, 일단 방으로 돌아가자."

위무선이 말했다.

두 사람은 난릉 금씨가 준비해준 손님방으로 들어갔다. 방은 넓고 호화로웠다. 탁자 위에 정교하고 아름다운 백자 술잔이 놓여 있었다. 위무선은 한쪽에 앉아 둘러보며 감상하다가 깊은 밤이 돼서야 움직이기 시작했다.

위무선은 여기저기를 뒤져 백지와 가위를 꺼내 와 백지를 사람 모양으로 오렸다. 어른 손가락만 한 크기인 종이 사람은 둥근 머리에 소매가 넓은 것이 마치 나비 같았다. 위무선은 붓을 들어 휙휙 그리고 붓을 던진 다음 술잔을 들어 한 모금 마시더니 침상으로 고꾸라졌다. 갑자기 종이 사람이 파르르 떨면서 넓은 소매를 날개처럼 펼쳐 가볍게 날아올라 나풀거리며 남망기 어깨로 날아가 앉았다.

남망기가 고개를 돌려 자신의 어깨를 보자 종이 사람이 남망기의 뺨으로 달려가 뺨을 따라 말액까지 기어 올라가더니 잡아당겼다. 남망기는 종이 사람이 자신의 말액 위에서 한참을 끙끙대도록 놔뒀다가 손을 뻗어 잡으려고 했다. 종이 사람은 재빨리 미끄러져 내려와 일부러인지 아닌지 모르게 남망기의 입술에 머리를 부딪쳤다.

남망기가 멈칫하더니 두 손가락으로 종이 사람을 잡았다.

"장난치지 마."

종이 사람은 부드럽게 몸을 감아 남망기의 긴 손가락을 감쌌다.

"정말 조심해야 해."

남망기가 말했다.

종이 사람은 고개를 끄덕이고 훨훨 날아 바닥에 착 붙더니 문틈을 넘어 손님방을 나갔다.

금린대는 수비가 삼엄해 사람이 자유롭게 드나들 수 없었다. 위무선이 '전지화신술(剪紙化身術)'을 익혀둔 게 다행이었다.

이런 술법은 유용하긴 하지만 제약이 너무 많았다. 시간제한이 엄격했고 반드시 원래 모습대로 귀환해야 했다. 도중에 찢어진다든지 어떤 형태로든 훼손되면 혼백도 마찬가지로 손상되어 가벼우면 6개월에서 1년 정도 의식을 잃거나 심각하면 평생 백치로 살아야 해서 아주 조심해야 했다.

종이 사람에게 빙의한 위무선은 수사의 옷자락에 붙거나 몸을 최대한 얇게 해서 문틈으로 들어가고 두 팔을 활짝 펴서 폐지로 위장했다. 위무선은 밤하늘을 날아다니는 나비처럼 날아올라 아래쪽을 내려다봤다. 갑자기 아래쪽에서 우는 소리가 희미하게 들려 내려다보니 금광요의 별관인 탄원이었다.

처마로 날아가자 세 사람이 응접실에 앉아 있는 게 보였다. 섭회상이 한 손으로는 남희신을, 다른 한 손으로는 금광요를 붙잡고 술에 취해 뭔가를 호소하고 있었다. 응접실 뒤에는 서재가 있었다. 위무선은 서재에 아무도 없는 틈을 타 살짝 들어갔다. 탁자에는 붉은 글씨로 주석을 단 도면이 가득했고 벽에는 춘하추동 사계절 풍경을 담은 그림이 걸려 있었다. 위무선은 자세히 볼 생각이 없었지만 훑어보다가 그림을 그린 화가의 기교에 감탄을 금치 못했다. 붓놀림이나 색 사용이 부드러우면서도 확 트인 느낌을 주었다. 분명한 곳의 풍경인데 모든 산과 강이 다 들어 있는 것 같았다. 위무선은 이 정도 솜씨라면 남희신에 비견해도 되겠다 싶어 한 번 더 봤다. 그런데 사계절 풍경화를 그린 사람이 정말 남희신이었다.

탄원을 나오자 멀리 넓은 오척전[9]이 보였다. 전각 지붕은 황금색 유리기와로 덮여 있고 전각 밖은 32개의 금색 기둥이 세워져 화려하고 웅장했다. 그곳은 금린대에서 경비가 가장 삼엄한 곳 중 하나

#9 오척전(五脊殿) 중국 고건축의 지붕 양식 중 하나.

로 난릉 금씨 역대 가주의 침전인 방비전이었다.

금성설랑포를 입은 수사들이 지키고 있는 것 외에도 방비전에는 바닥과 하늘에 진법이 **빽빽**하게 설치되어 있었다. 위무선은 금성 설랑 주춧돌 옆으로 날아가 잠깐 쉰 다음 문틈으로 낑낑대며 들어 갔다.

탄원보다 방비전이 더 전형적인 금린대 건축물이었다. 기둥과 대 들보를 채화로 장식해 웅장하고 화려했다. 침전 안에는 휘장이 겹 겹이 늘어졌고 향궤 위에 놓인 서수(瑞獸) 향로에서 은은한 향기가 뿜어져 나와 화려하면서도 느긋하고, 달콤하면서도 나른한 느낌을 주었다.

금광요는 탄원에서 남희신과 섭회상을 만나고 있어 방비전에는 아 무도 없을 테니 위무선은 이곳을 자세히 살펴보기로 했다. 종이 사람 은 이상한 곳이 있는지 방비전 안을 이리저리 날아다녔다. 순간 탁자 위 마노로 된 문진 아래 편지 한 통이 놓여 있는 것을 발견했다.

그 편지는 누군가 이미 뜯어본 흔적이 있었고 편지 봉투에는 이 름도, 문장(紋章)도 없었다. 그러나 두께로 봐서 빈 봉투는 아닌 게 확실했다. 위무선은 소매를 펄럭이며 탁자 옆으로 날아갔다. 편지 에 도대체 뭐라고 쓰여 있는지 보고 싶었지만, 두 '손'으로 편지 봉 투를 아무리 끌어당겨도 꿈쩍도 하지 않았다.

지금 위무선의 몸은 얇고 가벼운 종이라 이렇게 무거운 마노 문 진은 옮길 수가 없었다.

위무선은 마노 문진을 몇 바퀴 돌면서 밀고 발로 차고 펄쩍펄쩍 뛰어도 봤지만, 꿈쩍도 하지 않았다. 방법이 없어 잠시 포기하고 이상한 곳이 더 없나 살피려고 했다. 바로 그때, 누군가 침전 옆문을 열었다.

위무선은 재빨리 탁자로 내려와 탁자 모서리에 딱 붙어 꼼짝도 하지 않았다.

들어온 사람은 진소였다. 방비전에 아무도 없었던 게 아니라 진소가 안에서 아무 소리도 내지 않고 있던 것이다.

금린대의 안주인이 방비전에 있는 것은 아주 정상적인 일이었다. 그러나 지금은 아주 비정상적으로 보였다. 진소는 얼굴에 혈색이라고는 하나도 없이 하얗게 질려 곧 쓰러질 것 같았다. 방금 큰 충격을 받아 기절했다가 깨어난 사람처럼 언제든 다시 기절할 것 같았다.

위무선은 '무슨 일이지? 조금 전 연회 때만 해도 안색이 좋았는데.' 하고 생각했다.

진소는 문에 기댄 채 한참을 멍하니 있다가 벽을 짚고 천천히 탁자 옆으로 걸어왔다. 마노 문진 아래에 있는 편지를 쳐다보며 손을 뻗어 편지를 집으려고 하는 듯하다가 손을 거두었다. 불빛 아래 그녀의 입술이 부르르 떨리는 게 똑똑히 보였고 단정하고 수려한 얼굴이 금방이라도 뒤틀릴 것 같았다.

갑자기, 그녀가 날카롭게 소리 지르면서 편지를 잡아 바닥에 내던졌다. 다른 손은 부들부들 떨면서 자기 가슴을 움켜쥐었다. 위무선은 눈빛을 반짝이며 즉시 날아가서 보고 싶은 충동을 꾹 참았다. 진소에게만 발견되면 대응할 수 있겠지만, 진소가 소리를 질러 다른 사람이 몰려와 종이 사람이 조금이라도 손상되면 위무선의 혼백도 충격을 받을 것이기 때문이다.

"아소, 왜 그러느냐."

갑자기, 누군가의 목소리가 침전에 울렸다.

진소가 고개를 휙 돌리자 익숙한 그림자가 몇 발자국 뒤에 서 있는 게 보였다. 그 익숙한 얼굴은 여느 때와 마찬가지로 진소를 향해 미소 짓고 있었다.

진소는 바닥에 떨어진 편지로 달려들어 집어 들었다. 위무선은 탁자 모서리에 착 달라붙어 편지를 주시하면서 금광요의 시선을 피했다. 금광요가 한 발 가까이 다가갔다.

"손에 쥔 게 뭐지?"

금광요의 말투는 부드럽고 상냥했다. 정말로 아무 이상도 눈치채지 못한 듯, 진소의 손에 들린 수상한 편지와 진소의 구겨진 얼굴이 안 보이는 듯한 태도였다. 그저 끼니는 챙겼냐는 등의 대수롭지 않은 일을 묻는 것만 같았다. 진소는 편지를 꽉 쥔 채 아무 말도 하지 않았다.

"안색이 안 좋은데, 무슨 일이 있느냐?"

금광요의 목소리는 더없이 친절했다.

"제가…… 어떤 사람을 만났습니다."

진소가 편지를 들어 올리며 말했다.

"누구?"

금광요가 물었다.

"그 사람이 제게 어떤 일을 말해주면서 이 편지를 줬어요."

진소가 금광요의 말을 못 들은 것처럼 말했다.

"누구를 만났지? 그 사람이 무슨 말을 했길래 이러는 것이냐?"

금광요가 헛웃음을 웃으며 물었다.

"저를 속일 사람이 아니에요. 절대."

진소가 말했다.

위무선은 '누구지?' 하고 생각했다. '그 사람'이라는 말은 들었지만 남자인지 여자인지도 몰랐다.

"여기, 쓰여 있는 내용이 사실인가요?"

진소가 물었다.

"아소, 편지도 안 보여주면서 거기에 뭐가 쓰여 있는지 내가 어떻게 알겠느냐?"

금광요가 물었다.

"좋습니다, 보세요!"

진소가 편지를 건넸다.

편지를 보기 위해 금광요가 다시 앞으로 한 걸음 다가갔다. 편지를 재빨리 훑어본 금광요는 표정에 변화가 전혀 없었고 어두운 기색조차 보이지 않았다. 반면 진소는 거의 울부짖었다.

"말해요, 말 좀 해보라고요! 어서 말해요, 이게 사실이 아니라고! 전부 거짓말이라고!"

"이건 전부 거짓이다. 터무니없는 모함이구나."

금광요가 매우 침착한 어조로 말했다.

진소가 울음을 터뜨렸다.

"저를 속이시는군요! 이런 상황에서도 저를 속이려 들다니, 믿을 수가 없습니다!"

"아소, 네가 그렇게 말하라 하지 않았느냐. 그래도 못 믿으니 정말 난감하구나."

금광요가 한숨을 내쉬었다.

진소가 금광요에게 편지를 던지며 얼굴을 감쌌다.

"이럴 수가! 이럴 수가, 이럴 수가! 당신…… 당신 정말…… 당신 정말 무서운 사람이야! 어떻게…… 어떻게 그럴 수가 있습니까?!"

진소는 더 이상 말을 잇지 못하고 얼굴을 감싸며 뒤로 물러나 기둥에 기대더니 구역질을 했다.

진소는 내장이 다 튀어나올 것처럼 고통스럽게 토했다. 그녀의 격렬한 반응을 보고 위무선은 어안이 벙벙해 '조금 전에도 안에서 토하고 있었나 보군. 도대체 저 편지에 뭐가 쓰여 있는 거지? 금광요가 사람을 죽이고 토막을 냈다고? 하지만 금광요가 사일지정에서 사람을 많이 죽인 건 누구나 다 아는 사실이고, 그녀의 아버지가 죽인 사람도 적지 않은데. 모현우 일인가? 아니야, 금광요는 절대 모현우와 어떤 관계를 맺었을 리가 없어. 모현우가 금린대에서 쫓겨난 것은 금광요가 꾸민 짓인지도 몰라. 뭐가 됐든 구역질을 할 정도로 저렇게 격렬하게 반응하긴 어려운데.' 하고 생각했다. 위무선은 진소를 잘 몰랐지만, 둘 다 세가 자제라 예전에 몇 번 본 적이 있었다. 진소는 진창업이 애지중지하는 귀한 딸로 성격은 순진했지만 부유한 생활을 하며 가정교육을 잘 받아 이렇게 가슴을 쥐어뜯으며 실성한 것 같은 모습을 보인 적이 없었다. 정말 뭔가 단단히 잘못된 것이 틀림없었다.

금광요는 진소가 구토하는 소리를 들으며 바닥에 떨어진 종이를 주워서 들고 있던 등잔에 갖다 대 천천히 태웠다.

재가 하나둘 바닥에 떨어지는 것을 보면서 그가 약간 상심한 듯이 말했다.

"아소, 우리가 부부가 된 뒤 늘 서로를 손님처럼 공경하며 금슬이 좋지 않았느냐. 나는 남편으로서 네게 최선을 다했다고 생각하는데, 네가 이러면 참으로 마음이 아프구나."

진소는 구역질이 끝나자 바닥에 엎드려 흐느꼈다.

"잘해주셨지요…… 잘해주셨지만…… 하지만 저는…… 차라리 당신을 몰랐으면! 어쩐지 당신 그때부터…… 그때부터……, 다시는……. 그런 짓을 할 거면 차라리 나를 죽이지!"

"아소, 이 일을 몰랐을 때는 서로 잘 지내지 않았느냐? 알았다고 이제 와 구역질을 하는 건 맞지 않아. 기분은 조금 상하겠지만 네게 영향을 줄 정도로 큰일은 아니야."

"……사실대로 말하세요. 아송……, 아송은 어떻게 죽은 거지요?"

진소가 고개를 저으며 잿빛이 된 얼굴로 말했다.

아송은 누구지?

"아송? 그걸 왜 나에게 묻지? 이미 알고 있는 사실 아닌가? 아송은 살해당했지 않느냐. 아송을 살해한 사람은 내가 이미 처리해 아송의 원한을 갚았고. 갑자기 그 이야기는 왜 꺼내는 거지?"

"압니다. 하지만 지금은 제가 알고 있었던 게 다 거짓이 아닐까 의심스러워요."

"아소, 지금 무슨 생각을 하는 것이냐? 아송은 내 아들인데 넌 내가 무슨 짓을 했다고 생각하는 거지? 정체불명의 의심스러운 편지는 믿고 나는 못 믿겠다는 것이냐?"

금광요가 피곤한 기색을 보이며 물었다.

"바로 당신 아들이니까 무섭다는 겁니다! 제가 당신이 무슨 짓을 했다고 생각하느냐고요? 그런 짓까지 하는 사람이 무슨 짓은 더 못하겠어요?! 그런데 나더러 당신을 믿으라고! 맙소사!"

진소는 무너지면서 자기 머리칼을 쥐어뜯으며 소리쳤다.

"터무니없는 망념은 그만둬라. 오늘 누구를 만났느냐? 누가 이 편지를 줬지?"

"당신…… 당신 어쩔 셈이죠?"

진소가 머리칼을 잡으며 말했다.

"그자가 네게 말한 것을 보면 다른 사람에게도 말하겠지. 편지를 한 통 썼으면 두 통, 세 통, 더 많이도 쓸 테고. 이 일이 폭로되도록 놔둘 것이냐? 아소, 부탁하마. 옛정을 생각해서라도 이 편지를 준 사람이 지금 어디 있는지 말해다오. 네게 이 편지를 보게 한 사람이 누구지?"

누구냐고? 위무선도 도대체 누구인지 진소가 말하는 걸 듣고 싶었다. 선독 부인에게 접근해 신임을 얻을 수 있는 사람, 금광요가 다른 사람에게 말할 수 없는 비밀을 꿰뚫고 있는 사람 말이다. 편지 내용은 단순히 살인 방화 같은 사건이 아닌 게 분명했다. 진소의 속을 뒤집고, 공포로 구토까지 하게 만들고, 두 사람뿐인 상황에서도 입에 올리지도 못하고, 질문조차 똑바로 할 수 없는 사건이었다. 하지만 진소가 편지를 준 사람을 솔직하게 말하는 것은 어리석은 짓이었다. 일단 말하면 금광요는 수단과 방법을 가리지 않고 그 사람은 물론 진소의 입도 막아버릴 것이기 때문이다.

천진하고 세상 물정 모르고 심지어 조금 맹하기까지 한 진소였지만, 이제 더는 금광요를 믿지 않았다. 진소는 탁자 옆에 단정하게 앉아 있는 만인지상의 선독이자 자신의 남편인 금광요를 응시했다. 이런 순간에도 그는 그림 같은 용모에 한결같이 조용하고 차분한 표정이었다. 금광요가 일어나 진소를 부축하려고 하자 진소가 그의 손을 뿌리치고 엎드려 다시 격하게 마른 구역질을 했다.

금광요가 미간을 찌푸렸다.

"내가 정말 그렇게 역겨운 것이냐?"

"당신은 사람이 아니야……. 당신은 미쳤어!"

진소를 바라보는 금광요의 눈빛이 슬프고 따뜻했다.

"아소, 그때 나는 정말 다른 길이 없었어. 평생 그대가 그 일을 모르게 하려고 했는데 이 편지가 다 망쳐놓았구나. 그대가 나를 더럽고 역겹다고 생각하는 건 괜찮아. 하지만 이 일이 밖으로 알려지면 그대는 내 아내인데 사람들이 뭐라고 할까, 그대를 어떻게 보겠어?"

"그만, 그만하세요. 그만 입 다물라고요! 당신을 모르고, 당신과 관계가 없었던 때로 돌아가고 싶어요! 왜 제게 접근한 거예요?!"

진소가 머리를 감싸며 물었다.

긴 침묵 끝에 금광요가 입을 열었다.

"지금 내가 무슨 말을 하든 그대가 믿지 않을 걸 잘 알지만, 그때 나는 진심이었어."

"……아직도 입에 발린 말을 하십니까!"

진소가 흐느꼈다.

"내 말은 사실이야. 나는 그대가 한 번도 내 출신과 내 어머니에 대해 언급하지 않은 것을 늘 기억하고 평생 감사했어. 그대를 존경하고 아끼고 사랑해. 하지만 당신이 알아야 할 건 다른 사람이 아송을 해치지 않아도 아송은 반드시 죽었을 거라는 것이야. 아송은 죽을 수밖에 없었어. 아송이 자라면 당신과 나는……."

아들 이야기가 나오자 진소는 더는 참지 못하고 금광요의 뺨을 갈겼다.

"그 모든 걸 누가 꾸민 겁니까?! 당신은 그 자리를 위해 못 할 게 뭔데요?!"

금광요는 피하지 않고 따귀를 맞았다. 하얀 얼굴에 빨갛게 손자국이 나타났다.

"아소, 정말 말 안 할 것이냐?"

금광요가 잠시 눈을 감았다 뜨며 물었다.

"……말하면, 그들을 다 죽이려고요?"

진소가 고개를 저으며 말했다.

"무슨 말을 하는 것이냐? 몸이 안 좋아 판단력이 흐려진 모양이구나. 장인어른께서 휴양을 떠나셨으니 그대도 곁으로 가는 게 좋겠어. 우리 서둘러 이 일을 마무리하자꾸나. 밖에 손님도 많고 내일은 청담회도 있지 않느냐."

금광요가 말했다.

이런 상황에서도 손님과 내일 열릴 청담회를 걱정하다니!

금광요는 말로는 진소에게 휴양을 보내준다고 하면서 손으로는 진소의 저항에도 아랑곳하지 않고 그녀를 부축해 일으켰다. 그가 무슨 짓을 했는지 진소가 마비되어 축 늘어졌다. 금광요는 태연하게 자기 아내를 부축해 겹겹으로 쳐진 휘장 안으로 끌고 들어갔다. 위무선은 탁자 아래서 천천히 빠져나와 따라 들어갔다. 금광요가 바닥까지 닿은 청동 거울에 손을 대자 물에 손을 담그는 것처럼 손가락이 거울 속으로 쑥 들어갔다. 진소가 놀란 듯이 두 눈을 커다랗게 뜨고 눈물을 흘리면서 남편이 자신을 거울 속에 끌어넣는 것을 보고도 소리치지 못했다. 위무선은 저 거울은 금광요 본인만 열 수 있어 이 기회를 놓치면 다신 못 들어가리라고 판단했다. 그는 대충 시간을 계산한 다음 재빨리 뛰어 들어갔다.

청동 거울 뒤에는 밀실이 있었다. 금광요가 들어가자 벽에 있던 등잔에 저절로 불이 붙었다. 은은한 불빛이 사방을 비추자 형태가 다른 진열장이 보였다. 진열장 안에는 서책과 족자, 보석과 병기 등이 놓여 있었다. 거무스름한 쇠고리, 뾰족한 작살, 은색 갈고리 등 독특한 형태가 보기만 해도 무시무시했다. 위무선은 이것들 대부분을 금광요가 직접 만들었을 것이라고 생각했다.

기산 온씨 가주 온약한은 성격이 잔인하고 변덕스럽고 탐욕스러워 죄인을 괴롭히는 것을 낙으로 삼았다. 당시 금광요는 그의 비위를 맞추기 위해 잔인하면서도 흥미로운 고문 도구를 다양하게 만들어 온약한의 눈에 들었고 지위가 점점 높아져 그의 심복이 되었다.

선문 세가의 집은 어디나 밀실 몇 개 정도는 있었기 때문에 방비 전에 이런 곳이 있어도 전혀 이상할 게 없었다.

밀실에는 책상 말고도 사람이 누울 수 있는 검고 차가운 긴 철제 탁자가 있었다. 탁자 위에 굳은 검은색 흔적이 있는 것 같았다. 위무선은 '저 철제 탁자는 사람을 죽여 토막 내는 데 아주 적합하겠는데.'라고 생각했다.

금광요는 철제 탁자에 진소를 잘 눕히고 사색이 된 진소의 엉클어진 머리칼을 정리하며 말했다.

"두려워하지 말거라. 이 모습으로는 밖에 나가기 힘들어. 요 며칠은 사람이 많으니 잘 쉬고 있어. 그게 누군지만 말하면 돌아올 수 있단다. 말할 준비가 되면 고개만 끄덕이면 돼. 전신의 경락을 다 봉한 건 아니니까 고개를 까닥이는 정도는 할 수 있을 것이야."

진소의 눈동자는 여전히 부드럽고 자상한 남편을 향했지만, 눈에는 공포와 고통, 절망이 가득했다.

바로 그때 위무선은 진열장 한쪽 칸에 발이 쳐 있는 것을 발견했다. 그 발에는 선홍색으로 된 주문이 가득 그려져 있었다. 그것은 거칠고 강력한 봉금문(封禁紋)이었다.

종이 사람은 벽에 찰싹 붙어 천천히 위로 올라갔다. 조금씩 조금씩 매우 느리게 움직였다. 금광요는 여전히 온화한 목소리로 진소에게 말하다가 갑자기, 뭔가를 느꼈는지 경계하며 고개를 휙 돌렸다.

밀실에는 금광요와 진소 외에 아무도 없었다. 금광요는 일어나 바닥에서 위까지 찬찬히 살피며 이상한 점이 없다는 것을 확인하고 나서야 제자리로 돌아갔다.

금광요는 당연히 눈치채지 못했다. 방금 금광요가 고개를 돌렸을 때 위무선은 서책 앞으로 이동한 상태였다. 위무선은 금광요의 목이 약간 움직이자 서책으로 쏙 들어갔다. 그러자 눈이 앞뒤 두 장의 책장에 찰싹 달라붙게 되었다. 금광요는 경계심이 대단했지만, 책을 펼쳐서 안까지 살펴볼 정도는 아니었다.

위무선은 눈앞의 글자체가 매우 낯이 익었다. 자세히 보려고 한참을 애쓴 뒤 위무선은 속으로 욕을 했다. 어떻게 낯이 안 익겠는가, 이건 자신의 글씨였다!

위무선의 글씨에 대해 강풍면은 "거칠고 허술하지만 비범한 자질이 있다."라고 평가했다. 이것은 분명 자신의 필체였다. 다시 자세히 보니 '……탈사와 다르고……' '……복수……' '……강제 계약……' 같은 말이 있었다. 손상되고 모호한 곳도 있었지만, 자신의 친필 원고가 분명했다. 이 책은 과거 여기저기에서 수집해 정리한 내용에 생각을 써넣은 헌사 금술에 관한 것이었다.

당시 위무선은 이런 원고를 많이 썼다. 손 가는 대로 써서 잠을 잤던 이릉 난장강 동굴에 그냥 놔두었다. 위무선의 친필 원고는 전쟁 중에 소각되거나 일부는 패검처럼 전리품으로 소장되었다.

모현우가 어디서 금술을 배웠나 했더니 여기에 그 해답이 있었다.

손상된 원고지만 위무선은 금광요가 아무에게나 이런 물건을 보여줄 자가 아니라고 생각했다. 보아하니 금광요와 모현우는 그런 관계까지는 아니지만 거의 비슷한 관계였던 게 분명했다.

이런 생각을 하고 있는데 금광요의 목소리가 들려왔다.

"아소, 시간이 다 됐다. 난 이만 나가봐야겠구나. 나중에 다시 오마."

자신이 쓴 책에서 조금씩 빠져나오고 있던 위무선은 금광요의 말에 다시 잽싸게 책 속으로 들어갔다. 그리고 이번에 위무선이 본 것은 친필 원고가 아니라 두 장의…… 가옥 매매서와 토지 계약서 같았다.

가옥 매매서와 토지 계약서에 무슨 특별한 게 있다고 이릉노조의 친필 원고와 같이 보관했는지 이상했다. 읽어보니 정말 특별한 구석이라고는 없는 평범한 가옥 매매서와 토지 계약서였다. 암호 같은 것도 없는 종이가 누렇게 바래고 먹물 흔적도 있는 일반적인 문서였다. 그러나 위무선은 금광요가 아무 의미가 없는 물건을 이곳에 보관했을 리는 없다고 생각해 주소지인 운몽 운평성을 기억해 두고 나중에 기회가 있으면 가봐야겠다고 생각했다. 그곳에 가면 뭔가를 찾을 수 있을지도 몰랐다.

한참 동안 밖에서 아무 소리도 들리지 않자 위무선은 그제야 벽에 붙어 위로 올라가 마침내 봉금 주문이 가득한 발로 가려진 칸에 도착했다. 하지만 위무선이 그 칸에 있는 게 뭔지 파악하기도 전에 갑자기 눈앞이 확 밝아졌다.

금광요가 다가와 발을 거둔 것이다.

그 순간 위무선은 들킨 줄 알았다. 하지만 발을 통해 약한 불빛이 들어오는 것을 보고 자신이 그늘에 가려졌다는 것을 깨달았다. 앞에 있는 동그란 무언가가 위무선을 딱 가리고 있었다.

금광요는 꼼짝도 하지 않는 것이 마치 진열장에 놓인 것과 마주 보고 있는 것 같았다.

잠시 뒤 금광요가 입을 열었다.

"방금 절 지켜보던 건 당신이었습니까?"

물론 대답은 없었다. 침묵이 이어지다 금광요가 발을 내렸다.

위무선은 조용히 이 물건에 붙어 있었다. 차갑고 딱딱한 것이 투구 같았다. 위무선이 앞으로 몸을 돌리자 창백한 얼굴이 나타났다. 이 머리를 봉인한 사람은 머리가 보지도 듣지도 말하지도 못하게 하려고 창백한 피부에 주문을 빽빽하게 써놓고 두 눈과 귀를 꽉 막아놓았다.

'존함은 익히 들었습니다, 적봉존.'

위무선이 속으로 말했다.

섭명결의 시신 마지막 부분인 머리가 금광요에게 있었다.

과거 사일지정에서 벼락같은 기세로 적을 물리쳐 대적할 자가 없었던 적봉존 섭명결이 이런 은밀한 밀실에 겹겹이 봉인되어 있었다.

위무선이 적봉존 머리의 봉인을 해제하기만 하면 적봉존의 몸 조각들이 머리에 감응해 알아서 찾아올 것이었다. 위무선이 머리의 봉인을 자세히 살피면서 어떻게 해야 할지 생각하고 있는데 갑자기 강한 기운이 끼쳐왔다. 얇은 종이 사람의 몸이 앞뒤로 흔들리더니 섭명결의 이마에 탁 달라붙었다.

금린대 어느 손님방에서 남망기가 위무선 옆에 앉아 그의 얼굴을 계속 살폈다. 한참을 바라보다가 손가락을 들어 자신의 입술을 살짝 만졌다.

아주 살짝, 방금 종이 인형이 부딪쳤던 것처럼 가볍게.

갑자기, 위무선의 두 손이 움찔하면서 주먹을 쥐었다. 남망기의 눈빛이 굳어지며 위무선을 품에 안고 얼굴을 들어서 살펴보았다. 위무선은 여전히 눈을 감고 있었지만, 미간을 찡그리고 있었다.

밀실의 위무선은 어떤 반응도 할 수 없었다. 죽은 자가 원념이 너무 강하면 자신의 증오와 원념을 사방으로 발산하고 그것이 다른 사람에게까지 닿아 그 기분을 전염시킨다. 귀신의 농간도 이런 식으로 일어나는 것이다. 사실 이것이 공정(共情)의 원리이기도 하다. 이때 위무선에게 육신이 있었다면 육신이 방어막이 되어 원하지 않는 한은 원기가 침입하지 못했을 것이다. 그러나 지금 위무선은 얇은 종이에 불과해 방어막이 약하고 거리도 너무 가까워 섭명결의 강한 원념을 당해내지 못하고 잠시 방심한 사이에 침입당하고 만 것이다. 큰일 났다고 생각한 찰나 피 냄새가 진동했다.

위무선은 실로 오랜만에 이렇게 진한 피비린내를 맡았다. 순식간에 뼛속에서 뭔가가 펄떡거리며 깨어났다. 눈을 뜨자 도광(刀光)이 번쩍하더니 피 그림자가 비치면서 머리가 하늘로 날아가고 몸이 바닥으로 쿵 하고 쓰러졌다.

머리와 몸이 분리된 사람의 옷에 이글거리는 태양 문양인 염양열염(炎陽烈焰)이 새겨져 있었다. 위무선은 '자신'이 도(刀)를 칼집에 넣으며 낮고 묵직한 목소리로 말하는 것을 들었다.

"머리는 매달아 온씨 개들에게 보여라."

"예!"

뒤에서 누군가 소리쳤다.

위무선은 참수당한 자가 누군지 알아봤다.

기산 온씨 가주 온약한의 맏아들 온욱이었다. 그는 하간에서 섭명결에게 참수당했고 머리는 진 앞에 매달려 전시됐다. 분노한 섭가 수사들이 온욱의 시체를 갈가리 찢어 짓이겨 땅에 발라버렸다.

섭명결은 땅 위에 널린 시신들을 훑고 발로 차면서 손으로 도의 자루를 누르며 천천히 사방을 둘러보았다.

지난번 아천에게 공정했을 때는 아천이 키가 작아 시야도 낮았지만, 적봉존은 키가 커서 평소 자신의 시야보다 훨씬 높았다. 주위를 둘러보니 사상자가 많았다. 염양열염포를 입은 사람, 청하 섭씨 문양이 새겨진 옷을 입은 사람, 아무 문양이 없는 옷을 입은 사람이 거의 3분의 1씩을 차지했다. 피비린내가 하늘을 찔렀다. 주변을 훑으며 발걸음을 옮기는 것이 살아 있는 온씨 가문 수사가 있는지 살피는 것 같았다. 그때 한 기와집에서 콜록거리는 소리가 났다. 섭명결이 장도를 휘두르자 세찬 바람이 일며 기와집 문이 쪼개지고 그 뒤에서 깜짝 놀라 덜덜 떨고 있는 모녀가 나타났다. 기와집은 낡고 허름했고 방 안에는 물건도 별로 없었다. 모녀는 탁자 아래 겨우 숨어 서로를 꼭 끌어안고 큰소리조차 내지 못했다. 젊은 부인은 피투성이의 살기등등한 사내가 나타나자 와락 눈물을 쏟았고 품에 안긴 아이는 놀라 입을 딱 벌리고 있었다.

그들이 미처 도망가지 못한 평민이라고 생각한 섭명결이 찌푸렸던 미간을 조금 풀었다. 마침 뒤에 있던 부하가 달려와 무슨 상황인가 싶어 물었다.

"종주님?"

잘 살고 있던 모녀는 어느 날 갑자기 수선(修仙)하는 사람들이 몰려와서 살육을 저지르자 도대체 어느 쪽이 좋고 나쁜지 알 수가 없었다. 그런데 이제 칼을 든 사람이 나타났으니 꼼짝없이 죽겠구나 싶어 낯빛이 창백해지고 공포와 두려움이 몰려왔다. 섭명결은 그들을 보고 살기를 거두며 말했다.

"별일 아니다."

섭명결은 도를 쥔 손을 내리고 한쪽으로 물러났다. 젊은 부인은 딸을 안고 바닥에 털썩 주저앉았고 한참 뒤에야 작은 소리로 훌쩍이기 시작했다.

몇 걸음 가던 섭명결이 멈춰서더니 뒤따라오던 부하에게 물었다.

"지난번 전장을 정리할 때 마지막까지 남았던 수사가 누구였나?"

"마지막까지 남은 수사요? 그건…… 잘 모르겠습니다……."

예상치 못한 질문에 당황한 부하가 말했다.

"생각나거든 내게 알려라."

섭명결이 미간을 찌푸리며 말했다.

섭명결은 앞으로 걸어갔고 그 수사는 재빨리 다른 사람에게 물으러 갔다. 얼마 뒤 수사가 달려와 말했다.

"종주님! 알아냈습니다. 지난번 전장에 끝까지 남아 정리한 자는 맹요라고 합니다."

이름을 들은 섭명결은 놀란 듯 눈썹을 약간 찡긋했다.

위무선은 그 이유를 알았다. 금광요가 가문에서 받아들여지기 전까지 어머니 성을 써서 맹요라고 불렸던 것은 비밀이 아니었다. 게다가 이 이름은 한때 '명성이 자자'했다.

지금은 금린대 꼭대기에서 천하를 호령하는 염방존 금광요가 처음 금린대에 왔을 때 어떤 대접을 받았는지 직접 본 사람은 몇 명 없지만, 당시 상황은 매우 자세하게 전해졌다. 금광요의 어머니는 운몽의 한 기루의 유명인사로, 기녀 가운데 으뜸이라고 불렸다. 고금도 잘 타고 글씨도 잘 썼으며 교양 있고 사리에 밝아 대갓집 규수보다 나았다. 물론 아무리 나아도 창기는 창기였다. 운몽을 지나던 금광선이 당시 한창 이름을 날리던 명기를 그냥 지나칠 리가 없었다. 금광선은 맹씨에게 푹 빠져 며칠을 함께 보냈고 증표 하나만 남기고 떠났다. 떠난 뒤에는 당연히 이 여인을 까맣게 잊었다.

　이에 비하면 모현우와 그의 어머니한테는 특별히 호의를 보여준 것이었다. 적어도 나중에 이 아들을 기억하고 금린대로 불러들였으니 말이다. 하지만 맹요에게는 그런 행운이 주어지지 않았다. 창기의 아들은 양가의 자식과 비교가 되지 않았다. 맹씨는 혼자 금광선의 아들을 낳았고 모현우 모자처럼 금광선이 돌아와 자신과 아이를 데리고 갈 날을 손꼽아 기다렸다. 그러면서 맹씨는 앞으로 아들이 선문에 들어갈 수 있도록 열심히 교육했다. 그러나 아들이 열 살이 넘도록 아버지에게서는 전혀 소식이 없었고 맹씨는 병에 걸려 위독해졌다.

　임종 전, 맹씨는 아들에게 금광선이 남긴 증표를 주며 금린대에 찾아가 앞날을 도모하라고 말했다. 그래서 맹요는 짐을 싸서 운몽을 떠났다. 산 넘고 물 건너 난릉 금린대에 도착했지만, 문전박대당했다. 맹요는 증표를 내보이며 금광선에게 통보해달라고 청했다.

　금광선이 준 증표는 진주 단추였다. 이것은 난릉 금씨에게 그리 귀중한 물건이 아니었다. 금광선이 외도한 여인에게 주는 용도로

226　마도조사 2

가장 많이 쓰였다. 그는 이 아름답고 작은 물건을 여인에게 주면서 사랑을 맹세했다. 내키는 대로 주고, 주고는 잊었다.

맹요가 온 시점도 좋지 않았다. 그날은 마침 금자헌의 생일이었다. 금광선과 금 부인은 소중한 아들을 위해 생일잔치를 준비하고 있었고 가문 사람들과 친척도 많이 와 있었다. 세 시진이 지나 해가 지고 어두워지자 금광선과 가족들이 복을 기원하는 풍등을 날리려고 문을 나서는데 그제야 가노가 달려와 이 사실을 알렸다. 진주 단추를 본 금 부인은 지난날 금광선의 갖가지 행태가 떠올라 얼굴이 어두워졌다. 금광선은 황급히 진주를 부수고 가노를 꾸짖으면서 자신들이 외출할 때 마주치지 않도록 밖에 있는 자를 당장 쫓아내라고 했다.

그래서, 맹요는 금린대에서 걷어차여 맨 위에서 아래까지 굴러떨어졌다.

일어난 금광요는 말없이 이마에 흐르는 피를 쓱 닦아내고 옷에 묻은 먼지를 툭툭 털어내더니 행랑을 지고 그냥 떠났다.

사일지정이 시작된 뒤 맹요는 청하 섭씨 문하로 들어갔다.

섭명결이 지휘하는 청하 섭씨의 본가 수사와 소집에 응한 운유 수사가 몇 곳에 나뉘어 주둔했다. 그중 한 곳이 하간의 한 산맥이었다. 섭명결이 산에 올라가다가 저 멀리서 무명 적삼을 입은 소년이 대나무 통을 들고 숲에서 나오는 것을 보았다.

소년은 방금 물을 길어 온 모양으로 약간 피곤해 보이는 걸음새로 동굴에 들어가려다가 멈췄다. 그는 동굴 밖에 서서 가만히 듣더니 들어갈까 말까 망설이다가 결국 대나무 통을 들고 조용히 다른 방향으로 걸어갔다.

한참 걷던 그는 적당한 곳을 찾아 웅크리고 앉아 품에서 마른 식량을 꺼내 물과 함께 천천히 먹었다.

섭명결이 그에게 다가갔다. 집중해 먹고 있던 소년은 갑자기 거대한 그림자가 덮치자 고개를 들어서 보더니 다급히 먹던 것을 멈추고 일어났다.

"섭 종주님."

작은 체격에 하얀 얼굴, 진한 눈썹이 호감형에 귀여운 인상인 금광요였다. 당시는 금광선의 자식으로 인정받지 못하던 때여서 미간에 단사가 없었다. 섭명결은 그의 얼굴을 기억하고 있었다.

"맹요?"

"예."

맹요가 공손하게 대답했다.

"왜 다른 사람들처럼 동굴에서 쉬지 않느냐?"

섭명결이 물었다.

맹요는 무슨 말을 해야 할지 조금 난처하다는 듯이 웃었다. 보아하니 섭명결이 그를 지나 동굴로 가려는 듯했다. 맹요는 섭명결을 잡고 싶은 듯했지만, 감히 잡지 못했다. 섭명결은 곧장 동굴로 향했다. 안에 있던 사람들은 전혀 알아차리지 못하고 신나게 떠들었다.

"······맞아, 바로 그야."

"그럴 리가! 금광선의 아들이라고? 금광선 아들이 우리와 같이 있다니 말이 돼? 왜 자기 아버지를 안 찾아가? 손가락 하나만 까딱해도 이렇게 고생할 필요 없을 텐데."

"그리고 왜 돌아가고 싶지 않겠어? 증표를 들고 운몽에서 난릉까지 찾아온 게 다 아버지를 찾으려고 한 게 아니겠어?"

"근데 그가 계산을 잘못했지. 금광선 부인이 얼마나 대단한데."

"내가 말했잖아. 금광선이 밖에서 난 자식이 적어도 열둘은 될 텐데, 그가 인정한 거 봤어? 그렇게 소란을 피웠으니 자업자득이지."

"이런, 바라선 안 되는 걸 바랐군. 발길질 당해 머리가 터지고 피가 나도 누굴 원망해? 누구도 원망할 수 없지. 자기가 자초한 일인걸."

"멍청하긴! 금자헌이 있는데 금광선이 다른 아들을 쳐다나 보겠어? 게다가 누구랑 굴러먹었을지 모를 창기 소생이라 누구 씨인지 귀신이나 알 텐데. 금광선도 미심쩍어서 인정하지 않은 거라고 봐! 하하하……."

"그럴 리가! 내 생각엔 그는 자기가 어떤 여자랑 그랬는지도 전혀 기억하지 못 하는 것 같은데."

"금광선의 자식이 운명을 받아들여 우리에게 물을 길어다 준다고 생각하니 갑자기 기분이 좋아지는 걸, 하하하……."

"운명을 받아들이기는 무슨, 최선을 다해 보여주려고 하는데. 애쓰는 거 안 보여? 하루 종일 이것저것 부지런히 하잖아. 자기 아버지한테 인정받아 돌아가길 눈이 빠지게 기다리면서 말이야."

섭명결의 가슴에서 노기가 훅 치미는 것이 위무선의 가슴까지 전해졌다.

섭명결이 도의 자루를 세게 누르자 맹요가 황급하게 손을 뻗어 막으려고 했지만, 막지 못했다. 도가 이미 칼집에서 튀어나왔고 동굴 앞에 있던 암석이 쾅 하고 내려앉았다. 암석이 무너지는 소리에 안에서 쉬고 있던 수사 수십 명이 깜짝 놀라 일어나며 검을 뽑아 들자 손에 들고 있던 물통이 탁 하고 떨어졌다.

"남이 떠다 주는 물을 마시면서 악한 말을 내뱉다니! 온씨 개들을 척살하려고 온 게 아니라 다른 사람 욕이나 하러 온 것이더냐?!"

섭명결이 벼락같이 소리쳤다.

동굴 안이 소란스러워졌다. 적봉존은 변명하면 할수록 더 화낸다는 것을 잘 알고 있었기 때문에 오늘은 처벌을 피할 수 없다고 각오하고 순순히 잘못을 인정하는 수밖에 없었다. 아무도 선뜻 입을 열지 못했다. 섭명결은 냉소를 짓고는 안으로 들어가지도 않고 맹요에게 말했다.

"너는 나를 따라오너라."

섭명결은 몸을 돌려 산 아래로 내려갔고 맹요가 그 뒤를 따랐다. 두 사람은 한참을 걸었다. 맹요는 고개를 점점 아래로 떨구고 발걸음도 무거워졌다.

한참 뒤에야 맹요가 입을 열었다.

"감사합니다, 종주님."

"사내대장부는 바르게 행동하고 곧게 서야 한다. 저런 시시한 자들의 한심한 말은 신경 쓰지 마라."

섭명결이 말했다.

"예."

맹요가 고개를 끄덕였다.

대답은 했지만, 맹요의 얼굴엔 여전히 수심이 가득했다. 섭명결이 나서준 덕에 오늘은 괜찮았지만, 앞으로 수사들이 백배로 돌려줄 텐데 어떻게 걱정이 안 되겠는가.

"저들이 네 뒤에서 쓸데없는 소리를 할수록 너는 저들이 할 말이 없게 만들어야 한다. 네가 출전하는 것을 봤다. 언제나 맨 앞에 서고 늘 마지막까지 남아서 백성들을 살피고 정리하더구나. 잘했다,

앞으로도 계속 그렇게 하거라."

섭명결의 말에 맹요는 놀라 고개를 조금 들었다.

"네 검은 민첩하고 날렵하지만, 충분히 다져지지 않았다. 앞으로 더 수련해야 한다."

섭명결이 다시 말했다.

이것은 솔직한 독려였다.

"지도해주셔서 감사합니다, 종주님."

맹요가 재빨리 말했다.

위무선은 그가 아무리 수련해도 경지에 오르지는 못할 것을 알았다. 금광요는 일반적인 세가 자제와 비교할 수 없었다. 기본기가 너무 약해서 비약적으로 발전하기 어려웠다. 그래서 그는 깊이와 정교함이 아니라 넓고 다양한 것을 추구할 수밖에 없었다. 바로 이것이 금광요가 백가의 장점을 종합하고 각 가문의 절기(絶技)를 섭렵한 이유고, 한때 '기술 도둑'이라고 비난받았던 이유기도 하다.

하간은 사일지정의 요지였고 섭명결의 주요 전장이었다. 기산 온씨의 측면을 철옹성처럼 막아 그들이 동쪽을 침범하고 남쪽으로 내려가지 못하게 막았다. 청하 섭씨와 기산 온씨는 원래도 원한이 깊었다. 계속 참고 있다가 전쟁이 터지자 양쪽 모두 폭발해 크고 작은 전투가 수도 없이 벌어졌다. 전투가 벌어지면 한쪽이 다 죽을 때까지 계속되어 하간 일대 백성들은 고통이 이만저만이 아니었다. 기산 온씨는 당연히 아랑곳하지 않았지만, 청하 섭씨는 그럴 수가 없었다.

이런 상황에서 전투가 끝날 때마다 전장을 정리하고 백성들을 잘 다독이는 맹요가 섭명결의 신임을 받은 것은 어쩌면 당연한 일이었다. 몇 차례 전투 이후 섭명결은 그를 자기 곁으로 불러 부사에 임명했다. 맹요도 기회를 놓치지 않고 주어진 임무를 잘 완수했다. 이때의 금광요는 섭명결의 신임을 많이 받았다. 이후 섭명결에게 늘 심한 야단을 듣는 모습과는 전혀 달랐다. '염방존은 적봉존이 온다는 말만 들어도 잽싸게 도망간다.'라는 우스갯소리를 자주 들었던 위무선은 섭명결과 잘 지내고, 심지어 물 만난 물고기처럼 활약하는 맹요를 보자 매우 낯설었다.

어느 날, 하간 전장으로 손님이 찾아왔다.

사일지정에서 삼존(三尊)에 대한 미담과 좋은 평판이 많이 전해졌다. 적봉존 섭명결은 대적할 자가 없어 그가 지나는 곳에는 온씨의 개가 한 명도 살아남지 못했다. 택무군 남희신은 고소 일대의 형세가 안정되자 남계인에게 그곳을 지키도록 하고 외부로 지원하러 다니면서 도탄에 빠진 백성을 돌봤고, 잃어버린 땅을 되찾았으며, 위험에 빠진 사람을 수도 없이 구했다. 그래서 사람들은 그의 이름만 들어도 이제 살았다는 듯이 기뻐했다.

남희신은 다른 가문의 수사를 호송하며 하간을 지날 때마다 이곳을 환승지 삼아 잠시 쉬어갔다. 섭명결은 직접 남희신을 밝고 넓은 청당으로 안내했다. 몇몇 수사가 청당 앞에 앉아 있었다.

남희신과 남망기가 거의 똑같이 생겼다고 하지만, 위무선은 누가 누군지 한눈에 구별할 수 있었다. 하지만 이 얼굴을 보자 위무선은 움찔해서 '지금 내 몸이 어쩌고 있는지 모르겠네. 종이 사람에게 들어갔다가 원기에 급습을 당해서 육신에도 이상이 생긴 건 아니겠지? 남잠이 이상하다는 걸 눈치챘나 몰라.' 하고 생각했다.

상투적인 인사가 끝나자 섭명결 뒤에 서 있던 맹요가 두 사람에게 찻잔을 올렸다. 전장에서는 잡역부나 시녀가 있을 여유가 없었고 한 사람이 대여섯 명의 역할을 해야 했기 때문에 일상적이고 소소한 일은 부사인 맹요가 다 알아서 챙겼다. 몇몇 수사가 그의 얼굴을 알아보고 살짝 놀라며 안색이 변했다. 금광선의 '풍류 소식'은 언제나 빠르고 넓게 소문이 나서 맹요도 한동안 웃음거리가 되었고, 시간이 흘러도 알아보는 사람이 있었다. 창기의 자식은 불결하다고 생각했는지 수사들은 맹요가 두 손으로 올린 찻잔을 받고 마시지도 않고 한쪽에 내려놓았다. 그리고 고의든 아니든 새하얀 손수건을 꺼내 방금 찻잔을 만졌던 손가락을 계속 닦았다. 섭명결은 세심한 사람이 아니라 이런 사정을 눈치채지 못했지만, 위무선은 곁눈질로 전부 지켜봤다. 맹요는 보고도 못 본 척하며 웃는 얼굴로 계속 차를 올렸다. 찻잔을 받아든 남희신은 눈을 들어 그에게 미소를 지으며 말했다.

"고맙네."

그리고는 고개를 숙여 한 모금 마신 다음 섭명결과 계속 이야기를 나누었다. 이 모습에 옆에 있던 수사가 조금 불편한 기색을 보였다.

섭명결은 늘 엄숙하고 진지했지만 남희신 앞에서는 표정이 부드러워졌다.

"얼마나 머물 계획이지?"

"명결 형님이 계신 곳에서 하룻밤 머물고 내일 떠나 망기에게 합류할 생각입니다."

"어디로 가느냐?"

"강릉으로 갑니다."

"강릉은 아직 온씨 개들의 수중에 있지 않느냐."

섭명결이 눈썹을 찡그리며 말했다.

"이틀 전에 사라졌습니다. 지금은 운몽 강씨 수중에 있습니다."

남희신이 대답했다.

"섭 종주님은 아직 모르시나 봅니다. 운몽의 강 종주가 지금 그 일대에서 위세가 대단합니다."

한 가주가 말했다.

"어떻게 위세를 안 부릴 수가 있겠습니까? 위무선 한 명이 백만 대군을 대적하는데 뭐가 두렵겠습니까? 우리처럼 이렇게 목숨을 걸고 도망갈 필요 없이 한곳에서 자리를 잘 잡고 있는데 말입니다. 운이 정말……."

다른 누군가가 그 말이 조금 온당치 않다는 것을 눈치챘는지 다급하게 입을 열었다.

"아, 택무군과 함광군의 지원 정말 감사합니다. 두 분이 아니었으면 얼마나 많은 세가와 무구한 백성이 온씨 개들의 손에 희생당했을지 모릅니다."

"자네 동생이 그곳에 있나?"

섭명결이 물었다.

"초순에 떠났습니다."

남희신이 고개를 끄덕이며 말했다.

"자네 동생은 수련의 경지가 높으니 혼자만으로도 충분할 텐데 자네가 왜 가지?"

섭명결이 남망기를 칭찬하자 위무선은 은근히 좋아서 속으로 '적봉존. 사람 보는 눈이 있으십니다.' 하고 말했다.

"말하기 부끄럽습니다만, 운몽 강씨의 위 공자와 불쾌한 일이 생긴 것 같아 가봐야 할 것 같아서요."

남희신이 한숨을 내쉬었다.

"무슨?"

섭명결이 물었다.

"위무선이 너무 요사스럽고 이상한 방법을 써서 함광군이 그와 논쟁을 벌인 것 같습니다. 함광군이 위무선에게 시신을 욕보이고 잔인하게 살육하며 본성을 잃었다는 등의 말을 하며 호되게 야단 쳤다고 합니다. 하지만 그곳에서 전해지는 강릉 일전에 대한 소문 에서는 위무선이 신처럼 회자되고 있다고 하니 기회가 있다면 직 접 보고 싶습니다."

다른 사람이 말했다.

이 사람은 그래도 좋게 말한 편이었다. 조금 과장된 소문은 위무 선과 남망기가 전장에서 온씨 개들을 죽이면서 싸웠다는 설도 있 었다. 사실 그들은 소문처럼 물과 기름같이 못 섞이고 싫어하지는 않았지만, 다소 불쾌한 일이 있긴 했다. 그 시기 위무선은 날마다 곳곳에서 무덤을 팠다. 그런 그에게 남망기는 몸과 마음이 상하는 짓이고 정도(正途)가 아니라는 둥 듣기 싫은 소리를 해댔고 심지어 직접 막기까지 했다. 거의 날마다 온씨 개들과 전면전이나 기습전 을 벌였기 때문에 두 사람은 화와 포악함이 극에 달한 상태여서 불 쾌하게 헤어질 때도 있었다. 이제 와 이런 말을 들으니 먼 옛날이 야기 같았― 위무선은 돌연, 이건 옛날이야기 같은 게 아니라 정 말 옛날이야기라는 게 생각났다.

"함광군이 그럴 필요가 전혀 없다고 봅니다. 산 사람도 곧 죽게 생긴 마당에 죽은 사람의 시신까지 어떻게 챙깁니까?"

한 종주가 말했다.

"맞습니다. 비상시국이 아닙니까. 강 종주 말이 맞아요. 사악이라는 말이 나왔으니 말인데, 온씨 개들보다 더 사악한 무리가 어디 있습니까? 어쨌든 위무선은 우리 편이고, 죽는 건 온씨 개들인데."

다른 사람이 덧붙였다.

위무선은 속으로 '나중에 나를 포위했을 때는 그렇게 말하지 않았으면서.' 하고 말했다.

얼마 뒤, 남희신이 사람들과 일어나자 맹요가 그들을 휴식처로 안내했다. 섭명결은 자신의 방으로 돌아와 패도를 꺼내 들고 남희신을 찾아갔다.

들어가려던 섭명결은 안에서 들리는 소리에 걸음을 멈췄다.

"네가 명결 형님 밑에서 부사를 하고 있었구나."

남희신이 말했다.

"감사하게도 적봉존께서 발탁해주셨습니다."

맹요가 말했다.

"성격이 불같은 명결 형님 눈에 들어 발탁되었다니 쉽지 않은 일인데 말이다."

남희신이 웃으며 말했다.

"최근 난릉 금씨 금 종주가 랑야 일대에서 고전하면서 인재를 모집하고 있다고 한다."

남희신이 잠깐 뜸을 들이다 계속 말했다.

"택무군, 그 말씀은……."

맹요가 조금 놀란 듯 말했다.

"그렇게 거북해할 필요 없다. 난릉 금씨에서 자리를 얻어 아버지께 인정받고 싶다고 한 말 기억하고 있다. 이렇게 명결 형님 밑에서 실력을 발휘할 기반도 마련했고 말이다. 그 바람은 여전한 것이냐?"

남희신이 물었다.

맹요는 숨을 죽이고 한참을 조용히 있다가 대답했다.

"……여전합니다."

"내 생각도 그렇다."

"하지만 지금 저는 섭 종주님의 부사입니다. 섭 종주님께는 저를 알아봐 주신 은혜가 있습니다. 그래서 저는 하간을 떠날 수 없습니다."

"그렇긴 하구나. 네가 떠나고 싶다고 해도 말을 꺼내기 쉽지 않겠어. 하지만 네가 의견을 구하면 명결 형님은 네 선택을 존중해주실 거라 믿는다. 놔주지 않겠다고 하시면 내가 나서줄 수도 있다."

남희신이 망설이다가 말했다.

"내가 왜 못 가게 막지?"

섭명결이 문을 밀고 들어가며 말했다. 마주 앉아 진지하게 이야기하고 있던 남희신과 맹요가 약간 놀라더니 맹요가 벌떡 일어났다.

"앉아라."

맹요가 입을 열기 전에 섭명결이 먼저 말했다.

맹요는 움직이지 않았다.

"내일 추천서를 써주겠다."

섭명결이 다시 말했다.

"섭 종주님?"

"추천서를 들고 아버지를 찾아 랑야로 가거라."

"섭 종주님, 방금 이야기를 들으셨다면 제 말도 들으셨을……"

"너더러 무슨 은혜를 갚으라고 널 발탁한 것은 아니다. 능력이 충분하고 행동도 내 뜻에 부합해서 널 그 자리에 앉힌 것이지. 나에게 정말 보답하고 싶으면 전장에서 온씨 개들을 더 죽여라!"

섭명결이 맹요의 말을 자르며 말했다.

그 말에 언변이 뛰어난 맹요도 말문이 막혔다.

"이것 봐라. 명결 형님은 네 선택을 존중할 거라고 내가 말하지 않았느냐."

남희신이 웃으며 말했다.

"섭 종주님, 택무군…… 정말……."

맹요가 눈시울을 붉히며 말했다.

"……정말 뭐라고 말해야 할지 모르겠습니다."

맹요가 고개를 숙이며 말했다.

"무슨 말을 해야 할지 모르겠으면 하지 마라."

섭명결이 앉으며 말했다. 그러면서 손에 든 패도를 탁자 위에 올려놓았다.

"회상의 도가 아닙니까?"

남희신이 도를 보며 웃었다.

"그 아이가 자네 쪽에 있어 안전하다고는 하나, 수련을 게을리해서는 안 된다. 네가 사람들에게 시간 나면 회상을 좀 채근하라고 전해라. 다음에 만났을 때 회상의 도법과 심법을 살필 것이다."

"회상이 집에 놔두고 왔다고 핑계를 댔는데 이젠 게으름을 피울 핑계가 사라졌군요."

남희신이 도를 넣으며 말했다.

"그러고 보니, 어떻게, 두 사람은 예전에 만난 적이 있나?"

섭명결이 물었다.

"저는 택무군을 뵌 적이 있습니다."

맹요가 말했다.

"어디서? 언제?"

섭명결이 물었다.

"말하지 않는 게 좋겠습니다. 일생의 수치이니 명결 형님께서도 더 묻지 마시지요."

남희신이 웃으며 고개를 저었다.

"내 앞에서 무슨 망신을 겁내느냐. 맹요, 말해봐라."

섭명결이 말했다.

"택무군이 원하지 않으시니 저도 비밀을 지키겠습니다."

맹요가 말했다.

세 사람은 공식적인 일을 논의하다가 잡담을 하다가 하면서 방금 접견실에서보다 훨씬 허심탄회하게 이야기를 나누었다. 그들의 이야기를 들으니 위무선도 끼어들고 싶었지만 그럴 수 없어 속으로 '이때는 사이가 정말 좋았군. 택무군도 말을 잘하네. 그런데 남잠은 어떻게 그렇게 말주변이 없지? 하지만 말주변이 없고 입을 다물고 있는 것도 아주 좋아. 내가 말하고 그는 들으면서 '응' '응'만 하니 얼마나 좋아. 이건 뭐랄까⋯⋯.' 하고 생각했다.

며칠 뒤 맹요는 섭명결이 써준 추천서를 들고 하간을 떠나 랑야로 향했다.

그가 떠나자 섭명결은 부사를 바꿨다. 하지만 위무선은 바뀐 부사가 항상 반 박자 느린 듯한 느낌을 받았다. 맹요는 정말 얻기 힘든 민첩하고 영민한 인재였다. 그는 상관의 의중을 잘 파악해 세 개를 말하면 열 개를 깔끔하게 처리했다. 맹요에게 익숙해 있다가 다른 사람이 오니 비교하지 않을 수가 없었다.

얼마의 시간이 지났다. 힘겹게 랑야를 지탱하던 난릉 금씨가 곧 무너질 것 같았다. 마침 남희신은 다른 곳으로 지원을 나가 금광선은 하간의 섭명결에게 지원을 요청했다.

전투가 끝나자 금광선이 찾아와 감사 인사를 했다. 섭명결은 금광선과 몇 마디 나누다가 물었다.

"금 종주, 맹요는 요즘 무슨 일을 하고 있소?"

"맹요? 그…… 섭 종주께선 언짢아하지 마시오, 그게 누구요?"

금광선이 섭명결이 언급한 이름을 듣고 물었다.

섭명결은 미간을 확 찡그렸다. 예전에 맹요가 금린대에서 걷어차여 쫓겨난 일은 소문이 쫙 퍼진지 오래라 모두가 알고 있는데 당사자가 그 이름을 기억하지 못할 리 없었다. 낯짝이 조금 얇은 사람이라면 창피해 모른 척할 수가 없을 텐데 금광선은 낯짝이 그렇게 얇은 사람이 아니었다.

"맹요는 원래 내 부사였소. 내가 서신을 써주며 이곳으로 보냈소만."

섭명결이 냉랭하게 말했다.

"그렇소? 하지만 난 그런 서신을 받은 적도, 그런 자를 본 적도 없소. 이런, 섭 종주가 부사를 보냈다는 걸 진작 알았다면 잘 대접했을 터인데. 중간에 무슨 착오가 생긴 게 아니겠소?"

금광선은 계속 기억이 안 나며 그런 이름 들어본 적이 없다고 시치미를 뗐다. 섭명결의 표정이 점점 싸늘해졌다. 섭명결은 분명 이곳에 맹요의 행적이 있겠지 생각하고 인사하고 나왔다. 다른 수사들에게 물었지만, 아무 수확이 없었다. 섭명결은 여기저기 찾아다니면서 발길 닿는 대로 걷다가 작은 숲에 다다랐다.

숲은 매우 한적했고 방금 기습전이 벌어져 전장이 아직 정리가 안 된 상태였다. 섭명결은 길을 따라 걸었다. 길가에 온씨, 금씨와 몇몇 다른 가문의 복식을 한 수사의 시체가 있었다.

갑자기 앞쪽에서 피식하는 소리가 들렸다.

섭명결은 도에 손을 올리면서 조심스럽게 다가갔다. 숲을 가르고 잎을 걷자 맹요가 시체 더미 속 어떤 수사의 가슴에서 장검을 뽑는 모습이 보였다.

지극히 냉정한 표정으로, 민첩하고 안정적인 동작으로 신중하게 처리해 몸에 피 한 방울 튀지 않았다.

그 검은, 맹요의 검이 아니었다. 칼자루에 화염 모양의 철 장식이 있는 온씨 가문 수사의 검이었다.

검법도, 온씨의 검법이었다.

반면 그의 검에 죽은 사람은 금성설랑포를 입은— 난릉 금씨의 수사였다.

이 광경을 본 섭명결은 한마디도 하지 않았다. 도를 약간 뽑자 예리한 소리가 울렸다.

익숙한 소리에 맹요가 부르르 떨며 세차게 고개를 돌리고 혼비백산했다.

"……섭 종주님?"

섭명결은 칼집에서 장도를 뽑았다. 도는 눈처럼 반짝였지만, 날에 붉은빛이 약간 돌았다. 위무선은 그에게서 전해지는 불같은 분노와 실망, 통한의 정을 느꼈다.

맹요는 섭명결의 사람됨을 누구보다 잘 알았기에 즉시 검을 내던졌다.

"섭 종주님, 섭 종주님! 잠깐만요, 잠깐만 기다려주세요! 제 설명을 좀 들어주세요!"

"무슨 설명?!"

섭명결이 소리쳤다.

"어쩔 수 없었습니다. 어쩔 수 없었다고요!"

맹요가 허겁지겁 달려오며 말했다.

"뭐가 어쩔 수 없어?! 내가 너를 보내며 뭐라고 했느냐?!"

섭명결이 화를 냈다.

"섭 종주, 섭 종주, 제 말 좀 들어주세요! 전 난릉 금씨 휘하에 들어왔습니다. 저 사람은 제 상관입니다. 평소 그는 저를 무시하고 때리고 모욕을 주었습니다……."

맹요가 섭명결의 발밑에 엎드려 읍소했다.

"그래서 죽였다고?"

"아닙니다! 그것 때문이 아닙니다! 저는 그 어떤 모욕도 참을 수 있습니다. 때리고 욕하기만 했으면 제가 왜 못 참았겠습니까! 저는 온씨의 거점을 공격하기 위해 온갖 노력을 다했습니다. 피를 토해가며 계획을 짜고 전장에서도 용감하게 앞장서 싸웠습니다. 그런데 그는 제 전공을 자기 것으로 돌리고 저와는 전혀 관계없다고 말했습니다. 그런 적이 한두 번이 아닙니다. 매번, 늘 그랬습니다! 그에게 따졌지만, 전혀 통하지 않았습니다. 다른 사람에게 찾아가도 제 말을 들어주는 사람이 없었습니다. 방금 그는 제 어머니를 들먹이면서 제 어머니를……. 도저히 참을 수가 없어서 순간 정신이 나가 실수한 것입니다!"

맹요는 섭명결이 자신의 말이 끝나기도 전에 단칼에 벨까 봐 빠르게 말했다. 당황스러운 상황에서도 그는 저자가 얼마나 나쁜 사람이며 자기가 얼마나 무고한지 조리 있게 말했다. 섭명결이 맹요의 옷깃을 잡아 일으켰다.

"꾸며내지 마라!"

맹요가 몸서리를 쳤다. 섭명결은 맹요의 눈을 뚫어지게 쳐다보며 한 자 한 자 똑똑히 말했다.

"참을 수가 없어 순간 정신이 나가 실수했다고? 정신이 나간 사람이 그런 표정을 짓나? 방금 전투가 끝난 한적한 숲을 고르고? 온씨의 검으로 온씨의 검법을 사용해 온씨 개의 습격을 받은 것처럼 위장하나? 넌 분명 예전부터 계획을 짜고 계산해놓았을 것이다!"

"정말입니다! 정말 모두 사실이에요!"

맹요가 손을 들어 맹세했다.

"사실이라고 해도 그를 죽여서는 안 되지! 그깟 전공 때문에! 그런 헛된 명예가 그렇게 중요하단 말이냐?!"

섭명결이 분노했다.

"그깟 전공이라고요?"

맹요가 웅얼거렸다.

"……뭐가 그깟 전공입니까? 적봉존. 그깟 전공을 위해서 제가 얼마나 노력했는지 아십니까? 얼마나 많은 고생을 했는지 아시냐고요? 헛된 명예라고요? 그런 헛된 명예가 없으면 저에겐 아무것도 없단 말입니다!"

맹요가 떨리는 목소리로 말했다.

섭명결은 맹요가 눈물을 그렁대며 부들부들 떠는 모습과 방금 냉정하게 사람을 죽이던 모습이 강렬하게 대조되어 큰 충격을 받았고 그 장면이 지워지지 않았다.

"맹요, 하나만 묻겠다. 내가 너를 처음 봤을 때 굴욕당하는 모습을 일부러 보여주어 내가 나서게 한 거냐? 내가 나서지 않았으면 지금처럼 그들도 전부 죽었을 것이냐?"

맹요가 마른침을 삼키자 식은땀이 한 방울 흘러내렸다. 그가 입을 열려는 순간 섭명결이 소리쳤다.

"내 앞에서 거짓말할 생각하지 말고!"

맹요는 깜짝 놀라서 말을 삼키며 바닥에 엎어져 온몸을 덜덜 떨면서 오른손의 다섯 손가락으로 흙을 꽉 쥐었다.

한 참 뒤, 섭명결이 천천히 도를 집어넣었다.

"나는 너를 죽이지 않겠다."

맹요가 놀라 고개를 들었다.

"너 스스로 난릉 금씨에 가서 죄를 고백해라. 그리고 처벌을 내리면 달게 받아라."

섭명결이 다시 말했다.

"……적봉존, 저는 이 길을 포기할 수가 없습니다."

넋을 잃고 멍하니 있던 맹요가 입을 열었다.

"그 길은 잘못된 길이다."

"종주님, 그건 저에게 죽으라는 말입니다."

"네 말이 사실이라면 죽이진 않을 것이다. 가서 잘못을 뉘우치고 새롭게 시작해라."

"……제 부친은 아직 저를 보지 못했습니다."

맹요가 작은 소리로 말했다.

금광선은 그를 못 본 게 아니었다.

그저 맹요의 존재를 모른 척하는 것뿐이었다.

섭명결의 강압에 맹요는 결국 어렵게 "예." 하고 대답했다.

한참 침묵이 흐르다 섭명결이 말했다.

"일어나거라."

온몸의 힘이 다 빠진 것처럼 맹요는 멍한 표정으로 일어나 휘청휘청 몇 걸음 걸었다. 맹요가 넘어지려고 하자 섭명결이 그를 붙잡았다.

"……고맙습니다, 섭 종주님."

맹요가 중얼거렸다. 섭명결이 정신이 나간 것 같은 맹요를 보면서 몸을 돌리며 가려는데 갑자기 맹요가 말했다.

"……그래도 안 되겠습니다."

섭명결이 고개를 휙 돌리니 맹요의 손에 어느새 장검이 들려 있었다.

맹요는 자신의 복부에 검을 대고 절망적인 표정으로 말했다.

"섭 종주님, 종주의 큰 은혜를 뵐 면목이 없습니다."

맹요는 힘껏 검을 찔렀다. 섭명결은 놀라 동공이 수축되었다. 검을 뺏으려고 손을 뻗었지만 이미 늦었다. 맹요의 손에 있던 검이 그의 복부를 관통해 등으로 나와 몸이 옆에 있던 피바다 속으로 푹 하고 고꾸라졌다.

섭명결은 너무 놀라 달려가 한쪽 무릎을 땅에 짚고 그의 몸을 뒤집었다.

"이게 무슨……!"

맹요가 창백한 얼굴로 겨우 숨을 내뱉으며 섭명결을 향해 쓴웃음을 지으며 말했다.

"섭 종주님, 저는······."

말이 채 끝나기도 전에 맹요가 천천히 고개를 떨궜다. 섭명결은 검 끝을 피해 그의 몸을 부축하면서 손바닥으로 명치를 눌러 영력을 주입했다. 그러자 맹요의 몸이 미세하게 떨리더니 복부에서 음산한 기가 끊임없이 흘러나왔다.

위무선은 뭔가 속셈이 있을 것이라고 짐작해서 놀라지 않았다. 그러나 섭명결은 맹요가 자신에게 마수를 쓸 것이라고 전혀 생각하지 못했다. 그래서, 섭명결은 꼼짝 못 한 채 자기 앞에서 맹요가 천천히 일어나는 것을 보면서도 분노보다는 경악스러운 감정을 더 크게 느꼈다.

맹요는 급소를 피하는 방법을 이미 터득해놓았다. 그가 침착하고 조심스럽게 자기 복부에서 장검을 뽑자 선홍색으로 물든 검에서 피가 줄줄 흘렀다. 상처를 누르면 처리가 끝난 셈이었다. 반면 섭명결은 방금 맹요를 구하려던 자세 그대로 한쪽 다리를 바닥에 짚은 채로 고개를 약간 들어 그를 쳐다봤다.

섭명결은 아무 말도 하지 않았다. 맹요도 아무 말 없이 검을 칼집에 넣고 섭명결을 향해 허리를 숙여 예를 표한 다음 고개 한 번 돌리지 않고 나는 듯이 달아났다.

조금 전까지만 해도 잘못을 인정하고 벌을 받으러 가겠다고 했다가 눈 깜짝할 사이에 자살하는 척했다가 살아나 도망가다니. 아마도 섭명결은 이렇게 후안무치한 사람을 처음 봤을 것이다. 게다가 그 사람이 자기가 발탁한 심복이라니. 이 사실이 더 화가 난 섭명결은 노발대발했고 온씨 수사와 맞붙으면 특히 더 난폭해졌다. 며칠 뒤 남희신이 랑야로 지원 올 때까지 그의 노기는 조금도 가라앉지 않았다.

"명결 형님, 화가 단단히 나셨군요. 맹요는요? 어째서 형님께 사과하러 오지 않습니까?"

남희신이 도착하자마자 웃으며 말했다.

"그 이름은 꺼내지도 마라!"

섭명결은 남희신에게 맹요가 사람을 죽이고 남에게 덮어씌우려고 한 것, 죽은 척했다가 도망친 일을 그대로 이야기했다. 다 들은 남희신도 깜짝 놀랐다.

"어떻게 그럴 수가? 무슨 오해가 있었던 거 아닙니까?"

"현장에서 내게 붙잡혔는데 무슨 오해를 하겠느냐?"

"그의 말대로라면 그가 죽인 사람이 분명 잘못을 했습니다만, 그렇다고 죽일 필요는 없었는데요. 하지만 또 비상시국이라서 판단하기 어려운 점도 있습니다. 지금 그가 어디 있는지 모르십니까?"

남희신이 한참 생각하고 말했다.

"내게 잡히지 않는 편이 좋을 것이다. 그렇지 않으면 내 도에 살아남지 못할 테니!"

섭명결이 사납게 말했다.

2

섭명결의 말을 듣기라도 한 듯 그 후로 몇 년 동안 맹요는 돌이 바다에 가라앉은 것처럼 종적을 감추었다.

섭명결은 맹요를 신임한 만큼 미움도 컸다. 그에 관한 이야기가 나올 때마다 화난 표정을 지었고, 소식이 끊긴 것이 확실해진 이후로는 한 번도 언급하지 않았다.

평소에도 섭명결은 사람들과 가깝게 지내는 편이 아니었고 속마음을 털어놓는 경우는 더더욱 드물었다. 오랜만에 유능하고 신임할 만한 심복을 얻어 그의 능력과 사람됨을 인정했는데, 그의 진짜 모습이 자기가 생각했던 것과 전혀 달랐으니 불같이 화내는 것도 이해할 수 있었다.

위무선이 한참 생각을 하고 있는데 갑자기 머리가 찢어질 듯이 아프고 온몸의 뼈가 무언가에 깔린 것처럼 삐걱 소리가 나면서 움직일 수가 없었다. 눈을 뜨니 흐릿한 시야로 차가운 흑옥석이 깔린 대전에 쓰러져 있는 사람 그림자만 겨우 보였다. 섭명결은 머리를 다친 것 같았다. 상처는 이미 무감각해졌고 두 눈과 얼굴에 묻은 피는 말라붙어 있었지만, 조금만 움직여도 이마에서 뜨거운 피가 다시 흘러내렸다.

위무선은 깜짝 놀랐다.

사일지정에서 섭명결은 대적할 자가 없어 적이라면 그의 곁에는 접근하지도 못했는데 이런 중상을 입다니 있을 수 없는 일이었다.

도대체 어떻게 된 일이지?!

옆에서 미세한 기척이 느껴져 곁눈질로 보니 희미하게 사람 그림자가 보였다. 가까스로 시선을 맞추고서야 염양열염포를 입은 수사들이 보였다. 그들은 숙련된 자세로 슬행[#10]을 하고 있었다.

"……."

#10 **슬행(膝行)** 신이나 귀인 앞에서 무릎을 꿇고 걷는 것.

갑자기 모골이 송연해지면서 강한 압박감이 섭명결의 사지 뼈를 통해 위무선에게 전해졌다. 섭명결이 고개를 약간 들자 흑옥석이 깔린 바닥 끝에 거대한 옥좌가 보였고, 누가 앉아 있었다.

거리가 멀고 피를 흘려 눈이 침침해져서 그 사람의 모습을 똑똑히 볼 수 없었지만, 누군지 짐작이 갔다.

그때 대전 문이 열리며 어떤 사람이 들어왔다.

대전에 있는 문하생들은 슬행을 하고 있었지만, 그 사람은 다른 사람들과 달리 들어오면서 머리와 허리를 살짝 굽히며 예를 표하고는 아무렇지 않게 옥좌 앞까지 걸어갔다. 그는 옥좌에 앉은 사람에게 다가가 몸을 기울여 말을 듣더니 이쪽으로 몸을 돌렸다.

그가 이쪽으로 천천히 걸어와 피투성이가 된 채 간신히 지탱하고 있는 섭명결을 한참 동안 조용히 쳐다보았다. 마치 웃는 것 같았다.

"섭 종주, 오랜만입니다."

이 목소리는, 맹요가 아니면 또 누구겠는가?

위무선은 눈앞에 보이는 게 그 장면이라고 확신했다.

당시 섭명결은 정보를 받고 양천에서 기습전을 펼쳤다.

적봉존이 직접 나선 전투는 실패한 적이 없었다. 그런데 정보가 누출됐는지 아니면 인간의 노력은 운보다 못한 것인지 기산 온씨 가주 온약한과 정면으로 부딪쳤다.

전력 계산을 잘못한 탓에 기산 온씨가 오히려 주도권을 잡았고, 기습 공격하려던 섭명결과 수사들이 일망타진되어 포로로 잡혀 불야천성으로 끌려왔다.

"이런 날이 다 있군요. 당신이 이런 꼴이 되는 날이."

맹요가 섭명결에게 말했다.

"꺼져."

섭명결은 두 글자만 내뱉었다.

"아직도 당신이 하간의 제왕인 줄 아십니까? 잘 보시지요. 이곳은 염양전입니다."

맹요의 웃음에 연민이 담겨 있었다.

한쪽에 있던 한 수사가 맹요에게 침을 퉤 뱉었다.

"무슨 염양전, 온씨 개의 소굴이지!"

맹요의 표정이 확 변하더니 칼집에서 장검이 나왔다.

그 수사의 목에 가는 선이 생기며 피가 쏟아지더니 바닥으로 고꾸라졌다.

"네 이놈!"

섭명결이 격노했다.

"온씨의 개 같으니라고! 어디 나도 죽여봐라……."

다른 수사가 포효했다.

맹요가 눈 하나 까닥하지 않고 손을 뒤집자 검이 그의 목을 그었고 피가 튀었다. 맹요가 미소 지으며 말했다.

"그러지."

맹요는 장검을 쥐고 질퍽한 피를 밟고 섰다. 백의를 입은 수사 두 명의 시체가 그의 발아래에 쓰러져 있었다. 맹요가 씨익 웃으며 말했다.

"말하고 싶은 사람이 더 있나?"

"온씨 개자식."

섭명결이 차갑게 내뱉었다.

섭명결은 온약한에게 잡히면 죽음이 확실하다는 것을 알아 전혀 두렵지 않았다. 위무선은 자신이 이런 상황이었어도 다른 건 둘째 치고 우선 욕이나 시원하게 했을 것이라고 생각했다. 어쨌든 죽는 건 마찬가지기 때문이다. 맹요는 화는커녕 미소를 지으며 손가락을 튕겼다. 그러자 옆에 있던 한 온가 수사가 슬행으로 다가와 두 손을 머리 위로 들며 갖고 온 직사각형 함을 바쳤다. 맹요가 함을 열어 안에 있던 것을 꺼냈다.

"섭 종주, 이것 좀 보시겠습니까?"

그것은 섭명결의 패도, 패하였다!

"이리 내!"

섭명결이 소리쳤다.

"섭 종주, 패하가 제 손에 들어온 게 처음도 아닌데. 이제야 화를 내기엔 너무 늦지 않았습니까?"

맹요가 패하를 들면서 말했다.

"그 손 치워!"

섭명결이 한 자 한 자 눌러 말했다.

맹요는 일부러 섭명결의 화를 돋우려는 듯 패도의 무게를 가늠하더니 평가했다.

"섭 종주, 이 도는 그럭저럭 영기(靈器)라고는 할 수 있겠네요. 하지만 섭 종주 부친의 도가 조금 더 나은 것 같군요. 이번에는 우리 온 종주님께서 몇 번을 치면 부러질지 한 번 맞춰보시겠습니까?"

순간 섭명결의 온몸의 피가 이마로 쏠렸다. 위무선도 갑작스러운 그의 노기에 두피가 얼얼하게 마비되어 '독하네.' 하고 생각했다.

섭명결 평생의 가장 큰 한이자 씻을 수 없는 상처가 바로 부친의 죽음이었다.

당시 섭명결은 10대 소년이었고 그의 부친이 청하 섭씨 가주였다. 어느 날 온약한이 귀한 보도(寶刀)를 선물 받았다. 온약한은 며칠 동안 기뻐하며 객경들에게 자신의 도가 어떻냐고 물었다.

온약한은 기분이 변화무쌍하고 기분에 따라 태도가 바뀌었기 때문에 객경들은 세상에 둘도 없는 좋은 도라고 입을 모아 칭찬했다. 하지만 어떤 객경이 예전에 섭 종주와 무슨 악감정이 있었던 것인지, 아니면 다른 사람과 다른 대답을 하고 싶었던 것인지 모르겠지만, 온약한의 도는 당연히 다른 것에 비해 더할 나위 없이 훌륭하나 그렇게 생각하지 않는 사람이 있을 것이라고 말했다.

온약한은 기분이 나빠져 그게 누구냐고 물었다. 그 객경은 청하 섭씨 가주라고 대답했다. 청하 섭씨는 대대로 도를 수련해 유명해진 가문으로 섭 가주는 늘 자신의 도가 굉장히 훌륭하고 세상에 적수가 없으며 수백 년 동안 견줄 자가 없었다고 거만을 떨었다고 말했다. 그래서 온약한의 도가 아무리 훌륭해도 섭 가주는 절대 인정하지 않을 것이며 설령 입으로는 인정한다고 해도 속으로는 그렇지 않을 것이라고 말했다.

그 말에 온약한은 하하 웃으면서 그런 일이 있었냐며 자기가 직접 봐야겠다고 말했다. 그래서 청하에서 섭 가주가 불려왔다. 온약한은 섭 가주의 도를 받아 들고 한참을 보다가 "그래, 과연 훌륭한 도구나." 하고 말했다. 그리고 도를 몇 번 친 다음 돌려주고 보냈다.

그때는 이상한 낌새가 없었기 때문에 섭 종주는 영문도 모르고 그저 오라면 오고 가라면 가라는 태도에 불쾌할 따름이었다. 그러나 며칠 뒤 야렵을 나가서 일이 터졌다. 섭 종주가 패도로 요수를 베는데 갑자기 패도가 산산조각이 났고 그 바람에 섭 종주는 달려

든 요수의 뿔에 치어 중상을 입었다.

부친과 함께 야렵을 하던 섭명결은 이 장면을 직접 목격했다.

구조된 섭 종주는 울분을 삭이지 못했고 상처도 낫지 않아 6개월 동안 병상에 누워 있다가 세상을 떠났다. 분노로 죽은 것인지 병으로 죽은 것인지 알 수 없었다. 섭명결과 청하 섭씨 가문 전체가 기산 온씨를 증오하는 이유도 이 때문이었다.

그런데 지금, 온약한 앞에서 섭명결의 도를 들고 그의 부친의 죽음을 거론한 것은 너무 악랄한 짓이었다.

섭명결이 맹요를 한 대 갈기자 맹요가 뒤로 휘청하면서 피를 토했다. 옥좌에 앉아 상황을 지켜보던 자가 몸을 앞으로 조금 기울이며 동작을 취하려 하자 맹요가 벌떡 일어나 섭명결의 명치를 걷어찼다. 맹요를 치느라 힘을 많이 쓴 섭명결이 바닥에 쿵 하고 쓰러지면서 오랫동안 눌러온 뜨거운 피를 뿜었다. 위무선은 놀라 눈이 휘둥그레졌다.

훗날 전해진 수많은 판본 중에 염방존이 적봉존을 발로 찬 근사한 장면이 있을 줄은 생각하지도 못했다!

"온 종주님 앞에서 감히 행패를 부려!"

맹요가 섭명결의 명치를 발로 꽉 누르며 소리치더니 검을 뽑아 찔렀다. 섭명결이 손바닥으로 검을 치자 맹요가 들고 있던 장검이 몇 조각으로 부러졌다. 맹요도 진동에 넘겨졌다. 섭명결이 그의 머리를 내리치려는데 이상한 기운이 섭명결을 다른 방향으로 휙 잡아끌었다.

온약한의 옥좌 방향이었다. 섭명결은 옥석 바닥에 장장 세 장에 달하는 혈흔을 남기면서 끌려갔다.

섭명결은 손을 뻗어 무릎 꿇고 있는 온씨 문하생을 잡아 옥좌 방향으로 던졌다. 펑 하는 소리와 함께 수박이 터져 내용물이 튀는 것처럼 허공에서 붉은 피가 터졌다. 온약한이 벽공장[#11]을 시전해 그 문하생의 머리통을 박살 낸 것이다. 그러나 덕분에 섭명결은 시간을 벌었고 분노의 힘으로 벌떡 일어나 손을 들어 주문을 걸자 패하가 온약한 쪽으로 날아갔다.

"종주님, 조심하십시오!"

맹요가 소리쳤다.

"괜찮다!"

미친 듯이 웃는 소리가 들렸다.

이것은 청년의 목소리였다. 위무선은 전혀 놀라지 않았다. 온약한은 수련의 경지가 매우 높아 육체도 최고의 상태를 완벽하게 유지하고 있었기 때문이다. 섭명결이 패하를 한 번 휘두르자 온가 수사 수십 명이 허리가 잘려 두 동강이 났다.

새까만 옥석 바닥에 시체 조각이 어지럽게 널렸다. 그 순간, 위무선은 등에서 전율을 느꼈다.

등 뒤에서 사람 그림자가 보였다. 섭명결이 도를 세차게 휘두르자 영력이 바닥을 쳐 가루로 만들었다. 그러나 헛방이었고 오히려 섭명결이 가슴에 심한 충격을 받은 것처럼 금색 기둥에 부딪쳤다. 입에서 뜨거운 피가 쏟아지면서 이마에서도 피가 흘러내려 시야가 흐려졌다. 흐릿한 시야로 누군가가 다가오는 것을 보고 다시 도를 휘둘렀지만, 이번에는 주먹으로 명치를 맞아 옥석 바닥으로 처박혔다.

#11 벽공장(劈空掌) 손바닥으로 허공에 기를 발산해 공격하는 무술.

섭명결과 오감이 연결된 위무선은 맞아 머리가 터지고 피를 흘리면서도 내심 놀랐다.

온약한의 실력은 정말 압도적이고 무시무시했다.

위무선은 섭명결과 정식으로 겨뤄본 적이 없어 누가 더 센지 모르지만, 섭명결은 위무선이 본 사람 가운데 3위 안에는 들었다. 그런데도 온약한에게 반격을 가하지 못했다. 게다가, 입장을 바꿔서 자신이 온약한에게 맞았다면 섭명결보다 상태가 더 나았을 것이라고 말하기 어려웠다…….

온약한이 한 발로 섭명결의 명치를 밟자 위무선은 눈앞이 새까매지면서 목에서 피비린내가 올라왔다.

"소인이 무능해 종주님께 수고를 끼쳐드렸습니다."

맹요의 목소리가 가까워졌다.

"쓸모없는 놈."

온약한이 웃으며 말했다.

맹요도 웃었다.

"저자가 온욱을 죽였나?"

온약한이 물었다.

"예. 바로 저자입니다. 종주님, 지금 바로 처리하시겠습니까, 아니면 지화전으로 끌고 갈까요? 제 생각에는 지화전으로 끌고 가는 게 더 나을 것 같습니다."

맹요가 대답했다.

'지화전'은 온약한의 오락장으로 고문 도구 수천 개를 수집해놓은 고문 전용 공간이었다. 맹요의 말은 섭명결을 단번에 죽이지 말고 온약한의 형장으로 끌고 가 고문 도구를 이용해 천천히 죽이자는 뜻이었다. 섭명결은 두 사람이 자기를 어떻게 처리할지를 놓고 흥미진진하게 이야기하는 것을 보자 화가 치밀어 가슴에 혈기가 끓어올랐다.

"초주검이 된 자를 끌고 가서 무슨 재미를 보겠느냐?"

온약한이 말했다.

"그렇지도 않습니다. 섭 종주처럼 강건한 육체는 이삼일만 쉬면 회복이 됩니다."

맹요가 대답했다.

"그럼 네 말대로 하지."

"네."

"네." 하는 대답과 동시에 아주 가늘고 서늘한 빛이 가볍게 스쳤다.

온약한의 기척이 갑자기 사라졌다.

뜨거운 피가 섭명결의 얼굴에 튀었다. 섭명결이 뭔가를 느끼고 무슨 일인지 살피려고 겨우 고개를 들었다. 그러나 중상을 입어 머리가 무겁게 아래로 떨어지고 눈이 감겼다.

얼마나 지났는지 모를 시간이 흐르고서야 눈앞에 빛이 느껴졌다. 섭명결이 천천히 눈을 떴다.

맹요가 섭명결의 팔을 어깨에 두르고 거의 질질 끌고 가고 있었다.

"섭 종주님?"

맹요가 말했다.

"온약한은 죽었나?"

섭명결이 물었다.

"아마도요……, 이미 죽었을 겁니다."

맹요가 발이 미끄러진 것처럼 떨리는 목소리로 말했다.

맹요의 손에 뭔가가 들려 있었다.

"도 이리 내."

섭명결이 잠긴 목소리로 말했다.

위무선은 맹요의 표정이 보이지 않았지만, 그의 목소리에서 그가 쓴웃음을 짓고 있다는 것이 느껴졌다.

"섭 종주님, 지금 이런 상황에서 도로 저를 베려는 생각은 하지 마시지요……."

섭명결은 한동안 침묵하며 기력을 모았다가 재빨리 손을 뻗어 도를 잡아챘다. 맹요도 매우 민첩했지만, 섭명결은 당해내지 못해 황급히 벗어났다.

"섭 종주님, 아직 상처가 심합니다."

"네가 그들을 죽였다."

도를 되찾은 섭명결이 차갑게 말했다.

그들은 섭명결과 함께 잡힌 수사를 말했다.

"섭 종주님, 섭 종주님도 아시지 않습니까. 조금 전 상황에서는…… 저도 어쩔 수가 없었습니다."

섭명결은 이런 식으로 책임을 회피하는 것을 제일 싫어했다. 가슴에 불이 확 일어 도를 휘두르며 외쳤다.

"어쩔 수 없었다고? 무엇을 행하든, 누구를 죽이든 전부 네 손에 달린 일이거늘!"

"정말 제게 달렸습니까? 섭 종주님, 입장을 한번 바꿔서 생각해 보세요……."

맹요가 피하며 변명했다.

"그렇게 하지 않았을 것이다!"

섭명결은 맹요가 무슨 말을 하려는지 알아 그의 말을 끊었다.

맹요도 기진맥진했는지 계속 몸을 피하기만 할 뿐 대응하지 못했다. 발이 걸려 넘어질 뻔하자 난감한 표정을 지으며 한숨 돌리다가 갑자기 폭발하듯 큰소리로 외쳤다.

"적봉존! 내가 그들을 죽이지 않았으면 그 자리에서 죽은 게 당신이었다는 걸 아십니까 모르십니까!"

이것은 '내가 네 생명의 은인이니 너는 나를 죽일 수 없다. 그렇지 않으면 너는 도의를 모르는 사람이다.'라는 말이었다. 금광요는 역시 금광요인 것이, 같은 뜻이라도 표현을 달리해 억울함과 슬픔을 함축적으로 담아냈다. 그러자 섭명결이 멈칫하더니 이마에 핏대가 솟은 채로 꼼짝하지 않고 서 있었다. 그리고 한참 뒤에 도를 꽉 쥐며 외쳤다.

"그럼 좋다! 너를 베고, 나도 죽겠다!"

움츠러들었던 맹요는 패하가 날아오는 것을 보고 혼비백산해 내달렸다. 하나는 도를 휘두르고 하나는 도망가고, 두 사람은 온몸이 피투성이인 채로 비틀거리며 쫓고 쫓겼다. 이런 우스운 상황에서 위무선은 미래의 선독을 베려고 달려들면서 속으로 미친 듯이 웃었다. 섭명결이 중상을 입어 영력이 부족하기 망정이지 아니었으면 맹요는 진작에 그의 손에 죽었을 것이다.

"명결 형님!"

정신없는 사이에 갑자기 익숙한 목소리가 들렸다.

"택무군, 택무군!"

숲에서 백의가 불쑥 나타나자 맹요는 천신이라도 만난 것처럼 헐레벌떡 달려가 그의 뒤에 숨었다.

섭명결은 화가 잔뜩 나 있었기 때문에 남희신이 어째서 지금 이곳에 나타났는지는 물어볼 생각도 하지 않고 외쳤다.

"희신, 비켜라!"

패하가 세찬 기세로 다가오자 남희신의 패검 삭월도 칼집에서 튀어 나갔다. 남희신이 섭명결의 팔을 잡고 가로막으면서 말했다.

"명결 형님, 화를 거두세요! 무슨 일로 이러십니까?"

"그가 무슨 짓을 했는지는 왜 안 묻지?!"

남희신이 맹요 쪽으로 고개를 돌렸다. 맹요가 놀라고 두려운 표정으로 감히 말을 못 하는 것처럼 보였다.

"랑야에서 도망쳤을 때 아무리 찾아도 왜 못 찾나 했지! 불야천성에서 온씨 개자식의 앞잡이 노릇을 하고 있었어!"

"명결 형님."

남희신은 남의 말을 끊는 경우가 드물었기 때문에 섭명결은 조금 놀랐다.

"지난 몇 번, 기산 온씨의 군사 배치도를 준 사람이 누구였습니까?"

남희신이 물었다.

"너지 않느냐."

"저는 전달한 것에 불과합니다. 계속 정보를 준 사람이 누구였는지 아십니까?"

이 상황에서 남희신의 말은 뜻이 명확하기 짝이 없었다. 섭명결은 남희신 뒤에서 고개를 숙이고 있는 맹요를 쳐다봤다. 미간에 경련이 이는 것을 보아 믿기 힘든 것 같았다.

"의심하실 필요 없습니다. 오늘 저도 그의 소식을 받고 이곳에 온 겁니다. 아니면 어떻게 제가 딱 맞춰서 이곳에 왔겠습니까?"

섭명결은 아무 말도 하지 못했다.

"랑야 사건 이후 아요는 뼈저리게 뉘우쳤지만, 형님 앞에는 감히 나서지 못해서 기산 온씨에게 들어갔답니다. 온약한에게 접근한 다음 저에게 몰래 서신을 보냈습니다. 처음에는 저도 서신을 보낸 자의 신분을 몰랐다가 기회와 인연이 맞아떨어져 단서를 찾았고 마침내 그라는 것을 알아냈습니다."

남희신이 맹요에게 낮은 소리로 말했다.

"명결 형님께 말씀 안 드렸느냐?"

"……"

맹요는 팔의 상처를 감싸며 쓴웃음을 지었다.

"택무군, 택무군도 보셨지 않습니까. 제가 말했어도 섭 종주님은 믿지 않으셨을 겁니다."

섭명결은 입을 다물고 한마디도 하지 않았다. 패하와 삭월이 여전히 팽팽하게 맞서고 있었다. 도와 검이 맞선 광경을 보는 맹요의 눈에 두려움이 가득했다. 맹요는 한참 뒤에야 일어나 섭명결을 향해 무릎을 꿇었다.

"맹요?"

남희신이 말했다.

"섭 종주님, 조금 전 염양전에서 온약한에게 의심받지 않으려고 섭 종주님께 큰 상처를 입히고 불손한 말을 했습니다. 섭 종주님께서 부친의 일을 한스럽게 생각한다는 것을 알면서도 일부러 상처를 들춰냈습니다……. 부득이했다고는 하지만 정말 죄송합니다."

맹요가 낮은 소리로 말했다.

"무릎 꿇어야 할 상대는 내가 아니라 네가 죽인 수사들이다."

섭명결이 말했다.

"온약한은 성격이 난폭해 평소에도 조금만 거역하면 미쳐 날뜁니다. 그의 심복으로 위장한 상황에서 다른 사람이 그를 모욕하는데 제가 어떻게 모른 척하겠습니까? 그래서…….”

맹요가 말했다.

"좋다. 보아하니 예전에도 그런 일이 없진 않았던 것 같군."

섭명결이 말했다.

"기산에 있다 보니."

맹요가 한숨을 내쉬며 말했다.

"명결 형님. 기산에 잠복해 있었으니 때로는…… 불가피했을 것입니다. 그런 일을 하면서도 속으로는…….”

남희신이 한숨을 쉬었다.

위무선은 속으로 고개를 저었다.

'택무군은 여전히…… 너무 순진하군.'

하지만 다시 생각해보면 위무선은 금광요의 의심쩍은 행적들을 이미 알고 있어서 경계하는 것이지만, 지금 남희신 앞에 있는 맹요는 첩자로 잠입해 온갖 치욕을 참고 홀로 위험을 감수하면서 생활했기 때문에 어쩔 수 없는 부분이 있었다. 두 사람의 상황이 다르니 생각도 다를 수밖에 없었다.

한참 뒤, 섭명결이 세차게 도를 올렸다.

"명결 형님!"

맹요는 눈을 감았고, 남희신도 삭월을 꼭 쥐었다.

"그럼…….”

말이 채 끝나기도 전에 도가 번쩍하며 아래로 내리꽂히더니 옆에 있던 암석이 쪼개졌다.

맹요는 암석이 쪼개지는 소리에 어깨를 움츠리며 고개를 돌려 옆을 보았다. 거대한 암석이 두 조각이 나 있었다.

섭명결은 그를 죽일 수가 없었다. 섭명결은 패하를 칼집에 집어넣고 뒤도 돌아보지 않고 가버렸다.

온약한이 죽자 기산 온씨 잔당은 역량 부족으로 패세가 기정사실화되었다.

반면 불야천성에 수년 동안 잠입했던 맹요는 일약 유명해졌다.

위무선도 맹요가 청하 섭씨를 배반한 뒤 틀어졌던 관계가 어떻게 회복돼 의형제까지 맺게 됐는지 궁금했었다. 지금 보니 남희신이 두 사람의 관계 회복을 위해 먼저 제의한 것도 있지만, 맹요가 섭명결의 생명의 은인이라는 점과 정보를 빼내 준 것이 가장 크게 작용한 것 같았다. 생각해보면 섭명결이 나선 전투 중에도 맹요가 남희신을 통해 전달해준 정보 덕을 본 게 있었기 때문이다. 섭명결은 여전히 금광요를 보기 드문 인재라고 생각했고 그를 바른길로 인도하려는 마음이 있었다. 그러나 이제 금광요는 자신의 부하가 아니어서 의형제라도 맺어야 맹요를 독촉할 수 있는 신분과 입장이 되었다. 의형제를 맺자 섭명결은 맹요를 자신의 동생인 섭회상을 가르치듯이 대했다.

사일지정이 끝난 후, 난릉 금씨가 며칠 동안 연회를 개최하고 수사와 가문들을 초대해 다 같이 경축했다.

금린대에는 오가는 사람이 끊이지 않았다. 섭명결의 높고 넓은 시야 앞으로 사람들이 양쪽으로 갈라지면서 그를 향해 고개를 숙이며 "적봉존"이라고 예를 표했다. 위무선은 '사치스러움이 하늘을 찌르는군. 사람들은 섭명결을 무서워하면서도 공경하네. 나는 무서워하는 사람은 많아도 공경하는 사람은 적은데.' 하고 생각했다.

금광요는 수미단 옆에 서 있었다. 섭명결, 남희신과 의형제를 맺고 금광선의 자식으로 인정받은 그는 미간에 단사를 찍고 하얀색 바탕에 금테를 두른 금성설랑포를 입고 오사모를 써 사람이 확 달라 보였다. 영민함은 달라지지 않았지만, 태도는 한결 여유로워 예전과 비교할 수가 없었다.

그리고 금광요 옆에서 위무선은 익숙한 그림자를 봤다.

설양이었다. 이때의 설양은 키는 컸지만, 어린 티가 채 가시지 않은 어린아이였다. 금성설랑포를 입고 금광요와 같이 서 있으니 봄바람에 살랑이는 버드나무처럼 소년 특유의 멋이 있었다. 그들은 뭔가 흥미로운 이야기를 하는 것 같았다. 금광요가 빙그레 웃으며 손짓하자 두 사람은 눈빛을 교환했고 설양이 "하하" 하고 웃으며 오가는 수사들을 훑어보았다. 경멸의 눈빛이 마치 걸어 다니는 쓰레기를 보는 듯했다. 섭명결을 본 설양은 다른 사람들처럼 두려워하는 기색이 전혀 없이 이쪽을 향해 덧니를 드러내며 씨익 웃었다. 금광요는 섭명결을 발견하고 웃음을 멈추고 설양에게 뭐라고 했다. 그러자 설양이 손을 흔들며 다른 쪽으로 갔다.

"큰형님."

금광요가 다가와 공손하게 불렀다.

"저자는 누구지?"

섭명결이 물었다.

금광요가 잠깐 주저하다가 조심스럽게 대답했다.

"설양입니다."

"기주의 설양?"

섭명결이 눈썹을 찡그리며 물었다.

금광요가 고개를 끄덕였다. 설양은 어려서부터 악명이 높았다. 위무선은 섭명결이 눈썹을 더 찡그리는 것을 느꼈다.

"저런 자와 같이 뭘 하느냐?"

섭명결이 물었다.

"난릉 금씨 가문이 그를 받아들였습니다."

금광요가 대답했다.

금광요는 더 말하지 않고 손님을 접대한다며 황급히 다른 쪽으로 가버렸다. 섭명결은 고개를 절레절레 저으며 몸을 돌렸다. 섭명결이 몸을 돌리자 위무선은 순간 눈앞이 환해졌다. 마치 하늘에서 서리와 눈이 내리는 것처럼 주위가 밝아지는 것 같았다. 남희신과 남망기가 이쪽을 향해 나란히 걸어오고 있었다.

한 명은 온화하고 우아하며, 한 명은 차갑고 맑은 남씨 쌍벽이었다. 그들은 하나는 통소를 차고 하나는 고금을 메고 나란히 걸어왔다. 수려한 외모에 경쾌한 걸음걸이였다. 얼굴은 같지만, 분위기는 전혀 달랐다. 사람들이 모두 쳐다보며 감탄해 마지않았다.

이때의 남망기는 아직 풋풋했지만, 천 리 밖에서도 사람을 거부하는 쌀쌀맞고 냉정한 표정은 여전했다. 위무선의 시선이 남망기의 얼굴에 꽂혀 떠날 줄을 몰랐다. 남망기가 듣든 못 듣든 위무선은 신이 나 웃어 재꼈다. '남잠! 보고 싶어 죽는 줄 알았어! 하하하 하하하하!'

"섭 종주, 남 종주."

갑자기 누군가의 목소리가 들렸다.

익숙한 목소리에 위무선은 깜짝 놀랐다. 섭명결이 다시 몸을 돌리니 자주색 옷을 입은 강징이 검에 손을 얹은 채 다가왔다.

강징 옆에 서 있는 사람은, 바로 위무선 본인이었다.

위무선은 검은색 옷을 입고 뒷짐을 지고 서 있었다. 허리에 찬 검은색 피리에 선홍색 술이 달려 있었다. 패검을 지니지 않고 강징과 나란히 서서 이쪽을 향해 고개를 숙여 예를 표하는 모습이 조금 건방져 보였고 무슨 생각을 하는지도 알 수 없었으며 사람을 업신여기는 듯이 보이기도 했다. 자신의 어린 시절 모습을 보자 위무선은 잇몸이 시큰거렸다. 허세를 부리는 모습이 달려가 한 대 쥐어박고 싶었다.

남망기도 강징 옆에 서 있는 위무선을 보고 눈썹을 약간 찡긋하더니 옅은 색 눈동자를 바로 돌렸다. 앞쪽을 쳐다보는 그는 여전히 단정한 모습이었다. 강징은 굳은 표정으로 섭명결에게 인사하고 몇 마디 나누고 갔다. 위무선은 검은 옷을 입은 자신이 이리저리 힐끗대다가 남망기에게 말을 걸려고 하는데 강징이 다가와 옆에 서는 것을 보았다. 두 사람은 고개를 숙이고 진지한 표정으로 각자 한마디씩 하더니 위무선이 하하 웃으며 강징과 나란히 다른 쪽으로 갔다. 주위 행인들은 알아서 그들에게 길을 터주었다.

위무선은 자신과 강징이 무슨 말을 했는지 곰곰이 생각했지만, 떠오르지 않았다. 그러다 섭명결의 시선으로 그들의 입 모양을 보자 생각이 났다. 그때 위무선은 "강징, 적봉존이 너보다 훨씬 크다, 하하."라고 말했다.

강징은 "꺼져. 죽고 싶냐."라고 말했다.

섭명결이 시선을 돌리며 말했다.

"위영은 어째서 패검을 착용하지 않았지?"

성회에서 패검은 예복을 입는 것처럼 중요한 예의의 상징으로 세가 출신은 이를 매우 중시했다.

"잊었을 겁니다."

남망기가 담담하게 말했다.

"그걸 어떻게 잊을 수가 있지?"

섭명결이 눈썹을 치켜세우며 말했다.

"흔한 일입니다."

남망기가 말했다.

'좋아, 뒤에서 내 욕을 하다니, 딱 걸렸다.'

위무선은 남망기의 말에 속으로 생각했다.

"위 공자는 번거롭고 불필요한 예절은 하고 싶지 않답니다. 패검은 물론이고 옷을 안 입는다고 해도 다른 사람이 뭘 어쩔 수 있겠습니까? 정말 젊지요."

남희신이 웃으며 말했다.

예전에 자신이 했던 망언들을 다른 사람 입으로 듣는 기분은 말로 다 표현할 수가 없었다. 위무선은 조금 창피했지만 어쩔 수 없었다. 그때, 옆에서 남망기가 작은 소리로 웅얼거렸다.

"경박하군."

남망기는 혼잣말처럼 가볍게 말했다. 그러나 이 말이 위무선의 귀를 때리면서 심장이 덜컥 내려앉는 것 같았다.

"아니, 왜 아직도 이곳에 있느냐?"

남희신이 남망기를 보고 말했다.

"형장께서 이곳에 계시니 저도 이곳에 있는 것입니다."

남망기는 이해하지 못하겠다는 듯이 정색했다.

"왜 가서 그와 이야기 좀 나누지 않고? 그러다 가버리겠구나."

남희신이 말했다.

'택무군이 왜 이런 말을 하지? 설마 저 때 남잠이 내게 할 말이라도 있었나?'

위무선은 남희신의 말에 의문이 들었다.

하지만 남망기의 반응을 다 보지도 않았는데 수미단 한쪽이 떠들썩하게 끓어오르더니, 화가 나 호통치는 자신의 목소리가 들려왔다.

"금자헌! 네가 무슨 말을 했었는지, 무슨 짓을 했었는지 잊으면 안 되지. 지금 이건 무슨 뜻이야?!"

위무선은 생각이 났다. 그때로구나!

금자헌도 화를 냈다.

"강 종주에게 물었지, 네게 묻지 않았다! 게다가 강 낭자 안부를 물었는데 그게 너와 무슨 상관이란 말이냐!"

"말 잘했군! 내 사저(師姐)가 당신이랑 무슨 상관이야? 애초 눈이 이마 꼭대기에 달렸던 게 누군데?"

위무선이 말했다.

"강 종주— 여긴 우리 가문의 연회이고, 이자는 당신 가문의 사람이지 않나! 계속 이렇게 내버려 둘 건가?!"

금자헌이 말했다.

"어째 또 싸우는군요."

남희신이 말했다. 남망기는 눈은 말싸움하는 곳을 향했지만, 발은 제자리에서 한참 서 있었다. 그러다가 뭔가 결심한 듯이 발걸음을 내딛는 순간, 강징의 목소리가 들렸다.

"위무선 너 입 다물어. 금 공자, 죄송합니다. 누님은 잘 계십니다. 생각해주셔서 감사합니다. 이 일은 다음에 다시 이야기 나누지요."

"다음? 다음이 어딨어! 잘 있든 말든 쟤가 신경 쓸 일이 아니지! 쟤가 누군데, 누구냐고?"

위무선이 쌀쌀맞게 말했다.

위무선은 말을 다 하자마자 자리를 떴다.

"돌아와! 어디 가는 거야?"

강징이 소리쳤다.

"어디든! 저 얼굴 안 볼 수 있으면 어디든 다 좋아. 네가 오기 싫다는 사람 끌고 왔잖아. 여기 일은 네가 알아서 해."

위무선이 손을 저으며 말했다.

위무선의 뒷모습을 보는 강징의 얼굴이 점점 어두워졌다. 손님을 접대하느라 여기저기 다니며 바빴던 금광요가 소란스러운 것을 보고 달려왔다.

"위 공자, 잠시만요!"

금광요가 말했다.

위무선은 뒷짐을 지고 쌩하니 걸어갔다. 위무선의 어두운 표정은 아무도 신경 쓰지 않았다. 남망기가 위무선 쪽으로 걸어와 뭔가 말하려고 했지만, 두 사람의 어깨는 그대로 서로를 스치고 지나갔을 뿐이었다.

금광요는 위무선을 따라잡지 못하자 발을 동동 굴렀다.

"이런, 가버렸군요. 강 종주, 이 일을…… 이 일을 어쩌지요?"

"신경 쓰실 필요 없습니다. 집에서도 제멋대로 굴더니 여기서도 이 모양이네요."

강징이 어두운 얼굴을 거두고 말했다. 그러고 나서 금자헌과 다시 이야기를 나누기 시작했다.

두 사람을 보면서 위무선은 속으로 긴 한숨을 지으며 탄식했다. 그나마 섭명결이 이런 것에는 흥미가 없는지 시선을 옮겨 그들이 보이지 않는 게 다행이었다.

청하 섭씨 선부, 부정세.

섭명결은 자리에 앉아 있고 남희신이 맞은편에서 고금을 연주하고 있었다. 연주가 끝나자 금광요가 웃으며 말했다.

"좋아요, 둘째 형님의 고금 연주를 들었으니 돌아가 제 것은 부숴야겠네요."

"아우의 고금 연주도 고소 밖에서는 매우 훌륭해. 모친께서 가르쳐주셨나?"

남희신이 물었다.

"아니요. 독학했습니다. 어머니는 저에게 이런 것을 가르쳐주지 않으셨습니다. 책을 읽고 글씨 쓰는 것만 가르쳐주셨지요. 그리고 비싼 검보(劍譜)와 심법을 사주며 연습하라고 하셨습니다."

금광요가 대답했다.

"검보, 심법?"

남희신이 의아해하며 물었다.

"둘째 형님은 본 적 없으시죠? 민간에서 파는 작은 책자로 조잡한 인물화가 그려져 있고 현혹하는 글이 쓰여 있는 책입니다."

남희신이 웃으며 고개를 젓자 금광요도 따라서 고개를 저었다.

"모두 속임수예요. 우리 어머니 같은 부인이나 무지한 어린아이들을 속여먹는. 보고 따라 하면 나쁠 건 없겠지만, 좋을 것도 없습니다."

금광요는 감개무량한 듯 말을 이었다.

"하지만 제 어머니가 그런 걸 어떻게 아셨겠습니까. 보이면 가격은 따지지 않고 다 사셨어요. 언젠가 아버지를 만나려면 할 줄 아는 게 있어야 한다고요. 그런 것에 돈을 다 썼습니다."

"보기만 하고도 그런 경지에 올랐다면 재능이 있는 것이다. 명사에게 배우면 진전이 매우 빠르겠구나."

남희신이 고금의 현을 두 번 튕기며 말했다.

"명사가 바로 제 앞에 계시지만, 번거롭게 해드릴 순 없군요."

금광요가 웃으며 말했다.

"못 할 게 뭔가? 공자, 앉으시게."

남희신이 말했다.

금광요가 남희신 맞은편에 단정하게 앉아 겸손하게 수강하는 자세를 취했다.

"남 선생님, 무엇을 가르쳐주실 겁니까?"

"청심음이 어떤가?"

금광요의 눈이 반짝 빛났다. 금광요가 입을 열기도 전에 섭명결이 고개를 들며 말했다.

"둘째 아우, 청심음은 고소 남씨의 독자적인 곡이 아닌가? 밖으로 누출하지 말거라."

"청심음은 파장음과 달리 마음을 가라앉히는 효험이 있습니다. 그러니 혼자만 알고 있긴 아깝지 않습니까. 아우에게 가르쳐주는 것이니 외부 누출도 아니고요."

남희신이 괜찮다는 듯 웃으며 말했다.

남희신도 생각하는 바가 있을 테니 섭명결도 더 말하지 않았다.

어느 날, 섭명결이 부정세에 돌아와 대청에 들어와 보니 섭회상이 금박 무늬가 박힌 접선(摺扇) 십여 개를 일자로 죽 펼쳐놓고 소중한 듯 하나하나 어루만지며 부채에 쓰여 있는 글을 중얼거리고 있었다. 섭명결이 이마에 핏대를 올리며 소리쳤다.

"섭회상!"

섭회상이 즉시 꿇어앉았다.

사실 놀라서 꿇은 것으로 꿇고 난 다음 다시 조심스럽게 일어났다.

"혀혀혀형, 형님."

"네 도는 어찌했느냐?"

섭명결이 물었다.

"방에…… 방에 있습니다. 아니다, 연무장에 있습니다. 아니다, 제가…… 생각을 좀……."

섭회상이 우물거렸다.

위무선은 섭명결에게서 살기가 올라오는 것을 느낄 수 있었다.

"부채는 열 개도 넘게 지니고 다니면서 늘 지녀야 할 패도는 어디 있는지도 몰라?!"

"지금 가서 찾아오겠습니다!"

섭회상이 재빨리 말했다.

"됐다! 찾아와도 넌 뭐가 되지도 못할 테니. 이것들은 내가 다 태워버리겠다!"

"안 됩니다, 형님! 이건 다 선물 받은 거예요!"

섭회상이 깜짝 놀라 다급하게 부채를 품으로 긁어모으며 말했다.

"누가 보냈느냐. 당장 이리 끌고 와!"

섭명결이 한 방에 탁자를 쪼개며 말했다.

"제가 선물했습니다."

금광요가 대청으로 들어오며 말했다.

"형님, 오셨어요!"

섭회상은 구세주라도 만난 것처럼 기뻐하며 외쳤다.

사실 금광요가 섭명결의 화를 누그러뜨릴 수 있는 것은 아니었다. 다만 금광요가 오면 섭명결은 그에게만 화를 냈기 때문에 다른 사람에게 화를 낼 겨를이 없었다. 그래서 섭회상이 금광요를 구세주라고 여기는 것도 무리가 아니었다. 섭회상은 신이 나서 "형님, 안녕하세요?"라고 인사하면서 부채들을 재빨리 품에 끌어안았다. 동생의 이런 모습에 섭명결은 화가 머리끝까지 났지만, 한편으로는 우스웠다.

"앞으로 저런 잡동사니는 보내지 마라!"

섭회상이 허둥대다 부채 두 개를 바닥에 떨어뜨리자 금광요가 주워 그의 품에 넣어주었다.

"회상은 취향이 고상하고 서화를 좋아합니다. 게다가 나쁜 습관도 없는데 어떻게 잡동사니라고 하겠습니까?"

"그러게요, 형님 말이 맞아요!"

섭회상이 연신 고개를 끄덕이며 말했다.

"가주가 될 사람은 그런 거 다 쓸데없다."

섭명결이 말했다.

"전 가주 안 될 거예요. 형님이 하면 되지 제가 왜 해요!"

섭명결이 쏘아보자 섭회상이 즉시 입을 닫았다.

"무슨 일로 왔지?"

섭명결이 금광요를 향해 물었다.

"둘째 형님이 큰형님께 고금을 드렸다고 해서요."

금광요가 대답했다.

그 고금은 남희신이 섭명결에게 청심음을 연주하면서 마음을 가라앉히고 화를 다스리라고 준 것이다.

"최근 고소 남씨가 운심부지처를 재건하느라 바쁘다고 큰형님이 못 오게 하신다면서 둘째 형님이 저에게 청심음을 알려주셨습니다. 둘째 형님의 솜씨에는 비할 수 없겠지만, 큰형님께 조금이나마 도움이 될 수 있을 것입니다."

"넌 네 일이나 잘하면 된다."

"형님, 무슨 곡이에요? 들어볼 수 있어요? 형님이 지난번 구해주신 그 절판된……."

섭회상은 오히려 흥미를 드러내며 말했다.

"당장 네 방으로 돌아가지 못해!"

섭명결이 소리쳤다.

섭회상은 재빨리 꽁무니를 뺐다. 분명 제 방으로 가지 않고 금광요가 가져온 선물을 보러 응접실로 갔을 것이다. 섭회상의 말 몇 마디에 섭명결은 화가 거의 누그러졌다. 고개를 돌려 금광요를 보니 약간 피곤한 기색이었고 금성설랑포에 먼지가 묻은 것이 금린대에서 바로 온 듯했다.

"앉거라."

섭명결이 말했다.

금광요가 고개를 약간 숙이며 자리에 앉았다.

"큰형님, 회상을 조금만 부드럽게 타이르는 것이 좋을 것 같은데, 어째서 그렇게 다그치십니까?"

"칼날을 목에 들이대면서 윽박질러도 저 모양이니 때려 죽여도 제구실은 못 하겠구나."

"제구실을 못 하는 게 아니라 그쪽으로는 뜻이 없는 것뿐입니다."

"너는 회상이 무엇에 뜻이 있는지 잘 아는 것 같군."

"그건 자연스러운 일이지요. 제가 제일 잘하는 게 그거 아닙니까? 제가 유일하게 모르겠는 사람은 큰형님뿐입니다."

금광요가 웃으며 말했다.

상대가 좋아하는 것과 싫어하는 것을 파악해 그에 따라 행동하는 것은 적은 노력으로 큰 성과를 거둘 수 있는 가장 좋은 방법이다. 금광요는 사람의 기호를 파악하는 데 선수라고 할 수 있었다. 유일하게 섭명결만 파악하기 어려웠다. 위무선은 금광요가 섭명결 밑에 있을 때 이미 다 봐서 알고 있었다. 섭명결은 여색을 밝히지 않았고 술, 재물도 탐하지 않았으며 서화와 골동품도 그에게는 다 똑같은 먹물과 진흙에 지나지 않았다. 좋은 차와 술도 길거리에서 파는 싸구려 차와 구별하지 못했다. 맹요는 다른 것이라도 찾아보려고 노력했지만, 섭명결은 날마다 수련하고 온씨 개들을 죽이는 것 외에 특별한 취미가 없어서 철옹성처럼 단단했다. 자조하는 듯한 금광요의 말투에도 섭명결은 별로 기분 나빠하지 않았다.

"회상을 더 부추기지 마라."

"큰형님, 둘째 형님의 고금은요?"

금광요가 미소 지으며 다시 물었다.

섭명결이 한쪽을 가리켰다.

이후 금광요는 며칠에 한 번씩 난릉에서 청하를 방문해 청심음을 연주하며 섭명결의 잡념을 없애고 마음을 가라앉혀주었다. 매번 정성을 다하면서 불평 한마디 하지 않았다. 청심음은 확실히 효과가 있어서 위무선은 섭명결의 가슴에 있는 노기가 눌리는 것을 확실하게 느꼈다. 고금을 연주할 때 두 사람의 대화와 태도는 언제 얼굴을 붉혔냐는 듯 평화로웠다. 섭명결은 남희신이 운심부지처 재건 때문에 자리를 비울 수가 없다고 한 말은 핑계에 불과하다고 느끼기 시작했다. 아마도 남희신은 섭명결과 금광요에게 관계를 회복할 기회를 주려고 한 것 같았다.

하지만 이렇게 생각하면서도 난폭한 노기가 불끈불끈 치밀어올랐다.

섭명결은 감히 막아서지 못하는 문하생을 제치고 탄원으로 들어갔다. 남희신과 금광요가 서재에서 진지하게 뭔가 토론하고 있었다. 두 사람 앞에 놓인 긴 책상 위에 다양한 색으로 기호가 그려진 도면이 여러 개 놓여 있었다. 섭명결이 들이닥치자 남희신이 조금 놀라 말했다.

"큰형님?"

"움직이지 마."

섭명결이 말했다.

"넌 이리 나와라."

섭명결이 차가운 목소리로 금광요에게 말했다.

"둘째 형님, 나중에 다시 말씀하시지요. 먼저 큰형님과 이야기하고 오겠습니다."

금광요가 섭명결을 쳐다보고 다시 남희신을 보면서 웃으며 말했다.

남희신의 얼굴에 걱정의 빛이 보이자 금광요가 그를 제지하고 섭명결을 따라 탄원을 나섰다. 두 사람은 금린대 옆으로 갔다. 섭명결이 갑자기 금광요를 내리쳤다.

옆에 있던 문하생들이 깜짝 놀랐다. 금광요는 민첩하게 공격을 피하며 문하생들에게 경솔하게 나서지 말라고 표시했다.

"큰형님, 이러실 필요 없지 않습니까. 하실 말이 있으면 좋게 말씀하세요."

"설양은?"

"그는 이미 지하 감옥에 가뒀고 평생 석방하지 않을 겁니다……."

"그때 내 앞에서 뭐라고 말했지?"

금광요는 아무 말도 하지 못했다.

"내가 그의 목숨으로 대가를 치르게 하라고 했더니 너는 그를 종신형에 처하겠다?"

"벌을 받으면 다시 죄를 범할 수 없습니다. 종신형과 죽이는 것은 별 차이가……."

금광요가 조심스럽게 말했다.

"네가 추천한 훌륭한 객경이 훌륭한 일을 했는데! 이 지경이 돼서도 넌 그자를 감싸고 돌아!"

"감싸는 게 아닙니다. 약양 상씨 건은 저도 놀랐습니다. 설양이 온 가족 칠십여 명을 몰살할 줄 제가 어떻게 알았겠습니까? 하지만 제 부친이 그자를 반드시 남겨둬야 한다고 하시는데…….

금광요가 해명했다.

"놀라? 그를 데려온 게 누구지? 추천한 게 누구지? 중용한 게 누구지? 네 부친 핑계는 그만 대라. 설양이 무슨 짓을 하고 있는지 네가 몰랐다고?!"

"큰형님, 정말 제 부친의 명령이었습니다. 저는 거역할 방법이 없습니다. 지금 당장 설양을 처리하라고 하시면 전 제 부친에게 뭐라고 설명해야 합니까?"

금광요가 한숨을 내쉬었다.

"쓸데없는 말 필요 없다. 설양의 목을 베고 나서 보자."

금광요가 뭐라고 더 말하려고 했지만, 섭명결은 이미 인내심을 잃은 상태였다.

"맹요, 그럴싸한 말로 날 속이려 들지 않는 게 좋아. 네 그 수작은 안 통한 지 오래야!"

순간 금광요의 얼굴이 일그러졌다. 마치 남들 앞에서 밝히고 싶지 않은 허물이 드러나 몸을 숨기고 싶지만 숨길 곳이 없어 어쩔 줄 모르는 것 같았다.

"수작이요? 수작이라고요? 큰형님, 큰형님은 늘 저더러 이해타산적이고 수준이 낮다며 욕하셨지요. 큰형님은 늘 본인은 행동이 정직해서 떳떳하고, 하늘도 땅도 두렵지 않으며, 사내대장부라 그 어떤 계략도 필요 없다고 했습니다. 좋습니다, 큰형님은 고귀한 출신에 수련의 경지도 높으니까요. 저는요? 제가 큰형님과 같습니까? 첫째, 저는 큰형님처럼 수련의 경지가 높고 기본기가 탄탄하지 않습니다. 제가 이렇게 장성할 때까지 누가 저를 가르쳐주었습니까? 둘째, 저는 세가라는 배경이 없습니다. 큰형님은 지금 제가 난릉 금씨에서 안정적으로 자리를 잡았다고 보십니까? 금자헌이 죽어서 제 위치가 높아졌다고 생각하십니까? 금광선은 다른 사생자를 데리고 오는 한이 있어도 저에게 가주 자리를 물려줄 생각이 없습니다! 저에게 하늘도 땅도 무서워하지 말라고요? 저는 하늘도 땅도 무섭고 사람도 무섭습니다! 남의 말은 하기 쉽고, 배부른 자는 주린 자의 배고픔을 모르는 법입니다."

"그러니까, 네 말은 설양을 죽이고 싶지 않고, 난릉 금씨에서의 네 지위도 흔들리고 싶지 않다는 뜻이군."

섭명결이 차갑게 말했다.

"당연하지요!"

금광요가 고개를 들자 눈에서 불꽃이 일었다.

"하지만 큰형님, 늘 큰형님께 묻고 싶었습니다. 큰형님 손에 죽은 목숨이 저한테 죽은 것보다 훨씬 많은데 어째서 제가 어쩔 수 없이 수사 몇 명 죽인 일을 아직까지 들추는 겁니까?"

"좋다! 대답해주지. 내 도에 죽은 목숨이 수없이 많지만, 나는 내 사욕을 위해 사람을 죽인 적이 없고, 출세를 꾀해 살인한 적은 더더욱 없다!"

섭명결이 화가 극에 달하자 오히려 웃으며 말했다.

"큰형님, 큰형님의 말뜻 알겠습니다. 큰형님은 큰형님이 죽인 자들은 모두 벌을 받아 마땅했다고 말하고 싶은 거 아닙니까?"

금광요가 말했다.

"그렇다면, 큰형님은 그 사람이 벌 받아 마땅하다고 어떻게 판단하십니까? 큰형님의 기준이 반드시 정확합니까? 제가 한 사람을

죽여 백 사람을 살렸다면 과보다 공이 더 큰데 그래도 벌을 받아
마땅합니까? 큰일을 하려면 희생이 따르는 법입니다."

어디서 그런 용기가 난 것인지 금광요는 웃으며 섭명결 쪽으로
몇 걸음 다가가 목소리를 높이며 기세등등하게 말했다.

"그러면 너는 어째서 너 자신은 희생하지 않는 것이냐? 네가 그
들보다 고귀해서? 너는 그들과 다르다는 말이냐?"

금광요는 섭명결을 뚫어지게 쳐다봤다. 한참 뒤, 마침내 뭔가를
결심한 듯이, 또 뭔가를 포기한 듯이 냉랭하게 말했다.

"네."

금광요가 고개를 쳐들었다. 표정의 3할은 오만함이, 3할은 태연
함이, 3할은 광기가 서려 있었다.

"나와 그들은, 당연히 다르지요!"

섭명결은 금광요의 표정과 말에 격노했다.

섭명결이 발을 들었다. 금광요는 대비하지도, 피하지도 않고 발
길질을 당해 금린대에서 굴러떨어졌다.

섭명결이 고개를 숙이며 소리쳤다.

"창기의 자식이니 그럴 수밖에!"

금광요는 50여 개의 계단을 굴러 바닥에 떨어졌다. 금광요는 바
닥에 떨어지기가 무섭게 벌떡 일어나 손을 들어 몰려오는 하인과
문하생을 물렸다. 그리고 금성설랑포에 묻은 먼지를 툭툭 털어내
며 천천히 고개를 들어 섭명결을 응시했다. 그의 눈빛은 차분하고
무심하기까지 했다. 섭명결이 도를 뽑는 순간, 한참을 기다려도 두
사람이 돌아오지 않자 불안했던 남희신이 나왔다가 이 장면을 보
고 즉시 패검 삭월을 뽑으며 말했다.

"이게 무슨 일입니까?"

"아무 일도 아닙니다. 큰형님의 가르침 감사합니다."

금광요가 말했다.

"막지 마!"

섭명결이 말했다.

"큰형님, 일단 도부터 넣으세요. 마음이 어지러워지셨습니다!"

남희신이 말했다.

"어지럽지 않다. 난 지금 내가 뭘 하는지 똑똑히 알고 있어. 저놈은 구제 불능이다. 저렇게 놔두었다간 세상에 해를 입힐 테니 일찌감치 죽이는 게 나아!"

섭명결이 말했다.

"큰형님, 지금 무슨 말씀하시는 겁니까? 근래에 그가 청하와 난릉을 그렇게 오갔는데 구제 불능이라는 말을 하시는 겁니까?"

남희신이 놀라 물었다.

섭명결 같은 사람은 은혜와 원한을 거론하는 게 상책이었다. 남희신의 말에 섭명결이 멈칫하면서 금광요를 쳐다봤다. 금광요의 이마에서 새로 생긴 상처와 예전에 생긴 상처가 다시 터져 붉은 피가 흐르고 있었다. 방금 굴러떨어져 생긴 새 상처 말고도 상처가 더 있었다. 붕대를 감고 오사모를 써서 가린 것뿐이었다. 금광요는 피가 옷에 묻지 않도록 붕대를 풀어 피를 닦아낸 다음 바닥에 버리고 무슨 생각을 하는지 한마디도 안 하고 서 있었다.

"셋째 아우. 그만 돌아가거라. 큰형님과 난 할 이야기가 있다."

남희신이 고개를 돌리며 말했다.

금광요가 그들을 향해 허리를 굽혀 예를 표하고 몸을 돌려 갔다.

섭명결의 손에 실린 힘이 덜해진 것을 느끼고 남희신도 검을 거두었다. 남희신은 섭명결의 어깨를 탁탁 두드리며 그를 한쪽으로 데리고 갔다.

"큰형님, 아마 모르시겠지만, 지금 둘째 아우의 상황이 정말 좋지 않습니다."

남희신이 걸어가며 말했다.

"그 녀석은 늘 고통 속에 살고 있는 것처럼 말하지."

섭명결이 차가운 목소리로 말했다.

말은 그렇게 하면서도 도를 천천히 칼집에 넣었다.

"누가 아니랍니까. 방금 아우가 큰형님께 말대꾸했지요? 예전에도 그런 적이 있습니까?"

확실히 그런 적이 한 번도 없었고, 비정상적이었다. 금광요는 화를 못 참는 사람이 아니었고, 섭명결을 대하는 방법을 잘 알아 늘 양보했다. 조금 전 울분을 터뜨리며 대드는 일은 정말 그답지 않았다.

"그의 모친은 원래부터 아우를 싫어했습니다. 자헌 형이 세상을 떠나자 걸핏하면 그를 때리고 욕했습니다. 그의 부친도 최근에는 그의 말을 듣지 않고 그가 올리는 제안도 전부 반려했습니다."

위무선은 탁자 위에 있던 도면들이 떠올랐다. '감시탑'이 분명했다.

"잠시만이라도 그를 너무 몰아치지 마세요. 저는 그가 무엇을 해야 할지 잘 알고 있다고 믿습니다. 그에게 시간을 조금만 더 주세요."

마지막으로 남희신이 말했다.

"그러길 바라야지."

섭명결이 말했다.

위무선은 금광요가 섭명결에게 걷어차이고 한동안 자제할 줄 알

앉다. 하지만, 며칠 뒤 금광요는 평소처럼 부정세에 나타났다.

섭명결은 연무장에서 섭회상의 도 수련을 직접 지도하고 있었다. 섭명결은 금광요를 아는 척하지 않았지만, 금광요는 연무장 한쪽에 공손하게 서서 기다렸다. 섭회상은 수련에 흥미도 없고 햇볕도 뜨거워 수련을 하는 둥 마는 둥 하면서 몇 번 하다가 힘들다고 난리를 쳤다. 그러다 금광요가 오자 신이 나서 이번에는 그가 어떤 선물을 가져왔을까 기대하며 달려가려고 했다. 예전의 섭명결은 이런 모습에 눈살을 찌푸리고 말았지만, 이번에는 화를 냈다.

"섭회상, 내 도에 동강 나고 싶은 게냐! 이리 오지 못해!"

섭회상이 위무선처럼 섭명결이 얼마나 화가 났는지 느낄 수 있었다면 저렇게 시시덕거리며 웃지 않았을 것이다.

"형님, 휴식 시간 다 됐어요!"

"한 주향 전에 쉬었잖아. 다 익힐 때까지 계속하거라."

"어떻게 해도 저는 다 못 익힐 테니 오늘은 그만할래요!"

섭회상이 가볍게 말했다.

이것은 섭회상이 자주 하는 말이었다. 그러나, 오늘 섭명결의 반응은 예전과 전혀 달랐다.

"돼지를 가르쳐도 다 하겠건만, 너는 어째서 못 해?!"

섭명결이 소리쳤다.

섭명결이 갑자기 폭발할 줄 몰랐기 때문에 섭회상은 깜짝 놀라 얼이 빠져 금광요 쪽으로 가 숨었다. 두 사람이 같이 있는 모습에 섭명결은 더 화가 치밀어올랐다.

"도법 하나를 1년이 지나도록 다 익히지 못하면서 한 주향에 한 번씩 힘들다고 소리를 질러대. 남보다 뛰어나지는 못해도 자기를 지킬 정도는 되어야지! 청하 섭씨에 어쩌다 저런 쓸모없는 놈이 나왔는지! 죄다 잡아 묶어 날마다 때리면 좀 나아질까. 회상의 방에 있는 물건 모두 내오거라!"

마지막 말은 연무장 옆에 서 있던 문하생에게 한 말이었다. 문하생이 움직이자 섭회상은 벌벌 떨며 불안해했다. 잠시 뒤, 문하생들이 정말 방에 있던 글씨와 그림, 자기, 접선을 모두 내왔다. 섭명결은 섭회상의 물건을 다 태워버린다고 입버릇처럼 말했지만 말뿐이었다. 그런데 오늘은 진짜 행동으로 옮겼다.

섭회상은 당황해 달려나가며 외쳤다.

"형님! 태우지 마세요!"

금광요도 상황이 심상치 않자 말을 보탰다.

"큰형님, 충동적으로 그러지 마십시오."

섭명결이 도를 휘두르자 연무장 중앙에 있던 귀한 물건들에 불이 붙고 불길이 하늘을 찌를 듯이 솟구쳤다. 섭회상이 비명을 지르며 불로 뛰어들자 금광요가 황급히 그를 막았다.

"회상, 조심하거라!"

섭명결이 왼손으로 벽공장을 날리자 섭회상이 불 속에서 건진 백자 두 개가 섭회상의 손에서 산산조각이 났다. 족자와 글씨, 그림은 진작에 재가 되었다. 섭회상은 오랫동안 수집해 애지중지하던 물건이 재가 되는 광경을 두 눈으로 보자 얼이 다 빠졌다. 금광요가 섭회상의 손바닥을 살폈다.

"화상을 입지 않았느냐?"

그리고는 고개를 돌려 문하생에게 "미안하지만 약을 좀 준비해주게." 하고 말했다.

문하생들은 약을 가지러 갔다. 섭회상은 몸을 덜덜 떨며 그대로 서 있었다. 섭명결을 쳐다보는 눈에 핏발이 올라왔다. 금광요는 섭회상의 안색이 좋지 않자 어깨를 감싸며 낮은 소리로 말했다.

　"회상, 왜 그러느냐? 그만 봐라. 우선 방에 돌아가 쉬자."

　섭회상은 눈시울을 붉히며 아무 말도 하지 않았다.

　"물건이 없어진 건 아무 일도 아니다. 나중에 이 형이 다시 가져다주마."

　"저런 것을 다시 들여놓으면 내가 또 태워버릴 것이다."

　섭명결이 차갑게 말했다.

　섭회상의 얼굴에 분노와 역겹다는 표정이 스쳤다. 섭회상이 도를 바닥에 내던지며 소리쳤다.

　"태우세요!"

　"회상! 큰형님은 지금 화가 나셨으니, 그러지 말……."

　금광요가 재빨리 말했다.

　"도, 도, 도! 제기랄, 누가 그따위 걸 연습한대요?! 내가 쓸모없는 놈이 되겠다는데, 어쩔 거야?! 가주는 하고 싶은 사람이 하라고 해요! 내가 못 하겠다면 못 하는 거고, 싫다면 싫은 거라고요! 억지로 시켜봐야 무슨 소용인데요?!"

　섭회상이 섭명결에게 소리쳤다.

　섭회상은 자신의 패도를 발로 차 날려버리고 연무장에서 나가버렸다.

　"회상! 회상!"

　금광요가 섭회상을 부르며 쫓아가려는데 섭명결의 차가운 목소리가 들렸다.

"멈춰!"

금광요가 멈칫해 몸을 돌렸다. 섭명결이 그를 보고 화를 누르며 말했다.

"감히 여길 와?"

"잘못을 인정하려고 왔습니다."

금광요가 낮은 목소리로 말했다.

위무선은 '이자는 낯짝이 정말 나보다 두껍군.'이라고 생각했다.

"네가 잘못한 것을 안다고?"

섭명결이 말했다.

금광요가 입을 열려는데 약을 가지러 간 문하생이 돌아왔다.

"종주, 염방존, 둘째 공자님이 문을 잠그고 아무도 들이지 않습니다."

"얼마나 그러고 있는지 보자, 놔둬라!"

섭명결이 말했다.

"수고했네, 약은 이리 주게. 내가 이따가 가져다줄 테니."

금광요가 온화한 얼굴로 문하생에게 말하며 약을 건네받았다.

사람들이 물러나자 섭명결이 물었다.

"도대체 왜 왔지?"

"큰형님, 잊으셨습니까. 오늘은 고금을 연주하는 날입니다."

"설양의 일은 더 말할 필요 없다. 내 비위를 맞춰도 소용없고."

섭명결이 직설적으로 말했다.

"우선, 저는 큰형님의 비위를 맞추러 온 게 아닙니다. 그리고, 어차피 소용이 없는데 왜 꺼리십니까?"

섭명결은 아무 말도 못 했다.

"큰형님, 최근 들어 회상을 더 다그치시는 게, 혹시 도령(刀靈)이……?"

금광요가 잠시 멈췄다가 다시 말했다.

"회상이 아직도 도령에 관한 일을 모릅니까?"

"벌써 알릴 필요는 없지 않느냐."

"회상은 응석받이로 자랐지만, 평생 청하 둘째 공자로 한가하게만 살 수는 없습니다. 언젠가는 큰형님이 자신을 위해 그랬다는 걸 알 겁니다. 제가 나중에야 큰형님이 저를 위하셨다는 것을 안 것처럼요."

금광요가 한숨을 내쉬며 말했다.

위무선은 '대단하다, 대단해. 저런 말은 내 두 생애 동안 꺼내보지도 못했는데, 금광요는 어색한 기색도 없고 심지어 감동적이기까지 하잖아.'라고 생각했다.

"정말 안다면 설양의 목을 가지고 와."

섭명결이 말했다.

"네."

뜻밖에, 금광요가 즉시 대답했다.

섭명결이 금광요를 쳐다보자 금광요도 눈을 피하지 않고 똑바로 보면서 다시 한번 말했다.

"네, 알겠습니다. 큰형님이 제게 마지막 기회를 주신다면, 두 달 안에 설양의 목을 가져오겠습니다."

"그렇게 하지 않는다면?"

섭명결이 물었다.

"그렇지 않으면, 큰형님의 뜻대로 하겠습니다!"

금광요가 결연하게 말했다.

위무선은 금광요에게 조금 감탄했다.

금광요는 매번 섭명결에게 놀라고 겁을 먹으면서도 결국에는 온 갖 말과 수단을 동원해 다시 기회를 받아냈다. 그날 밤, 금광요는 또 아무 일도 없었던 것처럼 부정세에서 청심음을 연주했다.

금광요가 진지하게 맹세했지만, 섭명결은 두 달 뒤까지 기다리지 못했다.

청하 섭씨가 연무회를 개최하던 날, 섭명결이 별관을 지나다가 안에서 금광요의 목소리를 들었다. 잠시 뒤 다른 익숙한 목소리가 들렸다.

"큰형님이 자네와 의형제를 맺은 것은 자네를 인정했기 때문이야."

남희신이 말했다.

"하지만, 둘째 형님. 의형제 맺을 때 결의사에서 큰형님이 한 말 못 들으셨습니까? 말끝마다 '뭇 사람의 지탄을 받네, 오마분시하네.'라고 한 건 분명 저에게 경고한 겁니다. 저는…… 그런 결의사 는 들어본 적이 없습니다……."

금광요가 의기소침해서 말했다.

"큰형님은 '다른 마음이 있을 경우'를 말씀하신 거지. 네게 그런 마음이 있느냐? 없다면 그렇게 신경 쓸 필요 없다."

남희신이 온화한 말로 위로했다.

"없습니다. 하지만, 큰형님은 제가 그렇다고 이미 확신하고 있는 데 제가 무슨 방법이 있겠습니까?"

금광요가 말했다.

"그게 다 너의 재능을 아껴서 네가 바른길로 가길 바라시는 것이다."

"제가 옳고 그름을 모르는 게 아닙니다. 정말 어쩔 수 없을 때가 있었을 뿐입니다. 지금 저는 어디에서도 편안하지 못하고 사람들의 눈치를 다 살펴야 합니다. 다른 사람은 몰라도, 제가 큰형님에게 잘못한 게 뭐가 있습니까? 둘째 형님도 지난번 큰형님이 제게 어떤 욕을 했는지 들으셨지요?"

"그건 너무 화가 나서 그냥 내뱉은 말일 뿐이야. 큰형님의 심성이 예전 같지 않으니 다시는 큰형님의 심기를 건드리지 말거라. 최근에는 도령이 많이 침입했고, 회상도 대들더니 아직도 화해를 안 했다고 하더구나."

남희신이 한숨을 내쉬었다.

"화가 나서 그런 말을 했다면 평소에 저를 어떻게 생각하고 있다는 겁니까? 출신은 선택할 수 있는 게 아니고, 제 어머니도 당신의 운명을 선택할 수 있었던 게 아닌데, 그렇다고 이렇게 평생 무시당하고 살아야 한단 말씀입니까? 그렇다면 저를 무시한 사람들과 큰형님이 무슨 차이가 있습니까? 제가 무슨 일을 해도 결국 '창기의 자식'으로 귀결될 텐데요."

금광요가 흐느끼며 말했다.

어젯밤에는 온순한 태도로 섭명결에게 고금을 연주해주면서 허심탄회하게 이야기하는 것 같더니, 지금은 남희신에게 하소연을 늘어놓고 있었다. 섭명결은 금광요가 뒤에서 분란을 일으키자 격노해 문을 박차고 들어갔다. 머리에서 일어난 격노의 화염이 그의 오장육부를 불살라 천둥같이 포효했다.

"새파란 놈이 감히!"

금광요는 섭명결의 등장에 혼비백산해 남희신 뒤에 숨었다. 남희신이 두 사람 사이에 끼어 말을 꺼내기도 전에 섭명결이 도를 뽑아 휘둘렀다. 남희신도 검을 뽑아 막으며 외쳤다.

"도망치거라!"

금광요가 문을 박차고 나갔다.

"막지 마!"

섭명결이 남희신을 밀쳐내며 쫓아 나갔다.

장랑을 돌자 금광요가 느긋하게 걸어오는 게 보였다. 섭명결이 도를 휘두르자 사방으로 피가 튀었다. 금광요는 분명 정신없이 도망쳤는데 어떻게 이렇게 느긋하게 걸어오지?!

섭명결은 비틀거리며 앞으로 뛰어갔다. 광장으로 뛰어가 숨을 헐떡이며 고개를 들자 위무선의 귀에도 미친 듯이 뛰는 섭명결의 심장 소리가 들렸다.

금광요!

광장의 사방팔방, 오가는 사람이 모두 금광요의 모습이었다!

섭명결은 이미 주화입마한 것이다!

섭명결은 정신이 희미한 상태에서 금광요를 죽이고, 죽이고, 또 죽였다. 보이는 사람마다 찍어 내리자 사방에서 비명이 울려 퍼졌다. 갑자기, 위무선의 귀에 울부짖는 소리가 들려왔다.

"형님!"

이 소리에 섭명결은 깜짝 놀라 조금 진정하고 고개를 돌렸다. 마침내 쓰러진 금광요의 얼굴이 다른 얼굴인 것이 어렴풋하게 보였다.

섭회상은 섭명결의 도에 베인 팔을 붙잡고 다리를 끌며 섭명결을 향해 오다가 그가 동작을 잠시 멈추자 눈물을 머금고 외쳤다.

"형님! 형님! 저예요. 도를 내려놓으세요. 저라고요!"

하지만, 섭회상이 미처 다가가기 전에 섭명결이 쓰러졌다.

쓰러지기 전, 마침내 눈이 맑아지면서 진짜 금광요가 보였다.

장랑 끝에 서 있는 금광요는 몸에 피 한 방울 튀지 않았다. 이쪽을 바라보는 금광요의 눈에서 눈물이 흘러나왔다. 그러나 금광요의 가슴에 활짝 핀 금성설랑 문양은 마치 그를 대신해 미소 짓는 것 같았다.

갑자기, 위무선은 멀리서 자기를 부르는 소리를 들었다. 그 소리는 차갑고 깨끗하면서 낮고 무거웠다. 첫 번째 소리는 모호하고 아득해 진짜 같기도 꿈결 같기도 했다. 두 번째 소리는 또렷하고 현실감이 있었다. 말투에서 약간의 초조함이 묻어났다.

세 번째 소리는 똑똑히 들렸다.

"위영!"

그 소리에 위무선은 순식간에 빠져나왔다.

위무선은 여전히 얇은 종이 사람으로 섭명결 머리를 봉한 철 투구에 붙어 있었다. 위무선이 섭명결의 두 눈을 가린 철갑 조각을 잡아당기자 매듭이 느슨해져 핏발이 선 채로 부릅뜬 분노에 찬 눈이 보였다.

남은 시간이 많지 않았다. 빨리 육신으로 돌아가야 했다!

위무선이 소매를 부르르 떨며 나비가 날개를 움직이는 것처럼 날아올랐다. 그런데, 위무선이 발에서 나가려는 순간 밀실의 어두운 구석에 누군가 서 있는 게 보였다. 금광요가 살짝 웃으며 한마디도 하지 않고 허리에서 연검(軟劍)을 꺼냈다. 바로 그의 유명한 패검 '한생'이었다.

금광요는 온약한 곁에 잠입했을 때 늘 이 연검을 허리에 숨기거나 손목에 감고 다니며 중요한 순간에 썼다. 한생은 검날이 매우 부드러워 보이지만, 실제로는 독하고 날카로우며 끈질겼다. 한생에게 붙잡히면 금광요가 특이한 영력을 불어넣었고, 그러면 맑은 물 같은 연검이 조금씩 비틀어지면서 잡힌 검을 산산조각냈다. 많은 명검이 이런 식으로 쇳조각 신세가 됐다. 한생이 은빛 비늘을 번쩍이는 독사처럼 위무선을 바짝 쫓아왔다. 자칫 잘못하면 이 독사의 독니에 물릴 수도 있었다.

위무선은 소매를 펄럭이며 이리저리 잽싸게 피했지만, 어쨌든 자기 몸이 아니었기 때문에 자칫하면 한생의 날카로운 칼날에 물릴 뻔했다. 이렇게 가다가는 잡힐 게 뻔했다.

순간, 한쪽 벽 나무 창틀 위에 조용히 누워 있는 장검이 보였다. 그 검은 오랫동안 사람의 손길이 닿지 않은 듯 검과 주위에 먼지가 잔뜩 내려앉은 상태였다.

그것은 위무선의 패검, 수편이었다!

위무선은 창틀로 날아가 수편의 칼자루를 힘껏 밟았다. 쨍하는 소리와 함께 소환에 응한 검이 칼집에서 튀어나왔다.

칼집에서 튀어나온 수편이 한생의 기괴하고 무시무시한 검 빛과 맞부딪쳤다. 이 광경에 금광요의 얼굴에 순간 놀라는 듯한 빛이 스쳤다. 그는 재빨리 표정을 바로잡고 오른손 손목을 잽싸게 몇 번 돌렸다. 그러자 한생이 수편의 하얗고 쭉 뻗은 검신을 실타래처럼 감쌌다. 금광요가 손을 떼자 두 검이 스스로 싸우기 시작했다. 그 다음 금광요는 왼손을 젖혀 위무선을 향해 부적을 날렸다. 공중에서 부적이 맹렬한 불꽃을 일으키며 타올랐다. 위무선은 훅 들어오는 열감을 느끼면서 두 검이 공중에서 부딪쳐 빛을 내뿜는 틈을 타 종이 소매를 힘껏 움직여 밀실을 빠져나갔다.

시간이 거의 다 됐기 때문에 위무선은 위장을 신경 쓸 틈도 없이 곧장 손님방으로 날아갔다. 마침 남망기가 문을 열던 참이라 전력을 다해 날아가던 위무선이 남망기 얼굴로 달려들었다.

남망기의 얼굴에 찰싹 붙은 종이 사람은 벌벌 떠는 것 같았다. 남망기는 위무선의 넓은 소매에 두 눈이 가려진 채로 그가 자기 얼굴에서 충분히 다 떨 때까지 기다린 다음에야 가볍게 집어 들었다.

잠시 뒤 성공적으로 돌아온 위무선이 숨을 깊이 들이마시더니 눈을 뜨며 벌떡 일어났다. 아직 적응이 안 돼 현기증이 나서 몸이 앞으로 쏠리자 남망기가 잡아주었다. 위무선이 다시 고개를 휙 들다가 퍽 하고 남망기의 턱을 쳤고 순간 두 사람의 입에서 앓는 소리가 새어 나왔다. 위무선은 한 손으로 자기 머리를 문지르고 다른 한 손으로 남망기의 턱을 문질렀다.

"이런! 미안해. 남잠 괜찮아?"

남망기는 자신의 턱을 쓰다듬는 위무선의 손을 가볍게 치우고 고개를 저었다.

"가자!"

위무선이 남망기를 잡아당기며 말했다.

"어딜?"

남망기는 여러 말 하지 않고 위무선을 따라나서며 물었다.

"방비전! 방비전에 있는 청동 거울이 밀실 입구야. 그의 부인이 무슨 비밀을 알아냈는지 그에게 끌려갔어. 분명 아직 그 안에 있을 거야! 적봉존의 머리도 그 안에 있다고!"

금광요는 섭명결의 머리를 다시 봉인해 다른 곳으로 옮겼을 게 뻔했다. 하지만 머리는 옮길 수 있어도 부인 진소까지 옮길 수는 없지 않겠는가! 조금 전까지만 해도 연회에 참석했던 금린대의 안주인이, 그렇게 높은 신분의 산 사람이 갑자기 사라지면 의심하지 않을 사람이 없을 것이다. 금광요가 거짓을 꾸미고 입막음을 할 시간을 주지 않도록 지금 당장 쳐들어가야 했다.

두 사람은 산을 밀고 바다를 뒤집어엎을 기세로 앞을 막는 자들을 모두 밀쳐냈다. 금광요는 방비전 근처에 훈련이 매우 잘된 문하생들을 배치해놓았다. 그들은 누가 침입하면 일단 막았고, 막지 못하면 큰 소리로 신호를 보내 방비전 안에 있는 주인에게 경고했다. 하지만 이번에는 제 꾀에 제가 넘어갔다. 그들의 경고 신호가 클수록 상황은 금광요에게 불리했다. 오늘은 수많은 선문 세가가 모두 모여 있어 경고 신호를 들으면 침전 안 금광요는 물론이고 그들도 몰려나올 것이기 때문이었다!

제일 먼저 달려온 사람은 금릉이었다. 금릉은 이미 검을 빼 들고 의아한 듯 물었다.

"두 사람이 여기 왜 왔습니까?"

남망기가 성큼 계단 세 개를 올라가 피진을 뽑았다.

"이곳은 제 숙부의 침전입니다. 잘못 온 거 아닙니까? 아니다, 당신들이 뛰어 들어왔지. 뭐 하려는 겁니까?"

금릉이 경계하며 물었다.

"무슨 일이야?"

금린대에 모여 있던 세가 선수와 수사들도 속속 몰려와 물었다.

"여기 왜 이렇게 소란스러워?"

"여긴 방비전인데 오지 않는 게……."

"방금 경고 신호가 울려서……."

일부는 불안해하고 일부는 걱정스러운 듯 아무 말도 하지 않았다. 침전 안에서는 아무 소리도 들리지 않았다.

"금 종주? 금 선독?"

위무선이 문을 두드리며 불렀다.

"너 도대체 뭐 하는 거야? 너 때문에 사람들이 몰려왔잖아! 여긴 내 숙부의 침전이라고, 침전. 알겠어? 내가 너한테 말했잖아……."

금릉이 화가 나 말했다.

남희신이 다가오자 남망기가 그를 쳐다봤다. 두 사람의 시선이 마주치자 남희신은 멈칫하더니 믿지 못하겠다는 듯 복잡한 표정이 되었다. 이미 이해한 것 같았다.

섭명결의 머리가 바로 이곳 방비전에 있었다.

그때, 웃음 띤 목소리가 들려왔다.

"무슨 일입니까? 낮에 대접이 변변찮아 이곳에서 밤 연회라도 여실 생각입니까?"

금광요가 사람들 뒤에서 천천히 걸어 나왔다.

"염방존 마침 잘 오셨습니다. 더 늦었다간 방비전 밀실에 있는 것을 못 볼 뻔했습니다."

위무선이 말했다.

"밀실이요?"

금광요가 놀라 물었다.

사람들은 도대체 무슨 일인가 싶어서 어리둥절했다.

"왜요? 밀실이 뭐 신기한 일입니까? 귀한 법보를 보관하는 수장고 하나쯤 없는 가문이 어디 있습니까?"

금광요가 이해할 수 없다는 듯이 말했다.

남망기가 말하려는데 남희신이 먼저 입을 열었다.

"아요, 문을 열어 밀실을 한 번 보여주겠느냐?"

"둘째 형님, 수장고는 귀한 물건을 잘 보관하려고 만든 것입니다. 그런데 갑자기 열라고 하시는 건……."

금광요가 의아하면서도 난감하다는 듯이 말했다.

제아무리 금광요라도 이렇게 짧은 시간에 진소를 감쪽같이 다른 곳으로 옮기지 못했을 것이다. 전송부는 전송술을 쓴 자만 옮길 수 있었고 진소의 상태를 봐서는 절대 그만한 영력이 없을 것이고, 이런 일로 전송부를 쓰지도 않을 것이다. 때문에, 지금 진소는 분명 안에 있을 것이다.

어쩌면 살아서, 어쩌면 죽은 채로. 죽었든 살았든 금광요에게는 모두 치명적일 것이다.

금광요는 마지막 발악을 하면서도 여전히 침착하게 이런저런 핑계를 대며 거절했다. 하지만 거절하면 할수록 남희신의 말투는 단호해졌다.

"열거라."

금광요는 남희신을 똑바로 주시하더니 갑자기 방긋 웃었다.

"둘째 형님이 그렇게 말씀하시니 열어서 보여드리는 수밖에 없겠네요."

금광요가 문 앞에서 손을 휘젓자 침전이 열렸다. 사람들 속에서 누군가 차갑게 말했다.

"소문에 고소 남씨는 예를 가장 중요하게 생각한다더니, 지금 보니 그저 소문인가 봅니다. 한 가문의 가주의 침전에 강제로 들어가다니, 정말 예를 중요시하네요."

방금 광장에서 위무선은 금가 문하생들이 그에게 공손하게 인사하며 '소 종주'라고 부르는 소리를 들었다. 그는 최근 가문이 흥성한 말릉 소씨의 가주 소섭이었다. 백의를 입은 소섭은 눈과 눈썹이 가늘고 길며 입술이 얇은 게 준수하게 생겼고 다소 건방진 느낌을 풍겼다. 용모에서 풍기는 분위기는 나름대로 봐줄 만한 편이었다. 그러나 애석하게도 눈에 띨 정도는 아니었다.

"됐습니다. 못 보여드릴 것도 없습니다."

금광요가 말했다. 그는 매우 예의 바르게 말해 성격 좋다는 인상을 주었지만 조금 난처한 기색도 보였다. 금광요의 뒤를 따르던 금릉은 갑자기 침입을 당한 숙부 대신 씩씩거리며 위무선을 한참 노려봤다.

"수장고를 보여달라고 하셨지요?"

금광요가 다시 물었다.

금광요가 손을 청동 거울에 놓자 거울에 보이지 않는 주문이 그려졌다. 금광요가 먼저 들어갔다. 그 뒤로 위무선이 다시 밀실로 들어갔다. 밀실 진열장에 주문이 가득한 발과 철제 탁자가 보였다.

그리고 진소가 보였다.

진소는 그들을 등지고 철제 탁자 옆에 서 있었다.

"금 부인이 어떻게 여기 계십니까?"

남희신이 약간 놀라며 물었다.

"우리는 모든 물건을 공유합니다. 아소도 자주 이곳에 들어오고요."

금광요가 말했다.

위무선은 진소를 보고 조금 놀랐다.

'금광요가 그녀를 옮기지도, 죽이지도 않았네? 그녀가 무슨 말을

할지 두렵지도 않은가?'

위무선은 안심할 수 없어 진소 옆으로 가서 그녀의 옆얼굴을 자세히 관찰했다. 진소는 아직 살아 있었다. 게다가 전혀 이상이 없었다. 표정이 굳어 있었지만 위무선은 그녀가 사술이나 독에 중독되지 않고 정신이 또렷하다는 것을 확신할 수 있었다.

하지만 그녀의 정신이 또렷할수록 이 상황이 더 이상했다. 방금 감정이 격앙된 진소가 금광요에게 저항하는 모습을 직접 보았기 때문이다. 그녀에게 어떻게 했길래 이렇게 짧은 시간에 그녀의 입을 막았단 말인가?

위무선은 상황이 예상처럼 순조롭지 않을 것이라는 불길한 예감이 들었다. 위무선이 진열장 앞으로 다가가 발을 휙 걷었다.

발 뒤에는 투구가 없었고 머리는 더더욱 없었으며 비수 하나가 놓여 있을 뿐이었다.

차가운 빛이 감도는 비수는 살기가 등등했다. 남희신도 이 발을 주시하고 있었지만, 열어보기를 미루고 있었을 뿐이었다. 상상한 물건이 아니자 남희신은 거의 한숨을 돌리는 듯했다.

"이건 무슨 물건이지?"

남희신이 물었다.

"아, 그거요."

금광요가 다가와 비수를 손에 쥐며 말했다.

"희귀한 물건입니다. 이 비수는 자객의 병기로 무수한 사람을 죽였고 날카롭기가 그지없습니다. 이 비수의 칼날을 자세히 보면 칼날에 비추는 그림자가 자기가 아니라는 것을 발견할 것입니다. 때론 남자, 때론 여자, 때론 노인이지요. 다 자객의 손에 죽은 망령입니다. 이 비수는 음기가 강해 제가 발을 쳐서 봉해놓았습니다."

"이것은 분명……."

남희신이 물었다.

"맞습니다. 온약한의 것입니다."

금광요가 태연하게 말했다.

금광요는 확실히 정말 똑똑했다. 그는 언젠가 밀실이 발각될 것을 예상하고 이곳에 섭명결의 머리 외에도 보검, 부적, 고대 비석 파편, 영기 등 다른 희귀한 법보들을 놓아두었다. 이 밀실은 아주 평범한 수장고처럼 보였다. 그 비수는 금광요의 말처럼 음기가 강한 희귀한 물건이었다. 많은 선문 세가가 모두 이런 병기를 수집하는 취미가 있었고 기산 온씨 가주의 전리품은 더 귀했다.

모든 게 아주 정상적이었다.

금광요가 손에 든 비수를 감상하는 것을 보던 진소가 갑자기 손을 뻗어 비수를 빼앗았다.

그녀의 오관이 얼굴과 함께 미세하게 일그러지며 떨렸다. 다른 사람은 이 표정을 이해하지 못했지만 방금 그녀와 금광요가 다투는 모습을 본 위무선은 한눈에 알아보았다.

고통, 분노, 수치!

"아소?"

금광요의 웃는 얼굴이 굳어졌다.

남망기와 위무선이 손을 뻗어 비수를 빼앗으려고 했지만, 진소의 몸이 번쩍하더니 비수가 그녀의 복부로 파고들었다.

"아소!"

금광요가 울부짖었다.

금광요가 달려가 진소의 축 늘어진 몸을 끌어안았고 남희신은 즉시 약을 꺼내 치료했다. 그러나, 비수의 칼날은 매우 날카롭고 원기와 음기가 강해 순식간에 진소의 목숨을 앗아갔다.

그 자리에 있던 사람들은 예상치 못한 상황에 깜짝 놀라 얼어붙었다. 금광요는 한 손으로 부인의 얼굴을 잡고 그녀의 이름을 목놓아 불렀다. 눈을 부릅뜨자 눈물이 그녀의 뺨으로 계속 떨어졌다.

"아요, 금 부인은…… 너무 상심하지 말거라."

남희신이 말했다.

"둘째 형님, 이게 무슨 일입니까? 아소가 왜 갑자기 자살했을까요? 그리고, 어째서 여러분은 갑자기 방비전 앞에 모여 저에게 수장고를 열라고 하신 겁니까? 저에게 말 안 한 일이라도 있습니까?"

금광요가 고개를 들고 물었다.

"택무군, 설명해보십시오. 우리는 도무지 영문을 모르겠습니다."

조금 늦게 도착한 강징이 차갑게 말했다.

사람들이 동요하는 모습에 남희신은 말하는 수밖에 없었다.

"최근 우리 고소 남씨 자제들이 야렵을 하다가 모가장을 지났습니다. 그곳에서 토막 난 왼팔의 습격을 받았습니다. 그 왼팔은 원기와 살기가 강해서 망기가 그 팔이 이끄는 대로 쫓아갔습니다. 그런데, 오마분시된 신체를 다 모아보니, 그 흉시는…… 큰형님이었습니다."

수장고 안팎이 술렁거렸다.

"큰형님이요? 큰형님은 매장하지 않았습니까? 제 눈으로 똑똑히 봤습니다!"

금광요가 깜짝 놀라 물었다.

"큰형님이요? 희신 형님? 제 큰형님이요? 형님의 큰형님이기도 한 그 큰형님이요?"

섭회상은 자기가 잘못 들은 게 아닌가 싶어 뒤죽박죽으로 말했다.

남희신이 무겁게 고개를 끄덕였다. 섭회상은 눈을 희게 까뒤집더니 뒤로 쿵 하고 쓰러졌다.

"섭 종주! 섭 종주!"

"어서 의원 불러!"

주위에 있던 사람들이 외쳤다.

"오마분시…… 오마분시라니요! 어떤 자가 감히 그런 잔인한 짓을 했단 말입니까?!"

금광요는 눈물을 머금고, 눈시울을 붉히며 두 주먹을 불끈 쥔 채로 분통하다는 듯이 외쳤다.

"모른다. 머리를 찾았을 때, 단서가 끊겼다."

남희신이 고개를 저으며 말했다.

금광요가 멈칫하더니 갑자기 반응했다.

"단서가 끊겨서…… 이리로 왔다고요?"

남희신은 잠자코 아무 말도 하지 않았다. 금광요는 못 믿겠다는 듯이 다시 물었다.

"방금 수장고를 열라고 하신 것도…… 큰형님의 머리가 이곳에 있으리라는 의심 때문이었습니까?"

남희신의 얼굴에 미안한 기색이 스쳤다.

금광요가 고개를 숙인 채 진소의 시체를 끌어안고 한참 있다가 입을 열었다.

"……알았습니다. 두말하지 않겠습니다. 하지만 둘째 형님, 함광군이 제 침전에 이 수장고가 있는지 어떻게 알았습니까? 게다가 무슨 근거로 큰형님의 머리가 제 밀실에 있다고 판단했습니까? 금린 대는 경계가 삼엄합니다. 이 일을 정말 제가 그랬다면, 제가 이렇게 허술하게 큰형님의 머리를 다른 사람에게 들켰겠습니까?"

그의 질문에 남희신은 대답하지 못했다. 남희신뿐 아니라 위무선도 대답하지 못했다. 이렇게 짧은 시간에 금광요가 머리를 옮기고, 무슨 수를 썼는지 진소가 사람들 앞에서 자살하게 만들어 입을 막아버릴 줄은 예상하지 못했다.

열심히 생각하고 있는데 금광요가 한숨을 쉬며 말했다.

"현우야, 둘째 형님에게 네가 그렇게 말한 것이냐? 이렇게 곧 들통날 거짓말이 무슨 소용이 있다고?"

"염방존, 지금 누구에게 하시는 말씀입니까?"

한 가주가 어리둥절해 물었다.

"누구긴 누구겠습니까? 바로 함광군 옆에 서 있는 저자 말이지요."

누군가 차갑게 말했다.

사람들의 시선이 일제히 움직였다. 방금 그 말을 한 사람은 소섭이었다.

"저자가 누구인지 난릉 금씨가 아닌 여러분은 아마 모르실 겁니다. 저자의 이름은 모현우이고 난릉 금씨에서 버려진 자식입니다. 애초 품행이 단정하지 않아 염방존을 희롱하다가 쫓겨났지요. 소문을 들자 하니 어떻게 함광군 눈에 들었는지 함광군 옆에서 시중을 들면서 여기저기 다녔다고 합니다. 단정하고 바르기로 소문난 함광군이 어째서 저런 인물을 옆에 두는지 정말 모르겠습니다."

소섭이 덧붙였다.

그의 말에 금릉의 표정이 나빠졌다. 사람들이 수군대는 가운데 금광요가 진소의 시체를 내려놓고 천천히 일어나 패검 한생의 칼자루에 손을 얹고 위무선에게 한 발 다가왔다.

"과거의 일은 거론하지 않겠다. 다만 아소의 갑작스러운 자진에 무슨 수작을 부렸는지 사실대로 말해다오."

금광요는 양심의 가책도 없이 당당한 기세로 거짓말을 했다. 옆에서 들으면 모현우가 염방존에게 원한을 품어서 모욕적인 말을 했고, 금 부인에게 손을 써 자진하게 만든 것 같았다. 위무선조차 순간 반박할 말이 떠오르지 않았다. 뭐라고 해야 하나? 조금 전에 섭명결의 머리를 봤다고? 그럼 밀실에 어떻게 숨어들었다고 해야 하나? 죽어서 증언할 수 없는 진소가 그를 봤다고 해야 하나? 허무맹랑한 소리라고 반박당할 게 뻔한 그 이상한 서신에 대해 말해야 하나? 설명할수록 점점 이상해질 뿐이었다. 위무선이 정신없이 대책을 생각하고 있는데 한생이 칼집에서 나왔다. 남망기가 위무선 앞으로 나서며 피진으로 한생의 공격을 막았다.

그러자 수사들이 일제히 검을 뽑아 들었고 두 검이 한쪽에서 상대를 탐색했다. 위무선은 무기가 없어 막을 수가 없었다. 고개를 돌리니 마침 수편이 진열대 위에 누워 있었다. 위무선이 그것을 손에 쥐자 검이 칼집에서 나왔다!

금광요의 눈동자가 커지면서 자기도 모르게 소리쳤다.

"이릉노조!"

갑자기, 금릉을 포함한 난릉 금씨의 모든 사람이 검의 방향을 바꿔 위무선에게 향했다.

갑자기 신분이 드러난 위무선은 혼란스러워하는 금릉의 표정을 주시하면서 금릉의 패검 세화와 대치했다.

"이릉노조가 이 세상에 다시 오신 것도 모르고, 이렇게 왕림해주셨는데 마중 나가지도 못했군요."

금광요가 다시 말했다.

위무선은 도대체 어디서 꼬리가 잡힌 것인지 갈피를 잡을 수가 없었다.

"셋째 형님? 방금 뭐라고 하셨습니까? 이 사람은 모현우가 아닙니까?"

섭회상이 영문을 모르겠다는 듯 멍하게 말했다.

"회상, 아릉, 모두 이리 오너라. 여러분 조심하십시오. 그가 저 검을 빼 들었으니 그는 분명 이릉노조 위무선입니다!"

금광요가 한생을 위무선에게 겨누며 말했다.

사람들은 위무선의 검 이름은 입에 올리기가 거북한지 '그 검', '저 검', '그의 검'으로 불렀다. '이릉노조'라는 네 글자는 적봉존이 오마분시 당했다는 사실보다 더 모골이 송연했다. 검을 뺄 생각이 없었던 사람들도 자기도 모르게 패검을 뽑아 들고 밀실을 단단히 에워쌌다. 위무선은 사방팔방에서 번쩍이는 검광을 휙 둘러보며 아무 감정을 드러내지 않았다.

"저 검을 뽑는 자가 이릉노조란 말입니까? 셋째 형님, 둘째 형님, 함광군, 서로 오해한 거 아니에요?"

섭회상이 말했다.

"오해가 아니다. 그는 분명 위무선이다."

금광요가 말했다.

"잠깐만요! 숙부, 잠깐만요! 외숙, 외숙이 대범산에서 자전으로 그를 친 적이 있잖아요? 그때 그의 혼백이 떨어져 나가지 않았으니 탈사 당한 게 아니잖아요? 그러니 위무선이 아닐 수도 있잖아요?!"

갑자기 금릉이 외쳤다.

강징의 표정도 좋지 않았다. 그는 아무 말도 하지 않고 손으로 칼자루를 누르는 게 어떻게 해야 할지 생각하는 것 같았다.

"대범산? 그래, 아릉 네 말을 들으니 나도 대범산에서 뭐가 나타났는지 생각이 났다. 온녕을 소환한 것도 그가 아니더냐?"

금광요가 말했다. 금릉은 자기 말이 반박당하자 얼굴이 어두워졌다.

"여러분은 모르시겠지만, 모현우가 금린대에 있을 때 이곳에서 이릉노조의 친필 원고를 본 적이 있습니다. 그 친필 원고에는 사술인 '헌사'가 기록되어 있었습니다. 혼백과 육신을 대가로 여귀사령(厲鬼邪靈)을 소환해 복수를 부탁한 겁니다. 강 종주가 자전으로 백번을 쳐도 증거를 찾을 수 없습니다. 왜냐면 사술을 행한 자가 자기 육신을 기꺼이 바쳤기 때문에 탈사와는 전혀 다르니까요!"

금광요가 계속 말했다.

금광요의 말은 일리가 있었다. 금린대에서 쫓겨난 모현우는 원한이 가득해 예전에 봤던 사술이 적힌 원고를 떠올리고 복수심에 여귀의 강림을 청하고 이릉노조를 소환한 것이다. 위무선이 한 모든 일은 모현우의 복수를 위한 것이니 섭명결을 오마분시한 것도 분명 위무선의 짓일 터였다. 진상이 밝혀지지 않은 상황에서 이릉노조의 음모일 가능성이 가장 컸다.

"헌사가 증거를 찾을 수 없다면 염방존의 판단만으로는 확실하다고 결론 내릴 수 없습니다."

누군가 의심의 목소리를 냈다.

"헌사는 증거를 찾을 길이 없습니다만, 그가 이릉노조인지 증거는 댈 수 있습니다. 이릉노조가 난장강에서 자기가 부리던 여귀에게 반격당해 가루가 된 이후 그의 패검은 우리 난릉 금씨가 보관하고 있었습니다. 그러나 얼마 뒤 그의 검은 저절로 봉검되었습니다."

금광요가 말했다.

"봉검?"

위무선은 깜짝 놀랐다. 불길한 예감이 들었다.

"봉검이 뭔지는 설명하지 않아도 아시리라 생각합니다. 이 검은 위무선 외에 그 어떤 사람의 사용도 용납하지 않아 스스로를 봉인했습니다. 이릉노조 본인 외에는 뽑을 수가 없습니다. 그러나 방금 저 '모현우'가 여러분 앞에서 13년 동안 잠들어 있던 검을 뽑았습니다!"

금광요가 말했다.

말이 채 끝나기도 전에 수십 개의 검 빛이 일제히 위무선 향해 날아왔다.

남망기가 막자 피진이 사람들을 쳐내고 길을 만들었다.

"망기!"

남희신이 말했다.

"함광군! 당신이……."

피진의 한기에 이리저리 쓰러진 가주들이 소리쳤다.

위무선은 군말 없이 오른손으로 창턱을 짚고 밖으로 가볍게 몸을 날린 뒤, 두 발이 땅에 닿자 바로 달렸다. '금광요가 이상한 종이 사람을 발견하고 수편이 칼집에서 나온 것을 보고 내 신분을 알아챈 게 분명해. 재빨리 거짓말을 생각해내고 진소를 자살하도록 유도한 다음 일부러 나를 수편이 있는 쪽으로 유도해 검을 뽑게 만들어 내 신분을 폭로한 거군. 무섭네, 무서워. 그가 이렇게 빠르게 반응하고 그럴듯하게 거짓말을 할 줄은 전혀 예상치 못했어!'

위무선이 생각을 하며 달리고 있는 그 순간, 옆에 누군가 따라왔다. 남망기가 말없이 쫓아오고 있었다. 위무선은 원래 명성이 나빴고, 이런 상황이 처음도 아니었으며, 이번 생의 마음가짐은 지난 생과는 달라 아주 담담하게 마주했다. 일단 도망가고 나중에 기회가 있으면 반격하고 없으면 어쩔 수 없다고 생각했다. 남아봐야 검에 찔릴 게 뻔했고 억울하다고 떠들어 봐야 더 웃음거리만 될 것이었다. 사람들은 위무선이 언젠가 돌아와 멸문을 일삼고 백가를 피로 물들일 것이라고 굳게 믿었기 때문에 그의 해명을 들어줄 리가 없었다. 게다가 금광요가 옆에서 부채질까지 하고 있었다. 그러나 남망기는 전혀 달랐다. 그는 해명할 필요가 전혀 없었다. 누군가 그를 대신해 함광군은 이릉노조에게 속은 것이라고 해명해줄 것이었다.

"함광군, 따라올 필요 없어!"

위무선이 말했다.

남망기는 앞만 쳐다보며 대답하지 않았다. 두 사람은 소리치며 쫓아오는 사람들을 따돌렸다. 바쁜 와중에 다시 말했다.

"정말 나와 같이 갈 거야? 잘 생각해, 이 문을 넘으면 네 명성에 금이 갈 거라고!"

두 사람은 이미 금린대에서 내려온 상태였다. 남망기가 위무선의 한쪽 손목을 꽉 잡으며 뭔가 말을 하려는데 갑자기 눈앞에 하얀 그림자가 번쩍하더니 금릉이 그들의 앞을 가로막았다.

금릉을 보자 위무선은 한시를 났다. 두 사람이 비켜서 지나가려는데 금릉이 다시 그들을 가로막았다.

"네가 위영이야?!"

금릉은 혼란스러운 기색이 역력했다. 붉어진 눈가에 분노와 원망과 망설임과 막막함 그리고 불안이 서려 있었다.

"네가 정말 위영— 위무선이냐고?!"

금릉이 다시 소리쳤다.

금릉의 모습과 말투를 보니 원망보다 아픔이 더 큰 것 같았다. 위무선은 마음이 흔들렸지만, 사람들이 쫓아오는 것도 순식간의 일이라 그를 상대하지 않고 이를 악물고 세 번째로 비켜섰다. 그런데, 순간 복부가 서늘해졌다. 고개를 숙여보니 금릉이 붉게 물든 하얀 검을 뽑아내고 있었다.

위무선은 금릉이 정말 검으로 찌를지 생각하지 못했다.

위무선은 '닮아도 하필 제 외숙을 닮아서 칼을 꽂아도 같은 곳에 꽂냐.' 하고 생각했다.

이어진 일은 위무선은 잘 기억하지 못했다. 자신이 되는 대로 검을 휘둘렀고, 사방이 소란스럽게 요동쳤으며, 무기가 서로 맞부딪치고 영력이 작렬하는 소리가 끊이지 않았던 기억뿐이었다. 얼마나 지났을까. 정신없는 가운데 눈을 뜨자 위무선은 남망기의 등에 업혀 피진 위에 있었다. 남망기의 새하얀 뺨 절반이 피투성이가 되어 있었다.

사실 복부의 상처는 그렇게 많이 아프지는 않았지만, 어쨌든 몸에 구멍이 난 셈이었다. 아무렇지 않은 듯 한동안 버텼지만, 이 육체는 상처를 입어본 적이 없었기 때문에 상처에서 피가 멈추지 않았다. 정신을 잃는 것은 위무선이 통제할 수 있는 게 아니었다.

"……남잠."

위무선이 불렀다.

남망기의 숨결은 평소처럼 평온하지 않았다. 조금 다급한 기색이 보이는 것은 위무선을 업은 채 적과 교전했고 한참을 바삐 달린 까닭이었을 것이다.

"응."

하지만 대답은 예전과 마찬가지로 여전히 한 글자였다.

"응." 하고 대답한 다음 남망기는 다시 "나 여기 있어." 하고 말했다.

그 말에 위무선은 한 번도 느껴보지 못한 감정이 올라왔다. 시큰한 듯 명치가 희미하게 욱신거리면서도 어쩐지 따뜻했다.

위무선은 예전에 먼 강릉까지 지원을 와준 남망기에게 고맙다는 인사는커녕 말다툼을 벌이며 불쾌하게 만들었던 기억이 떠올랐다.

참으로 뜻밖의 일이었다. 모두가 두려움에 떨며 그에게 아첨할 때 남망기는 면전에 대고 그를 질책했다. 그러나 모두가 그를 버리고 증오할 때 남망기는 자신의 곁에 서 있었다.

"아, 기억났다."

갑자기 위무선이 말했다.

"뭐가?"

남망기가 물었다.

"기억났어, 남잠. 이렇게, 내가…… 너를 업은 적이 있어……."

위무선이 말했다.

제11장
용감무쌍

제11장 용감무쌍

1

운몽은 호수가 많았다. 이곳에 자리 잡은 가장 큰 선문 세가는 운몽 강씨로 운몽 강씨는 선부 '연화오'를 호수에 기대 건설했다.

연화오 부두에서 출발해 물길을 따라 조금만 가면 연화호가 나왔다. 연화호는 크기가 수백 리에 달했다. 넓고 푸른 잎이 끝없이 펼쳐져 있고 분홍색 연꽃이 빽빽하게 피어 있었다. 호수에 바람이 지나가면 꽃이 흔들리고 잎이 파르르 떨면서 연신 고개를 끄덕이는 것 같았다. 맑고 깨끗한 아름다움 속에 천진한 모습도 있었다.

연화오는 다른 집안의 선부처럼 속세의 음식을 먹지 않고 대문을 꼭 닫아걸며 반경 몇 리 안에 일반인의 출입을 불허하는 등의 조치를 하지 않았다. 대문 앞 넓은 부두에는 연방이나 마름 열매, 각종 간식거리를 파는 상인들이 상주해 늘 떠들썩했다. 근처 민가의 아이들도 콧물을 훌쩍대며 연화오의 연무장으로 몰래 들어와 검 수련을 훔쳐보다 발각되어도 혼나지 않았고, 가끔은 강가 자제들과 같이 놀기도 했다.

위무선은 어렸을 때 연화호 호숫가에서 연 맞추기 놀이를 많이 했다.

강징은 자기 연을 노려보고 있다가 이따금 위무선의 연을 힐끔 살폈다. 위무선은 연이 이미 높이 올라갔지만, 아직 충분하지 않다는 듯 활시위를 당길 생각은 않고 오른손을 미간 위에 댄 채 고개를 들며 웃었다.

연이 맞출 만한 거리까지 날아 올라가자 강징이 이를 악물며 활시위에 화살을 걸고 쭉 당겼다. 하얀 깃털이 달린 화살이 쉬익 소리와 함께 힘차게 날아갔다. 외눈박이 괴물 그림이 그려진 연이 명중돼 떨어졌다. 그 모습에 강징이 미간을 펴며 외쳤다.

"맞았다!"

그리곤 바로 위무선에게 물었다.

"네 연은 저렇게 멀리 날아갔는데 맞출 수 있겠어?"

"네가 보기엔 어때?"

위무선이 말했다.

그러더니 그제야 화살을 하나 뽑아 활시위에 걸고 정신을 집중해 조준했다. 활시위가 팽팽하게 당겨지자 손을 탁 놓았다.

명중!

강징이 다시 미간을 찌푸리고 콧방귀를 뀌었다. 소년들이 활을 거두고 연을 주우러 뛰어가 순위를 가렸다. 가장 가까운 곳에 떨어진 게 순위가 가장 낮았다. 늘 꼴찌를 하는 사람은 항렬이 여섯 번째인 사제(師弟)로 늘 그랬던 것처럼 낄낄거리며 놀려도 그는 얼굴이 두꺼워 전혀 개의치 않았다. 위무선의 연이 제일 멀리 떨어졌고 그 바로 앞에 2등인 강징의 연이 있었다. 두 사람은 주우러 가는 것을 귀찮아했다. 소년들이 물 위에 지어진 구곡연화랑으로 시끌벅적하게 달려가 지붕과 벽을 타고 있는데 갑자기 아름다운 자태의 젊은 여인 두 명이 나타났다.

두 사람 모두 무장 시녀 복장을 하고 단검을 착용하고 있었다. 키가 큰 시녀가 연 하나와 화살 하나를 들고 그들 앞을 막아서며 차갑게 말했다.

"이건 누구 겁니까?"

두 여인을 본 소년들은 망했다고 생각했다. 위무선이 턱을 쓰다듬으며 일어났다.

"제 건데요."

"솔직하시군."

다른 시녀가 말했다.

그녀들이 양쪽으로 갈라서니 뒤에서 패검을 차고 자주색 옷을 입은 여인이 걸어왔다.

그녀는 피부가 하얗고 용모가 수려하며 아름다웠지만 강한 느낌이 있었다. 웃는 듯 안 웃는 듯 올라간 입꼬리와 비웃는 듯한 표정이 강징과 비슷했다. 가는 허리에 자주색 옷이 나풀거렸고 칼자루에 얹은 오른손과 얼굴이 차가운 옥 같았으며 오른손 집게손가락에 자수정 반지를 끼고 있었다.

"어머니."

강징이 그녀를 보자 웃으며 외쳤다.

"우 부인."

소년들이 공손하게 말했다.

우 부인은 강징의 모친으로 이름은 우자연이었다. 강풍면의 부인으로 그와 함께 수련했다. 관례대로라면 강 부인이라고 불러야 했지만, 무슨 이유인지 사람들은 그녀를 우 부인이라고 불렀다. 우 부인의 성격이 강해 남편 성을 따르는 것을 싫어했다는 말도 있었다. 이에 대해 부부는 아무 이견이 없었다.

우 부인은 명문가인 미산 우씨 출신으로 가문에서 셋째라 우 삼낭자라고도 불렀고, 현문에서는 자주색 거미라는 뜻의 '자지주'라고도 불렀다. 그녀의 이름이 들리면 사람들은 화들짝 놀랐다. 그녀는 어려서부터 성격이 차갑고 단호했으며 사람들과 교류하는 것을 좋아하지 않았다. 설령 교류를 해도 상대의 호감을 사려고 노력하지 않았고, 강풍면과 결혼한 뒤에도 야렵을 자주 나가 강가의 연화오에 머무는 것을 좋아하지 않았다. 연화오로 돌아와도 강풍면과 떨어진 독립된 공간에서 우씨 집안에서 데리고 온 사람들과 따로 생활했다. 그녀 곁에 있는 두 여인의 이름은 금주, 은주로 우 부인의 심복이었다.

"또 놀고 있었느냐? 이리 와, 좀 보자."

우 부인이 강징을 보더니 말했다.

강징이 우 부인 곁으로 가자 우 부인은 가는 손가락으로 강징의 팔뚝을 잡아보고 강징의 어깨를 탁 치더니 말했다.

"수련에 발전이 전혀 없구나. 이제 열일곱인데 무지한 아이처럼 하루 종일 놀기만 하다니. 네가 다른 사람과 같으냐? 다른 사람은 앞으로 어디서 굴러먹을지 귀신이나 알겠지만, 너는 장차 강씨 가문의 가주가 될 사람이란 말이다!"

우 부인의 손찌검에 휘청한 강징은 고개를 숙이고 감히 변명하지 못했다. 위무선은 말할 필요도 없이 그녀가 은근히 자신을 야단치고 있다는 것을 알았다. 한쪽에서 한 사제가 위무선을 향해 슬쩍 메롱 하며 혀를 내밀었고 위무선은 그를 향해 눈썹을 치켜세웠다.

"위영, 너 또 무슨 장난을 치고 있는 게냐?"

우 부인이 말했다. 위무선은 늘 그랬던 것처럼 앞으로 나왔다.

"또 이 모양이구나! 수련하기 싫으면 너나 하지 말지, 강징은 왜 끌어들이느냐!"

우 부인이 야단쳤다.

"제가 열심히 수련하지 않는다고요? 연화오에서 제일 나은 게 저 아닌가요?"

위무선이 놀라며 말했다. 소년들이란 무릇 인내심이 부족해 꼬박꼬박 말대꾸하기 마련이다. 위무선의 말대답에 우 부인의 미간에 살기가 떠올랐다. 강징이 재빨리 말했다.

"위무선, 입 닥쳐!"

강징이 우 부인을 향해 돌아서서 말을 이었다.

"저희가 연화오에 틀어박혀 연 쏘기나 하고 싶어서 그러는 게 아니고 나갈 방법이 없지 않습니까? 온가가 야렵 지역을 전부 자기 관할로 삼아버려 야렵을 나가고 싶어도 갈 곳이 없습니다. 집에 얌전히 있으면서 온씨 사람들과 사냥감을 다투지 말라고 한 건 어머니와 아버지가 아니셨습니까?"

"이번에는 나가기 싫어도 나가게 생겼다."

우 부인이 쌀쌀맞게 말했다. 강징은 무슨 말인지 이해하지 못했지만, 우 부인은 그들을 더 상대하지 않고 가슴을 쫙 펴고 고개를 뻣뻣이 들고 긴 회랑을 빠져나갔다. 우 부인 뒤에 있던 두 시녀가 위무선을 노려보면서 주인과 함께 갔다.

저녁에서야 그들은 "나가기 싫어도 나가게 생겼다."라는 말이 무슨 뜻인지 알게 되었다.

기산 온씨가 특사를 파견해 말을 전한 것이다. 온가는 다른 세가의 자제 교육 방법이 좋지 않고 인재를 등한시하니 자기들이 직접 가르치겠다며 각 가문에게 사흘 안에 적어도 스무 명의 자제를 기산으로 보내라고 했다.

"온가 사람이 정말 그렇게 말했다고요? 정말 후안무치하군!"

강징이 깜짝 놀라 말했다.

"자기가 백가의 우두머리고 하늘의 태양이라고 생각하는 모양이지. 온가가 뻔뻔한 짓을 한 게 처음도 아니고. 세력만 믿고 지난해엔 다른 가문의 야렵을 금지시키더니 남들의 사냥감을 뺏고 세력권을 차지했잖아."

위무선이 말했다.

"말 삼가거라. 식사하자."

강풍면이 상석에 앉아 말했다.

넓은 청당에는 다섯 명뿐이었고 각자의 앞에 사각 탁자가 놓여 있었으며 그 위에 음식이 담긴 접시가 몇 개 놓여 있었다. 위무선이 고개를 숙이고 젓가락을 움직이는데 옆에서 누군가 옷자락을 잡아당겼다. 고개를 돌리니 강염리가 작은 접시를 건넸다. 접시에는 껍질을 벗긴 하얗고 신선한 연밥이 있었다.

"고마워요, 사저."

위무선이 조용히 말하자 강염리가 살짝 웃었다. 청순한 얼굴에 순간 생기가 더해졌다.

"식사는 무슨. 며칠 뒤 기산에 가면 밥이나 먹을 수 있을지 모르는데 지금부터 굶어서 습관을 들여야지!"

우자연이 차갑게 말했다.

그들은 기산 온씨의 요구를 거절할 수가 없었다. 그들의 명령에 감히 저항하면 '선문의 반란'이니 '백가의 해악'이니 하는 이상한 죄명을 뒤집어씌워 몰살했기 때문이다.

"뭘 그렇게까지 초조해하시오. 앞으로 어떻게 되든 지금은 식사부터 합시다."

강풍면이 담담하게 말했다.

"내가 초조해한다고요? 초조한 게 정상이지요! 당신은 어떻게 그렇게 담담할 수가 있습니까? 온가에서 보낸 사람이 어떻게 말했나 못 들었어요? 하인 주제에 내 앞에서 잘난 체하는 꼴이라니! 스무 명 중에 반드시 그 가문의 직계 자제가 있어야 한다는데, 그 가문의 직계 자제가 무슨 뜻이겠습니까? 아징과 아리 중에 하나는 반드시 가야 한다는 말이잖아요! 보내면 뭘 한답니까? 교화? 우리 가문 자제를 왜 다른 가문 사람이 가르쳐요? 더구나 어디 온씨가 끼어들어요?! 우리 사람을 저들 마음대로 부리게 하고 인질을 잡히는 것밖에 더 됩니까?"

우 부인이 참다못해 탁자를 치며 말했다.

"어머니, 화내지 마세요. 제가 가면 됩니다."

강징이 말했다.

"당연히 네가 가야지! 그럼 네 누이를 보내겠느냐? 쟤 좀 봐라, 이런 상황에서도 좋다고 연밥 껍질이나 벗기고 있다. 아리, 그만해라. 그거 까서 누구 먹이게? 너는 주인이지 다른 사람 하인이 아니다!"

우 부인이 소리쳤다.

'하인'이라는 말에도 위무선은 아무렇지 않게 접시에 있는 연밥을 한 번에 전부 쓸어 넣고 씹으면서 청량한 단맛을 느꼈다.

"삼낭#12."

강풍면이 오히려 고개를 조금 들며 말했다.

"내가 뭐 틀린 말 했습니까? 하인? 이 말이 듣기 싫어요? 강풍면, 내가 좀 물읍시다. 이번에, 당신 쟤를 보낼 거예요, 말 거예요?"

우 부인이 물었다.

"가고 싶다고 하면 보낼 것이오."

강풍면이 대답했다.

"갈래요!"

위무선이 손을 들고 말했다.

"아주 좋네. 가고 싶으면 가고, 가기 싫으면 안 가고. 그런데 왜 아징은 꼭 가야 합니까? 남의 아들을 저렇게 키우다니, 강 종주, 당신도 참 대단한 호인이십니다!"

우 부인이 비웃듯이 말했다.

그녀는 가슴에 차오른 분노와 원망을 발산하는 것밖에는 다른 논리가 없었다. 모두 조용히 앉아 그녀의 화풀이를 참아주었다.

"삼낭자, 당신 피곤한 모양이오. 돌아가 좀 쉬시오."

강풍면이 말했다.

#12 삼낭 '셋째 낭자'를 이르는 호칭.

"어머니."

강징이 자리에 앉은 채로 고개를 들고 말했다.

"뭐 하러 불러? 네 부친처럼 나더러 그만 말하라고? 이 멍청한 것, 내가 진작 말하지 않았느냐. 너는 평생 네 옆에 앉은 쟤를 못 이길 거라고. 수련도 못 이겨, 야렵도 못 이겨, 연 쏘는 것조차 못 이기다니! 어쩔 수 없지, 네 어미가 이리 못난 것을. 못 이기면 못 이기는 거지. 내가 저 아이와 어울리지 말라고 그렇게 말했는데 오히려 감싸고 돌아. 내가 어떻게 저런 아들을 낳았는지!"

우 부인이 일어나며 조소했다. 그녀가 나가자 강징은 얼굴이 파래졌다, 하얘졌다 하면서 그 자리에 그대로 앉아 있었다. 강염리가 껍질을 다 벗긴 연밥을 그의 식탁 옆에 조용히 놓았다.

잠시 뒤 강풍면이 말했다.

"오늘 밤 열여덟 명을 선발할 테니 내일 같이 출발하거라."

강징은 고개를 끄덕였지만, 무슨 말을 해야 할지 몰라 우물거렸다. 강징은 부친과 어떻게 대화해야 할지 잘 몰랐다. 그런데 위무선은 국을 다 마시더니 아무렇지 않게 말했다.

"강 숙부, 저희한테 뭐 주실 건 없어요?"

"너희에게 줘야 할 건 진작에 다 줬다. 검은 곁에, 가훈은 가슴에 새겨라."

강풍면이 미소 지으며 말했다.

"아! '안 된다는 것을 알지만 그래도 한다.' 맞죠?"

위무선이 말했다.

"그 말은 알면서도 사고를 치라는 게 아닌데, 기어코 말썽을 피우지!"

강징이 즉시 경고했다. 그제야 분위기가 조금 누그러졌다.

다음 날 떠나기 전, 강풍면이 필요한 사항과 몇 마디 당부를 더 했다.

"운몽 강씨 자제는 외부의 풍랑을 감당하지 못할 정도로 나약하지 않다."

강염리는 그들이 기산에서 잘 먹지 못할까 봐 한 명 한 명의 품에 각종 먹거리를 싼 보따리를 안겨주었다. 스무 명의 소년은 먹거리가 든 무거운 보따리를 들고 연화오를 출발해 온씨가 정한 날짜 전에 기산의 지정된 지점에 도착했다.

크고 작은 가문의 세가 자제들이 많이 모였다. 모두 어렸고 수백 명 가운데 대부분 서로 알거나 낯이 익었다. 네다섯 명 또는 예닐곱 명씩 모여 소곤소곤 이야기를 나누는 표정이 별로 좋지 않은 게, 그다지 공손하지 않은 방식으로 소집된 것 같았다.

"고소에서도 사람을 보냈네."

위무선이 주위를 둘러보며 말했다.

이유는 모르겠지만 고소 남씨에서 온 소년들은 매우 초췌한 모습이었다. 남망기가 특히 안색이 창백했지만, 여전히 얼음처럼 차가워 사람을 천 리 밖으로 거절하는 표정이었다. 등에 피진을 메고 서 있는 주위로 찬 바람이 매섭게 불었다. 위무선이 남망기에게 다가가 인사하려고 하자 강징이 "일 만들지 마!" 하고 경고해서 그만두는 수밖에 없었다.

잠시 후 갑자기 앞에서 어떤 사람이 나타나 각 가문 자제들에게 연단 앞에 줄을 맞춰 집합하라고 외쳤고, 온씨 문하생 몇이 오면서 소리를 질렀다.

"조용히 해라! 떠들지 말고!"

연단 위에서 말한 사람은 그들보다 몇 살 많지 않은 열여덟이나 열아홉 살 정도 돼 보였다. 우쭐대는 걸음걸이에 생김새는 겨우겨우 '준수'하다고 해줄 정도였다. 그러나 성격은 그의 머리칼처럼 느끼했다. 그는 기산 온씨 가주의 막내, 온조였다.

사람들 앞에 나서는 것을 좋아하는 온조는 여러 장소에서 뽐내며 나타났기 때문에 그의 모습은 낯설지 않았다. 그의 뒤에 좌우로 두 사람이 서 있었다. 왼쪽에는 자태가 고운 소녀가 서 있었다. 그녀는 버들잎 같은 눈썹에 큰 눈, 불꽃처럼 붉은 입술에 눈에 띄는 외모였지만, 입술에 검은 점이 있어 떼 내고 싶은 생각이 든다는 점이 아쉬웠다. 오른쪽에는 20~30대로 보이는 키가 크고 어깨가 넓은 남자가 서 있었다. 그는 무심한 표정에 분위기가 차갑고 무거웠다.

온조가 언덕 높은 곳에 서서 사람들을 내려다보면서 득의양양하게 손을 흔들며 외쳤다.

"지금부터 검을 반납한다!"

소년들이 웅성대기 시작했다.

"수진계 사람은 몸에서 검을 떼지 않는 법인데 어째서 선검을 내놓으라고 하는 겁니까?"

누군가 항의했다.

"방금 누구야? 어느 가문이지? 일어나!"

온조가 말했다.

방금 말한 사람은 다시 말하지 못했다. 연단 아래가 다시 조용해지자 온조는 만족스러운 듯 말했다.

"바로 지금처럼 예의를 모르고, 복종을 모르고, 귀천을 모르는 세가 자제가 있어서 근본이 썩었다는 것이다. 그래서 네놈들을 교화시키려고 결심했지. 이렇게 세상 무서운 줄 모르니 일찌감치 기풍을 바로잡지 않으면 권위에 도전하면서 온가 머리 꼭대기까지 기어오르려 할 테니까!"

그가 검을 달라고 하는 것은 좋은 뜻이 아닌 것을 잘 알았지만, 현재 기산 온씨는 전성기를 구가하고 있었고 각 가문은 살얼음판을 걷듯이 하루하루를 보내고 있었다. 그런 그들에게 반항해 화를 돋우면 죄를 뒤집어쓰고 집안 전체가 몰살당할지도 몰랐기 때문에 화를 꾹 참는 수밖에 없었다.

강징이 위무선을 누르자 위무선이 작은 소리로 말했다.

"왜 눌러?"

"네가 난리 피울까 봐."

강징이 말했다.

"걱정도 많다. 저 느끼한 자식이 구역질 나서 한 대 치고 싶어도 이런 때에 나서서 집안에 폐를 끼치지는 않아. 안심해."

"또 마대 씌워서 때리려고? 안 통할걸. 온조 옆에 저 남자 안 보여?"

"보여. 수련의 경지는 높은데 용모는 잘 유지하지 못했네. 대기만성형인 모양인데."

"저 사람 이름은 온축류야. '화단수'라고도 부르지. 온조의 호위 담당이야. 그를 자극하지 마."

"화단수?"

"응. 무공이 굉장하다고. 게다가 악당을 돕는 앞잡이어서, 예전에 온씨……."

두 사람은 앞을 보며 작은 목소리로 이야기를 나누다가 온씨 집

안 하인이 다가오자 즉시 입을 다물었다. 위무선은 검을 풀어 건네면서 자기도 모르게 고소 남씨 쪽을 쓱 쳐다봤다. 위무선은 남망기가 분명 거부하겠지 하고 생각했지만, 남망기는 놀랄 만큼 차가운 표정으로 검을 풀었다.

말이 씨가 된다고, 우 부인의 비아냥처럼 그들은 기산에서 '교화'를 받는 동안 날마다 변변찮은 식사를 했다. 강염리가 잔뜩 싸준 식량도 진작에 다 **뺏겼다**. 세가 자제들 가운데 곡기를 끊는 벽곡 수련을 해본 사람이 없어 몹시 곤란했다.

기산 온씨는 소위 '교화'를 하면서 역대 온씨 가주와 명사의 업적과 명언을 담은 '온문정화록'을 1인당 한 권씩 나눠주면서 읽고 외우며 마음에 새기라고 했다. 온조는 날마다 높은 곳에서 소년들에게 일장 연설하면서 자기의 말 한마디, 행동 하나에도 손뼉을 치고 환호를 하라고 했다. 야렵을 할 때는 세가 자제들을 앞세워 길을 열고 요괴와 마귀의 주의를 끌어 먼저 싸우도록 한 다음, 마지막 순간에 나와 거의 다 잡아놓은 요수의 머리를 베고 모든 공을 자기가 차지했다. 마음에 안 드는 사람이 있으면 잡아내 소년들 앞에서 개돼지만도 못하다고 야단쳤다.

재작년 기산 온씨의 백가 청담대회에서 활쏘기가 열린 날, 온조는 위무선 등과 함께 입장했다. 온조는 다른 사람들이 자신에게 양보해 당연히 자기가 1등을 할 것이라고 생각했다. 그러나 결과는 처음 세 발 가운데 하나는 맞추고 하나는 빗맞고 하나는 종이 인형을 잘못 맞췄다. 즉시 퇴장해야 하지만 그러지 않았고 옆에 있던 사람도 뭐라고 하지 못했다. 경기가 끝나고 계산해보니 1위에서 4위는 위무선, 남희신, 금자헌, 남망기였다. 남망기가 먼저 경기장을 떠나지 않았으면 성적이 더 좋았을 것이다. 온조는 이 결과가 자기의 체면을 구겼다고 생각해 이 네 명을 특히 싫어했다. 남희신은 이번 '교화'에 참석하지 않았기 때문에 온조는 날마다 나머지 세 사람을 불러 사람들 앞에서 욕하고 야단치면서 자신의 위엄을 세웠다.

제일 못 견디는 사람은 금자헌이었다. 어려서부터 부모가 떠받들어 자라 이런 모욕은 한 번도 받아본 적이 없었기 때문이다. 난릉 금씨의 다른 자제가 그를 말린 데다 온축류가 쉬운 상대가 아니었기 망정이지, 그렇지 않았다면 첫날 온조에게 같이 죽자고 덤볐을 것이다. 남망기는 고인 물처럼 고요하고 만물을 무시하는 것처럼 정신이 딴 곳에 가 있는 것 같았다. 반면 연화오에서 수년 동안 우부인에게 다양한 형태로 야단을 맞아온 위무선은 연단에서 내려오자마자 히죽거리며 그런 것쯤은 대수롭지 않게 여겼다.

그날도 소년들은 새벽 댓바람부터 온씨 하인들에게 떠밀려 가축처럼 새로운 야렵 장소로 이동했다.

이번 야렵지는 모계산이라는 곳이었다. 산속으로 들어갈수록 머리 위의 나뭇잎이 무성해졌고 그늘이 발아래로 길게 늘어졌다. 울창한 숲에서 나는 바람 소리와 걸음 소리만 들릴 뿐 다른 소리는 들리지 않아 새와 곤충, 산짐승 소리가 유난히 두드러지게 들렸다.

한참 뒤 일행 앞에 작은 시냇물이 나타났다. 시냇물이 졸졸 흐르고 그 위에 단풍잎이 둥둥 떠가고 있었다. 시냇물 소리와 단풍잎 덕분에 억압적인 분위기가 다소 옅어졌고 앞에서 깔깔거리는 가벼운 웃음소리가 들렸다.

위무선이 강징과 걸으며 이런저런 말로 온씨 개들을 욕하다가 무의식적으로 고개를 돌리자 백의가 눈에 들어왔다. 남망기가 위무선과 멀지 않은 곳에 있었다.

걸음이 조금 느려 남망기는 대열 뒤에 떨어져 있었다. 위무선은 요 며칠 남망기에게 다가가 지난 이야기를 나누려고 몇 차례 시도했지만, 남망기는 위무선을 보면 바로 몸을 돌려 가버렸고 강징도 그만두라고 거듭 경고했다. 그러다 지금 거리가 가까워지자 위무선은 자신도 모르게 관심이 갔다. 그는 남망기가 최대한 아무렇지 않은 척 걷고 있지만, 그의 오른쪽 다리가 왼쪽 다리보다 바닥을 더 가볍게 딛는 게 힘을 못 주고 있다는 것을 알았다.

위무선은 속도를 늦춰 남망기 옆으로 가 그와 어깨를 나란히 하며 걸었다.

"다리가 왜 그래?"

"아무것도 아니야."

남망기가 눈길 한 번 안 주며 말했다.

"우리 친한 사이 정도는 되잖아? 뭐 그렇게 냉담하게 눈길 한 번 안 주냐. 네 다리 정말 괜찮아?"

위무선이 말했다.

"안 친해."

남망기가 말했다.

위무선이 몸을 돌려 뒷걸음치며 걸어 남망기가 자신의 얼굴을 보도록 만들었다.

"강한 척 안 해도 되는 일도 있어. 다리는 다친 거야, 부러진 거야? 언제 그랬어?"

위무선이 "내가 업어줄까?"라고 물어보려는 순간 어떤 향기가 코로 훅 들어왔다. 고개를 돌려 앞쪽을 보는 위무선의 눈이 반짝 빛났다.

위무선이 갑자기 입을 다물자 남망기도 위무선의 시선을 따라 보았다. 소녀 서너 명이 같이 있었다. 중간에 있는 소녀는 옅은 붉은색 겉옷에 얇은 망사로 된 옷을 덧입고 있었다. 바람이 불면 망사옷이 살짝 날려 자태와 뒷모습이 더없이 예뻤다.

위무선이 본 것은 바로 그 뒷모습이었다.

"면면, 네 향낭 정말 좋다. 몸에 지니니 모기와 벌레가 안 달려들어. 시원한 향기도 좋고 말이야."

한 소녀가 웃으며 말했다.

"향낭에 약재 조각을 넣어 용도가 다양해. 나한테 몇 개 더 있는데 필요한 사람 있어?"

면면이라는 소녀가 부드럽고 달콤한 목소리로 말했다.

"면면, 나도 하나만 줘."

위무선이 장난스럽게 다가가 말했다.

소녀는 낯선 소년의 목소리가 끼어들자 깜짝 놀라 고개를 돌리며 아름다운 눈썹을 살짝 찡그렸다.

"넌 누구야? 왜 나를 면면이라고 부르는데?"

"쟤들이 모두 너를 면면이라고 부르길래 그게 네 이름인 줄 알았지. 왜, 아니야?"

위무선이 웃으며 말했다. 남망기는 냉담하게 방관했다. 강징은 위무선이 또 장난기가 도진 것을 보고 눈을 흘겼다.

"넌 그렇게 부르지 마!"

면면이 얼굴을 붉히며 말했다.

"왜 안 돼? 네 이름을 알려주면 면면이라고 안 부를게, 어때?"

위무선이 말했다.

"왜 내가 꼭 대답해줘야 하는데? 다른 사람 이름을 묻기 전에 자기 이름을 먼저 대는 게 예의지."

면면이 말했다.

"내 이름이야 알려줄 수 있지. 잘 기억해, 내 이름은 '원도'야."

면면은 '원도'라는 이름을 중얼거리며 세가 공자의 이름 중에 이런 이름이 있었나 생각했지만 잘 기억이 나지 않았다. 그러나 위무선의 옷차림이나 기개로 보아 이름 없는 집 자손은 아닌 것 같아 익살스럽게 웃는 위무선의 얼굴을 보면서 어리둥절했다.

"말장난이군."

갑자기 한쪽에서 남망기의 차갑고 낮은 목소리가 들려왔다.

면면이 재빨리 반응했다. 그 이름은 '면면사원도(綿綿思遠道)'라는 말에서 따온 것으로 '먼 길 떠난 님 생각이 끊이질 않네.'라는 뜻이었다. 말장난으로 자신을 희롱했다는 사실을 안 소녀는 화가 나 발을 동동 굴렀다.

"누가 널 그리워해? 뻔뻔스럽기는!"

"위무선, 너 정말 뻔뻔스럽다!"

"너 같은 애 처음 봐!"

소녀들이 까르르 웃으며 한마디씩 했다.

"내가 알려줄게, 쟤 이름은……."

"가자, 가! 쟤하고 말 섞지 마."

면면이 그녀들을 끌고 갔다.

"가는 건 좋은데, 향낭 하나만 주고 가! 상대도 안 하는 거야? 안 줄 거야? 안 주면 다른 사람한테 네 이름을 물어볼 거야. 누군가는 알려주겠지……."

위무선이 뒤에서 외쳤다. 그의 말이 채 끝나기도 전에 앞에서 향낭 하나가 날아와 위무선의 명치에 정확하게 맞았다. 위무선은 "아야." 하고 아픈 척하면서 향낭에 달린 줄을 손가락에 걸고 빙빙 돌리면서 남망기 곁으로 돌아가 웃었다. 남망기의 안색이 점점 차갑고 무거워지는 것을 보고 위무선이 물었다.

"왜, 또 그렇게 봐? 맞다, 방금 우리 어디까지 이야기했지? 계속해야지. 내가 널 업는 거 어때?"

"넌 누구에게나 그렇게 경박한 방탕아처럼 구는 모양이지?"

남망기가 조용히 위무선을 쳐다보며 말했다.

"아마도?"

위무선이 잠시 생각하더니 대답했다.

남망기가 눈동자를 떨구고 한참 지나서야 입을 열었다.

"경망스럽군!"

이 말은 마치 이를 꽉 물고 말하는 것처럼 알 수 없는 분한 느낌이 들었다. 남망기는 매섭게 쏘아보는 눈길조차 주지 않고 억지로 속도를 내서 앞으로 걸어갔다. 남망기가 다시 강한 척하는 것을 보자 위무선이 황급히 말했다.

"알았어. 그렇게 빨리 갈 필요 없어. 나 그냥 간다고."

위무선은 빠르게 걸어 강징을 따라잡았다.

하지만 강징도 위무선에게 좋은 얼굴을 하지 않고 매섭게 말했다.

"너 정말 시시해!"

"넌 남잠도 아닌데 어째 그 말을 배웠어. 남잠 오늘 얼굴이 예전보다 훨씬 안 좋던데, 다리는 또 어떻게 된 거야?"

위무선이 물었다.

"너 그에게 신경 쓸 정신 있으면 너 자신이나 신경 써! 온조 그 멍청한 자식이 우리를 모계산으로 끌고 가 무슨 동굴 입구를 찾으라는데, 이건 또 무슨 수작인지 모르겠어. 지난번 나무 요괴를 죽일 때처럼 우리더러 인간 방패가 되어서 싸우라고 하지나 말았으면 좋겠네."

강징이 퉁명스럽게 말했다.

"남망기의 안색이 나쁜 건 당연해. 지난달에 운심부지처가 불탔잖아. 너희 몰랐지?"

옆에 있던 한 문하생이 낮은 소리로 말했다.

"불탔다고?!"

위무선이 깜짝 놀라 말했다.

강징은 요 며칠 이런 이야기를 많이 들어 별로 놀라지 않았다.

"온가 사람이 태운 거야?"

"그렇게 말할 수도 있고. 아니면…… 남가 스스로 태웠다고도 할 수 있지. 온가의 장자 온욱이 고소에 갔었는데, 남씨 가주에게 무슨 죄명을 씌웠는지 고소 남씨 사람들을 압박해 자기 선부(仙府)를 태우도록 했어! 집안을 정리해 환생시킨다나 뭐라나. 운심부지처와 숲 대부분이 탔어. 백 년 선경이 그렇게 타서 사라졌지. 남가 가주는 중상을 입고 생사 불명이래. 어휴……."

그 문하생이 말했다.

"남잠 다리가 그것과 무슨 상관이 있어?"

위무선이 물었다.

"당연히 있지. 온욱이 제일 먼저 장서각을 지목하면서 태우지 않으면 가만 안 두겠다고 했대. 남망기가 거절하자 온욱의 수하가 포위해 공격해서 그의 다리가 부러졌어. 잘 쉬지도 못하고 오늘 또 끌려 나왔으니 얼마나 고통스럽겠어!"

그 문하생이 대답했다.

위무선이 곰곰이 생각해보니 요 며칠 남망기는 온조에게 호통을 들을 때를 제외하고는 확실히 움직임이 적었고, 서 있거나 앉아서 한마디도 하지 않았다. 남망기는 단정한 몸가짐을 매우 중요시하니 다친 다리를 다른 사람에게 들키고 싶지 않았을 것이다.

위무선이 또 남망기 쪽으로 가려고 하자 강징이 말렸다.

"왜 또! 그를 귀찮게 하고 싶냐? 상황 파악 좀 해."

"귀찮게 하려는 게 아니야. 그의 다리 좀 봐. 요 며칠 여기저기 뛰어다녔으니, 분명 상태가 더 나빠진 바람에 정말 감추기가 힘들어 티가 나는 거라고. 계속 이렇게 가다간 다리를 못 쓸 수도 있어. 내가 가서 업어줘야겠어."

위무선이 말했다.

"넌 그와 친하지도 않잖아! 그가 널 싫어하는 거 못 봤어? 가서 업겠다고? 네가 반 발자국 다가오는 것도 싫을걸."

강징이 위무선을 더 꽉 잡으며 말했다.

"날 싫어해도 괜찮아, 내가 안 싫어하니까. 그를 잡자마자 업으면 내 등에서 설마 내 목을 졸라 죽이겠어?"

위무선이 말했다.

"우리는 지금 자기 자신도 돌보지 못하는데 남의 일까지 신경 쓸 겨를이 어딨어?"

강징이 경고했다.

"첫째, 이건 쓸데없는 일이 아니야. 둘째, 이런 일은 누군가는 나서야 해!"

위무선이 말했다.

두 사람이 낮은 소리로 논쟁하는 사이 온씨 하인이 다가와 소리쳤다.

"소곤거리지 마라, 너희 주의해!"

하인 뒤로 아름다운 소녀가 걸어왔다. 그녀의 이름은 왕영교로 온조의 시녀 중 하나였다. 구체적으로 어떤 시녀인지는 말하지 않아도 모두가 다 알았다. 원래 그녀는 온조의 정실부인의 시녀였다가 아름다운 용모를 이용해 주인에게 추파를 던져 침소에까지 들게 되었다. 한 사람이 권세를 잡으면 주변 사람이 덕을 본다고, 현재 선문 세가에는 크지도 작지도 않은 '영천 왕씨'가 생겼다.

왕영교는 영력이 보잘것없어 상등 선검은 찰 수 없었고 그 대신 쇠로 된 가늘고 긴 낙인을 들고 다녔다. 이런 낙인은 온씨 집안 하인들은 하나씩 다 들고 다녔다. 불에 달굴 필요 없이 사람 몸에 닿으면 저절로 까무러칠 정도로 아픈 낙인을 찍었다.

왕영교는 손에 낙인을 들고 위풍당당하게 소리쳤다.

"온 공자가 너희들에게 동굴 입구를 잘 찾으라고 하셨는데, 무슨 귓속말을 하고 있느냐?"

침상에 기어드는 시녀도 안하무인으로 그들을 대하는 것에 두 사람은 어이가 없었다.

바로 그때, 저쪽에서 누군가 소리쳤다.

"찾았다!"

왕영교는 더 이상 그들을 상대하지 않고 달려가 보더니 기쁜 듯이 외쳤다.

"온 공자님! 찾았어요! 입구를 찾았어요!"

세 사람이 손을 뻗어야 겨우 안아지는 용수나무 아래에 가려진 지하 동굴이 있었다. 그들이 여태 못 찾은 이유는 입구가 반 장도 안 되고 굵고 튼튼한 나무뿌리와 덩굴이 망을 만들어 입구를 가리고 그 위에 낙엽과 흙, 돌들이 쌓여 가려졌기 때문이었다.

부패한 낙엽과 흙을 헤치고 나무뿌리를 잘라내자 어둡고 음침한 동굴이 모습을 드러냈다.

동굴 입구 깊은 곳에서 몸서리가 쳐질 정도로 차가운 냉기가 훅 올라왔다. 돌을 던져보니 돌이 바다에 가라앉은 것처럼 아무 소리도 나지 않았다.

"분명히 여기다! 어서, 모두 내려가라!"

온조가 좋아하며 말했다.

"우릴 여기까지 끌고 올 때 아렵이니 요수니 그런 말만 했는데, 도대체 어떤 요수입니까? 미리 일러줘야 지난번처럼 우왕좌왕하지 않고 힘을 합쳐 대응할 것 아닙니까."

금자헌이 도저히 못 참겠는지 차갑게 말했다.

"너희에게 말해주라고?"

온조가 말했다. 그는 몸을 쭉 펴더니 먼저 금자헌을 가리켰다가 다시 자신을 가리키며 말했다.

"내가 얼마나 더 말해야 기억하겠느냐? 착각하지 말거라. 너희들은, 그저 내 밑의 수사일 뿐이고, 내가 바로 명령을 내리는 사람이다. 나는 다른 사람의 의견 따위 필요 없어. 작전을 지휘하고 병력을 이동시키는 건 나 한 사람뿐이라고. 요수를 제압하는 것도 오직 나 하나고!"

온조는 '나 하나'라는 세 글자에 유난히 힘을 주었고, 고양된 목소리와 거드름을 피우는 모습이 혐오스러우면서 우스웠다.

"온 공자님 말씀 못 들었어? 어서 내려가!"

왕영교가 소리쳤다.

제일 앞에 서 있던 금자헌이 화를 겨우 참고 옷자락을 휙 날리며 유난히 두꺼운 덩굴을 잡고 망설임 없이 끝도 보이지 않는 지하 동굴로 뛰어들었다.

이번에는 위무선도 금자헌의 마음을 깊이 이해했다. 이 동굴에 무슨 요괴나 마귀가 있든 그것들을 마주하는 게 온조 일당을 마주하는 것보다 훨씬 편했다. 저 개 같은 남녀를 더 보면서 눈을 버렸다간 정말 같이 죽자고 달려들 것 같았다!

남은 소년들도 금자헌의 뒤를 이어 하나둘 지하 동굴로 들어갔다.

강제로 소집된 세가 자제들은 검을 빼앗겼기 때문에 아래로 천천히 기어가듯 내려갈 수밖에 없었다. 벽을 따라 자란 나무 덩굴은 아기 손목만큼 두껍고 튼튼했다. 위무선은 덩굴을 잡고 천천히 내려가면서 깊이를 가늠했다.

30여 장을 내려가자 발이 땅에 닿았다.

온조는 위에서 지하가 정말 안전한지 확인한 다음에야 자기 검에 올라 왕영교의 허리를 잡고 천천히 내려왔다. 그다음 온조 수하의 온씨 문하생과 하인들도 내려왔다.

"이번 사냥감이 너무 어려운 상대가 아니길 바라야겠다. 여기에 다른 출구가 있는지 모르겠네. 요수나 다른 여살이 동굴에서 폭발해 나무 덩굴이 부러지기라도 하면 도망가기도 어렵겠어."

강징이 목소리를 낮춰 말했다.

다른 소년들도 같은 생각이었는지 자신도 모르게 고개를 들어 머리 위 작게 변한 하얀색 동굴 입구를 보면서 걱정하고 경계했다.

"여기 서서 뭣들 하는 것이야? 뭘 해야 하는지 내가 알려줘야 하느냐? 어서 움직여!"

온조가 검에서 뛰어내리며 말했다.

소년들은 떠밀려 동굴 안쪽으로 들어갔다.

그들이 앞에서 길을 탐색해야 했기 때문에 온조는 하인에게 횃불을 켜주라고 했다. 지하 동굴은 천장이 둥글고 높아 횃불 빛이 천장까지 닿지 못했다. 위무선은 동굴에서 울리는 소리에 정신을 집중했다. 깊이 들어갈수록 반향이 넓은 것을 보니 지면에서 백 장 정도 떨어진 것 같았다.

앞에서 길을 인도하던 소년들이 횃불을 들고 잔뜩 경계하면서 얼마나 걸었을까. 마침내 깊은 연못 앞에 도달했다.

이 연못을 지상으로 옮기면 아주 넓은 호수가 될 것 같았다. 연못은 깊고 어두웠고 중간중간 크고 작은 돌섬이 있었다.

더 앞으로 가기엔 길이 없었다.

길 끝까지 왔어도 야렵 대상이 나타나지 않고 그것이 뭔지도 모르자 소년들은 의구심이 생겼고 조마조마한 마음에 신경이 날카로워졌다.

예상했던 요수가 나타나지 않자 온조도 조금 다급해졌다. 그는 욕을 몇 마디 내뱉더니 갑자기 영감이 떠올랐는지 명령했다.

"사람을 매달아 피를 흘려 그것이 나오게 유인해라."

요수는 대부분 피를 좋아하니 대량의 피와 허공에 매달려 꼼짝 못 하는 산 사람한테 이끌려 나올 게 분명했다.

왕영교가 대답하고 즉시 한 소녀를 가리키며 명령했다.

"저 아이로 해라!"

그 소녀는 조금 전 길에서 향낭을 주었던 '면면'이었다. 면면은 갑자기 지목당하자 바짝 얼어붙었다. 왕영교는 아무렇게나 지목한 것 같았지만 사실 오래전부터 생각해둔 것이었다. 세가에서 보낸 사람은 대부분 소년이었고 소녀는 수가 적어서 온조는 그녀들에게 신경을 많이 썼다. 특히 예쁘게 생긴 면면은 온조가 희롱해도 화를 참을 수밖에 없었다. 왕영교는 일찌감치 그녀를 눈에 담아두고 앙심을 품고 있었다.

정신을 차린 면면이 정말 자신이 지목되자 공포 어린 표정으로 뒷걸음질 쳤다. 온조는 왕영교가 그 소녀를 지목하자 아직 손도 못 댄 게 생각나 조금 아쉬운 마음이 들었다.

"저 아이로 하자고? 다른 자로 하자꾸나."

"왜 바꿔요? 저 아이가 아까우세요?"

왕영교가 섭섭하다는 듯이 말했다.

왕영교의 애교에 기분이 좋아진 온조는 마음이 확 풀렸다. 다시 면면의 옷차림을 보니 세가의 자제는 아니고 기껏해야 문하생일 것 같아 그녀를 미끼로 쓰는 게 제일 적합할 것 같았다. 그녀가 죽어도 성가시게 할 세가가 없을 것 같았기 때문이다.

"무슨 소리, 뭐가 아깝겠느냐? 네 마음대로 하거라. 교교 말대로 해!"

면면은 이대로 매달리면 살아 돌아오지 못할 것 같아 황급히 도망쳤다. 그러나 그녀가 가는 곳마다 사람들이 우르르 갈라지며 비켜섰다. 위무선이 움찔하자 강징이 꽉 잡고 막았다. 면면은 제자리에서 미동조차 없는 금자헌과 남망기의 뒤로 황급히 숨어 바들바들 떨었다.

그녀를 붙잡으려던 온씨 하인은 그들이 비킬 기색이 없자 소리쳤다.

"옆으로 비켜라!"

남망기는 반응하지 않았다. 낌새가 이상하자 온조가 경고했다.

"거기 서서 뭐 하는 거야? 사람 말 못 알아들어? 미인을 구하는 영웅이라도 되겠다는 거야?"

"적당히 좀 하지? 옆 사람을 네 방패로 삼는 것도 모자라 이젠 산 사람의 피를 뽑아 네 미끼로 만들겠다고?!"

금자헌이 눈을 치켜뜨며 말했다.

'금자헌 저 자식이 제법 배짱이 있네.'

위무선은 금자헌의 말에 조금 놀랐다.

"너 지금 반역하는 것이냐? 경고하겠는데, 내가 너희들을 아주 오래 참았거든. 네가 직접 저년을 매달아! 그렇지 않으면 너희 두 가문에서 온 사람들은 돌아갈 필요 없을 것이다!"

온조가 그 둘을 가리키며 말했다.

금자헌은 흥 하고 콧방귀를 뀌며 꿈쩍도 하지 않았다. 남망기도 못 들은 듯이 조용히 그 자리에 서 있었다.

하지만 한쪽에서 계속 떨고 있던 고소 남씨의 한 문하생이 온조의 위협적인 말에 결국 참지 못하고 앞으로 나서서 면면을 붙잡아 묶으려고 했다. 그러자 남망기가 미간을 찌푸리더니 손바닥으로 한 대 쳐 그를 날려버렸다.

남망기는 한마디도 하지 않았다. 그 문하생을 내려다보는 표정에 화가 드러나지 않았지만, 위엄이 넘쳤고 말하지 않아도 눈빛만으로도 그의 뜻을 알 수 있었다. 고소 남씨에 너 같은 문하생이 있다니 정말 수치스럽군!

그 문하생은 어깨를 떨며 사람들의 시선을 마주할 용기가 없는지 뒤로 물러났다.

"아, 남잠 저놈의 성격, 망했다."

위무선이 강징에게 속삭였다. 강징도 주먹을 꽉 쥐고 있었다.

이런 상황에서 더는 자신만 생각할 수는 없었다. 피를 보지 않으리라는 생각은 헛된 망상이었다.

화가 머리끝까지 난 온조가 외쳤다.

"반역이다! 죽여라!"

온씨 문하생 여러 명이 날 선 장검을 뽑아 들고 남망기와 금자헌을 향해 달려갔다. '화단수' 온축류는 뒷짐을 지고 온조 뒤에 그대로 서서, 마치 자기가 나설 필요가 전혀 없다는 듯 움직이지 않았다. 소년들은 두 명의 힘으로 다수를 상대해야 했다. 게다가 무기가 없어 상대조차 되지 않았고, 요 며칠 계속 뛰어다니느라 피곤이 쌓여 몸 상태가 매우 나빴다. 더욱이 남망기는 부상을 당해 얼마 못 버틸 게 뻔했다. 온조는 수하들이 두 사람과 싸우자 기분이 훨씬 좋아졌는지 말을 툭 내뱉었다.

"나한테 맞서다니. 저런 놈은 죽어 마땅하지."

"맞아, 집안 세력을 믿고 남을 깔보며 악행을 일삼는 자들은 다 죽여야지. 그냥 죽이는 게 아니라 목을 쳐 내걸어 만인에게 욕을 먹게 하고 후세까지 이를 경계하도록 해야지."

한쪽에서 히히거리며 말하는 소리가 들렸다.

"그게 무슨 말이냐?"

온조가 고개를 획 돌리며 말했다.

"한 번 더 말해줘? 좋아. 집안 세력을 믿고 남을 깔보며 악행을 일삼는 자들은 다 죽여야지. 그냥 죽이는 게 아니라 목을 쳐 내걸어 만인에게 욕을 먹게 하고 후세까지 이를 경계하도록 해야지— 제대로 들으셨나?"

위무선이 깜짝 놀라는 척하며 말했다.

온축류가 이 말에 짚이는 구석이 있는지 위무선을 쳐다봤다.

"네가 감히 그런 가당치도 않은 대역무도한 망언을 쏟아내!"

온조가 화를 내며 폭발했다.

위무선은 온조를 보면서 "픕." 하고 입꼬리를 올리더니 미친 듯이 웃었다.

사람들의 깜짝 놀란 시선을 받으며 위무선은 강징의 어깨를 짚고 크게 웃으며 말했다.

"가당치도 않다고? 대역무도하다고? 그건 그쪽 같은데! 온조, 방금 그 말 누가 한 건지 알아? 분명 모를 테지. 내가 알려줄게. 이 말은 너희 집안을 세운 시조인 대단하신 명사 온묘가 한 말이야. 네 조상의 명언을 가당치도 않고, 대역무도하다고 감히 욕해? 욕한번 잘한다. 아주 잘해! 하하하하하하……."

예전에 나눠준 '온문정화록'에는 온가 사람의 평범하기 그지없는 말도 요리조리 분석해 그럴듯하게 포장해놨다. 잘 읽고 암기하는커녕 위무선은 두 장 넘기다 바로 구역질이 났지만, 온묘의 이 말은 너무 풍자적이라 똑똑히 기억하고 있었다.

온조의 얼굴이 붉으락푸르락해졌다.

"맞다, 온씨 가문 명사를 모욕하는 건 죄명이 뭐지? 무슨 죄더라? 내 기억엔 때려죽여도 무방하다 했는데, 맞지? 음, 좋아, 너도 죽어야겠네."

위무선이 다시 말했다.

온조는 더 참지 못하고 검을 뽑아 위무선에게 달려들었다. 이 충동적인 행동으로 온조는 온축류의 보호 범위에서 벗어났다.

온축류는 공격만 대비했지 온조가 스스로 뛰쳐나가는 것은 대비하지 않아 온조의 돌발적인 행동에 미처 반응하지 못했다. 반면 위무선은 일부러 온조를 자극해 그가 화를 못 이겨 자제력을 잃을 순간을 기다리고 있었다. 위무선은 웃으며 전광석화로 손을 움직여 순식간에 검을 피하고 반격해 단번에 온조를 제압했다.

위무선은 한 손으로 온조를 붙잡고 몇 번 오르내리다 연못에 있는 돌섬으로 뛰어 올라가 온축류와 거리를 벌렸다. 그리고 온조의 검을 들어 그의 목을 누르며 경고했다.

"모두 움직이지 마. 더 움직이면 너희 온 공자 피를 볼 테니까!"

"움직이지 마! 움직이지 마!"

온조가 몹시 고통스러운 듯이 외쳤다.

남망기와 금자헌을 둘러싸고 공격하던 문하생들은 그제야 공격을 멈췄다.

"화단수 당신도 움직이지 마! 온가 가주 성질 알지? 그쪽 주인 목숨이 내 손에 달렸어. 그가 피 한 방울만 흘려도 이곳에 있는 사람들, 당신을 포함해서, 한 명도 살 생각하지 말라고!"

위무선이 소리쳤다.

온축류가 정말 손을 거뒀다. 상황이 정리되자 위무선이 다시 말하려는데 지면이 움직이는 것 같았다.

"강징! 땅이 움직였어?"

위무선이 경계하며 물었다.

지금 그들은 지하 동굴에 있어서 땅이 흔들려 산이 무너지면 동굴 입구가 막히든 그들이 산 채로 매장되든 아주 무서운 일이 벌어질 것이었다.

"아니!"

강징이 말했다. 하지만 위무선은 지면이 아주 세게 움직이는 것처럼 느껴졌다. 칼끝이 몇 번 흔들려 온조의 목에 닿자 온조가 화들짝 놀라 꽥 소리를 질렀다.

"땅이 흔들리는 게 아니라 네 발밑의 그게 움직이고 있어!"

강징이 갑자기 소리쳤다.

위무선도 지면이 흔들리는 게 아니라 자신이 딛고 서 있는 돌섬이 흔들린다는 것을 느꼈다. 흔들리는 것뿐만 아니라 위로, 위로, 수면에 솟아 있는 부분이 점점 높아졌다.

위무선은 마침내 이것이 섬이 아니라 연못에 깊이 잠겨 있던 거대한 뭔가라는 것을 깨달았다— 그들은 지금, 요수의 등껍질 위에 서 있었다.

'돌섬'이 빠르게 물가로 이동했다.

정체 모를 요수가 위압감을 풍기며 다가오자 남망기, 금자헌, 강징, 온축류 등 소수를 제외한 나머지는 뒷걸음치기 바빴다. 그 자리에 있던 사람들 모두 물에 있던 이 요수가 훅 올라오겠지 하고 생각하는 순간, 요수가 멈췄다.

뭔가가 자신의 등에 올라오자 잠이 깼는데 그 위에 있던 위무선이 움직이지 않고 가만히 있자 조용히 지켜보려는 것 같았다.

'돌섬' 주위 검은 물 위에 새빨간 단풍잎이 유유히 떠다녔다.

단풍잎 아래 검은 연못 깊숙한 곳에 반짝반짝 빛나는 황동 거울 같은 게 있었다.

그 황동 거울이 점차 커지며 가까워지자 위무선은 내심 '큰일 났군.' 하고 생각했다. 온조를 끌고 뒤로 두 걸음 후퇴하자 발밑이 세차게 흔들리더니 '돌섬'이 위로 쑥 솟아올랐다. 새까맣고 거대한 짐승 머리가 단풍잎을 머리에 올리면서 물을 가르고 튀어나왔다!

비명에 요수는 천천히 고개를 돌려 큰 눈으로 자기 등에 서 있는 두 사람을 응시했다.

요수의 머리는 거북 같기도 뱀 같기도 한 게 매우 이상하게 생겼다. 머리만 보면 거대한 뱀 같았지만 물 밖으로 나온 몸을 보면 마치…….

"……와, 엄청 큰…… 자라……."

위무선이 말했다.

이것은 보통 자라가 아니었다.

이 자라를 연화오 연무장에 옮기면 자라 껍데기만으로도 연무장을 다 채울 것 같았다. 신체 건강한 사내 세 명이 손을 뻗어도 그 새까만 머리를 다 안을 수 없을 것 같았다. 일반적인 자라라면 껍데기 속에서 이상하리만큼 길고 구불거리며 엇갈리게 자란 누런 송곳니를 가진 뱀 머리가 튀어나오진 않을 것이다. 그리고 날카로운 발톱이 있는 민첩해 보이는 발은 더더욱 없을 것이다.

위무선은 누렇고 큰 눈을 응시했다. 요수의 동공이 일자로 세워지더니 두꺼워졌다 가늘어졌다 변하는 게, 마치 초점이 맞았다가 안 맞았다가 해서 자신의 등 위에 있는 두 개의 물체가 잘 보이지 않는 것 같았다.

보아하니 이 요수는 시력이 별로 좋지 않은 모양이었다. 움직이지만 않으면 들키지 않을 것 같았다.

갑자기 요수의 검은 콧구멍에서 물줄기 두 개가 뿜어져 나왔다.

단풍잎이 코 근처에 붙어 있다가 요수가 움직이자 따라 움직여 간지러웠는지 요수가 재채기를 한 것이다. 위무선은 꼼짝하지 않고 조각상처럼 가만히 있었지만, 이 작은 동작에 온조는 깜짝 놀라 나자빠졌다.

이 요수가 잔인하다는 것을 알고 있던 온조는 갑자기 콧바람을 내뿜자 공격하는 줄 알고 목에 검이 있다는 것도 잊은 채 온축류에게 미친 듯이 소리쳤다.

"날 구하지 않고 뭐해! 빨리 구하란 말이다! 아직도 멍청히 서서 뭐 하는 것이냐?!"

"멍청한 자식!"

강징이 이를 악물며 욕했다.

눈앞에 있는 이상한 물체가 갑자기 벌레처럼 움직이면서 시끄러운 소리를 내자 요수가 즉시 반응했다. 뱀 머리 같은 요수의 머리가 뒤로 수축했다가 쑥 튀어나오더니 누렇고 검은 송곳니를 드러내며 위무선과 온조를 향해 다가왔다.

위무선이 손을 들어 온조의 패검을 요수의 머리를 향해 던지자 검은 화살이 활시위에서 튕겨 나가듯 날아갔다.

그러나, 요수의 머리를 덮은 검은 피부는 철갑처럼 단단해 검이 닿자 챙 하는 소리와 함께 불꽃을 일으키며 물속으로 빠졌다. 요수는 놀란 듯이 거대한 눈알을 아래로 돌리며 그 가늘고 길며 물에 빠져서도 여전히 빛을 내는 물건을 쳐다봤다. 이때를 이용해 위무선은 온조를 끌어올린 채 발을 굴러 공중으로 뛰어올라 다른 돌섬으로 옮기며 생각했다.

'제발 이것도 자라 등이라고 하지 말아줘.'

"뒤 조심해! 화단수가 왔어!"

순간 강징의 외침이 들렸다.

위무선이 고개를 휙 돌리자 큰 손이 소리 없이 다가오고 있었다. 위무선은 무의식적으로 손을 뻗어 온축류에게 반격했다. 하지만 이상하리만치 강하면서도 어두운 힘이 전해지면서 무엇인가가 팔에서 빨려 나가는 것 같았다. 위험을 느낀 그가 본능적으로 팔을 빼자 온축류가 그 기회를 틈타 온조를 빼내 연못가로 돌아갔다. 위무선은 작은 소리로 욕설을 내뱉고 연못가로 뛰어내렸다. 온씨 문하생 전체가 등에 찬 활을 꺼내 후퇴하면서 요수를 조준해 화살을 쐈다. 화살이 비처럼 쏟아지면서 탕탕거리며 요수의 검은 비늘과 껍데기를 맞췄다. 불꽃이 사방으로 튀는 게 매우 치열하게 싸우는 것 같았지만, 사실 아무 소용이 없었다. 급소에는 한 발도 명중되지 않아 요수의 가려운 곳을 긁어주는 꼴밖에 안 됐다. 거대한 머리가 좌우로 움직였고 비늘 밖 피부는 검은 돌처럼 우툴두툴해 화살이 맞아도 파고들지 못했다.

옆에 있던 문하생이 거칠게 숨을 내쉬며 활시위에 활을 걸어 힘겹게 당겼지만 반밖에 당기지 못했다. 이를 본 위무선은 도저히 참을 수가 없어서 활을 뺏어 들고 그 문하생을 한쪽으로 차버렸다. 화살통에 화살이 세 개 남아 있었다. 위무선은 화살 세 개를 한꺼번에 다 걸고 활시위를 힘껏 당겨 정신을 집중해 조준했다. 활시위가 팽팽하게 당겨져 귓가에서 끽끽거리는 소리가 들리고 손을 놓으려는 순간 뒤에서 비명이 들렸다.

질겁한 외침에 위무선이 고개를 돌려보니 왕영교가 하인 세 명을 시켜 둘은 면면을 붙잡아 면면의 얼굴을 젖히게 하고, 하나는 면면의 얼굴에 낙인을 찍으려 하고 있었다.

　낙인 앞부분이 이미 시뻘겋게 달아올라 치직 소리를 내고 있었다. 위무선은 거리가 조금 멀었지만, 곧장 화살 방향을 돌려 손을 놓았다.

　화살 세 발이 빠르게 날아가 명중했다. 하인들은 비명도 지르지 못하고 고개를 젖히며 바닥으로 쓰러졌다. 그런데 활시위가 진정하기도 전에 왕영교가 바닥에 떨어진 낙인을 주워 들고 면면의 머리채를 잡더니 그녀의 얼굴을 향해 다가갔다.

　왕영교는 수련 수준이 매우 낮았지만 이런 때는 아주 빠르고 독했다. 그대로 두면 면면은 한쪽 눈이 상하거나 평생 얼굴이 망가질 것이었다. 저 여자는 이런 위급한 순간에, 언제든지 도망갈 준비를 해야 할 상황에서도 사람을 해치겠다는 생각을 버리지 못하다니!

　다른 세가 자제들은 모두 활시위에 화살을 걸어 요수를 상대하느라 두 사람 곁에는 아무도 없었다. 위무선에게는 화살이 없었고 다른 사람 것을 뺏으려고 해도 이미 늦었다. 상황이 다급해지자 위무선은 달려가 면면의 머리채를 잡은 왕영교의 손을 치면서 그녀의 명치를 타격했다.

　위무선에게 정면으로 맞은 왕영교가 피를 토하며 뒤로 날아갔다.

　그러나 낙인은 위무선의 가슴을 누른 뒤였다.

　위무선은 옷과 피부가 타고 살이 익는 무시무시한 냄새와 함께 쇄골 아래 명치 근처에서 머리끝까지 통증이 전해지는 것을 느꼈다.

　위무선은 이를 악물었지만 참을 수가 없었다. 극심한 통증으로 목구멍에서 비명이 튀어나왔다.

위무선의 힘도 약하지 않아 그에게 맞아 날아간 왕영교는 미친 듯이 피를 토하며 큰 소리로 울었다. 강징이 손을 들어 왕영교의 정수리를 치려고 하자 온조가 다급하게 소리쳤다.

"교교! 교교! 어서 교교를 구해!"

온축류는 미간을 살짝 찌푸리더니 두말 안 하고 날아가 강징을 밀치고 왕영교를 잡아 온조의 발아래에 던졌다. 왕영교는 온조의 품으로 파고들며 피를 토하면서 펑펑 울었다. 강징이 쫓아와 온축류와 대치했다. 온조는 두 눈에 핏발이 서고 무시무시한 표정을 한 강징과 다른 세가 자제들의 감정이 격해진 모습을 보았다. 게다가 거대한 요수가 연못에서 왼쪽 앞발을 땅 위에 올려놓자 무서워서 소리쳤다.

"철수, 철수, 바로 철수한다!"

힘겹게 지탱하면서 상전의 철수 명령을 기다리고 있던 온조의 수하들은 그 말에 즉시 어검해 날아올랐다. 위무선이 물에 던져버려 검이 없는 온조는 옆 사람의 검을 빼앗아 왕영교를 안고 어검해 올라가 버렸다. 하인들도 온조를 바짝 쫓아 올라갔다.

"그만해! 가자!"

금자헌이 외쳤다. 세가 자제들도 돌산 같은 요수를 계속 대적할 마음이 없었다. 하지만 동굴 입구로 미친 듯이 달려가 보니 타고 내려왔던 나무 덩굴이 죽은 뱀처럼 바닥에 떨어져 있었다.

"이런 뻔뻔한 개자식! 저들이 덩굴을 다 잘랐어!"

금자헌이 분노해 외쳤다.

덩굴이 없으면 가파른 흙벽을 올라갈 수 없었다. 30여 장 위에 있는 지하 동굴 입구에서 하얀빛이 눈을 찔렀다. 잠시 뒤 하얀빛이 월식이 일어나는 것처럼 절반이 사라졌다.

"저자들이 동굴 입구를 막았어!"

다른 소년이 놀라 외쳤다. 말이 끝나기가 무섭게 남아 있던 빛도 사라졌다. 지하 깊은 곳에서 횃불 몇 개만이 망연자실하게 서 있는 소년들의 얼굴을 비추었고, 소년들은 아무 말도 하지 못했다.

"개 같은 연놈들이 정말로 동굴을 막았잖아!"

한참 뒤 금자헌의 욕설이 적막을 깼다.

"못 올라가도 괜찮아……. 우리 부모님이 날 찾으러 오실 테니까. 이 일을 들으시면 분명 찾으러 오실 거야."

한 소년이 중얼거렸다.

몇몇이 동조했지만, 누군가 떨리는 소리로 말했다.

"부모님들은 우리가 기산에서 교화를 받고 있는 줄 아시는데 어떻게 우리를 찾으러 와……. 게다가 도망간 온가 사람들이 사실대로 말하겠어? 분명 온갖 이유를 대면서…… 우린 여기서 그냥 이렇게……."

"우린 여기서 그냥 이렇게…… 식량도 없이…… 요수와 같이……."

그때 강징이 위무선을 부축하면서 천천히 걸어왔다. 마침 "식량도 없이."라는 말을 들은 위무선이 말했다.

"강징, 여기 익은 고기 있는데 너 먹을래?"

"닥쳐! 낙인 찍혔다고 안 죽어. 이런 상황에서 그딴 소리를 하다니, 정말 네 입을 꿰매버리고 싶다."

강징이 말했다.

남망기의 옅은 색 눈동자가 그들을 향했다가 어쩔 줄 몰라 하면서 그들 뒤를 따라오던 면면으로 향했다. 면면은 너무 울어 얼굴이 온통 붉어진 채로 두 손으로 치마를 감아쥐고 훌쩍거리면서 "미안해, 미안해, 미안해."를 연발했다.

"아, 좀 그만 울면 안 돼? 낙인에 데인 건 나지 네가 아니잖아. 내가 너를 달래주기까지 하라고? 네가 나 좀 달래주면 안 될까? 됐어, 강징 부축하지 마. 다리가 부러진 것도 아닌데."

위무선이 귀를 막으며 말했다.

소녀들이 면면 주위를 감싸며 같이 훌쩍거렸다.

남망기는 시선을 거두고 돌아갔다.

"남가 둘째 공자, 어디 갑니까? 요수가 아직 연못을 지키고 있습니다만."

강징이 물었다.

"연못으로요. 나갈 방법이 있습니다."

남망기가 말했다.

나갈 방법이 있다는 말에 울음소리도 뚝 그쳤다.

"무슨 방법?"

"연못에 단풍잎이 있었어."

위무선의 물음에 남망기는 그리 답했다.

2

이 말에 소년들은 어리둥절했지만, 위무선은 즉시 알아들었다.

요수가 둥지를 틀고 있는 검은 연못에 분명 단풍잎이 있었다. 그러나 동굴에는 단풍나무는커녕 인적도 없었고 동굴 입구 근처에도 용수나무뿐이었다. 그 단풍잎은 불타는 것처럼 선명한 붉은색에 신선했다. 그들이 산에 오를 때 봤던 시냇물에도 단풍잎이 떠내려가고 있었다.

"검은 연못 속에 아마 외부와 통하는 입구가 있을 거야. 그래서 산속 시냇물에 떠다니는 단풍이 들어온 거고."

강징도 알아채고 말했다.

"하지만…… 넓이가 충분한지, 사람이 빠져나갈 수 있을지 어떻게 알아? 아주 작은 틈일 수도 있잖아?"

누군가 쭈뼛쭈뼛 말했다.

"게다가 요수가 검은 못에서 도통 나오려고도 하지 않잖아."

금자헌이 눈썹을 찡그리며 말했다.

"희망이 있으면 움직여봐야지. 가만히 앉아서 부모님이 구하러 오길 기다리는 것보다는 나아. 요수가 지키고 있는 게 뭐 어때서? 끌어내면 그만인 것을."

위무선이 옷을 잡아당기며 한 손으로 옷 아래 상처에 계속 부채질하며 말했다.

의논이 끝나자 반 시진 후 세가 자제들은 다시 왔던 길을 따라 돌아갔다.

그들은 동굴에 숨어 조용히 요수를 살펴봤다.

요수는 몸의 반을 여전히 검은 연못에 담그고 있었다. 껍데기에서 뱀같이 긴 몸이 빠져나와 송곳니가 솟은 입을 벌렸다 다물었다 하면서 시체를 가볍게 물더니 목을 수축해 요새같이 어두운 껍데기 속으로 끌고 들어갔다. 마치 안에서 천천히 음미하려는 것 같았다.

위무선이 횃불 하나를 동굴 한쪽으로 던졌다.

이 동작은 적막한 지하에서 유난히 두드러져 보였고 요수의 머리가 즉시 껍데기에서 빠져나왔다. 요수는 동공을 가늘게 뜨고 일렁거리며 타오르는 횃불을 보더니 빛을 내는 사물에 본능적으로 이끌려 그쪽을 향해 천천히 목을 뺐다.

요수 뒤에서 강징이 조용히 물속으로 잠수해 들어갔다.

운몽 강씨는 물에 기대 살아서 가문의 자제들은 수영 실력이 뛰어났다. 강징은 물보라 하나 일으키지 않고 쏙 들어갔다. 소년들은 긴장된 마음으로 수면을 보면서 때때로 요수를 살폈다. 그 검은색 거대한 뱀 머리가 횃불을 빙빙 돌며 접근할까, 말까 망설이는 모습을 보자 신경 줄이 팽팽하게 당겨지는 것 같았다.

갑자기 요수가 마치 이 물체를 혼내주겠다고 결심이라도 한 것처럼 코를 들이댔다. 그러나 뜨거운 불에 살짝 데었다.

요수의 목이 쏙 들어가면서 콧구멍으로 분노의 물을 품어 횃불을 껐다.

바로 그때 강징이 수면으로 올라와 깊이 숨을 들이쉬었다. 요수는 자기 영역이 누군가에게 침범당했다는 것을 느꼈는지 고개를 휙 돌려 강징 쪽으로 몸을 돌렸다.

위무선은 상황이 좋지 않자 손가락을 깨물어 손바닥에 거칠게 몇 획 그은 다음 다급히 튀어 나가 손바닥으로 지면을 내리쳤다. 손바닥이 지면에서 떨어지자 사람 키를 웃도는 불꽃이 일었다.

요수가 깜짝 놀라 고개를 돌리며 위무선 쪽을 쳐다봤다. 그 틈에 강징이 물가로 올라와 외쳤다.

"연못 속에 구멍이 있어, 작지 않아!"

"작지 않다는 게 얼마나 크다는 거야?"

위무선이 물었다.

"한 번에 대여섯 명쯤 가능해!"

강징이 대답했다.

"다들 잘 들어. 강징을 따라 입수해서 동굴을 나가는 거야. 부상 안 당한 사람이 부상 당한 사람을 데리고 가고, 수영할 줄 아는 사람이 못 하는 사람을 데리고 나가. 한 번에 대여섯 명씩, 다급하게 굴지 말고! 지금, 입수해!"

위무선이 외쳤다.

말이 끝나자 하늘을 찌르던 화염이 점점 사그라들었다. 위무선이 다른 방향으로 열 몇 보 후퇴해 다시 장심으로 땅을 가격하자 불꽃이 또 폭발했다. 요수의 누런색 큰 눈이 불빛에 비추어 붉게 변했다. 불이 활활 타오르자 요수는 네 다리를 움직여 산처럼 무거운 몸을 불꽃 쪽으로 옮겼다.

"뭐 하는 짓이야?!"

강징이 화냈다.

"넌 뭐 하고 있어?! 사람들 데리고 어서 입수해!"

위무선이 말했다.

위무선은 요수를 물 밖으로 끌어내는 데 성공했다. 지금 도망가지 않으면 언제 기회가 또 올지 몰랐다!

강징이 이를 악물고 말했다.

"모두 이리 와. 수영할 줄 아는 사람은 왼쪽, 못하는 사람은 오른쪽에 서!"

위무선은 지형을 관찰하면서 불로 요수를 꾀어내며 후퇴했다. 그때 갑작스레 팔에 통증이 느껴졌다. 고개를 숙여보니 화살이 박혀 있었다. 조금 전 남망기가 매섭게 쏘아본 남가 문하생이 온가 사람이 버리고 간 화살을 들어 요수를 향해 쏜 것이었다. 그러나 아마도 요수의 흉악한 모습과 민첩한 행동에 놀라서 당황했는지 손이 떨려 조준을 잘못해 위무선을 맞춘 모양이었다. 위무선은 화살을 뽑을 틈이 없어 그냥 다시 장심으로 바닥을 내리쳐 화염을 일으킨 다음에야 호통을 쳤다.

"물러서! 더 번거롭게 하지 말고!"

그 문하생은 요수의 급소를 명중시켜 조금 전 실수를 만회하려고 했다가 도리어 일이 더 잘못되자 얼굴색이 창백해진 채로 입수해 황급히 도망갔다.

"너도 빨리 와!"

강징이 재촉했다.

"금방 갈게!"

위무선이 말했다.

강징 옆에는 수영을 못하는 세가 자제 세 명이 있었다. 그들이 거의 마지막으로 더는 지체할 수 없었다. 강징은 먼저 갈 수밖에 없었다. 위무선은 팔뚝에 박힌 화살을 뽑은 다음에야 퍼뜩 정신이 들었다.

'이런!'

신선한 피 냄새가 요수를 크게 자극해 요수의 목이 갑자기 쑥 나오더니 송곳니를 드러냈다.

위무선이 대책을 생각하기도 전에 몸이 기우뚱하더니 한쪽으로 밀려났다. 남망기가 위무선을 밀쳐낸 것이다.

요수의 턱이 순식간에 다물리며 남망기의 오른 다리를 물었다.

　보는 것만으로도 위무선은 자신의 오른 다리가 아팠지만, 남망기
는 여전히 무표정한 채로 미간만 약간 찡그렸다. 그리고 그는 요수
에게 끌려갔다.

　요수의 크기와 송곳니가 맞물리는 힘으로 봤을 때 사람 허리를
물어서 부러뜨리는 것은 일도 아니었다. 하지만 다행히 요수는 씹
어먹는 것을 좋아하지 않아 사람을 물고 죽었든 살았든 껍데기 안
으로 갖고 들어가 천천히 즐겼다. 요수가 이빨에 힘을 조금이라도
세게 주었으면 남망기의 다리는 두 동강이 났을 것이다. 요수의 껍
데기는 검도 안 꽂힐 만큼 단단해 남망기가 이대로 끌려 들어가면
나오지 못하는 것은 분명했다.

　위무선은 미친 듯이 뛰어 요수의 머리가 껍데기 속으로 들어가기
전에 재빨리 몸을 날려 요수의 송곳니를 붙잡았다.

　힘으로는 이 괴물에 절대 대항할 수 없지만, 생사의 갈림길에 서
니 인간으로서 상상도 할 수 없는 힘이 폭발했다. 위무선은 요수의
껍데기에 두 발을 딛고 두 손으로 송곳니를 힘껏 잡아서 목이 뒤로
꺾이게 해 머리가 들어가지 못하게 막았고, 요수가 이 식사를 즐기
지 못하게 만들었다.

　남망기는 이런 상황에서 위무선이 쫓아올 줄 생각조차 못 했던지
라 경악을 금치 못했다.

　위무선은 요수가 화가 나 자신들을 그대로 먹어버리거나 남망기
의 다리를 물어 잘라버릴까 봐 오른손으로 위의 송곳니를 꽉 붙잡고
왼손으로 아래 송곳니를 붙잡아 동시에 위아래로 밀어냈다. 죽을 만
큼 힘을 주어 이마에 터질 듯이 핏발이 서고 얼굴이 시뻘게졌다.

그러자 남망기의 뼈와 살에 깊이 박혔던 이빨이 정말 조금씩 빠져나왔다.

꽉 물었던 이빨이 느슨해지자 남망기가 연못 속으로 떨어졌다. 남망기가 위험에서 벗어난 것을 보자 신이 내린 것처럼 강했던 힘이 갑자기 사라졌고. 팔의 힘을 풀자 위아래로 돌출된 송곳니가 다 물리며 금속이 파열되는 것 같은 거대한 소리를 냈다.

위무선도 물속에 있는 남망기 옆으로 떨어졌다. 위무선은 몸을 돌려 자세를 바로잡은 다음 남망기를 건져서 한 손으로 물을 가르며 순식간에 몇 장 앞으로 나갔다. 연못에 길고 아름다운 물결이 일었다. 물가에 도착한 위무선은 남망기를 등에 업고 바로 뛰었다.

"너?"

남망기가 입을 열었다.

"응, 나야! 반갑지!"

위무선이 말했다.

"반갑기는?! 내려놔!"

위무선의 등에 업힌 남망기의 말투가 보기 드물게 흔들렸다.

"내리란다고 내려주면 내 체면이 말이 아니잖아?"

위무선은 도망가는 와중에도 입을 쉬지 않았다.

뒤에서 울리는 요수의 포효에 두 사람의 고막과 가슴이 울려 통증이 느껴졌고 피가 뒤통수와 비강으로 솟구쳐 위무선은 재빨리 입을 다물고 전력을 다해 뛰었다. 화가 난 요수가 따라올까 봐, 위무선은 요수가 비집고 들어오지 못할 좁은 동굴로 들어갔다. 얼마나 뛰었는지 모르겠지만 한 번도 쉬지 않고 단숨에 달려 아무 소리도 들리지 않자 그제야 걸음을 늦췄다.

마음을 놓고 속도를 늦추자 위무선은 피비린내를 느꼈다. 손으로 만져보니 오른손이 피범벅이 돼 있었다.

'이런, 남잠의 상처가 더 심해졌네.'

충분히 멀리 와서 안전하다고 판단한 위무선은 재빨리 몸을 돌려 남망기를 바닥에 가볍게 내려놓았다.

원래 있었던 다리 상처가 회복되지 않은 상태에서 요수의 날카로운 이빨에 물리고 물에 빠져 남망기의 백의 아랫단이 온통 붉게 물들어 있었다. 송곳니가 물어 생긴 검은 구멍이 육안으로도 똑똑히 보였다. 위무선은 서 있을 힘도 없어 남망기를 내려놓자마자 주저앉았다.

위무선은 고개를 숙여 잠시 살피고 일어나 동굴 근처를 돌아다녔다. 동굴 아래 관목이 자라고 있어 위무선은 그 속에서 비교적 굵고 쭉 뻗은 나뭇가지를 골라 옷자락으로 나뭇가지에 묻은 흙을 떼낸 다음 남망기 옆에 쪼그려 앉았다.

"끈 가진 거 없어? 아, 네 말액 괜찮다. 이리 줘."

남망기가 대답하기도 전에 위무선이 손을 뻗어 말액을 풀어 상처 난 다리에 나뭇가지를 고정하고 말액을 붕대 삼아 휙휙 둘렀다.

"너……!"

남망기는 갑자기 말액이 풀리자 두 눈을 크게 떴다.

손이 재빠른 위무선은 벌써 붕대를 다 감고 매듭을 짓고는 남망기의 어깨를 툭툭 치며 말했다.

"내가 뭐? 이런 때에 그런 거 따지지 마. 네가 말액을 아무리 아껴도 네 다리보다 중요해?"

남망기는 몸을 뒤로 젖혀 누웠다. 앉아 있을 힘이 없는 것인지 위무선 때문에 화가 나 할 말이 없는 것인지 알 수 없었다. 위무선은 갑자기 미약한 약초 향기가 나는 것을 느끼고 품에 손을 넣어 작은 향낭을 꺼냈다.

향낭에 달린 정교한 술이 물에 푹 젖어 불쌍한 모양이 되었다. 위무선은 면면이 향낭 안에 약재가 들었다고 한 말을 떠올리고 재빨리 풀어 살폈다. 그 안에는 설마르고 반은 부서진 약초와 작은 꽃 몇 송이가 있었다.

"남잠, 남잠. 잠들지 말고 좀 일어나 봐. 여기 이 향낭 속에 쓸 만한 약초가 있는지 와서 봐줘."

위무선은 억지를 부리며 기운 없는 남망기를 잡아당겨 앉혔다. 남망기가 향낭에서 피를 멎게 하고 독을 제거하는 효과가 있는 약초를 구별해냈다. 위무선은 약초를 골라내면서 말했다.

"향낭이 이렇게 쓸모가 있을 줄은 정말 몰랐네. 돌아가면 고맙다고 해야겠어."

"희롱하는 게 아니고?"

남망기가 무심하게 말했다.

"무슨 소리야? 내가 하는 건 희롱이 아니라고. 온조처럼 느끼한 놈이 하는 걸 희롱이라고 하지. 벗어봐."

위무선이 말했다.

"뭐?"

남망기가 미간을 살짝 찌푸리며 말했다.

"뭐긴 뭐야? 옷 벗으라고!"

위무선은 벗으라고 말하면서 바로 손을 뻗어 두 손으로 남망기의 옷깃을 잡고 양쪽으로 잡아당겼다. 그러자 새하얀 가슴과 어깨가 드러났다.

남망기는 갑자기 바닥에 눌려 강제로 옷이 벗겨지자 얼굴이 초록색으로 변했다.

"위영! 이게 무슨 짓이야!"

위무선이 남망기의 옷을 다 벗기고 몇 조각으로 찢으며 말했다.

"뭐 하는 거냐고? 지금 너랑 나 둘밖에 없고 나도 이런 모습인데 내가 뭘 하려는 거 같아?"

말을 마친 위무선은 일어나 자기 옷을 벌리며 가슴을 노출했다.

움푹 들어간 쇄골 선이 쭉 뻗은 것이 풋풋하면서도 소년의 활력과 기운이 넘쳤다.

남망기는 위무선의 동작을 보면서 얼굴이 파래졌다가 하얘졌다가 다시 검어졌다가 붉어졌다가 하면서 피를 토할 것 같았다. 위무선이 살짝 웃으며 남망기에게 한 발 다가가더니 그 앞에서 푹 젖은 겉옷을 벗어 한 손으로 들었다가 놓자 옷이 바닥으로 떨어졌다.

"윗옷은 다 벗었으니, 이제 바지 차례네."

위무선이 손을 양옆으로 벌리고 어깨를 으쓱하며 말했다.

남망기는 일어나려고 했다. 그러나 다리에 상처가 있고 한바탕 전투를 했으며 게다가 화가 마음을 공격해 몸이 움직이지 않았고 온몸에서 힘이 빠졌다. 마음이 격동한 그는 정말 피를 토했다.

위무선이 급히 꿇어앉아 남망기의 가슴 혈자리 몇 곳을 치면서 말했다.

"됐어, 어혈을 토해냈네. 고맙다는 인사는 필요 없어!"

검붉은 피를 토하자 남망기는 가슴의 답답한 통증이 크게 줄었다. 그는 위무선의 행동을 보고 마침내 깨달았다.

모계산에 올라온 뒤로 위무선은 남망기의 안색이 매우 안 좋은 것을 보고 가슴에 답답한 기운이 쌓였을 것이라고 생각했다. 그래서 일부러 놀라게 해서 막혀 있던 피를 토하게 한 것이었다.

위무선이 호의였다고 해도 남망기는 화난 기색이 가시지 않았다.

"……다신 그런 농담하지 마!"

"그런 게 막고 있으면 몸이 상하기 마련이야. 놀라게 하니 바로 나오네. 안심해. 난 남자 안 좋아해. 이런 때를 이용해 널 어쩌진 않는다고."

"시시하군!"

남망기가 말했다.

위무선은 오늘 남망기가 화가 너무 많이 났다는 것을 알아 손을 휘휘 저으며 말했다.

"좋아, 좋아. 알았어, 알았다고. 시시하다면 시시한 거지. 나 시시해. 내가 제일 시시해."

말하다 보니 지하의 썰렁한 냉기가 등을 타고 올라왔다. 위무선은 덜덜 떨면서 재빨리 일어나 나뭇가지와 나뭇잎을 모아다 손바닥에 불을 일으키는 주문을 다시 그렸다.

마른 가지에 불이 붙자 툭툭 소리를 내며 타면서 간간이 불똥이 튀었다. 위무선은 조금 전 골라낸 약초를 잘게 부숴 남망기의 바짓가랑이를 들어 겨우 피가 멈춘 검은 구멍 세 개에 고루 펴 발랐다.

갑자기 남망기가 손을 들어 위무선의 동작을 멈췄다.

"왜 그래?"

위무선이 물었다. 남망기는 한마디도 하지 않고 위무선의 손에서 약초를 집어 위무선의 명치를 눌렀다.

"악!"

남망기의 행동에 위무선은 온몸을 떨면서 소리쳤다.

위무선은 자신의 몸에도 쇠 인두로 찍힌 새 상처가 있고 피를 흘렸으며 물에 빠졌다는 것을 잊고 있었다.

남망기가 손을 떼자 위무선은 두어 번 심호흡을 한 뒤 가슴에 붙은 약재를 떼어 남망기 다리에 다시 붙였다.

"괜찮아. 난 상처가 자주 나. 상처가 나고도 연화호에 들어가 놀아서 습관이 됐어. 작은 향낭에 약재가 있으면 얼마나 있겠어. 그렇지 않아도 부족한데. 내가 보기에 네 그 구멍 세 개는…… 아!"

"아픈 줄 알면 다음엔 함부로 뛰어들지 마."

남망기가 무거운 얼굴로 말했다.

"안 그러고 싶어도 방법이 없잖아. 내가 데이고 싶어서 데였겠어. 왕영교가 그렇게 악독할 줄 내가 알았나. 사람 눈을 지지려고 하는데. 면면은 여자잖아, 게다가 꽤 예쁘장하고. 그런데 눈을 다치거나 얼굴에 이런 게 생겨 평생 안 지워지면 어떻게 해."

위무선이 말했다.

"네 몸에 난 상처도 평생 안 지워져."

남망기가 담담하게 말했다.

"그건 다르지. 얼굴도 아니고. 게다가 난 남자잖아. 뭐 어때. 남자가 평생 부상 한 번 안 당하고 상처 한 번 안 나겠어?"

위무선은 상의를 벗은 채 바닥에 앉아 나뭇가지 하나를 들어서 불더미를 쑤셔 불을 더 크게 만들었다.

"달리 생각하면 이게 지워지지 않아도 내가 어떤 낭자를 구한 적이 있다는 것을 말해주잖아. 게다가 그 낭자도 앞으로 나를 기억할 테지. 평생 절대 못 잊을걸. 생각해보니 사실 꽤……."

"너도 알잖아. 이제 그녀는 널 평생 잊지 못할 거라고!"

갑자기, 남망기가 위무선을 사납게 밀치며 화를 냈다.

하필이면 남망기는 위무선 가슴에 난 상처를 밀었다. 위무선은 가슴을 부여잡고 바닥에 쓰러지며 소리쳤다.

"……남잠!"

바닥에 쓰러진 위무선은 통증에 식은땀이 다 났다. 위무선은 고개를 들면서 신음했다.

"……남잠 너…… 나한테 무슨 원한 있지! ……부모를 죽인 원수도 이렇게 하진 않겠다!"

그 말에 남망기가 주먹을 꽉 쥐었다.

잠시 뒤 남망기는 주먹을 풀고 위무선을 부축하려고 일어나려는 듯했다. 위무선은 스스로 일어나 뒤로 숨었다.

"알았어, 알았다고! 네가 나 싫어한다는 거 알았으니까 내가 멀리 앉을게. 다가오지 마! 또 밀지 말라고, 아파 죽겠어."

왼쪽에 상처가 나 왼손을 드니 당기고 아팠다. 위무선은 한쪽에 숨어 방금 한 줄 한 줄 찢어 놓은 백의를 오른손으로 들어 남망기 옆쪽으로 던졌다.

"네가 알아서 묶어, 나 안 갈게."

그러고는 벗어놓은 겉옷을 불 옆에 놓고 마르길 기다렸다.

한참 동안 두 사람은 말이 없었다.

"남잠, 너 오늘 정말 이상해. 예전과 달리 거칠고. 말도 너 같지 않아."

위무선이 말했다.

"그런 마음을 품은 게 아니면 사람을 건드리지 마. 넌 자기가 내키는 대로 행동하지만, 그게 다른 사람의 마음을 어지럽힌다고!"

남망기가 말했다.

"내가 널 건드린 것도 아닌데, 네가 마음이 어지러울 게 뭐 있어. 아니면⋯⋯."

위무선이 말했다.

"아니면, 뭐?"

남망기가 사납게 말했다.

"남잠 네가 면면을 좋아하는 게 아니면!"

잠깐 침묵이 흘렀다.

"쓸데없는 소리 하지 마."

남망기가 냉랭하게 말했다.

"알았어, 쓸 데 있는 소리 할게."

위무선이 말했다.

"그런 말장난이 재미있어?"

남망기가 물었다.

"재밌지. 난 말장난만 잘하는 게 아니라 능력도 좋다고."

"내가 왜 여기서 너랑 이런 헛소리를 하고 있는지 모르겠군."

남망기가 중얼거렸다.

자신도 모르는 사이에 위무선은 다시 남망기 옆에 가서 앉아 천지 분간 못 하고 입을 놀렸다.

"방법이 없기 때문이지. 이 지하에 운이 지지리도 없는 우리 둘만 남았거든. 네가 나랑 헛소리를 하지 않으면 누구랑 하겠어?"

남망기는 몸이 나아지자마자 언제 아팠냐는 듯이 구는 위무선을 처다봤다. 위무선이 남망기를 보며 시시덕거리려는데 갑자기 남망기가 고개를 숙였다.

"아아아아아아아아아아아아아아아아아아악, 입 닥칠게! 입 다문다고! 입 닥칠게!"

위무선이 비명을 질렀다.

위무선의 팔을 단단히 깨문 남망기는 그의 비명에도 아랑곳하지 않고 더 힘을 주며 세게 물었다.

"힘 빼! 힘 안 빼면 찰 거야! 네가 아프다고 내가 못 찰 줄 알아?!"

"그만 물어! 그만 물라고! 꺼질게! 내가 꺼진다고! 가, 가, 갈게. 놔주면 바로 꺼질게!"

"남잠 너 오늘 미쳤어! 넌 개야! 개라고! 그만 물어!"

충분히 물고 난 남망기가 제정신으로 돌아와 놓아주고 나서야 위무선은 후다닥 동굴 다른 쪽으로 몸을 피했다.

"너 다가오지 마!"

남망기가 천천히 상체를 세우고 옷과 머리를 가지런히 정리하고는 눈을 내리깔고 한마디도 하지 않았다. 차분한 모습이 마치 조금 전 욕하고 떠밀고 사람을 물기까지 한 사람이 자기가 전혀 아니라는 것 같았다. 위무선은 팔뚝에 난 잇자국을 보고 혼비백산해 구석에 처박혀 땔감을 뒤적거리며 생각했다.

'남잠 왜 저래? 내 목숨을 구해주긴 했지만, 나도 그를 구했잖아? 고맙다는 말을 하라는 것도 아닌데 왜 저러나 몰라. 우린 친구도 될 수 없나? 아니면…… 내가 정말 강징 말처럼 사람들의 미움을 사는 건가?!'

이런저런 생각을 하고 있는데 갑자기 남망기가 입을 열었다.

"고마워."

위무선은 자기가 잘못 들은 줄 알고 남망기를 쳐다봤다. 남망기도 위무선을 보고 있었다.

"고마워."

남망기가 다시 정중하게 말했다.

남망기가 약간 고개를 숙이는 것을 본 위무선은 남망기가 자신에게 절이라도 할까 봐 재빨리 몸을 피했다.

"됐어, 됐어. 난 남이 나한테 고맙다고 하는 걸 못 듣는 사람이라. 너같이 진지한 사람이 하는 건 더 그렇고. 불편해서 닭살이 돋는다고. 절은 더더욱 사양이야."

"너무 앞서갔어. 너한테 절하라고 해도 못 움직여."

남망기가 담담하게 말했다. 그가 마침내 정상으로 돌아온 것 같고 고맙다는 말까지 하는 것을 보자 위무선은 기뻐서 자신도 모르게 남망기 쪽으로 다시 다가갔다. 위무선은 얼쩡대는 것을 좋아하지만 팔뚝에 난 잇자국이 뻐근해지자 방금 남잠이 이성을 잃고 발광했으며 언제 다시 발작할지 모른다는 사실을 깨달았다. 그는 황급히 자제하고 어두운 동굴 천장을 보면서 정색하며 말했다.

"강징과 일행이 잘 빠져나가서 산에서 내려가는 데 이틀, 산에서 내려가면 온가로 돌아가 보고하진 않을 테고, 각자 집으로 돌아가겠지. 하지만 검을 몰수당했으니 언제 구하러 올지 모르겠네. 우리 이 지하에서 한동안 기다려야겠어. 그러면 문제 몇 개를 해결할 방법을 생각해야겠네."

잠시 뒤 위무선이 다시 말했다.

"저 괴물이 연못에서 쫓아오지 않는 게 다행이라면 다행이지만 그게 또 문제네. 연못 속 입구를 막고 있어서 우리도 못 나가잖아."

"괴물이 아닐 수도 있어. 어떤 형상과 닮았는지 생각해봐."

남망기가 말했다.

"자라!"

"저렇게 생긴 신수가 있지."

"현무 신수?"

현명이라고도 불리는 현무는 거북과 뱀이 합쳐진 물의 신으로 북해에 속한다. 저승이 북쪽이기 때문에 북방의 신이라고 했다.

남망기가 고개를 끄덕였다.

"신수가 저렇게 날카로운 송곳니가 있고 인육을 먹어? 전설과는 너무 다른데?"

위무선이 자신의 이를 드러내 보이며 말했다.

"물론 제대로 된 현무 신수는 아니야. 신수가 되는 것에 실패해 요괴가 된 미완성품이지. 아니면 기형이거나."

"기형?"

"고서적에 기록된 걸 본 적이 있어. 4백 년 전, 기산에 '가짜 현무'가 나타나 소란을 피웠다고 해. 크기가 매우 크고 산 사람을 잡아먹어서 어떤 수사가 '도륙 현무'라는 이름을 붙였지."

"온조가 우리를 끌고 와서 잡으려던 게 바로 저 4백 살도 넘은 도륙 현무라고?"

"몸집은 기록보다 훨씬 크지만 틀림없어."

"4백 년도 넘었으니 몸집이 커졌겠지. 그때 도륙 현무를 죽이지 못했어?"

"응. 수사들이 연맹을 맺어 죽이려고 했지만, 그해 겨울 마침 큰 눈이 내리고 이상 기온으로 도륙 현무가 사라져 그 뒤로 모습을 드러내지 않았어.”

“겨울잠을 잤군.”

잠시 뒤 위무선이 다시 말했다.

“하지만 겨울잠이라고 해도 4백 년이나 잘 필요는 없잖아? 저 도륙 현무는 산 사람을 먹는다면서 그때 도대체 얼마나 먹은 거야?”

“서책에는 그때 한 번 나타나서 잡아먹은 게 적게는 2백~3백 명, 많게는 마을 하나를 초토화했다고 기록돼 있어. 몇 번 소란을 일으켰으니 적어도 5천여 명은 되겠지.”

“와, 그럼 배부르겠다.”

저 요수는 껍데기 안에 사람을 통째로 넣고 저장해두었다가 천천히 먹는 걸 좋아하는지도 몰랐다. 4백 년 전 한 번에 많은 식량을 저장해 지금까지 다 먹지 못한 것이다.

남망기가 상대해주지 않자 위무선이 다시 말했다.

“먹는 이야기가 나와서 말인데 너 벽곡#13 해봤어? 우리 같은 사람들은 안 먹고 마셔도 사나흘은 견디겠지. 사나흘 뒤에 우릴 구하러 오지 않으면 체력, 정력, 영력이 다 쇠하기 시작할 거야.”

도망간 온조 무리가 수수방관하고 모른 척하는 게 차라리 나았다. 다른 가문 사람들이 지원군을 보내올 때까지 사나흘 정도 기다리면 되기 때문이다. 온가 사람들이 도움은커녕 방해하러 올까 걱정이었다. ‘다른 가문’이라면 고소 남씨와 운몽 강씨일 텐데 온씨 가문이 중간에서 방해하면 ‘사나흘’이 배로 늘어날 수 있었다.

위무선은 나뭇가지를 빼 들고 바닥에 지도를 대충 그려 선을 몇

#13 벽곡(辟穀) 신선이 되는 수련 과정의 하나로 곡식을 먹지 않는 것을 말한다.

개 연결했다.

"모계산에서 고소가 운몽보다 조금 가까우니 너희 가문 사람이 먼저 오겠다. 천천히 기다리자고. 그들이 안 와도 최대 하루 이틀이면 강징이 연화오에 도착할 거야. 강징은 똑똑하니까 온가 사람들도 그를 막진 못할 거야. 걱정 안 해도 돼."

"기다려도 안 와."

남망기가 눈동자를 내리깔며 지친 듯이 낮은 소리로 말했다.

"응?"

"운심부지처는, 이미 다 타버렸어."

"……사람들은 괜찮지? 네 숙부와 형은?"

위무선이 조심스럽게 물었다.

위무선은 남가 가주인 남망기의 부친 청형군이 중상을 입었으니 남계인과 남희신이 집안 대소사를 주관할 것이라고 생각했다.

"부친은 곧 돌아가실 것 같고, 형장은 실종됐어."

남망기가 멍하게 말했다.

바닥에 어지럽게 그림을 그리던 나뭇가지가 순간 멈췄다.

산에서 한 세가 자제가 남가 가주가 중상을 입었다고 말했었다. 하지만 위무선은 중상이 '곧 돌아가실' 정도일 줄은 상상도 못 했다. 아마 남망기도 최근에야 부친이 곧 돌아가실 것 같다는 소식을 들은 것 같았다.

남가 가주는 1년 내내 문을 닫고 외부 소식을 전혀 듣지 않지만, 그래도 아버지는 아버지였다. 게다가 남희신이 실종됐다니, 오늘 남망기가 특히 우울하고 화를 크게 낸 게 다 이유가 있었다. 위무선은 무슨 말을 해야 할지 난감했다.

위무선이 아무 생각 없이 고개를 돌리다가 멈칫했다.

모닥불 불빛이 남망기의 고운 옥 같은 뺨에 난 눈물 자국을 선명하게 비추었다.

'큰일 났다!'

위무선은 얼떨떨했다.

남망기 같은 사람은 평생 눈물을 몇 번 안 흘릴 텐데 하필 그 몇 번 중 한 번을 위무선이 봐버렸다. 위무선은 다른 사람이 우는 것을 제일 못 견뎠다. 여자가 울면 바로 달려가 웃을 때까지 어르고 달랬다. 하물며 남자의 눈물이라니. 위무선은 강한 남자가 눈물 흘리는 모습을 보는 게 실수로 순결한 여자가 목욕하는 모습을 본 것보다 더 무서워서 뭐라고 위로할 수도 없었다.

집이 불타고, 온 가족이 모욕당하고, 부친이 돌아가실 위기에 처하고, 형장이 실종되고, 몸에 부상까지 입었으니, 어떤 말로도 위로가 되지 않을 것이었다.

위무선은 손발을 어디에 둬야 할지도 몰라 고개를 돌렸다가 한참 뒤에야 입을 열었다.

"저기, 남잠."

"입 다물어."

남망기가 차갑게 말했다. 위무선은 입을 다물었다.

타닥타닥 나무 타는 소리만 울렸다.

"위영. 너 같은 사람은, 정말 질색이야."

남망기가 조용히 말했다.

"어……."

위무선은 '이렇게 많은 일이 일어났으니 남잠 심정도 말이 아니겠네. 그런데 내가 그 앞에서 알짱댔으니 화낼 만도 해. 다리에 부상을 입고 기운도 없으니 나를 때릴 수도 없고, 그러니 물기라도 할 수밖에……. 그에게 안정할 시간을 줘야겠군.' 하고 생각했다.

한참 입을 다물고 있던 위무선이 다시 입을 열었다.

"널 귀찮게 하려는 게 아니라……. 내가 하고 싶은 말은, 너 안 추워? 옷 다 말랐어. 중의(中衣)는 너 줄게, 겉옷은 내가 입고."

중의는 몸에 꼭 맞춰 입는 옷이라 남망기에게는 적합하지 않았지만 남망기의 겉옷이 너무 더러워져 봐줄 수가 없었다. 고소 남씨 사람은 청결한 걸 좋아하는 데 이런 옷을 준다는 것이 조금 실례인 것 같았다. 남망기는 아무 말도 하지 않았고 위무선을 쳐다보지도 않았다. 위무선은 잘 마른 흰색 중의를 남망기 쪽으로 던졌다. 그리고 자신은 겉옷을 입고 조용히 물러났다.

두 사람은 사흘을 기다렸다.

동굴에는 달력이 없었지만, 사흘이 지났다는 것을 알 수 있었던 것은 남가 사람의 그 머리털이 곤두서게 하는 휴식 시간 때문이었다. 정해진 시진이 되면 자동으로 잠이 들었고 또 자동으로 깼다. 그래서 남망기가 몇 번 잠이 들었는지를 보면 시간을 알 수 있었다.

사흘 동안 기운을 축적한 덕분에 남망기의 다리는 더 악화하지 않고 천천히 나아 좌선을 할 수 있게 되었다.

이 며칠 동안 위무선은 남망기 앞에서 얼쩡대지 않았다. 남망기가 평정을 되찾고 마음을 조절해 다시 동요 없고 무표정한 남잠으로 돌아오길 기다렸다. 위무선은 그날 밤 아무것도 못 보고 못 들었다는 듯이 뻔뻔하게 행동했고 적정선을 지키면서 장난도 치지 않았다. 두 사람은 함께 있는 시간 동안 차갑지도 뜨겁지도 않게,

평화롭게 지냈다.

그러는 동안 두 사람은 연못 근처를 수차례 살폈다. 도륙 현무는 시체들을 껍데기 안으로 다 삼켜 넣었다. 수면 위에 뜬 검고 거대한 껍데기는 마치 견고한 대형 선박 같았다. 안에서 씹는 소리가 몇 번 들렸지만, 나중에는 그런 소리도 들리지 않았고 자면서 코고는 것 같은 소리만 간간이 들렸다.

두 사람은 요수가 잠든 틈을 타서 물속으로 몰래 들어가 도망갈 구멍을 살필 생각이었으나 물속에서 한 주향만 있어도 요수가 알아채고 움직였다. 게다가 그들이 몇 번이나 물에 들어가 찾았지만 강징이 말한 구멍이 없었다. 위무선은 요수가 신체 한 부분으로 구멍을 막은 것 같아 요수를 물가로 유인하려고 했지만, 요수는 한바탕 소란이 있은 다음 귀찮아졌는지 별로 움직이지 않았다.

그들은 연못 옆에 흩어진 활과 화살, 낙인 등을 모두 주워 돌아왔다. 화살이 백여 개, 활이 30여 개, 낙인이 10여 개였다.

그때가 이미 나흘째였다.

남망기가 왼손으로 활을 들어 재질을 살피고 오른손으로 활시위를 한 번 당기자 낭랑한 금속 소리가 울렸다.

선문 세가가 요괴 등을 사냥할 때 쓰는 야렵용 활과 화살로, 평범한 재료로 만든 게 아니었다. 남망기는 활에서 활시위를 끊어 한 줄한 줄 연결해 긴 줄을 만들었다. 남망기가 두 손으로 활줄을 팽팽하게 당기면서 휙 휘두르자 활줄이 번개처럼 하얀빛을 뿌리며 세 장정도 거리에 있는 암석을 맞추었고 맞은 암석은 가루가 되었다.

남망기가 활줄을 거두자 허공에서 날카로운 소리가 났다.

"현살술?"

위무선이 물었다.

현살술은 고소 남씨의 비기 중 하나로 가문을 세운 선조 남안의 손녀인 3대 가주 남익이 개발해 전수한 것이다. 남익은 고소 남씨에서 유일한 여 가주로 고금을 수련했다. 고금은 일곱 줄로 붙였다 떼었다 할 수 있었다. 두꺼운 줄에서 가는 줄 순서로 된 일곱 줄이 그녀의 하얗고 부드러운 손가락 아래서 고결한 곡조를 연주하다가 눈 깜짝할 사이에 뼈를 자르고 육신을 가루로 만드는 치명적인 흉기로 변신했다.

남익이 만든 현살술은 반대파를 암살하기 위해 만들어져 비난을 많이 받았다. 고소 남씨도 이 종주에 대한 평가가 미묘했다. 그러나 현살술은 고소 남씨의 비기 가운데 살상력이 가장 크고 근거리 원거리 모두 가능한 백병술법이었다.

"내부에서 터뜨리면 돼."

남망기가 말했다.

저 요수의 껍데기는 요새처럼 단단하고 표면이 매우 딱딱해 터뜨릴 수 없을 것 같았다. 하지만 그럴수록 껍데기 안에 있는 몸통 부분은 취약할 것이었다. 위무선도 며칠 동안 그런 생각을 했기 때문에 무슨 말인지 알아들었다.

하지만 위무선은 지금 상황을 더 분명히 알았다. 사흘 동안 쉰 덕분에 현재 그들은 몸 상태가 최고였다. 여기에서 더 기다렸다간 몸 상태가 조금씩 나빠질 것이었다. 나흘이 지났어도 구조해줄 사람은 오지 않았다.

앉아서 죽을 때를 기다리느니 혼신의 힘을 다해 한번 해보는 게 나았다. 두 사람이 힘을 합쳐 도륙 현무를 해치우면 연못 속 구멍을 찾아 빠져나갈 수 있을지도 몰랐다.

"내부를 공격해 부숴버리는 건 나도 동의해. 하지만 나도 너희 가문 현살술을 들은 적이 있는데, 껍질 안은 공간이 좁아 아무래도 제대로 하기가 어려울 것 같아. 게다가 네 다리 상처도 다 아물지 않아 시전해도 효과가 크지 않으면 어쩌려고?"

이것은 사실이었고 남망기도 잘 알고 있었다.

둘 다 알고 있는데 공연히 나서서 능력도 안 되는 일을 했다가 오히려 일만 커지고 효과가 없을지도 몰랐다.

"내 말을 좀 들어봐."

위무선이 말했다.

도륙 현무의 껍데기 절반이 여전히 연못 위에 떠 있었다.

요수는 네 다리와 머리, 꼬리를 모두 껍데기 속에 넣어 앞쪽에 큰 동굴 하나, 좌우에 각각 두 개, 뒤에 작은 동굴이 하나 있었다. 마치 섬이나 작은 산 같았다. 산 위는 매우 검고 울퉁불퉁하며 이끼가 끼었고 녹색과 거무튀튀한 긴 수초가 걸려 있었다.

위무선은 등에 화살과 낙인을 메고 가느다란 뱅어처럼 소리 없이 도륙 현무의 머리 동굴 방향으로 잠수해갔다.

이 동굴은 반은 연못에 잠겨 있어서 위무선은 물을 따라 들어가 머리 동굴을 통과해 껍데기 내부로 들어갔다. 위무선의 두 발이 '바닥'에 닿자 두꺼운 진흙탕을 밟는 것 같았고, 물에 잠긴 '진흙탕'에서 풍기는 악취가 코를 찔러 하마터면 욕설을 내뱉을 뻔했다.

썩은 냄새 같기도 피비린내 같기도 한 악취에 위무선은 예전에 운몽의 한 호숫가에서 본 살찐 죽은 쥐가 생각났다. 위무선은 코를 막으며 '참 괴상한 곳이군…… 남잠이 들어온 게 아니라 다행이야. 집안일 한 번 안 해보고 곱게 자란 남잠이 이런 냄새를 맡았다면 바로 토했을 거야. 아니면 기절했을걸.' 하고 생각했다.

도륙 현무는 편안하게 드르렁거렸다. 위무선은 숨을 참고 조용히 움직였다. 발밑이 점점 깊어졌다. 세 걸음 걷자 '진흙탕' 같은 것이 무릎까지 찼다. '진흙탕' 속에 뭔가 딱딱한 것이 있는 것 같았다. 위무선이 몸을 조금 숙여 더듬거리자 털이 박힌 뭔가가 잡혔다.

사람 머리털 같았다.

위무선은 얼른 손을 뺐다. 이건 도륙 현무가 끌고 들어온 사람이 분명했다. 다시 더듬으니 장화가 잡혔다. 장화 속 반으로 잘린 다리는 이미 반은 살이고 반은 뼈로 부패한 상태였다.

보아하니 이 요수는 깨끗한 걸 좋아하지 않는 모양이었다. 요수는 먹고 남은 찌꺼기나 아직 다 먹지 못한 부분을 이빨 사이로 뱉어 껍데기 안으로 토해낸 것 같았다. 토하고 또 토해내 백 년이 지나자 두껍게 층이 생긴 것이다. 지금 위무선은 신체 찌꺼기와 잘린 부분이 쌓여서 이뤄진 '시체 죽' 위에 서 있었다.

요 며칠 기고 구르고 하느라 몸이 못 봐줄 정도로 더러워 위무선은 더 더러워지는 것을 전혀 개의치 않고 바지에 손을 대충 닦고 앞으로 걸어 들어갔다.

요수의 드르렁거리는 소리가 점점 커지고 숨결도 거세졌으며 발밑의 시체 죽도 점점 두꺼워졌다. 마침내 위무선의 손에 요수의 울퉁불퉁한 피부가 만져졌다. 위무선은 피부를 따라 계속 안으로 더듬어갔다. 역시 머리와 목 부분은 딱딱했고 더 들어가니 움푹움푹 파인 단단한 표피가 나왔다. 들어갈수록 피부가 얇고 연약했다.

이제 시체 죽이 위무선의 허리까지 차올랐다. 여기에 있는 시체는 대부분 다 먹지 않은 큰 덩어리여서 '시체 죽'이 아니라 '시체 더미'라고 해야 할 것 같았다. 위무선이 손을 뒤로 뻗어 화살과 낙인을 풀려고 하는데 낙인이 뭔가에 걸려 빠지지 않았다.

위무선이 긴 낙인 자루를 잡고 힘껏 빼내자 겨우 빠지면서 낙인의 앞부분이 시체 더미에서 뭔가를 끌고 올라와 댕 하는 가벼운 소리가 났다.

위무선은 움찔했다.

잠시 뒤, 주위에 아무 움직임이 없고 요수도 움직이지 않자 위무선은 소리 없이 한숨을 내쉬었다. '방금 낙인에 걸린 게 철 소리가 난 거 같은데? 게다가 긴 철이야. 쓸모 있는지 한번 봐야겠군. 궁한 상황이니 상품 선검이면 좋을 텐데!'

위무선은 손을 뻗어 찾다가 길고 무디고 녹이 슨 무엇인가를 찾아냈다.

그것을 손에 쥔 순간 귀에서 날카로운 비명이 울렸다. 마치 수천 명의 사람이 귓가에서 가슴이 찢기듯 울부짖는 소리 같았다. 순식간에 한기가 팔을 타고 온몸으로 퍼졌다. 위무선은 깜짝 놀라 황급히 손을 거두며 '이거 뭐야, 엄청난 원한이잖아!' 하고 생각했다.

그때 주위가 갑자기 밝아지면서 적황색 희미한 불빛이 비쳤다. 불빛에 위무선의 그림자가 생겼고 앞쪽의 철검도 비추었다. 철검이 위무선의 검은 그림자 심장 근처에 비스듬히 꽂혀 있었다.

여긴 도륙 현무의 껍데기 안인데 어떻게 불빛이 있지?

위무선이 고개를 획 돌리니 아니나 다를까 황금색 눈 한 쌍이 지척에 있었다.

위무선은 그제야 낮고 무겁게 울리던 천둥소리 같은 코 고는 소리가 사라졌고, 이 희미한 적황색 불빛은 도륙 현무의 두 눈에서 나오는 것이라는 사실을 깨달았다.

도륙 현무가 검고 누런 송곳니를 드러내며 포효하기 시작했다.

위무선은 도륙 현무의 송곳니 앞에 서서 포효하는 소리의 음파를 정면으로 맞아 두 귀가 찢어지는 것 같고 온몸이 욱신거렸다. 도륙 현무가 물려고 덤벼드는 것을 보고 하나로 묶은 낙인들을 현무의 입에 쑤셔 넣었다. 시간과 위치가 정확하게 맞아떨어져 요수의 위아래 턱을 막았다.

요수가 입을 못 다무는 틈을 타 위무선은 화살을 요수의 가장 취약한 피부 속으로 쑤셔 넣었다. 화살은 가늘었지만 위무선이 다섯 개를 하나로 묶어서 요수의 피부 속에 푹 쑤셔 넣자 마치 독침을 찔러넣은 것 같았다. 극심한 통증에 도륙 현무가 몸부림을 쳤고 입을 가로막고 있던 낙인이 휘었다. 요수의 강력한 턱 힘에 곧았던 쇠 낙인 예닐곱 개가 단번에 구부러졌다. 위무선은 다시 요수의 연약한 피부에 묶은 화살을 꽂았다. 아마 요수는 세상에 나온 이래로 이런 고통은 처음이었는지 뱀 같은 몸이 껍데기 속에서 미친 듯이 꿈틀거렸다. 머리가 여기저기 부딪쳤고 시체 덩어리들도 같이 출렁여 산이 무너지는 것 같았다. 위무선은 부패한 냄새가 가득한 찢어진 시체 속에 거의 잠겼다. 도륙 현무가 적황색 두 눈을 험악하게 뜨고 입을 크게 벌리자 시체 더미가 거센 물줄기처럼 요수의 입속으로 미끄러져 들어갔다. 위무선은 최대한 몸부림을 쳐서 떠올라 철검을 잡았다. 그러자 가슴이 서늘해지면서 찢어지는 듯한 외침이 귓가를 때렸다.

위무선의 몸은 이미 도륙 현무 입속으로 빨려 들어갔다. 눈앞에서 요수가 입을 닫으려 하자 위무선은 철검을 요수의 위아래 턱 사이에 끼웠다.

이렇게 몇백 년 묵은 요수는 오장육부에서 부식 물질이 나와 삼켜 들어가면 순식간에 녹아 한 줄기 푸른 연기가 될 터였다.

위무선은 철검을 꼭 잡고 가시처럼 요수의 입에서 나가지도 들어가지도 못하고 걸려 있었다. 도륙 현무는 머리를 아무리 부딪쳐도 입에 낀 가시가 삼켜지지 않았지만 그래도 놔주지 않다가 마침내 목을 밖으로 뺐다.

요수는 껍데기 속에서 위무선에게 찔린 게 고통스러웠는지 몸 전체를 껍데기에서 빼려는 것처럼 미친 듯이 밖으로 몸통을 뺐고 그러다가 단단한 껍질에 보호받았던 연약한 몸통까지 노출했다. 남망기는 머리 쪽 동굴에 줄을 놓고 기다리고 있었다. 도륙 현무가 튀어나오자 남망기가 줄을 잡아당겼고 줄을 한 번 튕기자 줄이 진동하면서 몸통을 잘라버렸다.

두 사람의 공격에 요수는 나오지도 다시 들어가지도 못했다. 이 요수는 진짜 신수가 아니고 기형 요수여서 지혜라고 할 것이 없었다. 요수는 통증과 자극에 머리와 꼬리를 흔들면서 미친 듯이 날뛰며 연못 여기저기에 부딪쳤다. 요수의 몸부림에 거대한 소용돌이가 일었고 물보라가 세차게 튀었다. 요수가 아무리 발광해도 두 사람이 요수의 입을 단단히 막아 요수는 깨물지도, 삼켜버리지도 못했다. 줄이 요수의 가장 얇은 피부의 급소를 잡아당기며 조금씩 자르고 있었다. 상처가 깊어질수록 피도 점점 많이 흘렀다.

남망기는 줄을 단단히 붙잡고 세 시진을 버텼다.

세 시진이 지나자 도륙 현무의 움직임이 조금씩 잦아들었다.

남망기의 줄에 의해 요수의 급소가 몸통에서 거의 분리됐다. 힘을 너무 많이 주어 남망기의 손바닥에도 상처가 깊게 패었고 피가 흘렀다. 거대한 껍데기가 물 위에 둥둥 떠 있고 연못의 물은 자홍색이 되었으며 피비린내가 진동하는 것이 아수라장 같았다.

풍덩 하는 소리와 함께 남망기가 물속으로 들어와 뱀 머리 근처로 수영해 왔다. 도륙 현무는 아직 눈을 뜨고 있었지만, 동공은 이미 풀린 상태였고, 송곳니를 굳게 다물고 있었다.

"위영!"

남망기가 외쳤다.

하지만 요수 입속에서는 아무 소리도 들리지 않았다.

남망기가 거칠게 손을 뻗어 윗니와 아랫니를 잡고 양쪽으로 힘껏 벌렸다. 물에 뜬 상태라 힘을 받칠 곳이 없어 한참 만에야 입을 벌릴 수 있었다. 검은 철검이 도륙 현무의 입에 꽂혀 있었다. 칼자루와 칼끝은 요수의 입에 깊이 박혀 있고 검날은 휘어 있었다.

위무선은 고개를 숙이고 몸을 둥글게 만 상태로 두 손으로 철검의 무딘 검신을 꽉 잡고 있었다. 곧 도륙 현무의 목구멍으로 미끄러져 들어갈 것 같았다. 남망기는 위무선의 옷깃을 잡고 끌어냈다. 도륙 현무의 입이 떡 벌어지더니 철검이 물속으로 미끄러져 연못 바닥에 잠겼다.

위무선은 두 눈을 꼭 감은 채로 남망기의 몸에 기대면서 한쪽 팔을 그의 어깨에 얹었고, 남망기는 위무선의 허리를 잡고 핏물 위에 떴다.

"위영!"

남망기가 미세하게 떨리는 손을 뻗어 위무선의 얼굴을 만지려는 순간 위무선이 깜짝 놀라며 깨어났다.

"어떻게 됐어? 어떻게 됐냐고? 죽었어? 죽었어?!"

위무선이 풍덩거리자 두 사람의 몸이 물속으로 쑥 들어갔다 올라왔다. 남망기가 위무선의 허리를 꼭 끌어안으며 말했다.

"죽었어."

위무선의 눈빛이 멍한 게 반응하기가 어려운 것 같았다. 한참을 생각한 다음에야 입을 열었다.

"죽었어? 죽었구나⋯⋯. 좋아! 죽었어. 방금 요수가 계속 울부짖으면서 몸을 뒤집어대는 통에 기절했지 뭐야. 아 맞다, 입구! 연못 속에 입구, 어서 가자. 입구로 빠져나가야지."

"왜 그래?"

남망기는 위무선의 반응이 영 이상해서 물었다.

"아무것도 아니야! 우리 빨리 나가자, 지체해선 안 돼."

위무선이 정신 차리고 말했다. 확실히 더 지체해선 안 됐다.

"내가 잡아줄게."

남망기가 고개를 끄덕이며 말했다.

"괜찮아⋯⋯."

남망기의 말에 위무선은 그렇게 대답했다.

"숨 들이쉬어."

남망기가 오른손으로 위무선의 허리를 꽉 끌어안고 반박은 허용하지 않겠다는 투로 말했다.

이렇게 정신이 오락가락한 상태에서 입수했다간 사고가 날 수도 있었다. 위무선도 반항하지 않고 고개를 끄덕이고는 더러운 핏물

따위는 상관하지 않고 숨을 깊이 들이마시고 잠수해 들어갔다.

한참 뒤 자홍색 수면에 물보라 두 개가 일면서 두 사람이 튀어나왔다.

위무선이 파 하고 핏물을 토하면서 얼굴을 쓸어내리자 온 얼굴이 자홍색이었다.

"어떻게 된 일이지?! 왜 입구가 없는 거야?!"

위무선이 난처한 듯이 말했다.

강징이 분명 연못 아래 대여섯 명이 동시에 통과할 수 있는 입구가 있다고 말했고, 다른 세가 자제들도 그 입구로 다 빠져나갔다. 위무선은 도륙 현무의 몸이 막고 있어서 못 찾은 줄 알았는데 도륙 현무가 움직였어도 그곳에는 입구 같은 게 없었다.

남망기도 머리칼에서 물을 뚝뚝 흘리면서 아무 말도 하지 않았다. 두 사람은 마주 보며 무서운 가능성을 생각했다.

아마도…… 도륙 현무가 극심한 통증 때문에 발광하면서 물 아래 암석을 무너뜨렸거나 차서 유일한 탈출구인 입구를…… 막은 모양이었다.

위무선은 남망기의 팔에서 벗어나 물속으로 잠수했고 남망기도 따라 들어갔다. 샅샅이 뒤져도 입구는 없었다. 한 사람이 통과할 수 있는 것도 없었다.

"어떻게 하지?"

위무선이 말했다.

잠시 침묵한 다음 남망기가 입을 열었다.

"일단 올라가자."

"……그래 올라가자."

위무선은 손을 저으며 말했다.

두 사람은 기진맥진해 천천히 헤엄쳐 밖으로 나왔다. 온몸에서 자홍색 핏물이 줄줄 흘렀다. 위무선은 옷을 벗어 힘껏 비틀어 짜고 탁탁 털면서 더는 못 참겠다는 듯이 욕설을 내뱉었다.

"지금 장난해? 시간이 더 지나면 죽이고 싶어도 죽일 힘이 없을까 봐 어렵게 죽였더니, 이 자라 새끼가 구멍을 막아버려. 빌어먹을!"

"빌어먹을."이라는 말에 남망기는 미간을 찌푸리며 무슨 말을 하려다가 참았다.

위무선은 옷을 털면서 욕을 하다가 갑자기 다리를 휘청였다. 그 모습에 남망기가 재빨리 다가와 부축했다. 위무선은 남망기의 손을 잡으며 말했다.

"괜찮아, 괜찮아. 힘을 다 써서 그래. 맞다, 남잠, 내가 방금 요수의 입에서 잡고 있던 검 봤어? 그 검은?"

"물속으로 가라앉았어. 왜?"

"가라앉았어? 그럼 됐어."

방금 위무선은 그 검을 잡고 있을 때 귓가에서 산이 무너지고 바다가 갈라지는 듯한 비명이 들리고 온몸이 차가워지면서 머리가 어지럽고 눈앞이 핑 돌았다. 그 검은 예사 검이 아닌 게 분명했다. 도륙 현무가 적어도 5천 명을 먹었다고 하니 껍데기 속에 산 채로 들어간 사람도 많았을 것이다. 그 검은 삼켜진 수사의 유물이었을 것이다. 그것은 껍데기 속 시체 더미에서 최소 4백 년 동안 잠겨 있으면서 산 사람과 죽은 사람의 원한과 고통을 보고 그들의 비명을 들었을 것이다.

위무선은 그 검을 가져다가 사용된 철을 살펴보고 싶었지만 가라앉았다고 하고 게다가 이곳에 갇혀 빠져나가지 못하는 상태이니 잠시 언급하지 않기로 했다. 더 언급했다간 남망기가 뭔가 눈치채고 괜히 말다툼만 일어날 것이었다. 위무선은 손을 저으며 '정말 되는 일이 하나도 없군.'이라고 생각했다.

그는 무거운 발걸음을 옮겼다. 남망기가 위무선의 뒤를 조용히 따랐다. 두 걸음도 안 갔는데 위무선이 다시 휘청였다.

남망기가 다시 위무선을 부축했다. 이번에는 한 손으로 위무선의 이마를 짚고 잠시 생각하더니 말했다.

"위영, 너…… 뜨거워."

위무선이 자신의 손을 남망기 이마에 댔다.

"너도 뜨거운데."

"그건 네 손이 차가워서야."

남망기가 위무선의 손을 치우며 담담한 표정으로 말했다.

"조금 어지러운 것 같아."

위무선이 말했다.

4~5일 전, 위무선은 향낭에 있던 약초 부스러기를 남망기 다리에 다 얹어주었고 낙인에 찍힌 상처가 옷에 계속 마찰이 되었으며 요 며칠 잘 쉬지도 못한 데다가 방금 시체 더미에서 뒹굴었고 연못 속에서 입구를 찾느라 상처가 결국 악화한 것이다.

위무선은 열이 났다. 억지로 걸을수록 점점 어지러웠고 더는 못 걸을 것 같아 아예 그 자리에 털썩 주저앉았다.

"왜 이렇게 쉽게 열이 나지? 오랫동안 열이 난 적이 없는데."

위무선이 곤혹스러운 듯이 말했다.

남망기는 위무선의 "이렇게 쉽게"라는 말에 어떤 의견도 표하지 않았다.

"누워."

위무선이 남망기 말대로 눕자 남망기가 위무선의 손을 잡고 영력(靈力)을 넣어주었다.

잠시 누워 있던 위무선이 다시 일어나 앉았다.

"누워 있어."

남망기가 말했다.

"나한테 영력을 줄 필요 없어. 너도 얼마 안 남았잖아."

위무선이 손을 빼며 말했다.

"누워 있어."

남망기가 위무선의 손을 다시 잡으며 말했다.

며칠 전 남망기가 기운이 없을 때는 위무선이 놀리고 장난쳤는데, 오늘은 위무선이 기운이 없어서 남망기가 하라는 대로 하는 수밖에 없게 되었다.

하지만 위무선은 누워 있어도 적막한 것을 참지 못했다. 그는 얼마 안 가 다시 입을 열었다.

"불편해. 등이 배긴다고."

"어쩌고 싶은데."

"다른 데 눕고 싶어."

"이런 상황에서 어디에 눕고 싶다는 거야."

"네 다리 좀 빌려줘. 베고 눕게."

"헛소리하지 마."

남망기가 무표정한 얼굴로 말했다.

"진짜야. 머리가 정말 어지럽다고. 게다가 넌 아가씨도 아닌데 좀 빌려주면 어때?"

"아가씨가 아니어도 안 돼."

남망기가 눈썹을 찌푸리는 것을 보고 위무선이 말했다.

"내가 무슨 헛소리를 했다고. 너나 헛소리하지 마. 난 인정 못해. 남잠, 말해봐. 왜 그러는지."

"뭐가 왜야."

"사람들은 말로만 싫다고 하고 속으로는 날 좋아하던데, 어째 넌 좋은 표정 한 번 안 지어주냐? 우린 같이 죽을 고비를 넘긴 정이 있잖아. 베고 누울 다리 하나 안 빌려주면서 오히려 가르치려 들어? 너 칠팔십 먹은 노인 아니야?"

위무선이 겨우 몸을 돌려 바닥에 엎드리며 말했다.

"너 열나서 제정신이 아니야."

남망기가 담담하게 말했다.

열 때문에 제정신이 아닌 게 맞는 듯했다. 오래 못 가 위무선은 잠이 들었다.

잠이 든 위무선은 정말 누군가의 다리를 벤 것처럼 편안했고 차가운 손이 이마를 짚어주는 것 같았다. 좋아서 이리저리 굴러다녀도 야단치는 사람이 없었다. 바닥으로 굴러떨어지면 머리를 가볍게 쓰다듬고 안아 올려 다시 다리를 베주었다.

하지만 깨어보니 위무선은 바닥에 누워 있었다. 머리 뒤에 낙엽이 잔뜩 괴여져 있어서 조금 편안했다. 남망기는 위무선에게서 멀리 떨어져 앉아 불을 피우고 있었다. 불빛에 비친 남망기의 얼굴이 아름다운 옥 같았고 따뜻하고 온화해 보였다.

"역시 꿈이었구나."

위무선이 말했다.

두 사람이 스스로 탈출할 길은 이미 끊겨서 동굴 안에 갇혀 운몽 강씨의 구조를 기다리는 수밖에 없었다. 다시 이틀이 흘렀다. 이틀 동안 위무선은 계속 미열이 있었고 깼다가 잠들었다가를 반복했다. 남망기가 넣어주는 영력에만 의지해 악화하는 것을 겨우 막고 있었다.

"아, 심심해."

"정말 심심하다."

"너무 조용해."

"아―."

"나 배고파. 남잠, 너 일어나 먹을 것 좀 만들어봐. 저 자라 고기라도."

"됐어, 안 먹어. 저런 식인 요수의 고기는 분명 맛이 없을 거야. 너 그냥 가만히 있어."

"남잠, 너 왜 그 모양이야. 답답하다고. 입도 다물고, 눈도 감고, 나랑 말도 안 하고, 쳐다도 안 봐. 무슨 참선하는 것도 아니고, 네가 스님이야? 맞다. 너희 조상이 스님이었지. 깜박했다."

위무선이 쉴 새 없이 떠들었다.

"조용히 해. 너 아직 열 있어. 말하지 마. 체력 유지해."

남망기가 말했다.

"마침내 입을 열었네. 우리 며칠이나 기다렸지? 어떻게 아직도 아무도 안 와?"

"하루도 안 지났어."

"어떻게 이렇게 견디기가 어렵지. 이게 다 너랑 같이 있어서야.

강징이 남았으면 좋았을 텐데. 강징이랑 말씨름이라도 하면 너랑 있는 것보단 재미있었을 거야. 강징! 너 어디 간 거야?! 곧 일주일 이라고!"

위무선이 손으로 얼굴을 가리며 말했다.

남망기가 나뭇가지 하나를 들어 불에 쑤셨다. 그러자 불꽃이 활활 튀어 오르며 어지럽게 날렸다.

"쉬어."

남망기가 차갑게 말했다.

"너 잘못 말한 거 아니야? 나 방금 깼는데 또 쉬라고 하다니. 너 깨어 있는 내가 그렇게 보기 싫어?"

위무선이 다시 몸을 새우처럼 말고 얼굴을 남망기 쪽으로 향하며 말했다.

남망기가 나뭇가지를 빼 들더니 단정하게 말했다.

"생각이 너무 많아."

위무선은 '고집스럽긴. 씨알도 안 먹히네. 몇 년 묵은 솥 바닥같이 어두운 얼굴일 때는 말에 감정도 있고 급하니까 사람을 물기도 하더니. 그런 남잠이 훨씬 재미있었다고. 하지만 그런 남잠은 어쩌다 보는 거고 앞으로 다시 볼 기회가 있을지 몰라.' 하고 생각했다.

"나 심심해. 남잠, 우리 얘기하자. 네가 시작해."

"예전에는 언제 휴식했어?"

남망기가 말했다.

"시작이 너무 재미없다. 무미건조한 게, 이어나가기 싫어지잖아. 하지만 네 체면을 생각해서 이어주지. 내가 연화오에 있을 때는 늘 축시나 되어야 잤어. 밤샘도 다반사였고."

"제멋대로군. 나쁜 습관이야."

"넌 모두가 너희 가문처럼 해야 한다고 생각해?"

"고쳐야지."

"나 아파. 아직 열이 난다고. 남가 둘째 형, 좀 재밌는 얘기 없어? 내가 불쌍하지도 않아?"

위무선이 귀를 막으며 말했다.

남망기가 입을 다물고 한마디도 하지 않자 위무선이 다시 말했다.

"말재주가 없어? 좋아, 그건 내가 알지. 그럼 노래는 부를 줄 알아? 노래 잘 불러?"

위무선은 아무 생각 없이 그냥 남망기와 입씨름하면서 시간이나 때우려고 한 말이라 남망기의 대답은 바라지도 않았다. 그런데, 잠시 침묵이 흐른 뒤 낮고 가볍고 부드러운 노랫소리가 넓은 지하 동굴에 잔잔히 울려 퍼졌다.

남망기가 정말 노래를 불렀다.

"듣기 좋다."

위무선이 눈을 감고 몸을 돌려 사지를 쭉 폈다.

"이 노래 이름이 뭐야?"

남망기가 작은 소리로 뭐라고 말한 것 같았다. 위무선이 눈을 뜨고 다시 물었다.

"이름이 뭐라고?"

제12장

삼독

제12장 **삼독**

1

위무선은 노래 이름이 무엇인지 제대로 듣지 못했다. 뜨거운 기운이 얼굴로 솟구쳐 머리와 사지 관절이 뜨거워지면서 아팠고 귀에서 웅웅 대는 소리가 계속 울렸다.

다시 깨어나 눈을 뜨니 동굴의 어두운 천장이나 남망기의 창백하고 잘생긴 얼굴이 아니라 목판이 보였다. 목판에는 익살맞게 생긴 어린아이들이 뽀뽀하는 그림이 그려져 있었다.

이것은 연화오에 있는 위무선의 침상 천장에 위무선이 그린 그림이었다.

위무선은 자기 침상에 누워 있었다. 강염리가 고개를 숙이고 책을 보고 있다가 위무선이 깨어난 것을 보자 눈이 휘둥그레지며 책을 내려놓고 외쳤다.

"아선!"

"사저!"

위무선이 힘겹게 일어났다. 열은 내렸지만, 여전히 기운이 없고 목도 조금 칼칼했다.

"나 돌아온 거예요? 동굴에서 언제 나왔어요? 강 숙부님이 절 구하러 오셨어요? 남잠은요? 강징은요?"

위무선이 물었다.

나무문이 열리고 강징이 한 손으로 백자로 된 단지를 들고 들어왔다.

"뭘 그렇게 물어!"

강징이 소리치면서 강염리에게 돌아서며 말했다.

"누님, 누님이 끓인 국 가져왔어요."

강염리가 단지를 받아 들고 안에 있는 내용물을 그릇에 옮겨 담았다.

"강징, 이 자식, 너 이리 와!"

위무선이 말했다.

"가면 뭐? 나한테 무릎 꿇고 감사 인사라도 하려고?"

"일주일 만에야 나타나다니, 날 죽일 셈이었어?!"

"그래서 네가 죽었냐? 지금 나랑 얘기하고 있는 건 누구셔?"

"모계산에서 운몽까지 길어도 닷새면 되잖아!"

"너 바보냐? 가는 시간만 계산하고 돌아오는 시간은 계산 안 해? 어찌 됐든, 사람들을 끌고 가 그 용수나무를 찾으려고 온 산을 뒤지고 온조 패거리가 막아버린 그 지하 동굴을 파내 일주일 만에 겨우 구해냈으니, 감지덕지해야지!"

왕복으로 계산하지 않았던 위무선은 순간 할 말이 없었다.

"그랬구나. 그런데 남잠이 왜 나를 안 깨웠지?"

"너를 보는 것만으로도 성가셨을 텐데 깨우고 싶었겠어?"

"그것도 그러네!"

강염리가 위무선에게 국을 건넸다. 국 속에는 잘 익어 조금 뭉개지고 구수한 향기를 풍기는 연근과 갈비가 가득 들어 있었다. 위무선은 지하 동굴에서 며칠 동안 음식을 못 먹어 갑자기 딱딱한 음식은 삼가야 했기 때문에 이런 음식이 제격이었다. 강염리에게 고맙다고 말하고 그릇째 들고 마시며 말했다.

"남잠은? 남잠도 구조됐지? 여기 있어? 아니면 고소로 돌아갔어?"

"쓸데없는 소리. 그는 우리 집안 사람도 아닌데 여기 와서 뭐 하겠어. 당연히 고소로 돌아갔지."

"혼자서 갔어? 그의 집은……."

말이 채 끝나기도 전에 강풍면이 들어왔다.

위무선이 그릇을 내려놓고 말했다.

"강 숙부!"

"그냥 앉아 있거라."

강풍면이 말했다.

"맛있어?"

강염리가 위무선에게 손수건을 건네며 물었다.

"맛있어요!"

위무선이 손수건을 건네받지 않고 입을 쭉 내밀며 말했다.

"넌 손도 없냐!"

강징이 말했다.

강염리가 웃으며 위무선의 입과 턱을 닦아주면서 기분 좋은 듯이 그릇을 들고 나갔다. 강풍면은 방금 강염리가 앉았던 자리에 앉았다. 그도 음식 맛이 궁금했는지 백자 단지를 흘끗 쳐다보았지만 아쉽게도 강염리는 그릇을 가지고 나간 뒤였다.

"아버지, 온가 사람들이 아직도 검을 안 돌려주겠다고 합니까?"

강징이 물었다.

"요 며칠 그들이 축하 행사를 하고 있더구나."

강풍면이 시선을 옮기며 말했다.

"뭘 축하해요?"

위무선이 물었다.

"온조가 혼자 힘으로 도륙 현무를 죽인 것을 축하한단다."

강풍면의 말에 위무선은 침상에서 굴러떨어질 뻔했다.

"온가가 죽였다고요?!"

"아니면? 그들이 네가 죽였다고 말하길 바라냐?"

강징이 코웃음을 치며 말했다.

"온씨 개들이 뻔뻔스럽게 헛소리를 하는군. 분명 남잠이 죽였는데."

"그래? 남가 둘째 공자는 네가 죽인 거라고 하더구나. 그럼 도대체 누가 죽인 것이냐?"

강풍면이 미소를 지으며 물었다.

"우리 둘 다 공이 있긴 해요. 하지만 숨통을 끊은 건 그예요. 저는 요수의 껍데기 속으로 파고 들어가 요수가 나오게 했고요. 남잠이 밖에서 지키고 있다가 요수를 잡고 세 시진을 버텨서 요수가 죽었거든요."

위무선은 강징과 강풍면에게 그동안 있었던 일들을 이야기했다. 듣고 있던 강징의 표정이 복잡해졌다.

"남망기의 말과 거의 같네. 그렇다면 너희 둘이 힘을 합쳐 요수를 죽인 거잖아. 네가 한 건 네가 한 건데 남망기에게 다 몰아줘서 뭐해?"

강징이 조금 뒤에 말했다.

"몰아주는 게 아니라 그에 비하면 내가 한 게 별로 없으니 그렇지."

위무선이 말했다.

"잘했다."

강풍면이 고개를 끄덕이며 말했다.

열일곱 살에 4백 년 묵은 대형 요수를 죽인 일은 '잘했다' 정도가 아니었다.

"축하해."

강징이 말했다.

축하하는 말투가 조금 이상했다. 강징이 팔짱을 끼고 눈썹을 치켜세운 모습을 보고 위무선은 강징의 질투가 또 시작됐다는 것을 알았다. 강징은 분명 어째서 동굴에 남아 요수를 처치한 것이 자기가 아니었을까 생각하면서 자기였으면 어찌어찌하겠다 하고 따져 보고 있을 것이었다.

"네가 없었던 게 아쉽네. 네가 있었으면 네 몫도 있었을 텐데. 나랑 이야기하면서 답답한 시간을 보낼 수도 있었을 테고. 남잠과 마주 앉아 있는 동안 답답해 죽는 줄 알았다고."

위무선이 하하 웃으며 말했다.

"답답해 죽어도 싸지. 그런 일은 상관하지도, 나서지도 말아야 했어. 네가 처음부터 그러지 않았으면…….”

“강징.”

갑자기, 강풍면이 말했다.

강징은 방금 자기가 심했다는 것을 깨닫고 즉시 입을 다물었다.

강풍면은 질책하는 기색이 아니었지만 조금 전의 온화한 표정이 근엄하게 바뀌어 있었다.

“방금 네 말의 어디가 부적절했는지 아느냐?”

강풍면이 물었다.

“압니다.”

강징이 고개를 숙이며 대답했다.

“그냥 화가 나서 한 말일 뿐이에요.”

위무선이 말했다.

강징이 말과 생각이 다르고, 수긍하지 않는 모습에 강풍면을 고개를 저으며 말했다.

“아징, 화가 난다고 아무 말이나 해도 되는 건 아니다. 그런 말을 했다는 것은 네가 아직도 운몽 강씨의 가훈을 이해하지 못했다는 것이고…….”

“맞습니다, 강징은 이해하지 못했습니다. 그게 무슨 상관이랍니까. 위영이 알면 됐지요!”

냉랭한 여인의 목소리가 문밖에서 들려왔다.

자주색 번개가 치는 것처럼 우 부인이 차가운 바람을 일으키며 들어왔다. 우 부인은 위무선의 침상에서 다섯 걸음 떨어진 곳에 서서 눈을 치켜뜨며 말했다.

“‘안 된다는 것을 알지만 그래도 한다.’ 바로 저 아이처럼요. 가문에 나쁜 일이 생길지 뻔히 알면서도 소동을 일으키지요!"

"삼낭자, 어떻게 오셨습니까?"

강풍면이 말했다.

"어떻게 왔냐고요? 하! 내게 그런 질문을 다 하다니. 강 종주, 나도 연화오의 주인이라는 것을 기억이나 하십니까? 이곳의 한 뼘 한 뼘이 다 내 관할이라는 것은요? 누워 있는 애와 서 있는 애 중에 누가 당신 아들인지는 기억하십니까?"

이 말은 수년 동안 수없이 들은 질문이었다.

"당연히 기억하오."

강풍면이 말했다.

"기억하는 것만으로는 소용없습니다. 위영 넌 정말 하루라도 말썽을 일으키지 않으면 온몸이 근질근질하지! 연화오에 가둬놓는 게 낫다는 걸 진작 알고 있었거늘. 온조가 정말 고소 남씨와 난릉 금씨 두 공자를 어떻게 했겠느냐? 어떻게 한다고 해도 그건 그들이 운이 나빠서인데 영웅이라도 되고 싶어 나선 것이냐?"

우 부인이 쌀쌀맞게 말했다.

강풍면 앞이어서 위무선은 부인의 체면을 생각해 말대꾸하지 않고 '그들을 어떻게 못 한다고요? 꼭 그렇지만은 않은데.'라고 생각했다.

"내 장담하는데, 언젠가 저 아이가 우리 집안에 큰 분란을 일으킬 테니 두고 보세요!"

우 부인이 말했다.

"우리 돌아가서 이야기합시다."

강풍면이 일어나며 말했다.

"돌아가서 무슨 말을 합니까? 가긴 어딜 가요? 나는 바로 여기에서 말하고 싶습니다. 어쨌든 나는 거리낄 것도 없어요! 강징, 이리 오너라."

우 부인이 말했다.

강징은 아버지와 어머니 사이에 끼어 잠시 망설이다가 어머니 옆에 섰다. 우 부인은 강징의 두 어깨를 붙잡고 강풍면에게 밀쳐 보였다.

"강 종주, 이 말은 꼭 해야겠군요. 잘 보세요. 이 아이가, 바로 당신 친아들입니다. 미래의 연화오 주인이라고요. 내가 낳은 자식이라 이 아이가 마음에 들지 않는가 본데, 그래도 이 아이는 강씨라고요! 나는 당신이 저 바깥 사람들이 무슨 말을 하는지 모른다고 생각하지 않습니다. 강 종주가 그렇게 오랜 세월이 흘렀어도 무슨 산인을 향한 마음을 거두지 못해 고인의 자식을 친자식처럼 여기니, 위영이 당신의……."

"우자연!"

강풍면이 소리쳤다.

"강풍면! 목소리를 높이면 어쩌겠다는 겁니까?! 내가 당신을 모를까 봐!"

우 부인도 소리쳤다.

두 사람은 밖으로 나갔다. 우 부인의 노한 소리가 점점 커졌고 강풍면도 화를 간신히 삭이며 우 부인과 논쟁했다. 강징은 어정쩡하게 그 자리에 서 있었다. 그는 잠시 뒤 위무선을 보더니 고개를 휙 돌리고 나가버렸다.

"강징!"

위무선이 강징을 불렀다.

강징은 들은 척도 하지 않고 몇 걸음 만에 회랑으로 들어갔다. 위무선은 침상에서 내려와 딱딱하게 굳고 쑤시는 몸을 끌고 따라가며 외쳤다.

"강징! 강징!"

강징은 모른 척하면서 계속 걸어갔다. 위무선은 화가 나 달려가 강징의 목덜미를 잡았다.

"들었으면서 대답을 안 해! 매를 벌지!"

"침상으로 돌아가 누워 있기나 해!"

강징은 화를 내며 말했다.

"그렇겐 못 하겠는데. 우리 말은 확실하게 해야지! 그런 이상한 헛소리는 절대로 믿지 마."

위무선이 말했다.

"이상한 헛소리라니?"

강징이 차갑게 물었다.

"그런 말을 입에 올리면 내 입만 더러워져. 내 아버지 어머니는 성도 있고 이름도 있는 분이야. 난 다른 사람이 아무렇게나 내 부모를 정하는 꼴 못 봐!"

위무선은 강징의 어깨에 팔을 올려 회랑 한쪽의 나무 난간으로 끌고 가 앉히며 말했다.

"우리 솔직하게 말해보자. 속에 꾹꾹 담아놓지 말고. 넌 강 숙부의 친아들이고 미래의 강씨 가주야. 그러니 강 숙부는 너에게 엄격할 수밖에 없어."

강징이 곁눈질로 위무선을 쳐다봤다.

"하지만 난 달라. 난 다른 집 자식이거든. 아버지와 어머니 모두 강 숙부의 좋은 친구였으니 나한테는 당연히 예의를 차릴 수밖에 없어. 너도 이런 이치는 잘 알겠지?"

위무선이 다시 말했다.

"아버지는 나한테 엄격한 게 아니라 그냥 싫어하는 거야."

강징이 콧방귀를 뀌었다.

"자기 친아들을 싫어하는 사람이 어디 있어? 너 이상한 생각 좀 하지 마! 그런 이상한 소문을 내는 사람은 내가 제 어미도 못 알아볼 정도로 실컷 때려줄 거야."

위무선이 말했다.

"있어. 아버지는 어머니를 싫어하셔서 나도 같이 싫어하는 거야."

강징이 말했다.

이 말은 반박하기 어려웠다.

선문 세가는 우 삼낭자와 강풍면이 어렸을 때부터 함께 수련해 10여 세 때부터 아는 사이라는 걸 다 알았다. 강풍면은 성격이 온화했지만, 우자연은 강하고 냉정했다. 두 사람은 비슷한 점이 별로 없어서 두 집안은 수준이 비슷했어도 그 둘을 배필로 생각하는 사람은 아무도 없었다. 이후 속세에 나온 장색산인이 운몽을 지나다가 강풍면을 만나 친구가 되었다. 두 사람은 수차례 함께 야렵을 나갔고 서로를 매우 좋아했다. 그래서 장색산인이 연화오의 다음 대 여주인이 될 것이라고 여기는 사람이 많았다.

하지만 얼마 뒤, 미산 우씨가 갑자기 운몽 강씨에게 혼인을 제안했다.

당시 강씨 가주는 이를 매우 반겼지만, 강풍면은 그럴 생각이 없었다. 강풍면은 우자연의 품성과 사람됨을 좋아하지 않았고 두 사람은 좋은 배필이 아니라고 생각해 여러 번 완곡하게 사양했다. 그러나 미산 우씨는 여러 방면으로 줄을 댈 당시 아직 젊고 기반이 없는 강풍면에게 압력을 행사했고, 게다가 얼마 뒤 장색산인이 강풍면의 가장 충직한 하인 위장택과 도려가 되어 먼 곳으로 떠나자 강풍면은 항복하고 말았다.

강풍면과 우자연은 부부가 되었지만, 애증의 관계가 되어 별거를 시작했고 계속 마음이 맞지 않았다. 가문의 세력이 공고해진 것을 제외하면 무엇을 더 얻었는지 알 수 없었다.

운몽 강씨를 세운 선조 강지는 협객 출신이어서 가풍이 솔직하고 편안하며 시원시원했다. 우 부인은 정반대였다. 강징은 생김새와 성격이 어머니를 닮았고 강풍면과 잘 맞지 않았다. 어려서부터 여러 방면으로 가르쳤지만 흡족하지 않아 했고 그다지 총애하는 것 같지도 않았다.

"나도 알아! 난 아버지가 좋아하는 성격이 아니고 당신이 바라는 계승자가 아니라는 걸. 아버지는 내가 가주에 어울리지 않고, 강씨 가훈을 이해하지 못하고, 강씨 풍격이 조금도 없다고 생각하신다고. 맞아!"

강징이 위무선의 손을 젖히면서 소리쳤다.

"너랑 남망기는 피투성이가 되면서도 힘을 합쳐 도륙 현무를 처치했잖아! 대단해! 그런데 나는?!"

강징이 목소리를 높였다.

"……나도 며칠을 내달리며 기력이 다하도록, 한순간도 쉰 적 없어!"

강징이 주먹으로 회랑 기둥을 치며 이를 악물었다.

"가훈이 뭐라고! 꼭 가훈을 지켜야 한다는 법 있어? 너도 고소 남씨 가훈 봤잖아. 3천 줄이 넘는 걸 다 지키면 사람이 살 수 있겠어?"

위무선이 말했다.

"그리고, 가주가 되면 반드시 가풍과 가훈을 지켜야 해? 운몽 강씨 대대로 그렇게 많은 가주가 다 똑같았을까. 고소 남씨만 봐도 남익 같은 별종이 있었는데 그녀의 실력과 지위를 부정할 수 있는 사람이 누가 있어? 남가의 선문 명사를 언급할 때 누가 그녀를 감히 빼놓을 수 있냐고? 누가 그녀의 현살술을 빼놓을 수 있어?"

위무선이 난간에서 뛰어 내려오며 말했다.

강징이 조금 진정됐는지 아무 말도 하지 않았다. 위무선이 다시 강징의 어깨에 팔을 걸치며 말했다.

"앞으로 네가 가주가 되면 난 너의 부하가 될 거야. 네 아버지와 내 아버지처럼. 고소 남씨의 쌍벽이 뭐 대수야, 우리 운몽에는 쌍걸(雙傑)이 있는데! 그러니까 그만해. 누가 너더러 가주될 자격이 없대? 아무도 그렇게는 말 못 해. 너도 안 돼. 감히 그런 말을 하는 놈이 있으면 내가 다 잡아다 흠씬 때려줄 거야."

"지금 그런 상태로? 퍽이나."

강징이 콧방귀를 뀌면서 위무선의 명치를 한 대 쳤다. 낙인에 덴 상처에 약을 바르고 붕대를 감았어도 무방비 상태에서 맞으니 안 아플 수가 없었다.

"강징! 너 죽을래!"

위무선이 소리를 꽥 질렀다.

"그렇게 죽을 정도로 아프면서 누가 영웅 행세하래? 맞아도 싸다, 싸! 기억력 좀 기르라고!"

강징이 위무선의 장력을 피하며 소리쳤다.

"내가 무슨 영웅 행세를 했다고 그래! 어쩔 수 없었어. 생각보다 행동이 빠른 걸 어쩌라고! 도망가지 마, 살려줄 테니까. 물어볼 게 있단 말이야! 내 허리에 달려 있던 향낭 주머니, 빈 거 말이야, 그거 봤어?"

"면면이 준거? 못 봤는데."

"다음에 하나 더 달라고 해야겠다."

위무선이 아깝다는 듯이 말했다.

"또 시작이군. 너 정말 면면을 좋아하는 거 아니야? 예쁘장하긴 한데 출신이 별로야. 문하생도 아닌 것 같고 하인의 여식인 것 같던데."

"하인이 어때서, 나도 하인의 자식 아닌가?"

"너랑 걔랑 같냐? 어느 집에서 주인이 하인한테 연밥 껍질 까주고 국을 끓여다 바치냐? 나도 못 먹어봤는데!"

"너도 먹고 싶으면 사저한테 다시 끓여달라고 해. 맞다, 남잠 이야기했었지. 남잠이 나한테 남긴 말 없어? 그의 형은 찾았대? 집안 상황은 어때?"

"그가 너한테 무슨 말을 남기길 바라? 검을 남기지 않은 것만으로도 다행이지. 그는 돌아갔어. 남희신은 아직 못 찾았고 남계인은 바빠서 정신이 없대."

"남가 가주는? 어때?"

"돌아가셨어."

"돌아가셨다고?"

위무선이 멈칫했다. 모닥불 불빛에 비친 눈물 자국이 있는 남망기의 얼굴이 떠올랐다.

"남잠은 어때?"

"뭐가 어때? 돌아갔지. 아버지가 사람을 시켜 고소까지 데려다주라고 했지만 거절했어. 그의 모습을 보니 진작에 이런 날이 올 줄 짐작하고 있었던 것 같았어. 지금 같은 상황에 더 나은 집안이 어디 있겠어, 다 비슷하지."

두 사람은 다시 나무 난간에 앉았다.

"남희신은 또 어떻게 된 거야?"

"온가가 그의 집안 장서각을 태우라고 했잖아? 남가 사람들이 수만 권의 고서적과 악보 중 일부를 구해 남희신에게 주면서 도망가라고 했나 봐. 구할 수 있는 만큼은 구해야지, 안 그러면 전부 소실되게. 사람들은 그렇게 추측하고 있어."

"정말 역겨워."

위무선이 하늘을 보며 말했다.

"그래. 온가 참 역겨워."

강징이 말했다.

"언제까지 그렇게 도망칠 거지? 가문이 이렇게 많은데 손을 잡으면……."

바로 그때, 어수선한 발소리가 들리면서 간편한 복장을 한 소년들이 원숭이 떼처럼 회랑으로 우르르 몰려오며 외쳤다.

"대사형!"

"대사형! 살았군요!"

육사제가 기뻐하며 말했다.

"살았다니? 난 죽은 적이 없는데!"

위무선이 소리쳤다.

"대사형, 대사형이 4백 년 묵은 요수를 죽였다면서요?! 정말이에 요?! 대사형이 죽였어요?!"

"그것보다 더 궁금한 건, 사형 정말 일주일 동안 굶었어요?!"

"정말 우리 몰래 벽곡한 적 없어요?!"

"도륙 현무가 도대체 얼마큼 커요? 연화호에 담을 수 있어요?!"

"도륙 현무는 자라 맞지요?!"

"대사형, 일주일 동안 고소의 그 남망기와 같이 있었던 거예요? 그런데 그가 사형을 안 죽였어요?!"

조금 전 다소 엄숙했던 분위기가 금세 어수선해졌다.

위무선은 부상이 심하지 않았고 그저 제때 약을 쓰지 못하고 너무 피곤하고 음식을 먹지 못했을 뿐이었다. 원체 체력이 좋아 가슴에 난 낙인 상처는 약을 쓰자 열이 가라앉았다. 그래서 며칠이 지나자 팔팔해졌다. 모계산 도륙 현무의 난 이후 온씨가 기산에 설치한 '교화사'는 해체됐고 세가 자제들은 각자 집으로 돌아갔다. 온조 쪽에서도 한동안은 추궁하지 않았다. 우 부인은 이것을 핑계로 위무선을 호되게 야단치고 연화오 대문 밖으로는 반 발자국도 못 나가게 했다. 호수에서 뱃놀이하는 것조차 금지했다. 그래서, 위무선은 날마다 강가 자제와 문하생들과 연 쏘기를 했다.

놀이가 아무리 재미있어도 하루 이틀이지 날마다 하다 보면 재미가 없기 마련이라 보름 뒤 소년들은 흥미를 잃었다. 위무선도 흥이 나지 않아 대충 쏴서 강징이 여러 번 1등을 했다.

그날도 마지막 화살을 쏘고 위무선은 오른손을 들어 햇빛을 가리며 석양이 지는 것을 바라봤다.

"끝났지? 그만하자. 돌아가서 밥이나 먹자고."

"이렇게 일찍?"

강징이 물었다.

"재미없어, 안 할래. 방금 누가 꼴찌 했지? 육사제랑 같이 가서 주워 와."

위무선이 활을 던지며 바닥에 앉았다.

"대사형, 정말 교활해요. 매번 다른 사람에게 주워 오라고 하다니, 너무 뻔뻔해."

한 소년이 말했다.

"나도 어쩔 수가 없다고. 우 부인이 나가지 말라고 하시는데. 우 부인은 지금 집에 계시고, 금주와 은주가 일러바칠 거리 없나 하며 어디서 감시하고 있을지도 모르잖아. 내가 나가면 우 부인이 채찍으로 내 피부를 벗겨버릴걸?"

위무선이 손을 저으며 말했다.

성적이 제일 나쁜 사제 몇 명이 농담을 몇 마디 하더니 하하 웃으며 연을 주우러 나갔다. 강징은 서 있고 위무선은 바닥에 앉아 잡담을 나누었다.

"강 숙부는 오늘 아침에 나가셨는데 어째 아직도 안 돌아오시지? 저녁때는 맞춰 오시려나?"

위무선이 말했다.

그날 아침 강풍면과 우 부인은 또 말다툼을 했다. 말다툼이라기보다는 우 부인이 일방적으로 화를 냈고 강풍면은 묵묵히 듣기만 했다.

"우리 검 때문에 또 온가에 가셨어. 내 삼독이 그 온씨 개들의 손에 들려 있는 거 아닌가 생각하면, 정말……."

강징이 역겹다는 표정을 지으며 말했다.

"우리 검이 아직 영력이 강하지 않은 게 안타까울 뿐이지. 스스로 봉인되면 그 누구도 사용할 수 없을 텐데."

위무선이 말했다.

"네가 80년을 더 수련해도 될지 모르겠다."

강징이 말했다.

갑자기 소년 몇 명이 연화오 연무장으로 뛰어 들어와 놀라고 당황한 듯 외쳤다.

"큰일 났어요! 대사형, 사형, 큰일 났어요!"

방금 연을 주우러 간 사제들이었다.

"무슨 일이야?"

위무선이 벌떡 일어나며 물었다.

"육사제는? 어째서 한 명이 모자라?"

강징이 물었다.

제일 먼저 뛰어나갔던 육사제가 보이지 않았다.

"육사제가 잡혀갔어요!"

한 소년이 숨을 헐떡거리며 말했다.

"잡혀갔다고?"

"누가 잡아가? 왜 잡아가?"

위무선이 활과 무기를 집어 들면서 물었다.

"몰라요! 왜 잡아갔는지 몰라요!"

그 소년이 말했다.

"모른다니 말이 돼?"

강징도 조급해졌다.

"모두 진정해. 차근차근 말해봐."

위무선이 말했다.

"방금…… 방금 우리가 연을 주우러 나갔는데, 멀리 떨어져 있었어요. 찾으러 갔더니 사람 수십 명이 보였어요. 온씨 사람들이요. 옷이 그들의 복장이었고, 문하생도 있고 하인도 있었어요. 수장으로 보이는 사람은 젊은 여자였어요. 그 여자가 손에 화살이 꽂힌 연을 들고 우리에게 연이 누구 것이냐고 물었어요."

소년이 대답했다.

"그 연은 육사제 거라 그가 자기 거라고 대답했어요. 그러자 그 여자 안색이 확 변하더니 '간이 부었구나!' 하고는 수하에게 육사제를 잡으라고 했어요!"

다른 소년이 말했다.

"그게 다야?"

위무선이 말했다.

"우리가 왜 육사제를 잡아가냐고 물었더니 그 여자가 무슨 대역무도라느니 역심을 품었다느니 하는 말을 해대면서 수하에게 육사제를 끌고 가라고 했어요. 우리는 어쩔 방법이 없어서 우선 돌아왔고요."

소년들이 고개를 끄덕이며 말했다.

"이유 없이 사람을 잡아가다니! 온가 정말 미친 거 아니야?"

강징이 욕을 해댔다.

"맞아요! 영문을 모르겠다니까요!"

"그만. 아마 온가 사람들이 바로 들이닥칠 거야. 꼬투리 잡혀선 안 돼. 몇 가지만 더 묻자. 그 여자 패검이 없었지? 예쁘게 생기고 입술에 점이 있지 않았어?"

위무선이 물었다.

"네! 맞아요!"

사제들이 말했다.

"왕영교! 이……."

강징이 가증스럽다는 듯이 말했다.

그때, 차가운 여자 목소리가 들려왔다.

"뭐가 이리 소란스러운 게냐. 하루도 조용할 날이 없구나!"

우 부인이 자주색 옷을 휘날리며 걸어왔다. 금주와 은주가 무장한 채로 우 부인의 좌우에 서 있었다.

"어머니, 온가 사람들이 육사제를 잡아갔어요!"

강징이 말했다.

"너희들이 큰 소리로 떠드는 통에 안에서도 다 들었다. 그게 뭐 어떻다는 거냐? 잡아갔지 죽이지도 않은 것을. 그런 일 가지고 치를 떨고 발이나 동동 구르다니, 그게 미래의 종주가 보일 모습이냐? 침착해라!"

우 부인이 말했다.

그녀는 연무장 앞, 대문 쪽으로 몸을 돌렸다. 염양열염포를 입은 온가 수사 10여 명이 줄지어 들어왔다. 수사들 뒤로 화려한 옷을 입은 여자가 가벼운 발걸음으로 들어왔다.

그 여자는 유연한 자태에 아름다운 외모, 추파를 보내는 눈과 불같이 빨간 입술에 작은 검은 점이 있는 출중한 미녀였다. 귀인의 총애를 한몸에 받고 있다는 것을 과시하듯 온몸에 번쩍번쩍 장신구를 휘감은 모습이 격이 떨어져 보였다. 바로 지난번 기산에서 위무선에게 한 대 맞고 피를 토하며 날아간 왕영교였다.

"우 부인, 또 왔습니다."

왕영교가 입을 약간 오므리며 웃으면서 말했다.

우 부인은 아무 표정이 없었다. 마치 한마디라도 하면 자기 입이 더러워진다는 듯한 태도였다. 왕영교가 대문 계단을 내려오자 우 부인은 그제야 입을 열었다.

"운몽 강씨 자제를 붙잡아 뭐 하려는 겁니까?"

"붙잡아요? 방금 밖에서 붙잡은 그 애 말입니까? 말하자면 깁니다. 우리 들어가 앉아서 천천히 이야기를 나누자고요."

왕영교가 말했다.

일개 하인이 통보도 없이, 들어가도 되냐는 허락도 받지 않고 다른 세가의 대문을 넘어 당연하다는 듯이 당당하게 안으로 들어가 "앉아서 천천히 이야기하자."라는 말을 하자 우 부인은 얼굴이 차갑게 굳었다. 자전을 낀 오른손 손가락을 가볍게 잡아당겼고 하얀 손등에 핏줄이 약간 튀어 올랐다.

"들어가 앉아서 이야기하자고요?"

우 부인이 말했다.

"물론이지요. 지난번 명령을 하달하러 왔을 때는 미처 앉아서 이야기를 나누지 못했잖아요. 그렇게 하시지요."

왕영교가 말했다.

'명령 하달'이라는 말에 강징은 콧방귀를 뀌었고 금주와 은주도 노기를 약간 드러냈다. 하지만 왕영교는 온조가 총애하는 사람이라 지금 당장은 그녀의 비위를 상하게 할 수 없었다. 그래서 우 부인은 비웃는 기색이 역력한 표정에 미적지근한 태도였지만 그래도

"좋습니다. 들어가세요." 하고 말했다.

왕영교가 생긋 웃더니 들어갔다.

그러나 왕영교는 바로 앉지 않고 연화오를 흥미진진한 듯이 둘러보면서 곳곳에서 의견을 냈다.

"연화오 참 괜찮네요. 정말 크고요. 건물은 조금 낡았지만요."

"목재가 죄다 시커먼 게 색이 정말 별로네요. 산뜻한 감이 없어."

"우 부인, 연화오 안주인 역할을 잘 못 하시나 봐요? 실내 장식도 잘 모르고요. 다음엔 붉은색 비단 휘장을 걸어보세요. 그러면 훨씬 더 예쁠 거예요."

왕영교는 자기 후원을 거니는 것같이 길을 따라 걸으며 이것저것 지적했다. 우 부인은 미간을 계속 찡그리는 것이 언제라도 폭발해 사람을 죽일 것 같았다.

지적질이 끝나자 왕영교는 마침내 청당에 앉았다. 그 누구도 안내하지 않았는데 자기 멋대로 상석에 앉아서 아무도 시중을 들지 않자 미간을 찌푸리며 탁자를 쳤다.

"차는요?"

왕영교는 장신구로 온몸을 휘감았지만, 말과 행동은 가정교육을 못 받은 티가 나고 온갖 추태를 다 부려 사람들도 놀라지 않았다. 우 부인이 아랫자리에 앉아 넓은 자주색 옷의 아랫단과 소매를 펼치자 가는 허리가 드러났고 자세도 아름다웠다. 우 부인의 뒤에 선 금주와 은주는 비웃는 듯한 표정을 하고 있었다.

"차는 없습니다. 마시고 싶으면 스스로 따라 드십시오."

은주가 말했다.

"강가의 하인은 일을 안 합니까?"

왕영교가 예쁜 눈을 동그랗게 뜨며 놀랐다는 듯이 물었다.

"강가의 하인은 더 중요한 일을 합니다. 차를 따르는 일 따위에 남의 도움은 필요 없지요. 몸이 불구인 것도 아니고요."

금주가 말했다.

"너희는 누구냐?"

왕영교가 그들을 살펴보며 말했다.

"내 시녀입니다만."

우 부인이 말했다.

"우 부인, 정말 말도 안 되네요. 이건 안 됩니다. 시녀 따위가 청당에서 함부로 말을 섞다니요. 온가였다면 뺨을 맞았을 거라고요."

왕영교가 경멸하듯 말했다.

위무선은 '그런 말을 하는 너도 시녀잖아.'라고 생각했다.

"금주와 은주는 보통 시녀가 아닙니다. 그들은 어릴 때부터 내 곁에 있었고 나 이외에 다른 어떤 사람의 시중도 들지 않습니다. 그 누구도 그들을 함부로 손댈 수 없고요. 그럴 수도, 그러지도 못합니다."

우 부인이 흔들림 없이 말했다.

"우 부인, 그게 무슨 말씀이십니까. 세가에서 귀천은 분명하게 나눠야 합니다. 질서가 흔들리면 안 되지요. 하인이면 하인답게 굴어야 해요."

왕영교가 말했다.

우 부인은 '하인이면 하인답게 굴어야 한다.'는 말에 깊이 공감했는지 위무선을 한 번 쳐다보면서 인정했다.

"맞는 말이군."

그렇게 말하고 다시 물었다.

"우리 운몽 강씨의 자제를 왜 잡았습니까?"

"우 부인, 그 소년과 선을 분명하게 긋는 게 좋으실 겁니다. 그는 역심을 품었고 현장에서 제게 잡혔으니 데려가 벌을 내려야지요."

왕영교가 대답했다.

"역심을 품었다?"

우 부인이 눈썹을 찡그리며 말했다.

"육사제가 무슨 역심을 품을 수 있답니까?"

보다 못한 강징이 나섰다.

"증거가 있습니다. 가져오거라!"

왕영교가 말했다.

온가 문하생이 연을 가져오자 왕영교가 연을 흔들며 말했다.

"이게 바로 증거입니다."

"그건 흔히 볼 수 있는 외눈박이 괴물인데 증거가 됩니까?"

위무선이 비웃으며 말했다.

"내가 장님인 줄 알아? 똑똑히 보라고."

왕영교가 냉소했다.

왕영교는 육두구 꽃을 손톱에 발라 붉게 물들인 집게손가락으로 연을 짚으며 나름 조리 있게 분석했다.

"이 연이 무슨 색입니까? 금색입니다. 외눈박이 괴물은 어떤 형상입니까? 원형입니다."

"그래서요?"

우 부인이 말했다.

"그래서라뇨? 우 부인, 아직 발견하지 못했습니까? 금색에 둥근 것이 무엇을 닮았습니까? 태양입니다!"

왕영교가 말했다.

사람들은 어이가 없어서 할 말을 잃었다.

"그렇게 많은 연 가운데 왜 하필 외눈박이 괴물을 골랐지요? 왜 금색으로 칠했을까요? 다른 형태로 하면 좋잖아요? 왜 다른 색이 아니었죠? 이게 다 우연이라고 말할 셈입니까? 당연히 아니지요. 그자는 분명 고의였을 겁니다. 이런 형태의 연을 쏜 것은 '태양을 쏘는 사일(射日)'을 뜻합니다! 그는 태양을 쏴버리려고 한 거예요! 이건 기산 온씨에 대한 불경입니다. 이게 역심이 아니고 뭡니까?"

왕영교가 득의양양해서 말했다.

그녀가 스스로 똑똑하다고 여기며 억지 논리를 들이대면서 한바탕 궤변을 늘어놓자 강징이 더 이상 참지 못했다.

"이 연은 금색에 둥글지만, 눈 씻고 봐도 태양은 아닙니다. 도대체 어디가 닮았다는 겁니까? 전혀 안 비슷합니다!"

"그 말대로라면 귤도 먹지 말아야겠네. 귤도 금색에 둥글지 않습니까? 난 당신이 귤 먹는 걸 한두 번 본 게 아닌데?"

위무선이 말했다.

왕영교가 위무선을 무섭게 노려봤다.

"그래서 여기 온 이유가 이 연 때문이라는 겁니까?"

우 부인이 차갑게 말했다.

"물론 아니지요. 온가와 온 공자를 대신해 한 사람을 처벌하기 위해서 왔습니다."

왕영교가 말했다.

위무선은 심장이 쿵 하고 내려앉았다.

왕영교가 위무선을 가리키며 말했다.

"모계산에서 온 공자님이 도륙 현무와 용감하게 싸우고 계실 때, 저자가 불손한 언행과 여러 차례의 분란으로 온 공자님의 심신을 흩뜨리는 바람에 공자께서 손이 미끄러져 패검까지 잃어버리셨습니다!"

사실을 왜곡하고 입에서 나오는 대로 날조하는 말을 듣자 강징이 화가 치밀어 웃어버렸다. 위무선은 오늘 아침 외출한 강풍면을 떠올리고는 '저들이 일부러 시간을 맞춰서 왔군. 아니면 일부러 강 숙부를 밖으로 끌어냈거나!' 하고 생각했다.

"다행이지요! 하늘이 보우하사 온 공자님이 패검을 잃고도 가까스로 도륙 현무를 죽였으니까요. 하지만 저자는 절대 그냥 둘 수 없습니다! 오늘 나는 온 공자님의 명을 받들어 온 것이니 우 부인께선 저자에게 벌을 내려 운몽 강씨 사람들에게 본보기로 보여주시지요!"

왕영교가 말했다.

"어머니⋯⋯."

강징이 말했다.

"닥쳐라!"

우 부인이 말했다.

우 부인의 반응을 본 왕영교는 만족스러워했다.

"저 위영은, 내 기억이 맞으면 운몽 강씨의 하인이지요? 지금 강종주도 안 계시니, 우 부인께서 잘 판단해주시리라 믿습니다. 그렇지 않고 운몽 강씨가 저자를 감싸고 든다면 정말⋯⋯ 소문이⋯⋯ 사실이 아닐까 생각할 것입니다⋯⋯. 호호호."

왕영교는 강풍면이 앉는 상석에 앉아 입을 가리며 웃었다. 우 부인이 침울한 표정으로 시선을 옮겼다. 강징이 왕영교 말에 울컥했다.

"무슨 소문 말입니까?!"

"무슨 소문이겠어? 강 종주의 과거 풍류에 관한……."

왕영교가 깔깔 웃으며 말했다.

이 여자가 사람들 앞에서 강풍면에 대해 날조하는 것을 본 위무선은 가슴에서 화가 훅 치밀어올랐다.

"너 이……."

순간, 위무선의 등에서 통증이 느껴지면서 두 무릎이 휘청이며 꺾였다. 우 부인이 채찍으로 내리친 것이다.

"어머니!"

강징이 놀라 소리쳤다.

우 부인은 자리에서 일어나 자전을 채찍으로 만들어 쥐고 있었다. 그녀의 차가운 옥 같은 두 손에 전류가 흘렀다.

"강징 비켜라. 아니면 너도 똑같이 해주겠다!"

우 부인이 경고했다.

"강징, 넌 비켜! 상관하지 마!"

위무선이 가까스로 일어나 말했다.

우 부인이 다시 채찍을 날려 위무선을 바닥으로 쓰러뜨렸다.

"……내가 말했지, 네 이…… 규율도 모르는 놈 같으니! 언젠가는 강씨 가문에 큰 화를 가져올 줄 알았다!"

위무선은 강징을 뿌리치고 이를 악물고 참으며 한마디도 하지 않고 움직이지도 않았다. 과거 우 부인은 위무선에게 거친 말은 했어도 정말 모진 벌을 내린 적은 없었다. 심해 봐야 출입을 금지하고 무릎 꿇고 앉게 했고 그나마도 조금 지나면 강풍면이 풀어주었다. 그러나 이번에는 채찍을 열 대를 더 맞아 등이 불이 날 것처럼 달아올랐다. 온몸이 쑤시고 얼얼해서 참기 어려웠지만 그래도 참아야 했다. 이 자리에서 왕영교와 기산 온씨 사람이 만족할 만큼 처벌받지 않으면 이 일은 끝나지 않을 것이었다.

왕영교는 활짝 웃으며 쳐다봤다. 우 부인이 처벌을 끝내자 자전이 재빨리 제자리로 되돌아갔다. 바닥에 꿇어앉은 위무선이 앞뒤로 흔들거리는 게 금방이라도 고꾸라질 것 같았다. 강징이 부축하려고 하자 우 부인이 벼락같이 소리쳤다.

"물러서. 부축하지 마라!"

금주와 은주가 강징을 꼭 붙잡았고 위무선은 조금 버티다가 결국 바닥으로 쿵 하고 무너져 움직이지 못했다.

"끝났어요?"

왕영교가 깜짝 놀라며 물었다.

"아니면?"

우 부인이 물었다.

"고작 이게 다예요?"

왕영교가 물었다.

"'고작'이라니? 자전이 어떤 등급의 영기인지 모릅니까? 이렇게 맞으면 다음 달에도 낫지 못합니다. 고통이 배가 될 겁니다."

우 부인이 눈을 치켜뜨며 말했다.

"하지만 언젠가는 회복할 것 아닙니까!"

왕영교가 말했다.

"뭘 더 바랍니까?!"

강징이 분노해 외쳤다.

"우 부인, 이왕 벌을 주려면 그가 평생 교훈을 새기도록 하고 평생 후회하면서 다시는 그러지 못하게 만들어야지요. 채찍만 맞고 끝나면 한동안 요양하고 나와 또 날뛸 게 아닙니까? 그게 무슨 처벌입니까? 저 나이의 사내자식은 상처가 나으면 아픔을 금방 잊기 마련이라 전혀 소용이 없답니다."

왕영교가 나무랐다.

"그러면 어떻게 할까요? 두 다리를 잘라 다시는 날뛰지 못하게 할까요?"

우 부인이 말했다.

"온 공자는 성품이 너그러워 두 다리를 자르는 것 같은 참담한 일은 못 하십니다. 그의 오른손을 자르면 다시는 경거망동하지 못할 겁니다."

왕영교가 말했다.

여우가 호랑이를 등에 업고 위세를 부린다고, 이 여자는 온조를 믿고 모계산에서 위무선에게 한 대 맞은 것을 복수하려는 것이었다.

"저 아이의 오른손을 자르면 되겠습니까?"

우 부인이 위무선을 한 번 보더니 말했다.

"네, 맞아요."

왕영교가 말했다.

우자연이 일어나 왕영교의 말을 고려하는 듯이 위무선 주위를 천천히 돌았다. 위무선은 통증에 고개조차 들지 못했다. 강징이 금주와 은주를 뿌리치고 위무선을 향해 몸을 날려 위무선을 감싸며 말했다.

"어머니, 어머니, 제발…… 사실은 저 여자의 말과는 전혀 다릅니다……."

"강 공자, 내가 조장했다는 말입니까?"

왕영교가 목소리를 높였다.

바닥에 엎드린 위무선은 몸을 돌릴 수조차 없었다. 위무선은 왕영교의 말에 '조장? 여기서 조장이란 말이 왜 나와?' 하는 생각이 들었다.

'아, 조작! 저 여자는 원래 온조 부인의 몸종이라 공부를 해본 적도 글을 배운 적도 없지. 글은 모르는데 아는 척은 하고 싶고, 새 단어를 쓰다가 잘못 말했군!'

왕영교는 지금 다급한 게 분명했다. 다급할수록 머릿속에 생각이 많아져 집중이 안 되고 잡생각이 들게 마련이었다. 위무선은 왕영교가 왜 말을 틀렸는지 알아채자 웃음이 나왔다. 왕영교는 체면을 구긴 것도 모르고 계속 말했다.

"우 부인, 잘 생각하세요. 우리 기산 온씨는 이 사건을 반드시 추궁할 겁니다. 저자의 손을 잘라서 내게 들려 보내면 대가를 치렀으니 운몽 강씨는 별일 없을 거예요. 하지만 다음에 온 공자님이 직접 물으면 이렇게 간단하게 끝나지는 않을 겁니다!"

우 부인의 눈에 서늘한 빛이 스쳤다.

"금주, 은주, 가서 문을 닫아걸어라. 피의 가르침을 다른 사람들이 못 보도록."

우 부인이 목소리를 깔며 말했다.

"예!"

우 부인의 명령이라면 무조건 따르는 금주와 은주가 낭랑한 목소리로 대답하고는 청당의 대문을 굳게 걸어 잠갔다.

문 닫는 소리가 들리자 바닥의 빛도 사라졌다. 위무선은 공포심이 들었다.

'정말 내 손을 자르려는 거야?'

"어머니? 어머니! 뭘 하시려는 거예요? 그러지 마세요!"

강징이 화들짝 놀라 어머니의 다리를 붙잡고 말했다.

공포가 지나자 위무선은 이를 악물며 '……좋아! 집안의 안녕을 위해서라면…… 손은 그냥 손이지. 제기랄, 앞으로는 왼손으로 검을 수련하면 되지!' 하고 생각했다.

"우 부인, 당신이 기산 온씨의 가장 충직한 부하라는 건 내 알고 있었어요! 누가 저자를 좀 잡아라!"

왕영교가 박수를 치면서 말했다.

"당신이 손 쓸 필요 없습니다."

우 부인이 말하자 금주와 은주가 다가왔다.

"호오, 당신 시녀한테 잡으라고요? 그것도 좋네요."

왕영교가 말했다.

"어머니! 어머니 제 말 좀 들어주세요! 부탁입니다! 그의 손을 자르지 마세요! 아버지가 아시면……."

강징이 외쳤다.

강징은 강풍면을 언급하지 않는 게 좋았다. 그 말에 우 부인이 돌연 얼굴색을 바꾸며 소리쳤다.

"아버지는 언급하지 말아라! 그가 안다고 뭘 어쩌겠느냐? 나를 죽이기라도 하겠느냐?!"

"우 부인, 정말 마음에 듭니다! 보아하니 앞으로 감찰소에 관한 이야기도 잘 통할 것 같네요!"

왕영교가 유쾌하게 말했다.

"감찰소?"

우 부인은 강징이 붙잡고 있던 다리와 자주색 치맛자락을 빼며 몸을 돌리고 눈썹을 치켜세우며 물었다.

"맞아요, 감찰소. 내가 운몽에 온 두 번째 이유지요. 내가 기산 온씨의 신임 감찰령으로 각 성에 감찰소 하나씩을 지을 거예요. 내가 지금 선포하는데, 앞으로 연화오는 온가의 운몽 감찰소가 될 겁니다."

왕영교가 씨익 웃으며 말했다.

어쩐지 조금 전 연화오를 마치 제집인 양 돌아다니더니 정말 연화오를 운몽에서의 거점으로 삼으려 한 것이다.

"무슨 감찰소?! 여긴 우리 집이야!"

강징이 눈이 붉어진 채로 말했다.

왕영교가 미간을 찌푸리며 말했다.

"우 부인, 아들 교육 좀 잘하셔야겠어요. 수백 년 동안 온가에 복종하지 않은 집안이 없는데, 온가에서 나온 사람에게 어떻게 내 집네 집 이런 말을 할 수 있습니까? 사실 연화오가 너무 오래됐고 반역자도 나와 감찰소라는 중책을 감당할 수 있을까 망설였어요. 하지만 우 부인이 내 명령에 복종하고 성격도 마음에 드니, 이 특별한 영광을 하사하겠……."

말이 채 끝나기도 전에 우 부인이 왕영교의 따귀를 갈겼다.

힘으로나 소리로나 놀랄 만큼 강해서 왕영교는 우 부인의 손바닥에 몇 바퀴를 돌고서야 코피를 흘리며 바닥에 쓰러졌다. 왕영교가 놀라 눈을 동그랗게 떴다.

청당 안에 있던 온가 문하생들의 안색이 확 변하며 검을 빼 들려고 하자 우 부인이 손을 들어 휘둘렀다. 자전이 눈부신 자주색 빛을 뿌리며 날아가 그들을 한꺼번에 쓰러뜨렸다.

우 부인은 우아한 자태로 왕영교에게 걸어가 고고하게 굽어보더니 갑자기 허리를 굽혀 왕영교의 머리채를 잡고 일으켜 세워 다시 분노의 뺨을 갈겼다.

"비천한 종년이 어디 감히!"

이미 많이 참은 상태라 험악한 표정을 한 우 부인이 가까이 다가가자 왕영교가 얼굴의 반이 부은 상태로 놀라 꽥 소리쳤다. 우 부인이 인정사정없이 다시 뺨을 때려 그녀의 찢어지는 듯한 비명을 멈추게 했다.

"개를 패더라도 주인을 따지는 법이거늘! 내 집 문을 박차고 들어와 내 앞에서 내 집 사람을 처벌하라고 해? 어떤 물건이 감히 그런 방자한 짓을 해!"

우 부인은 왕영교의 머리채를 집어 던지고 더러운 것이 손에 묻었다는 듯 손수건을 꺼내 손을 닦았다. 금주와 은주는 우 부인의 뒤에 서서 우 부인과 똑같이 경멸의 웃음을 짓고 있었다. 왕영교는 두 손을 벌벌 떨면서 눈물범벅이 된 얼굴을 감싸며 말했다.

"네…… 네가 감히 이런 짓을…… 기산 온씨와 영천 왕씨가 너를 절대 가만히 두지 않을 것이야!"

우 부인이 손수건을 바닥에 던지고 왕영교를 발로 걷어차며 호통쳤다.

"입 닥쳐라! 이 천한 종년이, 내 미산 우씨 백 년 세가가 수진계를 누볐어도 영천 왕씨는 들어보지 못했다! 어디서 굴러먹다가 튀어나온 비천한 가문이야? 온 집안이 다 너 같더냐? 내 앞에서 귀천을 논해? 뭐가 귀천인지 내가 똑똑히 알려주지! 내가 귀하고, 네년은 천해!"

한쪽에서 강징이 쓰러져 있는 위무선을 부축하고 있었다. 두 사람은 이 광경에 깜짝 놀라 그대로 멈췄다.

우 부인이 뒤쪽으로 눈짓하자 금주와 은주가 장검을 빼 들고 청당을 한 바퀴 돌았고, 수십 명의 온가 문하생이 전부 죽었다. 이제 자기 차례라는 것을 안 왕영교가 마지막 발악을 하면서 위협했다.

"네가…… 다 죽이면 입을 막을 수 있을 것 같아? 온 공자님이 내가 오늘 어디 갔는지 모르실 것 같아? 온 공자님이 아시면 너희들을 가만 놔둘 것 같아?!"

"지금은 놔두는 것 같다만!"

은주가 냉소했다.

"난 온 공자의 측근이다. 최측근이란 말이다! 너희들이 나를 어떻게 하면, 너희들은……."

왕영교가 말했다.

"손을 자른다더냐? 아니면 다리를 자른다더냐? 아니면 선부(仙府)를 불사지른다더냐? 그것도 아니면 만인 대군을 보내 연화오를 평지로 만들어버린다더냐? 감찰소를 짓는다더냐?"

우 부인이 다시 따귀를 날리며 비아냥거렸다.

금주가 장검을 들고 다가가자 왕영교가 공포에 질려 뒷걸음질하면서 날카롭게 소리쳤다.

"여봐라! 사람 살려! 온축류! 살려줘!"

우 부인의 표정이 단호해지더니 왕영교의 손목을 밟고 패검을 빼들었다. 검으로 베려는 순간 챙 하는 소리와 함께 검이 튕겨 나갔다.

위무선과 강징이 고개를 돌려보니 청당 대문이 쾅 하고 양쪽으로 날아가고 거대한 체격의 남자가 문을 부수고 들어오고 있었다. 검은 옷에 어두운 표정이었다. 바로 온조를 호위하는 온축류였다.

"화단수?"

패검을 잃은 우 부인이 자전을 가슴 앞으로 들며 말했다.

"자지주?"

온축류가 냉담하게 말했다.

왕영교는 한 손이 여전히 우 부인의 발에 깔려 있어 고통에 일그러진 얼굴로 눈물을 펑펑 흘리며 외쳤다.

"온축류! 온축류! 나 안 구하고 뭐 해, 어서 구해달라고!"

"온축류? 화단수, 네 본명은 조축류가 아니었나? 온씨는 분명 아니었는데 성까지 바꾸다니. 온씨 개의 성이 얼마나 귀하길래 다들 몰려가지? 조상도 몰라보고, 우습군!"

우 부인이 코웃음을 쳤다.

"주인을 따라 바꿨을 뿐이다."

온축류는 전혀 개의치 않고 말했다.

두 사람이 말 몇 마디 나누지도 않았는데 왕영교가 참을 수가 없었는지 소리쳤다.

"온축류! 내가 지금 어떤 상황인지 안 보여?! 그녀를 즉시 죽이지 않고 쓸데없는 소리나 하면서 뭘 꾸물거리는 것이냐! 온 공자님이 나를 보호하라고 했는데 이게 날 보호하는 거야?! 온 공자께 다 일러줄 테다!"

우 부인이 발에 힘을 주어 왕영교의 팔을 뭉개자 왕영교가 "악!" 하고 울음을 터뜨렸다. 온축류는 미간을 찌푸렸다. 온축류는 온조를 보호하라는 온약한의 명을 받들었지만, 온조의 성격을 매우 싫어했다. 그러나 더 최악인 것은 왕영교를 보호하라는 온조의 명령이었다. 이 여자는 가식적이고 멍청했으며 허풍이 심한 데다 심보가 사나워 불쾌감을 주었다. 하지만 불쾌한 것은 불쾌한 것이고 온약한과 온조의 명령을 어기고 그녀를 죽게 할 수는 없었다. 다행히 왕영교도 온축류를 싫어해 멀리서 따라오라고 하면서 부르기 전에는 자기 앞에서 얼씬거리지 말라고 했다. 눈에서 안 보이니 마음이 편했다. 하지만 그녀의 목숨이 경각에 달린 상황에서 수수방관하면 온조가 노발대발하고 가만히 두지 않을 것이었다. 온조가 트집을 잡으면 온약한도 그냥 지나가지 않을 터였다.

"용서하시오."

온축류가 말했다.

"예의 차리는 척하지 마라!"

우 부인의 말과 함께 자전이 뻗어 나갔다.

온축류가 손을 뻗어 전혀 망설이지 않고 자전을 잡았다!

자전이 채찍 형태가 되면 영류(靈流)가 따라 흘렀다. 영류의 위력은 클 수도 작을 수도 있고 치명적일 수도 아닐 수도 있었다. 그것은 주인이 조절했다. 우 부인은 이미 살의를 품고 온씨 개를 하나도 남기지 않겠다고 마음먹었으며 온축류가 신경 쓰였기 때문에 영류의 기세가 대단했다. 그런데 온축류는 힘 하나 들이지 않고 자전을 잡았다.

수년째 자전을 부리면서 이런 상대는 만난 적이 없었던 우 부인은 순간 멈칫했다. 왕영교는 이 기회를 틈타 빠져나와 품에서 폭죽통을 꺼내 몇 번 흔들었다. 날카로운 소리와 함께 통에서 불꽃이 튀어나와 나무 창문을 부수고 하늘로 올라가 터졌다. 왕영교는 품에서 계속 폭죽을 꺼내 쏘아 올렸다.

"어서…… 어서…… 모두 오라고…… 모두 이리로 오라고!"

왕영교가 산발을 한 채로 중얼거렸다.

"신호를 쏘아 올리지 못하게 막아!"

위무선이 통증을 참으면서 강징을 밀며 말했다.

강징이 위무선을 놓고 왕영교를 향해 한 방 날리려는 순간, 온축류가 우 부인에게 다가가 공격하려고 했다.

"어머니!"

강징이 소리치며 왕영교를 포기하고 어머니를 향해 달려들었다. 온축류는 고개도 돌리지 않고 한 대 쳤다.

"아직 멀었어!"

온축류의 공격이 강징의 어깨를 강타해 강징이 피를 토했다. 동시에 왕영교도 신호 폭죽을 쏘아 올렸다. 청회색 밤하늘이 번쩍 빛나고 날카로운 소리가 울려 퍼졌다.

강징이 부상 당하자 우 부인이 분노에 차 소리 질렀다. 그러자 자전의 불빛이 커지면서 눈이 부실 정도로 하얗게 변했다.

갑자기 폭발한 자전에 온축류는 몸이 붕 떠서 날아가 벽에 부딪혔다. 금주와 은주도 허리에서 전류가 흐르는 채찍을 꺼내 들고 온축류를 상대했다. 두 시녀는 어릴 때부터 우 부인과 정이 매우 두터웠고 같은 스승에서 배웠기 때문에 힘을 합쳐 공격하면 절대 얕볼 상대가 아니었다. 우 부인은 이 틈을 타서 두 손으로 움직이지 못하는 강징과 위무선을 하나씩 잡고 청당을 빠져나갔다. 연무장에 있던 문하생들이 모여들자 우 부인이 명령했다.

"즉시 무장해라!"

우 부인은 강징과 위무선을 끌고 부두로 달려갔다. 연화오 부두에는 강가의 자제들이 물 놀이할 때 쓰는 작은 배 예닐곱 대가 늘 정박해 있었다. 우 부인은 그들을 배에 던져 넣고 자신도 뛰어 올라타 강징의 손을 잡고 강징이 안정을 되찾도록 했다. 강징은 피를 한 번 토했을 뿐 부상이 심각하지 않았다.

"어머니, 이제 어떻게 해야 합니까?"

"뭘 어떻게 해! 너도 보지 않았느냐. 그들은 준비하고 온 것이다. 오늘 전투는 피할 수 없어. 이제 곧 온씨 개들이 몰려올 테니 먼저 가거라!"

우 부인이 말했다.

"그럼 사저는요. 그제 사저가 미산으로 갔는데 사저가 돌아오면……."

위무선이 말했다.

"입 닥치거라! 이게 다 너…… 너 때문이다!"

우 부인이 표독스럽게 말했다.

위무선은 입을 다물 수밖에 없었다. 우 부인은 오른손 손가락에서 자전 반지를 빼 강징의 오른손 집게손가락에 끼워주었다.

"……어머니, 왜 저에게 자전을 주십니까?"

강징이 놀라 물었다.

"네게 주마, 이젠 네 것이다! 자전은 이미 너를 주인으로 인식했다."

우 부인이 말했다.

"어머니, 같이 안 가세요?"

강징이 멍해져서 물었다.

우 부인은 강징의 얼굴을 응시하다가 갑자기 강징을 끌어당겨 머리에 입을 맞추고 품에 꼭 끌어안으며 말했다.

"착하지."

우 부인은 강징을 다시 아기로 만들어 자기 뱃속에 도로 집어넣어, 그 누구도 그를 상처입히지 못하고 그 누구도 자신들을 갈라놓지 못하게 할 수 없다는 사실이 한스럽다는 듯 강징을 힘껏 끌어안았다. 어머니는 한 번도 이렇게 꼭 끌어안아 주고 입을 맞춰준 적이 없었다. 강징은 어머니의 품에 얼굴을 묻고 두 눈을 동그랗게 뜬 채로 어찌할 바를 몰랐다.

우 부인은 한 손으로 강징을 안고 한 손으로 목을 졸라 죽일 기세로 위무선의 옷깃을 사정없이 잡고 이를 악물며 말했다.

"······이 망할 자식! 가증스러워! 정말 가증스러워! 너 때문에 우리 집안이 어떤 화를 입었는지 똑똑히 보거라!"

위무선의 가슴이 격하게 오르락내리락했지만 대꾸할 말이 없었다. 이번에는 강제로 참거나 불만을 품은 것이 아니라 정말 할 말이 없었다.

"어머니, 저희랑 같이 안 가세요?"

강징이 다급하게 물었다.

우 부인은 손을 확 놓으며 강징을 위무선 쪽으로 밀쳐냈다.

우 부인이 부두로 뛰어오르자 작은 배가 좌우로 조금 흔들렸다. 강징은 마침내 깨달았다. 금주와 은주, 모든 문하생 그리고 운몽 강씨의 역대 모든 법보와 유물은 모두 연화오에 있다. 그리고 짧은 시간 안에 다 철수할 방법도 없다. 이제 큰 전투가 벌어질 것이고 우 부인은 가문의 안주인이기 때문에 혼자 도망갈 수 없었다. 그러나 아들에게 일이 생기는 것이 두려워 사심에 그들을 먼저 피신시키는 것이리라.

돌아가면 위험하기 짝이 없었기 때문에 강징은 어쩔 줄 몰랐다. 강징은 일어나 같이 내리려고 했지만, 갑자기 자전에 전류가 흐르더니 두 사람을 배에 꽁꽁 묶어 꼼짝하지 못하게 만들었다.

"어머니, 왜 이러십니까?!"

"호들갑 떨지 마라. 안전한 곳에 가면 자연히 풀어질 것이니. 가다가 누군가 너희를 해치려 들면 자전이 자동으로 너희를 보호해 줄 것이다. 돌아오지 말고 곧장 미산으로 가서 네 누이를 찾아라!"

우 부인이 말했다.

강징에게 당부가 끝나자 우 부인이 위무선을 가리키며 벼락같이 소리쳤다.

"위영! 내 말 잘 들어라! 강징을 잘 지켜야 한다. 죽어도 그를 지켜야 해. 알아들었느냐?!"

"우 부인!"

위무선이 말했다.

"잘 알아들었냐는 말이다! 다른 쓸데없는 소리 하지 마라. 잘 알아들었냐고 묻지 않느냐?!"

우 부인이 화를 냈다.

위무선은 자전을 빠져나올 수가 없어 고개를 무겁게 끄덕이는 수밖에 없었다.

"어머니, 아버지도 아직 안 돌아오셨잖아요. 일단 저희와 함께 버티고 있으면 안 됩니까?!"

강징이 외쳤다.

강징이 강풍면을 언급하자 우 부인의 눈이 순간 붉어진 것 같았다.

그러나 곧 더 큰 소리로 야단쳤다.

"돌아오지 않으면 않는 거다. 그가 없으면 내가 못 당해낼 것 같으냐?!"

야단을 다 치자 우 부인은 검을 휘둘러 배를 묶고 있던 밧줄을 자르고 배를 힘껏 찼다. 물살이 빠르고 바람도 거센 상황에서 우 부인이 발로 차자 배가 몇 장을 미끄러져 나갔다. 몇 바퀴 돌더니 물살을 따라 빠르고 안정적으로 강 중심을 향해 떠내려갔다.

"어머니!"

강징이 절규했다.

강징이 애타게 목놓아 불렀지만 우 부인과 연화오는 점점 멀어지고 점점 작아졌다. 배가 멀어지자 우 부인은 장검을 빼 들고 자주색 옷자락을 휘날리며 연화오 대문으로 들어갔다.

강징과 위무선은 미친 듯이 몸부림쳤지만 그럴수록 자전은 뼛속에 더 깊이 파고드는 것처럼 꼼짝도 하지 않았다.

강징이 미친 사람처럼 울부짖으며 벗어나려 안간힘을 쓰며 소리쳤다.

"왜 안 풀어! 왜 안 푸는 거야! 풀어! 풀라고!"

위무선은 조금 전에 자전으로 열 대도 넘게 맞아 지금도 온몸이 아팠고 몸부림쳐도 벗어날 수 없어 헛수고라는 것을 알았다. 강징도 부상을 입었다는 게 생각나 통증을 참으며 말했다.

"강징, 일단 진정해. 우 부인은 화단수를 잘 상대하실 수 있을 거야. 조금 전에도 그 온축류를 잘 견제하셨잖아……."

"지금 나더러 진정하라고?! 어떻게 진정해?! 온축류를 죽인다고 해도 왕영교 그 망할 계집이 보낸 신호를 보고 온씨 개들이 떼로 몰려와 우리 집을 봉쇄하면 어떻게 해?!"

강징이 소리쳤다.

위무선도 절대 진정할 수 없다는 것을 잘 알았다. 그러나 두 사람 가운데 한 명은 정신을 차리고 있어야 했다. 그때, 위무선이 눈을 반짝 빛내며 외쳤다.

"강 숙부! 강 숙부가 돌아오셨어!"

강 저쪽에서 큰 배가 다가왔다.

강풍면이 선두에 서 있고 그 곁에 문하생 10여 명이 서 있었다. 연화오 방향을 바라보고 서 있는 강풍면의 옷자락이 바람에 펄럭이고 있었다.

"아버지! 아버지!"

강징이 외쳤다.

그들을 발견한 강풍면은 약간 놀란 듯했다. 문하생 하나가 노를 밀자 강풍면이 탄 배가 가까이 다가왔다.

"아징? 아영? 무슨 일이냐?"

강풍면이 아직 무슨 일이 생긴 줄 모르고 이상하다는 듯이 물었다.

연화오의 소년들은 이상한 놀이를 자주 했다. 얼굴에 피칠을 하고 익사체처럼 물에 둥둥 떠 있는 것은 다반사였다. 그래서 강풍면은 그들이 새로운 놀이를 하는 것인지 아닌지 즉시 판단하지 못했고 사태가 심각하다는 것도 알아채지 못했다.

"아버지, 아버지 빨리 저희 좀 풀어주세요!"

강징이 기쁨의 눈물을 흘리며 다급하게 말했다.

"이건 네 어머니의 자전이 아니냐. 자전은 주인을 가리니, 아마 내 힘으로는……."

강풍면이 이렇게 말하며 자전에 손을 댔다. 그런데, 손이 닿자마자 자전이 온순하게 풀어지더니 순식간에 반지로 변해 강풍면의 손가락에 끼워졌다.

강풍면은 순간 얼어붙었다.

자전은 우자연의 최고 영기로 우자연의 뜻을 첫 번째 지시로 삼았다. 자전은 여러 주인을 섬기지만, 순서가 있었다. 두말할 필요 없이 우 부인이 첫 번째 주인이었다. 우 부인의 지시는 강징이 안전해질 때까지 묶어두는 것이었다. 그래서 강징도 자전의 주인이지만 자전의 속박에서 벗어날 수 없었던 것이었다.

언제인지 모르겠지만 강풍면이 두 번째 주인으로 되어 있었다. 자전은 강풍면의 곁이 안전하다고 생각해 속박을 푼 것이다.

우 부인은 강풍면을 주인으로 인식시켰다는 말을 한 적이 없었다.

어쨌든 강징과 위무선이 분리되어 양쪽으로 엎어졌다.

"도대체 무슨 일이지? 너희가 왜 자전에 묶여 배에 앉아 있는 것이냐?"

강풍면이 물었다.

"오늘 온가 사람이 우리 집에 왔습니다. 그러다 어머니와 논쟁이 일었고 화단수와 싸움이 벌어졌어요! 어머니가 걱정돼요. 누가 신호를 보내서 조금 있으면 더 많은 적이 몰려올지 몰라요. 아버지, 우리 같이 가서 어머니를 도와요! 빨리 가요!"

강징은 목숨줄이라도 본 듯이 아버지를 꽉 잡고 말했다.

강징의 말을 들은 문하생들의 표정에 슬픔이 어렸다.

"화단수?!"

강풍면이 말했다.

"네 맞아요, 아버지! 우리⋯⋯."

강징의 말이 채 끝나기도 전에 자주색 빛이 번쩍 일더니 강징과 위무선을 다시 잡아 묶었다. 두 사람은 다시 이전의 자세로 주저앉 았다.

"⋯⋯아버지?!"

강징이 아연실색하며 말했다.

"나는 돌아갈 테니 너희 둘은 떠나라. 방향을 돌리지도 말고 연 화오로 돌아오지도 말아라. 물가에 닿으면 즉시 미산으로 가 네 누 이와 할머니를 찾아."

강풍면이 말했다.

"강 숙부!"

위무선이 말했다.

깜짝 놀란 강징이 미친 듯이 뱃전을 발로 차자 배가 요동쳤다.

"아버지 놔주세요! 절 놔달라고요!"

"내가 돌아가 삼낭자를 찾으마."

강풍면이 말했다.

"같이 가서 찾아요. 그러면 안 됩니까?!"

강징이 눈을 부릅뜨며 말했다.

강풍면이 강징을 뚫어지게 쳐다보다가 갑자기 손을 뻗어 허공에 서 잠시 머뭇거리더니 강징의 머리를 천천히 쓰다듬었다.

"아징, 잘 살아야 한다."

"강 숙부, 두 분에게 무슨 일이 생기면 강징은 살 수 없을 거예요."

위무선이 말했다.

강풍면이 위무선에게 시선을 돌리며 말했다.

"아영, 아징을…… 잘 부탁한다."

강풍면은 자신이 타고 있던 배로 돌아갔다. 두 배가 스쳐 지나가면서 점점 멀어졌다. 강징이 절망적으로 외쳤다.

"아버지!"

—전4권·다음 권에 계속—

마도조사 2

1판 1쇄 발행 2019년 9월 3일
1판 15쇄 발행 2023년 6월 13일
지은이 묵향동후 **옮긴이** 이현아 **펴낸이** 최원영
편집장 김승신 **편집** 원서은 **교정·교열** 고고
본문조판 양우연 **마케팅** 김민원
펴낸곳 (주)디앤씨미디어 **출판등록** 2002년 4월 25일 제20-260호
주소 서울시 구로구 디지털로 26길 111 제이앤케이디지털타워 503호
전화번호 02.333.2513 **팩스** 02.333.2514

ISBN 979-11-278-5212-2 04820
ISBN 979-11-278-5143-9 (세트)

정가 14,000원

* 잘못 만들어진 책은 구매처에서 바꾸어 드립니다.